Klarant Verlag

Hans-Rainer Riekers schreibt Ostfrieslandkrimis, die vor allem eines sind: authentisch, denn als pensionierter Polizeibeamter kennt er die Details einer Ermittlung ganz genau.
Der in Bremen geborene Autor liebt seine Heimat Norddeutschland, und besonders der raue Charme der Ostfriesischen Inseln hat es ihm angetan. Die einzigartigen maritimen Stimmungen, die den Freizeitskipper an der Nordsee und in den malerischen Orten Ostfrieslands befallen, gibt er in seinen Büchern an die Leser weiter, die so unmittelbar auf den Spuren der Handlung wandern können.
Neben seinen Ostfrieslandkrimis ist Hans-Rainer Riekers auch bekannt für erfolgreiche Kinderkrimis von der Küste, die schon viele Leser in ihren Bann gezogen haben.

Hans-Rainer Riekers

Dünenhausmord

Ostfrieslandkrimi

Klarant Verlag

Klarant Verlag, www.klarant.de – www.ostfrieslandkrimi.de
ISBN: 978-3-96586-241-8
1. Auflage 2020
Umschlagabbildung: Klarant Verlag

Printed in the EU.

Montag
Das Haus in den Dünen

Der Hafen von Juist wirkte wie leergefegt an diesem neblig-kalten Novemberabend, kurz vor dem ersten Advent. Schon seit Wochen schien die Insel fast wie ausgestorben, denn Urlauber waren zu dieser Zeit rar. Nur einige wenige Hotels hatten überhaupt geöffnet, und die Zahl der Restaurants oder Gaststätten, die einen Platz zum Aufwärmen boten, konnte man an zwei Händen abzählen.

Jan Weber ging durch das Fluttor den Weg zum Hafen hinunter, und es kam ihm so vor, als sei er der einzige Passagier, den es auf die Abendfähre zum Festland trieb. Die wenigen Arbeiter, die noch mit der Abfertigung des Schiffes beschäftigt waren, verrichteten frierend ihre Arbeit und warteten darauf, dass endlich das Kommando zum Loswerfen der Leinen erfolgte.

Er überquerte schnellen Schrittes die Gangway und folgte der Ausschilderung zum Bordrestaurant. Als er die Tür öffnete, schlugen ihm stickige Wärme und der Geruch warmen Kaffees entgegen. Er blickte sich um und war überrascht, dass sich außer ihm doch noch einige Passagiere eingefunden hatten.

Es mochten vielleicht dreißig Menschen sein, die sich in dem Restaurant verloren. Einige wenige saßen in einer kleinen Gruppe zusammen, die meisten hatten sich eine ruhige Ecke gesucht und tippten in ihrem Handy herum. Andere lasen ein Buch oder dösten mit halb geschlossenen Augen vor sich hin. Sie drückten damit ziemlich unmissverständlich aus, dass sie allein bleiben wollten. An Gesellschaft schien den meisten jedenfalls nicht gelegen zu sein.

Auch Jan Weber war nicht an Gesprächen interessiert. Er suchte sich eine freie Sitzgruppe am Rande des Salons. Sie war so weit von den anderen Passagieren entfernt, dass er durch die Gespräche und das gelegentliche Gelächter seiner Mitreisenden nicht gestört wurde. So konnte er in Ruhe seinen Gedanken nachhängen. Er stellte seine Reisetasche auf den Sitzplatz gegenüber, einen schwarzen Aktenkoffer legte er auf den Sitz neben sich. Für Außenstehende musste es so aussehen, als habe er um sich herum eine Barriere errichtet.

Dann blickte er aus dem Fenster und beobachtete die Hafenarbeiter, die sich schon bereit machten, die Gangway vom Schiff zu lösen.

Er schaute auf die Uhr: 19.13 Uhr. Noch zwei Minuten bis zur Abfahrt. Weber erhob sich, ging zum Tresen des Bordrestaurants und bestellte einen Kaffee. Die heiße Bockwurst, auf die er sich gefreut hatte, nahm er lieber doch nicht. Das, was dort verschrumpelt in der lauwarmen

Brühe schwamm, kam ihm so vor, als seien es die unverkauften Reste der Morgenfähre.

Die füllige Verkäuferin bediente ihn aufgesetzt freundlich und sprach ihn mehrfach laut und auffällig mit »Herr Kommissar« an. Jan Weber ärgerte das, denn einige Fahrgäste wurden schon aufmerksam und blickten neugierig zu ihm herüber. Trotzdem bemühte er sich, wenigstens eine Spur von Höflichkeit zu wahren, und nickte ihr mit einem aufgesetzten Lächeln zu. Dann nahm er seinen Kaffee, den die Frau ihm über den Tresen schob.

Als er die angekauten Fingernägel ihrer ungepflegten Hand bemerkte, sah er sich in seiner Entscheidung bestätigt, auf die Bockwurst verzichtet zu haben, und zog sich auf seinen Platz zurück.

Der Inseltratsch hatte mal wieder funktioniert. Eigentlich überraschte ihn das nicht, denn obwohl er, abgesehen von den Inselpolizisten und den Kollegen der Spurensicherung, mit niemandem über sich und seine Arbeit gesprochen hatte, schien inzwischen jeder auf der Insel Bescheid zu wissen. Sicherlich war es blauäugig zu glauben, dass das, was in der vergangenen Nacht auf Juist passiert war, irgendjemanden auf der Insel kaltlassen würde. Entsprechend groß waren nun einmal das Interesse und die Neugier der Menschen.

Als Jan Weber seinen Platz wieder erreichte, nahmen die schweren Schiffsdiesel ihre Arbeit auf, und ein Vibrieren ging durch das Schiff. Kurze Zeit später hörte er, wie die Festmacherleinen in das kalte Wasser der Nordsee klatschten, und spürte sofort, wie der Boden unter seinen Füßen leicht zu schwanken begann. Er wischte die von innen beschlagene Scheibe frei und beobachtete, wie das Fährschiff im Hafen langsam wendete. Schon nach wenigen Sekunden blieb das Grau der Kaje im Nebel zurück, dann versanken auch die letzten Hafenlichter in der Dunkelheit.

Während er zwei Zuckerstücke in die Tasse warf und lustlos mit dem Löffel herumrührte, bemerkte er eine junge Frau, die gerade das Restaurant betrat. Sie musste in letzter Minute das Schiff erreicht haben. Trotzdem wirkte sie keineswegs gehetzt, sondern ruhig und gelassen. Ohne sich umzublicken, setzte sie sich auf den nächsten freien Platz, holte ein Buch aus ihrer Umhängetasche und begann zu lesen. Weber lächelte. Noch jemand, der seine Ruhe haben wollte.

Er nahm einen kleinen Schluck von dem Kaffee und schloss die Augen. Das war keineswegs eine Geste des Genusses, denn der Kaffee schmeckte schauderhaft. Trotzdem war ihm die Wärme angenehm und er konnte sich endlich seinen Gedanken hingeben.

Hatte es überhaupt schon einmal einen Mord auf Juist gegeben? Er wusste es nicht. Doch selbst wenn, es gelang ihm nicht, sich vorzustellen, dass er den aktuellen Fall an Brutalität hätte übertreffen können.

Er sah das einsame Reetdachhaus in den Dünen vor sich. Das Messingschild »Enno Oltmanns – Architekt«, das wenig fachmännisch an einem verwitterten Holzzaun am Rande des Grundstücks angebracht war. Und dann waren da noch die entsetzten Gesichter der beiden Inselpolizisten, die vor seinem inneren Auge erschienen. Sie standen an der Eingangstür des Hauses. Obwohl sie mehrere Stunden auf ihn hatten warten müssen, war ihnen der Schock immer noch in das Gesicht geschrieben gewesen.

Weber war noch nicht einmal zwei Jahre bei der MK-L, der Mordkommission des Landeskriminalamtes, im Einsatz. Sein Chef hatte ihn einmal spöttisch als »Lehrling im zweiten Lehrjahr« bezeichnet. Trotz der kurzen Dienstzeit hatte er schon einige Tatorte gesehen und hielt sich deshalb für ziemlich gefestigt. Den Zustand der beiden Inselpolizisten führte er darauf zurück, dass sie wohl zum ersten Mal mit einem Kapitaldelikt konfrontiert wurden. Als er aber das Haus des Architekten betreten hatte und einen ersten Blick in das Wohnzimmer werfen konnte, verstand er, was die beiden so verstört hatte.

Der Mann, der am Rande des Zimmers schräg nach hinten gesunken auf dem Sessel lag, war nicht getötet, er war brutal geschlachtet worden. Der Kopf des Leichnams war unnatürlich weit überstreckt, der Hals im Bereich der Kehle mit einem einzigen tiefen Schnitt bis auf den Halswirbel durchschnitten. Das Blut war dabei seitlich an die Wand gespritzt, sodass die Tropfen einen Bereich von gut einem Quadratmeter bedeckten. Der gesamte Oberkörper des Mannes war von Blut durchtränkt, weshalb von dem Muster des Hemdes, welches er trug, kaum noch etwas zu erkennen war. Auch auf dem Boden unter dem Sessel hatte sich eine riesige Blutlache gebildet.

Das Bild war so verstörend, dass es Weber am Anfang schwergefallen war, sich auf seine Arbeit zu konzentrieren. Der Inselarzt hatte den Ermordeten kurz nach dem Auffinden in Augenschein genommen. Er war gewiss kein Spezialist, aber das musste er auch nicht sein, um den Polizisten zu sagen, dass er neben dem tiefen Schnitt am Hals auch diverse Messerstiche im Unterleib festgestellt hatte.

Die Ausstellung des Totenscheins war dann nur noch eine Formsache und dass unter dem Feld »Todesursache« wie zu erwarten »unnatürlicher Tod« angekreuzt war, keine Überraschung. Damit war die Aufgabe des Doktors auch schon erfüllt, denn der Leichnam musste ohnehin der Pathologie überstellt werden.

»Übertötet« war der erste Gedanke, der Weber schon am Tatort in den Kopf gekommen war. Dieser Begriff war jedem Kriminalisten geläufig. Er stand für Morde aus tiefem Hass, Wut, Eifersucht, gelegentlich auch für die Panik des Täters. Dort, wo so tiefe Emotionen im Spiel waren, musste der Täter häufig im Umfeld des Opfers gesucht werden. Genau da lag in diesem Fall das Problem, denn das Opfer hatte nach ersten Ermittlungen auf der Insel kaum Berührung mit anderen Menschen gehabt.

Nur zwei Häuser befanden sich in der Nachbarschaft, doch auch deren Bewohner hatten außer »Guten Tag« und »Guten Weg« keine nennenswerten Gespräche mit dem ermordeten Enno Oltmanns geführt. Sie wussten nur, dass es sich bei ihrem Nachbarn um einen Architekten handelte, der als unfreundlicher Einzelgänger bemüht war, jeglichen Kontakt zu seinen Nachbarn zu vermeiden.

Weber trank seinen Kaffee aus, lehnte sich zurück, schloss wieder die Augen und ließ seinen Gedanken freien Lauf. Dieses war der erste Tatort, an dem er die einleitenden Ermittlungen ganz alleine führen durfte. Einen gewissen Stolz konnte er nicht verhehlen, denn üblicherweise wurden die ersten Tatort-Ermittlungen stets von einem kompletten Team durchgeführt. Hier und heute war alles anders gewesen.

Morgens gegen halb neun Uhr hatte ihn sein Chef angerufen. Da befand er sich noch im Tiefschlaf, denn erst in der späten Nacht war der Flieger in Hannover gelandet und hatte ihn von seinem Tauchurlaub am Roten Meer zurück in den kalten Norden gebracht. Sein letzter Urlaubstag hätte es heute sein sollen. Darum hatte er ihn eigentlich schon fest verplant, doch als sein Handy ihn aus dem Schlaf riss, wusste er, dass mit diesem Anruf sein Urlaub beendet war.

Jan Weber hatte möglichen Anrufern verschiedene Ruftöne auf seinem Handy zugeordnet und sich bei seinem Chef für den Ton einer amerikanischen Polizeisirene entschieden. Das war eine gute Wahl, wie er fand, denn bei Anrufen »von oben« musste man hellwach sein. Zumal sie manchmal nichts Gutes bedeuteten. So war es auch an diesem Morgen gewesen.

»Grote!« Dann folgte die für seinen Chef typische kurze Pause, um der Nennung seines Namens eine besondere Wirkung zu geben. Dessen hätte es nicht bedurft, denn es gab in der gesamten Mordkommission nur wenige Kollegen, die bei dem Namen »Grote« nicht zusammenzuckten.

Der Chef hatte nicht lange herumgeredet, ja, nicht einmal sein Bedauern darüber ausgedrückt, dass er ihm einfach einen Urlaubstag streichen musste. Stattdessen kam nur kurz und präzise ein Auftrag.

In einer halben Stunde müsse er abfahrbereit sein. Die Leitung der Polizeiinspektion Aurich/Wittmund habe das Landeskriminalamt in Hannover gebeten, einen Mordfall auf Juist zu übernehmen. Er werde um neun Uhr abgeholt und nach Norddeich gebracht. Von dort aus würde er mit einem Polizeiboot auf die Insel übersetzen. Den Auftrag müsse er vorerst alleine übernehmen, denn wegen einer Sexualmordserie in Hannover stünden weitere Kollegen momentan nicht zur Verfügung.

Der Serientäter sei zwar in der Nacht gefasst worden, jedoch liefen die Hintergrundermittlungen derzeit immer noch auf Hochtouren, um auf der geplanten Pressekonferenz mehr Fakten präsentieren zu können.

Dann wurde die Stimme seines Chefs für einen kurzen Moment leiser und ließ die Erschöpfung erahnen, die ihn befallen haben musste. »Der Druck der Öffentlichkeit, ganz besonders der Medien, ist kaum zu ertragen. Ich muss im Moment wirklich jeden freien Mann einsetzen, ob ich will oder nicht! Und Verstärkung«, er zögerte kaum merklich, »kann ich nicht anfordern.«

Dann verfiel seine Stimme wieder in den üblichen Kommandoton: »Nehmen Sie für die Rückfahrt von der Insel Fähre und Zug. Ein Fahrzeug kann ich für Sie nicht abstellen. Was wollen Sie auch auf einer Insel damit? Sie kriegen das schon hin! Schließlich sollen Sie ja nur für uns die Lage checken. Wenn Sie damit durch sind, melden Sie sich. Dann sehen wir weiter.«

Ohne ihm die Möglichkeit eines Einwandes zu geben, hatte der Chef danach grußlos aufgelegt.

Jan Weber hatte es sich nicht anmerken lassen, doch im ersten Moment war er über das schroffe Verhalten Grotes ziemlich verärgert. Dann allerdings überwog der Stolz, dass Grote ihm die Verantwortung für diesen Fall, zumindest was die ersten Ermittlungen betraf, übertragen hatte. War das nicht ein Zeichen großen Vertrauens und Anerkennung ihm gegenüber, den seine Kollegen gerne noch als »Trainee« bezeichneten? Er sah aus dem Fenster auf die dunkle Nordsee und lächelte zufrieden.

Dass sein Chef sehr lange mit sich gerungen hatte, Jan Weber alleine nach Juist zu schicken, wusste er nicht. Doch Grote hatte kaum eine andere Wahl gehabt, denn Jan Weber war tatsächlich der einzige Beamte seiner Dienststelle, der an diesem Tag nicht in den aktuellen Fall eingebunden war, der die ganze Stadt Hannover in Atem hielt.

Grote wusste, dass Jan Weber zwar schon über eine gewisse Erfahrung verfügte, und hielt ihn sicherlich für einen guten Ermittler, doch ganz allein hatte Weber bisher noch nie arbeiten müssen.

Grote verspürte deshalb Unbehagen und war sich des Risikos seiner Entscheidung bewusst. Einen Moment lang hatte er sogar überlegt, doch noch einen weiteren, erfahrenen Kollegen bei einer anderen Dienststelle anzufordern und gemeinsam mit Jan Weber nach Juist zu schicken, doch aus bestimmten Gründen verwarf er diesen Gedanken. Er tröstete sich damit, dass spätestens am nächsten Tag alles anders aussehen würde. Dann hatte die MK-L wieder Luft. Diesen einen Tag würde Jan Weber schon allein klarkommen.

Jan Weber ahnte nichts von den Zweifeln seines Chefs und war von Hochstimmung getragen. Er würde das schon hinkriegen und allen Kollegen der Mordkommission, ganz besonders seinem Chef, beweisen, dass er es draufhatte.

Seine Gedanken schweiften wieder zurück zum Tatort, und erneut tauchte das Haus in den Dünen vor ihm auf. Er hatte eine ganze Weile gebraucht, bis der Ekel, den der Anblick der Leiche in ihm ausgelöst hatte, verschwunden war. Dies war der einzige Moment, in dem er froh gewesen wäre, einen seiner erfahrenen Kollegen an der Seite zu haben. Dann überwand er jedoch seine Unsicherheit und verfiel in eine Arbeitsroutine, die ihm immer mehr Stabilität gab.

Die Kollegen der Spurensicherung aus Aurich waren lange vor ihm am Tatort gewesen und wuselten bei seinem Eintreffen immer noch in ihren weißen Overalls durch das Haus des Architekten. Die Arbeit stand fast vor dem Abschluss, doch nach dem, was er bisher von ihnen erfahren hatte, war die Spurenlage mehr als schlecht.

Ein Tatwerkzeug war nicht gefunden worden, und außer den Fingerabdrücken des Opfers und denen einer Aufwartefrau, die einmal wöchentlich bei ihm reinigte, konnten keine weiteren in dem Hause gesichert werden. Es schien so, als hätte sich niemals ein Fremder in diesem Haus aufgehalten, als habe Oltmanns dort keine Besucher empfangen.

Dann gab es, völlig überraschend, doch noch einen Hoffnungsschimmer, mit dem niemand mehr gerechnet hatte. Jan Weber stand gerade mit den beiden Inselpolizisten vor dem Haus und unterhielt sich mit ihnen, als einer der weißen Overalls auf ihn zukam. Eine Kollegin von der Spurensicherung strahlte ihn an und hielt eine Plastiktüte in der Hand, die sie triumphierend hin und her schwenkte.

»Wir hätten beinahe die einzige Spur übersehen, die uns wirklich weiterbringen kann. Inmitten des verkrusteten Blutes haben wir auf dem

Körper des Ermordeten ein mittellanges schwarzes Haar gefunden. Es war kaum zu erkennen. Dieses Haar gehörte mit Sicherheit nicht dem Opfer. Auch die Putzfrau können wir ausschließen, die trägt nämlich kurze graue Haare.«

Die beiden Inselpolizisten wunderten sich, dass ein einzelnes Haar bei ihm und seiner Kollegin so große Freude auslöste. Er hatte es daraufhin genossen, mit seinem Wissen zu glänzen, und den beiden erklärt, dass eine DNA-Spur in einem solchen Fall beinahe so etwas wie ein Sechser im Lotto war.

Die Auricher Kollegen hatten die Asservate, welche für die weiteren Ermittlungen von Bedeutung sein konnten, in einen schwarzen Aktenkoffer gelegt. Darunter befand sich auch die sorgsam beschriftete Tüte mit dem schwarzen Haar. Jan Weber hatte sich entschlossen, den Aktenkoffer nach Hannover mitzunehmen, denn die weiteren Untersuchungen sowie die DNA-Analyse des Haares würden ohnehin beim LKA erfolgen.

Eigentlich hatte sich Weber auf mindestens eine Übernachtung auf der Insel eingestellt, doch die Zeugenlage war gleich null. Niemand kannte den Ermordeten näher, niemand hatte mit ihm Kontakt, und die Spurensuche war mittlerweile abgeschlossen.

Es machte keinen Sinn, weiterhin auf der Insel zu bleiben, denn schon am späten Nachmittag war seine Arbeit abgeschlossen. Genau betrachtet gab es keinen Grund mehr, der einen weiteren Aufenthalt auf der Insel rechtfertigte. Deshalb hatte er die Eingangstür des Dünenhauses versiegeln lassen und beschlossen, noch am selben Abend wieder zurück nach Hannover zu fahren.

Die Hälfte der Fahrt zum Festland hatte die Fähre bereits zurückgelegt. Jan Weber stand auf, um sich eine weitere Tasse von dem schlechten Kaffee zu holen. Als die aufdringliche Bedienung ihn erblickte, eilte sie dienstbeflissen zum Tresen und schaute ihn erwartungsvoll an. »So ein guter Kaffee weckt doch die Lebensgeister, oder?«

Weber verkniff sich eine Antwort, um die Frau nicht zu beleidigen, und nickte zustimmend.

»Was für ein schrecklicher Mord!« Sie griff zur Thermoskanne und goss den faden Inhalt einfach in die bereits von Jan Weber benutzte Tasse. »Dass so was auf unserer Insel passiert, nicht zu glauben!« Die Bedienung blickte ihn verschwörerisch an. »Es war bestimmt einer vom Festland. Jemand von der Insel macht so was doch nicht. Aber Sie werden das schon herauskriegen, Herr Kommissar.«

Sie schob die Tasse über den Tresen, beugte sich weit nach vorne und flüsterte wissend: »Was für ein Glück, dass man wenigstens das Haar gefunden hat. Es wird Ihnen bestimmt helfen, den Mörder zu fangen, hab ich recht?« Sie blinzelte ihm noch einmal kumpelhaft zu.

Jan Weber glaubte, nicht richtig zu hören. Ungläubig blickte er die Frau an. »Von was für einem Haar reden Sie denn da?«

»Herr Kommissar!« Die Frau schien geradezu belustigt. »Das ist nun wirklich kein Geheimnis. Jeder auf der Insel hat davon gehört.«

»Es wird viel dummes Zeug getratscht«, erwiderte Weber schroff. Gleichzeitig stieg Wut in ihm auf. Es gehört zum kleinen Einmaleins der Kriminalistik, nichts über Spuren und Beweismittel nach außen dringen zu lassen. Hier hatte ganz offensichtlich irgendjemand seinen Mund nicht halten können. Er versuchte, die Situation noch zu retten, und blaffte die Frau an: »Es ist alles Unsinn, was Sie da reden!«

Er knallte wütend einige Münzen auf den Tresen, nahm seinen Kaffee und wollte auf seinen Platz zurückgehen.

Die Frau strich das Geld ein und schaute ihn dabei breit lächelnd an. »Nee, ist klar, alles nur Gerücht.« Dann flüsterte sie wieder: »Von mir erfährt niemand was.« Zum Abschluss machte sie noch eine alberne Geste, als würde sie gerade ihre Lippen zusammennähen.

Jan Weber war außer sich. Wer hatte da nicht dichtgehalten? Einer der Inselpolizisten? Oder der Arzt? Dann brach er seine Überlegungen ab. Was sollte das jetzt noch? Wenn sogar die Frau am Tresen eines Fährschiffs schon Bescheid wusste, dann hatte diese Neuigkeit gewiss auf der ganzen Insel die Runde gemacht.

Seine Augen fielen auf den schwarzen Aktenkoffer neben sich. Es stimmte ja, der Schlüssel zur Lösung des Falles befand sich in diesem Aktenkoffer. Ein einziges Haar in einer sorgsam beschrifteten Plastiktüte, das unter Umständen über die Identität des Mörders Auskunft geben konnte. Die wichtigste Ausbeute eines ganzen Tages. Doch das musste nun wirklich nicht jeder wissen.

Als die Fähre im Hafen von Norddeich ihre Fahrt verminderte, standen schon die ersten ungeduldigen Passagiere auf und strebten dem Ausgang zu. Weber ließ sich Zeit. Der Zug nach Hannover ging erst um 20.39 Uhr. Es gab also keinen Anlass, sich übermäßig zu beeilen. Als einer der letzten Gäste verließ er das Bordrestaurant, dabei geflissentlich bemüht, die »Viel Erfolg, Herr Kommissar!« und »mal wieder auf die Insel kommen« rufende Frau am Tresen zu überhören.

Auf dem Weg zum Bahnsteig sprang ihm die Kälte ins Gesicht. Der Nebel war hier nicht so dicht wie auf der Insel, dafür war es spürbar kälter, doch gerade das empfand er nach der überheizten Luft in dem Bordrestaurant als Wohltat.

Als er den Bahnsteig erreichte, stand der Nachtzug nach Hannover schon bereit. Wahllos bestieg er einen der Waggons und suchte sich ein leeres Abteil. Die Fahrt würde einige Zeit dauern, also beschloss er, die Ruhe zu nutzen, um ungestört den Bericht zu überfliegen, den einer der beiden Inselpolizisten angefertigt hatte. Die wenigen Zeugenaussagen, die es gab, waren akkurat protokolliert, ebenso die dürftigen Erkenntnisse, die bislang über den ermordeten Architekten vorlagen. Er verstaute die Unterlagen wieder in dem schwarzen Aktenkoffer.

Er legte seine Reisetasche auf die Ablage und behielt den Aktenkoffer neben sich. Bevor der Schaffner die Fahrkarten nicht kontrolliert hatte, wollte er mit seiner Arbeit nicht beginnen. Also lehnte er sich ruhig zurück und blickte auf den menschenleeren Bahnsteig.

Die planmäßige Abfahrtzeit war bereits um einige Minuten überschritten, als eine Lautsprecherdurchsage erklang: »Sehr verehrte Fahrgäste! Wegen eines technischen Problems endet dieser Zug in Oldenburg. Eine Weiterfahrt in Richtung Bremen/Hannover ist momentan nicht möglich. Wir bedauern diese Unannehmlichkeiten und werden Sie in Oldenburg über Fahrtalternativen informieren.«

Weber stöhnte genervt auf. Auch das noch! Der Begriff »technische Probleme« stand in der Sprache der Bahn nicht selten für Selbstmörder, die sich auf die Schienen geworfen hatten. Er selbst hatte einmal einen solchen Fall bearbeitet. Der Tatort bot bei Bahnleichen wirklich keinen schönen Anblick, und er beneidete die Kollegen nicht, die sich in einer Nacht wie dieser damit herumschlagen mussten. Jan Weber war Realist genug, um zu ahnen, dass mit einer baldigen Streckenfreigabe nicht zu rechnen war. Nun, es half ja alles nichts, er musste sich in sein Schicksal fügen.

Endlich sah er einen Bahnbeamten geschäftig von einem Waggon zum nächsten eilen, um die noch offenen Türen zu schließen. Dann erklang ein schriller Pfiff und der Zug setzte sich mit einem Ruck in Bewegung.

Als habe sie auf dieses Signal gewartet, öffnete sich die Abteiltür und eine junge Frau trat herein. Sie nickte ihm wortlos zu, lockerte ihren langen grauen Wollschal und nahm ihm schräg gegenüber auf der Sitzbank Platz. Weber grüßte zurück und beobachtete die Frau verstohlen aus den Augenwinkeln.

Er erkannte sie sofort wieder. Es war dieselbe Frau, die bei der Abfahrt der Fähre erst im letzten Moment das Schiff erreicht hatte. »Sie ist wohl darauf abonniert, immer erst im letzten Moment zu erscheinen«, dachte er amüsiert.

Sie trug über ihrem langen blonden Haar eine grobe schwarze Strickmütze, machte allerdings keine Anstalten, diese abzunehmen. Auch ihre dunkle Winterjacke zog sie nicht aus, sondern öffnete lediglich den Reißverschluss, um bequemer sitzen zu können.

Das Gesicht der jungen Frau war von der Kälte gerötet. Sie zog fröstelnd die Schultern zusammen und kuschelte sich in ihre Jacke. Dann griff sie in ihre Reisetasche und holte ein Buch heraus.

Weber fiel auf, dass sie nicht einmal ihre Handschuhe auszog. Diese Handschuhe waren von ganz besonderer Art, denn das Vorderteil ließ sich zurückklappen. Dann waren die Fingerspitzen freiliegend. Er konnte sich erinnern, dass seine Mutter früher so etwas getragen hatte, und hatte sich immer gefragt, welchen Sinn das haben sollte. Nun, zumindest ließen sich mit solchen Handschuhen Buchseiten mühelos umschlagen, wie er beobachten konnte. Die Frau blätterte einige Male hin und her, dann begann sie, ohne ihn in irgendeiner Weise zu beachten, zu lesen.

Wie alt mochte sie sein? Weber taxierte sie unauffällig. Er schätzte sie auf circa fünfundzwanzig Jahre, war sich jedoch nicht sicher. Vielleicht war sie gerade so alt wie er. Im Schätzen war er nie gut gewesen, schon gar nicht, wenn es um das Alter von Frauen ging. Dabei war es ziemlich egal, wie alt die Frau nun wirklich war: Sie sah ausgesprochen gut aus. Schlank war sie, das konnte man trotz der dicken Winterjacke, die ihren Körper zu erdrücken schien, erahnen. Trotzdem verrieten ihre Bewegungen eine Geschmeidigkeit, die nur ein trainierter Körper hervorbringen konnte.

Jan Weber wandte seinen Kopf zum Fenster und betrachtete ihr Spiegelbild. Das Profil war im kalten Licht der Zugbeleuchtung klar zu erkennen. Eine ebenmäßig geformte Nase, ein voller Mund. Die braunen Augen boten einen reizvollen Kontrast zu den blonden Haaren. Irgendwie hatten ihre Gesichtszüge einen leicht herben Unterton, der zugleich Temperament erahnen ließ.

Weber versuchte mehrmals, sich von ihrem Anblick zu lösen, doch immer wieder zog dieses Gesicht ihn in seinen Bann. Wohin ging ihre Reise? War sie geschäftlich auf der Insel gewesen? Eine Urlauberin schien sie nicht zu sein, dafür war ihre Reisetasche viel zu klein.

Der Zug war bereits eine halbe Stunde unterwegs, als die Abteiltür geräuschvoll geöffnet wurde. Der Schaffner trat ein und verlangte nach den Fahrkarten. Weber hatte sein Ticket griffbereit in der Hosentasche. Die Frau dagegen schien wie aus tiefen Gedanken gerissen, legte ihr Buch auf den Schoß und begann ihre Jacke zu durchsuchen.

Der Schaffner betrachtete sie voller Ungeduld. »Soll ich nachher noch einmal zurückkommen?«

Die Frau schüttelte energisch den Kopf und suchte derweil in ihrer Reisetasche. »Ich hab sie vorhin noch in der Hand gehabt.«

Sie legte die Reisetasche zur Seite und begann erneut, die Taschen ihrer Jacke zu durchsuchen. Ihr Buch rutschte von der Sitzbank und fiel zu Boden. Weber bückte sich und hob es auf. Dabei fiel ein Stück Papier heraus, dass sich hinter dem Bucheinband befunden hatte. Weber nahm es in die Hand, lächelte und hielt es hoch. »Ich glaube, ich habe gefunden, was Sie suchen!«

Die Frau blickte ihn zweifelnd an und bemerkte erst dann, dass er ihre Fahrkarte in den Händen hielt. »Oh, wie dumm von mir.«

Sie blickte den Schaffner entschuldigend an. »Ich habe die Karte extra in das Buch gelegt, damit ich sie griffbereit habe. Das Buch hat mich dann so gefesselt, dass ich mit meinen Gedanken ganz woanders war.«

Ohne ihn anzublicken, nahm sie Weber die Karte mit einem flüchtigen »Dankeschön!« aus der Hand und überreichte sie dem genervten Mann. Der gab sie ihr nach kurzer Prüfung zurück und schloss mit einem genuschelten »Gute Fahrt!« die Abteiltür. »Vielen Dank nochmal! Ich bin im Moment ziemlich vergesslich!«

Die Frau verstaute ihre Fahrkarte diesmal in ihrer Jackentasche und wandte sich wieder ihrem Buch zu, ohne ihn weiter zu beachten.

Weber fühlte sich auf eine besondere Art provoziert. Das offen gezeigte Desinteresse, welches die Frau ihm entgegenbrachte, forderte ihn förmlich heraus. »Es muss ein wahnsinnig spannendes Buch sein, wenn es Sie so in den Bann zieht.«

Zuerst dachte er, die Frau habe seine Bemerkung gar nicht gehört, denn es schien fast so, als lese sie ihr Buch unbeirrt weiter. Endlich, nach langen Sekunden, blickte sie auf und ließ das Buch sinken. Sie machte nicht einmal den Versuch zu verbergen, dass sie Webers Initiative, ihr ein Gespräch aufzudrängen, als lästig empfand. »Mankell, Wallander!« Mehr sagte sie nicht.

Weber ergriff die Chance. »Oh ja, dann kann ich Sie verstehen. Mankell habe ich früher sehr gerne gelesen, Larsson auch. In letzter Zeit bin ich allerdings nicht mehr dazu gekommen.«

»Sie haben keine Zeit mehr, stimmt's?« Sie blickte ihn spöttisch an. »Den meisten Menschen scheint es so zu gehen. Wer hat heute schon genug Muße, sich auf ein Buch einzulassen? Alles muss schnell gehen. Bestenfalls ein Hörbuch auf der Autobahn, während man zwischen zwei Terminen hin und her hetzt.«

Damit war das Gespräch für sie schon wieder beendet, denn sie hob das Buch in die Höhe und wollte sich wieder darin vertiefen.

Weber bemühte sich, den gerade so mühsam gesponnenen Gesprächsfaden nicht wieder abreißen zu lassen: »Die Zeit ist gar nicht das Problem, eigentlich viel mehr mein Beruf. Wenn man täglich mit Verbrechen zu tun hat, muss man nicht noch in seiner kostbaren Freizeit Bücher darüber lesen.«

Es war eigentlich nicht Webers Art, anderen Menschen bei jeder Gelegenheit auf die Nase zu binden, dass er ein Kriminalkommissar war. Doch er wollte um jeden Preis versuchen, bei der attraktiven Frau Eindruck zu schinden. Deshalb vergaß er seine Prinzipien und erzählte mehr, als er eigentlich wollte, und hatte tatsächlich das Gefühl, endlich ihre Neugierde zu wecken.

»Tatsächlich?« Die Frau ließ das Buch erneut sinken und blickte ihn abschätzend an. Zum ersten Mal war es Jan Weber, als habe er endlich ihr Interesse gefunden. »Und jetzt haben Sie auf Juist einige Urlaubstage verbracht, nehme ich an!«

»Nein, ich war dienstlich auf der Insel.«

»Dann mussten Sie vermutlich einen Fahrraddiebstahl aufklären. Viel mehr Kriminalität gibt es dort nämlich nicht!«

Jan Weber bemerkte sofort, dass diese Frau ihn provozieren wollte. Dann war da noch dieser herablassende Blick, der ihn ärgerte und zugleich herausforderte. Wieder gab er mehr preis, als er wollte. »Nun, um ein Fahrrad ging es eigentlich nicht. Vielmehr um einen Mord.«

Er hatte gehofft, die Frau jetzt endgültig zu beeindrucken, doch sie schwieg nur, als müsse sie nachdenken. Erst nach einer langen Pause, die Jan Weber befürchten ließ, dass die Frau das Gespräch schon wieder beenden wollte, fragte sie wieder: »Tatsächlich?«

Weber war verwundert. »Sie kommen gerade von der Insel und haben wirklich noch nichts davon gehört? Ganz Juist scheint inzwischen davon zu wissen, nur Sie nicht.«

»Nun, ich habe heute den ganzen Tag in meinem Hotelzimmer verbracht und herumgetrödelt. Fast hätte ich dabei die Abfahrt der Fähre verpasst. Eigentlich habe ich den ganzen Tag lang mit niemandem mehr gesprochen. Und am Ende war ich zu sehr in Eile!«

Die Frau schlang ihre Winterjacke wieder fester um sich und schwieg. Ohne Weber anzuschauen, sagte sie dann leise: »Dass so etwas hier passieren kann … Auf einer Insel fühlt man sich so abgeschieden und geborgen. Da kommt man gar nicht auf den Gedanken, dass so schlimme Dinge geschehen könnten!«

Während sie sprach, beobachtete Jan Weber sie genau. Es war merkwürdig: Obwohl ihre Worte so viel Gefühl ausdrückten, blieb ihr Gesichtsausdruck starr und unberührt.

Dann sah sie ihn unvermittelt an. »Haben Sie denn schon jemanden, den Sie verdächtigen? Man sucht doch wohl zuerst nach einem Motiv, oder nicht? Vielleicht war es ein Raubmord? Niemand bringt einen anderen Menschen ohne Grund um. Sie werden sich sehr anstrengen müssen, um das herauszukriegen.«

Jan Weber freute sich über das nun vollends erwachte Interesse der Unbekannten. Dabei stieg in ihm die Hoffnung, dass dieses Interesse nicht ausschließlich dem Mordfall, sondern auch seiner Person galt. Ein Stück weit fühlte er sich sogar geschmeichelt. »Nein, ein allein wohnender Mann wurde getötet. Ob etwas gestohlen wurde, wissen wir nicht. Es sieht im Moment allerdings nicht danach aus. Wir wissen ohnehin ziemlich wenig von ihm, denn auf der Insel kannte ihn niemand so recht.«

»Es ist gewiss nicht einfach, unter diesen Umständen einen Mordfall aufzuklären, oder?«

Weber lächelte sie überlegen an und begann zu dozieren: »Wir werden schon weiterkommen. Die Ermittlungen am Tatort stellen schließlich nur einen ersten, geringen Teil unserer Arbeit dar. Dazu kommen dann noch die Tatortspuren, die wir in den nächsten Tagen auswerten.«

»Sagten Sie nicht eben gerade, dass es kaum Ansatzpunkte in diesem Fall gäbe?«

Weber klopfte mit der Hand auf den neben ihm liegenden Aktenkoffer. »So ganz erfolglos war die Spurensuche in dem Haus nun doch nicht. Jeder Täter hinterlässt Spuren. Wir müssen sie nur finden.«

»Ach, jeder Täter? Sie gehen also von einem Mann als Täter aus, nicht von einer Frau?«

Jan Weber war inzwischen dermaßen in den Bann der Unbekannten geraten, dass er nicht merkte, dass sie gerade dabei war, ihn geschickt auszufragen. »Das hab ich nur so dahingesagt. So weit sind wir noch nicht. Es fällt allerdings schwer, mir vorzustellen, dass ein dermaßen brutaler Mord von einer Frau begangen worden sein könnte. Nun, spätestens in zwei Tagen ist die DNA ausgewertet. Dann werde ich es wissen. Zum Glück hat der Täter einen Fehler gemacht und uns ein kleines Andenken hinterlassen.«

Die Frau sah ihm in die Augen und nickte nachdenklich. Von ihrem spöttischen Blick war nichts mehr geblieben. Sie blickte starr aus dem Fenster und Weber kam es so vor, als sei die Frau im Moment mit ihren Gedanken ganz woanders. »Wir sollten das Thema wechseln. Ich sehe Ihnen an, dass es Sie belastet«, sagte Jan Weber und hoffte, das Gespräch damit endlich auf eine andere, persönliche Ebene zu lenken.

Stattdessen nickte sie nur. »Ja, wir sollten es lassen.«

Sie nahm ihr Buch wieder in die Hand. »Es ist immer schlimm, wenn ein Mensch sterben muss. Manche Menschen müssen so jung sterben. Egal ob durch Krankheit, Unfall oder durch fremde Hand. Wenn ich von solchen Dingen höre, beschäftigt mich das. Da hilft es mir, wenn ich mich ablenke.«

Nach diesen Worten wandte sie sich wieder ihrem Buch zu und ging auf weitere Gesprächsversuche Jan Webers nur widerwillig ein. Eine richtige Unterhaltung kam jedenfalls nicht mehr zustande.

Weber blickte enttäuscht nach draußen und betrachtete die wenigen Lichter, die von den Fenstern einzeln stehender Gehöfte für Sekunden aufflackerten und sogleich wieder in der Nacht verschwanden. Er zog den Aktenkoffer fest an sich und legte seinen Arm um ihn, als bewache er einen Schatz. Dann schloss er die Augen, nur für einen Moment, wie er dachte.

Als er wieder erwachte, blickte er erschrocken auf die Uhr. Er hatte eine ganze Zeit lang fest geschlafen und stellte überrascht fest, dass es bis zur Ankunft in Oldenburg nur noch zwanzig Minuten dauern würde. Die Frau gegenüber hatte seit ihrem Gespräch keine Notiz mehr von ihm genommen und war immer noch in ihr Buch vertieft.

Er wollte die noch verbleibende Zeit nutzen und öffnete den Aktenkoffer. Dann betrachtete er die Beweisstücke, die ihm die Kollegen der Spurensicherung übergeben hatten. Er tat das hinter dem hochgeklappten Deckel des Aktenkoffers und war sorgsam darauf bedacht, dass die Frau es nicht sehen konnte. Er nahm eine Plastiktüte nach der anderen in die Hand. Sie alle waren penibel beschriftet.

Neben einigen Kleinigkeiten befanden sich ein Handy sowie die Festplatte aus Oltmanns' Computer im Koffer. Mit etwas Glück waren darauf die persönlichen Kontakte des Ermordeten zu finden, wenn es dumm lief, nur uninteressante Arbeitsunterlagen. Aber auch das würde man in spätestens zwei Tagen wissen.

Die Frau interessierte sich für sein Tun in keiner Weise und war weiterhin in ihr Buch vertieft. Nur gelegentlich schien ihm so, als blickte sie kurz über den Bücherrand, um ihn zu beobachten, doch da mochte er sich vielleicht auch getäuscht haben. Jan Weber musste akzeptieren, dass mit dieser attraktiven Frau nichts lief, er war wohl nicht ihr Typ. Das bedauerte er, wollte aber auch nicht aufdringlich wirken und schaute deshalb ganz bewusst nicht mehr zu ihr herüber. Hätte er es getan, wäre ihm aufgefallen, dass die Frau seit vielen Minuten die Seiten ihres Buches nicht mehr umgeschlagen hatte. Was auch immer in ihrem Kopf vorging, das Buch interessierte sie im Moment nicht mehr.

Er wandte sich wieder den Beweisstücken zu. All diese Tüten, die vor ihm lagen, enthielten keinerlei Spuren, die nach erster Einschätzung erfolgversprechend waren, nur eben diese eine.

Er nahm die Plastiktüte in die Hand und betrachtete das darin liegende schwarze Haar nachdenklich. Mit Daumen und Zeigefinger griff er die Länge des Haares ab – vielleicht zwanzig Zentimeter, schätzte er. Die Länge ließ erst einmal keinen Rückschluss auf das Geschlecht seines Trägers zu. Es mochte sowohl von einer längeren Männerfrisur als auch von einem Kurzhaarschnitt stammen, wie ihn Frauen trugen. Weitere Überlegungen konnte er nicht mehr anstellen, denn in diesem Augenblick erklang durch den Lautsprecher die Durchsage, dass der Zug jetzt den Oldenburger Hauptbahnhof erreichen würde.

Vielleicht war es der unterschwellige Gedanke an die Unersetzlichkeit des Beweisstückes, der ihn bewog, diese eine Plastiktüte nicht wieder zurück in den Koffer zu legen, sondern sie stattdessen in die Brusttasche seines Hemdes zu stecken. Er dachte nicht darüber nach, sondern tat es einfach. Dann verschloss er den Aktenkoffer, fasste nach seiner Reisetasche und legte beides griffbereit auf die Sitzbank. Auf dem Gang vor dem Abteil sah er einige Reisende, die bereits hektisch wurden, obwohl der Zug noch gar nicht zum Stillstand gekommen war.

Die blonde Frau stand nun ebenfalls auf, legte ihr Buch zur Seite und begann umständlich, die Spitzen ihrer Handschuhe über die Fingerkuppen zu ziehen. Jan Weber beobachtete die Prozedur aus den Augenwinkeln und amüsierte sich still. Das Verhalten seiner Reisegefährtin wirkte auf ihn altbacken und passte überhaupt nicht zu ihrem Alter. Die Frau drehte Jan Weber nun den Rücken zu und begann, irgendetwas in ihrer Reisetasche zu suchen, während der Zug sein Tempo stetig verringerte. Schon fiel das helle Licht der Bahnsteiglampen in das Abteil. Kurz darauf gab es einen Ruck und der Zug hatte sein Ziel erreicht.

In diesem Moment drehte sich die Frau mit einer schnellen Bewegung zu Jan Weber um. Er hatte für einen kurzen Augenblick das Gefühl, sie habe durch das Bremsen des Zuges ihr Gleichgewicht verloren und drohe, auf ihn zu stürzen. Er stand auf und streckte seine Arme aus, um ihr zu helfen. Plötzlich sah er in ihrer linken Hand etwas Metallisches aufblitzen, und noch bevor er realisieren konnte, dass es sich um ein Messer handelte, fuhr ihm der Stahl in den Hals und wurde mit einem glatten Schnitt durch seine Kehle gezogen.

Jan Weber ließ die Arme sinken und blieb einige Sekunden regungslos stehen. Dann sackte er ganz langsam zusammen und kippte auf die Sitzbank zurück, als müsse er über das, was gerade geschehen war, nachdenken. In seinem Hals tobte ein brennender Schmerz, und in seinem Blick spiegelte sich grenzenloses Entsetzen. Er starrte die Frau mit weit aufgerissenen Augen an. Sein Mund bewegte sich, als habe er noch etwas Wichtiges zu sagen, doch anstatt von Worten schoss nur ein Schwall warmen Blutes aus seinem Mund. Dann kippte sein Kopf schlagartig nach hinten und sein Körper rutschte seitlich auf die Sitzbank, als wolle er sich schlafen legen.

Die Frau beobachtete das Sterben des Mannes völlig emotionslos. Sie sah noch, dass Jan Webers Körper einige Male krampfhaft zuckte, dann war sein Leben erloschen. Ohne ein Anzeichen von Mitgefühl beugte sie sich zu dem Toten herunter und wischte die blutige Messerklinge an seiner Kleidung gründlich ab. Dann steckte sie das Messer in eine Lederscheide und verstaute beides sorgfältig in ihrer Tasche.

Bevor sie ging, tupfte sie sich mit einem Papiertaschentuch einen immer noch warmen Blutspritzer aus dem Gesicht. Dann zerrte sie den schwarzen Aktenkoffer unter dem zusammengesunkenen Körper Jan Webers hervor und verließ das Abteil ohne Anzeichen von Eile. Sie mischte sich unter die anderen Reisenden, die überhastet den Bahnsteig verließen. Als sie die Bahnhofshalle erreichte, hielten sich viele Reisende dort auf, die wegen der gesperrten Bahnstrecke in Oldenburg gestrandet waren und hektisch nach einer Möglichkeit suchten, irgendwie an ihr Ziel zu gelangen. Jeder war mit sich selbst beschäftigt und niemand beachtete die Frau. Sie durchquerte ruhigen Schrittes die Bahnhofshalle, wand sich durch die Menschengruppen und verschwand im Dunkel der Nacht.

*

Bahnschaffner Wilke wartete ungeduldig auf dem zugigen Bahnsteig, bis die letzten Reisenden den Zug verlassen hatten. Dann ging er von Waggon zu Waggon und warf die Türen mit einem gekonnten Schwung ins Schloss, so wie er es an jedem Bahnhof tat. Wegen der unerwarteten Streckensperrung in Richtung Bremen sollte der Zug an Ort und Stelle stehen bleiben, bis sich die Reinigungskräfte seiner annahmen. Bevor dies geschehen konnte, war vorschriftsmäßig ein Kontrollgang durchzuführen. Allzu oft kam es vor, dass Reisende die Ankunft am Zielbahnhof einfach verschliefen oder Betrunkene schlicht und ergreifend nicht mehr in der Lage waren, den Zug zu verlassen.

Diese ungeliebte Aufgabe erledigte er wie üblich im Schnelldurchgang. Er warf nur flüchtig einen kurzen Blick in jedes Abteil und war froh, als er diese Pflichtaufgabe hinter sich gebracht hatte. Die Reinigungskräfte konnten kommen.

Er holte seine Aktentasche mit den Zugunterlagen und wollte gerade den Zug verlassen, als er die blassroten Fußabdrücke auf dem Boden bemerkte, die er selbst hinterlassen hatte.

Laut der Betriebsvorschrift, die er in- und auswendig kannte, waren technische Mängel oder besondere Verunreinigungen im Mängelbuch einzutragen. Das machte nicht nur Arbeit, sondern es kostete auch Zeit. Wilke war sauer und fluchte laut vor sich hin. »Es kotzt mich an! Nur weil irgendein Ferkel den ganzen Zug einsaut und ich da auch noch dumm durchlatsche, muss ich jetzt Überstunden machen.«

Verärgert über seine eigene Unachtsamkeit folgte er den roten Fußabdrücken, deren Farbe von Meter zu Meter intensiver wurde. Dann stand er vor einem Abteil, unter dessen Tür sich ein tiefroter Fleck zeigte, der sich wie in Zeitlupe weiter in den Gang voranarbeitete. Wilke war nun richtig wütend. Wenn er vorher genauer hingeguckt hätte, wäre ihm der Fleck natürlich schon eher aufgefallen.

Er ging näher heran und erwartete, nun den Geruch von Gemüsesaft, Farbe oder was auch immer wahrnehmen zu können, doch allmählich dämmerte es ihm, dass es sich dort auf dem Boden um etwas ganz anderes handelte.

Entschlossen riss er die Abteiltür auf, um der Ursache dieser Sauerei auf den Grund zu gehen. Dann prallte er schockiert zurück und rannte wie von Furien gehetzt davon.

Bereits zwanzig Minuten später betrat Oberkommissar Paul Sänger vom Kriminaldauerdienst der Kripo Oldenburg den Tatort. Er schob seinen beachtlichen Bauch unter dem Absperrband hindurch, das die Bundespolizei gespannt hatte. Sein Bauch hatte ihm schon während der Ausbildung bei der Bereitschaftspolizei manche Strafrunde auf dem Sportparcours eingebracht. Da die Gemütlichkeit, die sein Bauch ausstrahlte, im Gegensatz zu seiner geistigen Auffassungsgabe stand, hatte er am Ende die Abschlussprüfung an der Polizeischule wegen guter Leistungen doch noch bestanden.

Mittlerweile war Sänger zu einem erfahrenen Kriminalisten gereift. Deshalb bedurfte es nur eines kurzen Blickes in das Zugabteil, um zu erkennen, dass es sich hier um einen Kriminalfall ganz besonderer Art handelte. Die Entscheidung seines Polizeipräsidenten, den Fall noch in der Nacht an die Mordkommission in Hannover abzugeben, war die logische Folge seiner Einschätzung.

Dienstag
Ein Fernspruch aus Oldenburg

Stefan Grote schloss kurz vor Mitternacht die Haustür auf. Er tat dies so geräuschlos wie möglich, um seine Frau und die beiden Kinder nicht zu wecken. Bereits am Nachmittag hatte er zu Hause angerufen und seiner Frau gesagt, dass es wieder einmal spät werden würde.

Das war schon früh absehbar gewesen, denn die Pressekonferenz, die der Polizeipräsident für den frühen Abend einberufen hatte, musste immer wieder verschoben werden. Der tatverdächtige Sexualmörder hatte zwar ein Geständnis abgelegt, doch dann tauchten immer wieder neue Details auf, die den Fall in einem anderen Licht erscheinen ließen.

Erst um zweiundzwanzig Uhr konnte der Polizeipräsident gemeinsam mit dem Staatsanwalt und ihm, als leitendem Ermittler, die Pressekonferenz eröffnen. Eine halbe Stunde war dafür angesetzt, dann jedoch kamen Fragen über Fragen, und als er endlich das Präsidium verlassen konnte, war es bereits halb zwölf geworden.

Grote fühlte sich restlos zerschlagen und zugleich aufgekratzt. Immer wenn ein Fall gelöst war, der ihn besonders gefordert hatte, befand er sich in diesem Zustand. Dann war an Schlaf nicht zu denken, bis irgendwann nach vielen Stunden die Erschöpfung Oberhand gewann.

Vor gut zwei Jahren wurde Stefan Grote zum Chef der damals neu gegründeten MK-L ernannt. Diese ganz spezielle Mordkommission des Landeskriminalamtes wurde ins Leben gerufen, um besonders schwierige oder herausragende Mordfälle im Bereich des Landes Niedersachsen zu bearbeiten. Und das tat sie bisher mit beachtlichem Erfolg. Stefan Grote hatte sich zuvor als Leiter des Mobilen Einsatzkommandos einen Namen gemacht und sich dabei in schwierigen Lagen bewährt. Innerhalb kurzer Zeit sammelte er mehr Einsatzerfahrung als manch anderer Polizist in seinem gesamten Berufsleben.

Als er das Angebot zur Leitung der neuen Dienststelle erhielt, zögerte er anfänglich, obwohl es für ihn einen Sprung auf der Karriereleiter bedeutete. Doch dann wurde ihm von höherer Stelle klargemacht, dass es Angebote gäbe, die man nicht ablehnen könne. Die Jahre beim Mobilen Einsatzkommando hatten ihm gut gefallen. Er wäre gerne dort geblieben, denn er war noch ausgesprochen fit für sein Alter und den sportlichen Herausforderungen der Spezialeinheit mit Leichtigkeit gewachsen.

Grote war hochgewachsen und muskulös. Die sich schon in jungen Jahren abzeichnenden Geheimratsecken hatte er geschickt dadurch kaschiert, dass er seine braunen Haare auf Millimeterlänge abrasieren ließ. Sein ausgeprägtes Kinn verlieh ihm ein markantes Aussehen und ließ ihn um einiges jünger aussehen, als er war. Auf Frauen hatte er eine gewisse Wirkung, das wusste er. Alles in allem ein attraktiver Mann, der kurz vor seinem vierzigsten Geburtstag stand.

Wenn er gefragt wurde, warum er sich letztendlich doch entschlossen habe, das MEK zu verlassen und zur neuen Mordkommission zu wechseln, so nannte er immer zwei Gründe:

Zum einen wies er darauf hin, dass es ihn zunehmend Kraft gekostet habe, ständig auf Abruf zu leben.

Als weiteren Grund führte er seine Frau an. Er wolle sie nicht weiter belasten, denn er wisse, was er ihr in den letzten Jahren abverlangt habe. Diese Zeit sei auch für sie nicht leicht gewesen, denn der Dienst beim MEK sei gefährlich und von häufigen Alarmierungen geprägt. Allzu oft habe in der Nacht das Handy geläutet und ihn in den Dienst gerufen. Manchmal sei er danach tagelang unterwegs gewesen, weil ihn Einsätze bis ins Ausland führten. Zum Teil sei es ihm nicht einmal möglich gewesen, ein Lebenszeichen nach Hause zu senden. Darunter habe seine Frau sehr gelitten und dies sei für ihn Anlass gewesen, das Angebot zur Leitung der Mordkommission anzunehmen.

Das entsprach im Kern der Wahrheit. Tatsächlich hatte seine Frau während der Zeit, als er beim Mobilen Einsatzkommando Dienst verrichtete, in ständiger Sorge um ihn gelebt. Und doch war dieses Grotes ganz eigene Version zu den Hintergründen seines Dienststellenwechsels. Daneben gab es allerdings noch eine andere Wahrheit. Grote hatte zu dieser Zeit eine längere Affäre mit einer Kollegin begonnen. Ein dummer Zufall führte dazu, dass sowohl sein vorgesetzter Abteilungsleiter als auch seine Frau davon erfuhren. Die Folgen waren gravierend.

Das »Angebot«, die Leitung der Mordkommission zu übernehmen, entpuppte sich letztlich als Ultimatum seines obersten Chefs, Dr. Richter. Grote war als MEK-Leiter nicht mehr tragbar, denn sein Verhalten hatte innerhalb seiner Dienststelle anfänglich zu Getratsche, dann sogar zu Spannungen geführt. Auch nachdem die beteiligte Kollegin versetzt worden war, beruhigte sich die Situation nicht wieder, zumal sich hartnäckig Gerüchte hielten, dass dieses nicht die erste Liaison mit einer Kollegin gewesen sei.

Grotes Ehefrau hatte bis zu diesem Vorfall ihrem Mann blind vertraut. Sie kannte ihn nur als liebenden Ehemann und vorbildlichen Vater. Sein

Seitensprung traf sie völlig unerwartet, und ihre erste Reaktion war, sich von ihm zu trennen.

Trotz seiner Neigung zu Eskapaden liebte Grote seine Frau und die Kinder über alles und investierte viel, um seine angeschlagene Ehe zu retten. Letztlich gelang es ihm, seine Liebschaft als einmaliges amouröses Abenteuer darzustellen, in das er ungewollt hineingeraten sei. Seine Frau verzieh ihm um der Kinder willen, und allmählich normalisierte sich ihre Beziehung wieder, wenn auch ein Rest von Misstrauen bei ihr haften blieb.

Als innerhalb der Behörde bekannt wurde, dass Grote die neu gegründete Mordkommission übernehmen würde, regte sich sofort Widerstand. Nicht wenige Führungskräfte in vergleichbarer Position wie Grote empfanden die Entscheidung des LKA-Leiters als Affront. Unbestritten, Grote war ein exzellenter Kriminalist und für den neuen Job bestens geeignet. Dass aber letztendlich eine Verfehlung dazu beitrug, einen Karrieresprung machen zu dürfen, stieß einigen ziemlich sauer auf. So wurde seine Art, wie er die neue Dienststelle führte, von Neidern äußerst argwöhnisch beobachtet. Es gab manch einen, der nur auf seinen ersten Fehler wartete.

Als sich die Ermittlungen gegen den Sexualtäter in Hannover ausweiteten und irgendwann dazu führten, dass Grote Personalverstärkung von anderen Kommissariaten anfordern musste, wurde von den betroffenen Dienststellenleitern mehr oder weniger offen Kritik darüber geäußert. Sie weigerten sich, eigenes Personal auch nur vorübergehend an ihn abzugeben. Obwohl Grote im Recht war, wurde ihm vorgeworfen, er habe selbst Mitarbeiter genug und müsse sie nur effizient einsetzen, dann würde er schon klarkommen. Zwar sprach Dr. Richter am Ende ein Machtwort und Grote bekam seine Verstärkung, doch wusste er, dass er von nun an den Bogen nicht mehr überspannen durfte.

Er spürte, dass er noch stärker als bisher unter Beobachtung stand, und verzichtete immer häufiger auf die Anforderung weiterer Verstärkung, obwohl er sie gut hätte brauchen können. So auch trotz aller Bedenken im Fall Jan Weber.

Grote schlich auf leisen Socken die Treppe nach oben und horchte. Durch die nur angelehnte Schlafzimmertür konnte er das regelmäßige Atmen seiner Frau hören. Es war eine Angewohnheit von ihr, die Tür immer leicht geöffnet zu lassen, damit sie die Zwillinge hören konnte, falls einmal etwas nicht in Ordnung sein sollte. Er belächelte diese Marotte, denn schließlich waren die beiden Jungen schon zehn Jahre alt.

Er ging wieder nach unten, holte sich eine angebrochene Weinflasche aus dem Kühlschrank und goss sich den abgestandenen Rest in ein Glas. Den viel zu kalten Wein spülte er in einem Zug herunter und hoffte auf die entspannende Wirkung des Alkohols. Trotzdem dauerte es eine gefühlte Ewigkeit, bis er merkte, dass seine Nerven sich allmählich beruhigten und die Müdigkeit von ihm Besitz ergriff. Er schloss die Augen, ohne es zu merken, und schlief ein.

Als sein Handy klingelte, zuckte er zusammen. Im ersten Moment war er orientierungslos, dann fiel sein Blick auf die Wanduhr: 03.34 Uhr zeigte sie an. Er hatte also kaum zwei Stunden geschlafen. Sein nächster Blick fiel auf das Display: »Kriminaldauerdienst« stand dort, und das verhieß nichts Gutes.

Die Lautstärke des Ruftons verstärkte sich von Mal zu Mal, und hektisch nestelte er an dem Gerät herum, um Frau und Kinder nicht zu wecken. Als er die grüne Taste drückte und sich mit seinem Namen meldete, herrschte auf der anderen Seite der Leitung einige Sekunden lang Schweigen. Ohne seinen Namen zu nennen, sagte der Anrufer mit gedämpfter Stimme: »Stefan, du solltest kommen. Es ist etwas passiert.« Grote kannte diese Stimme gut, denn Hennes Brinkhoff, der Leiter des Kriminaldauerdienstes, war ein alter Freund und Weggefährte von ihm.

Stefan Grote war klar, dass Brinkhoffs Anruf ein sicheres Indiz dafür war, dass etwas ganz Außergewöhnliches geschehen sein musste. Deshalb brauchte er seinem Freund auch nicht zu sagen, dass er todmüde und erschöpft war. Das wusste Brinkhoff selbst, denn wenige Stunden zuvor hatten sie sich noch im Präsidium getroffen und einige Worte gewechselt. Brinkhoff wusste also ganz genau, wie fertig sein Freund sein musste. »Wenn es sein muss …« Grote seufzte tief. »Ich fahr sofort los. Sag mir nur ganz kurz, worum es geht!«

»Es geht um Jan Weber. Einzelheiten erzähle ich dir nachher. Sieh nur zu, dass du schnellstens hier bist!«

Weitere Nachfragen ließ Brinkhoff nicht zu, sondern beendete das Gespräch abrupt.

Grote ging in das Gäste-WC, spülte seinen Mund aus und klatschte sich kaltes Wasser in sein Gesicht, um die Müdigkeit zu vertreiben. Als er den Flur betrat, stand plötzlich seine Frau vor ihm. Sie hatte ihren Bademantel nur über die Schultern gehängt und sah ihren Mann beunruhigt an. »Ich habe das Klingeln gehört! Musst du schon wieder weg?«

Er ging auf sie zu, strich ihr das zerzauste Haar aus dem Gesicht und nahm sie in den Arm. Für einen kurzen Augenblick genoss er die

Wärme, die ihr Körper verströmte. Dann schob er sie sanft zurück und bemühte sich, einen gelassenen Eindruck auf sie zu machen. »Ich muss nochmal kurz ins Präsidium. Sicher nichts Schlimmes. Vermutlich ist in dem Fall von gestern noch die ein oder andere Frage offen. Du weißt ja selbst, wie die Medien sind. Die geben einfach keine Ruhe, bis auch das letzte Detail geklärt ist.«

Er gab seiner Frau einen Kuss auf die Wange, legte seinen Arm um ihre Hüfte und ging mit ihr zur Treppe. »Geh rauf und schlaf einfach weiter. Mach dir keine Gedanken, es ist alles in Ordnung.«

Sie nickte und tat verständnisvoll, dabei wusste sie genau, dass sie für den Rest der Nacht wieder einmal kein Auge mehr zubekommen würde. Die Unruhe, die ihren Mann befallen hatte, war nun auch auf sie übergesprungen.

Grote wartete noch, bis seine Frau nach oben gegangen war. Sie drehte sich noch einmal um und lächelte ihm zu. Er hob kurz die Hand, ergriff seine Jacke, nahm das Schlüsselbund vom Brett und verließ das Haus.

Während der Fahrt zum Präsidium gingen ihm die Gedanken durch den Kopf. Der Anruf Brinkhoffs musste einen unerfreulichen Anlass haben, sonst hätte er ihm am Telefon Details verraten.

Hatte Jan Weber den Fall auf Juist etwa vermasselt? Er hielt große Stücke auf den jungen Mann, obwohl er ihm das nie gesagt hatte. Grote war mit Lob äußerst sparsam, hatte sich allerdings vorgenommen, dieses bei dem im Frühjahr anstehenden Mitarbeitergespräch nachzuholen. Jan Weber hatte ihn immer ein wenig an sich selbst erinnert. Ehrgeizig, ruhig, diszipliniert und nach außen hin immer etwas unnahbar wirkend.

Doch selbst wenn Jan Weber einen Fehler gemacht hatte, so wäre das noch lange kein Grund, seinen Vorgesetzten nachts aus dem Schlaf zu holen. Fehler ließen sich korrigieren, auch noch am nächsten Tag. Er überlegte hin und her, kam aber zu keinem Ergebnis und war deshalb beunruhigt. Sei es drum, in einigen Minuten würde er mehr wissen.

Nachdem er das Landeskriminalamt erreicht hatte, eilte er mit schnellen Schritten durch die menschenleere Eingangshalle und fuhr mit dem Fahrstuhl hinauf bis unter das Dach. Dort befanden sich die Räume des Kriminaldauerdienstes.

Schon auf dem Flur kam Hennes Brinkhoff ihm entgegen und drückte schweigend seine Hand. Er vermied es dabei, ihm in die Augen zu blicken, was Grote sofort auffiel. Brinkhoff ging in sein Büro. Grote folgte seinem Freund und setzte sich auf einen der unbequemen Stühle am Fenster. Dann schlug er die Beine übereinander und sah Brinkhoff erwartungsvoll an. »Kaffee?« Brinkhoff fiel es erkennbar schwer, endlich zur Sache zu kommen.

Grote nahm das Angebot dankbar an. »Gerne, ein Kaffee wäre jetzt gut. Ich fühle mich im Moment wie ausgekotzt.«

Brinkhoff schob ihm einen vollen Becher hinüber. Dann ging er zu seinem Schreibtisch, nahm einen roten Aktenordner mit dem Aufdruck »Eilmeldungen« in die Hand und sagte mit belegter Stimme: »Es ist in der Nacht etwas Schreckliches passiert, Stefan. Einen von deinen Leuten hat es erwischt. Lies selbst, was vorhin bei uns reingekommen ist.«

Grote nahm den Aktenordner widerstrebend in die Hand und zwang sich, zu lesen. Bei dem zuoberst abgehefteten Zettel handelte es sich um einen schriftlich protokollierten Fernspruch des Lagezentrums der Polizei Oldenburg, der um 02.55 Uhr eingegangen war. Als er verinnerlichte, was dort geschrieben stand, war es, als habe man ihm den Boden unter den Füßen weggezogen.

> »Toter im Nachtzug Norddeich-Emden-Bremen-Hannover aufgefunden / Auffindeort: Hauptbahnhof Oldenburg, Gleis fünf / offensichtlich Tötungsdelikt durch Messer / in der Jacke des Toten Dienstausweis des LKA Hannover / Personalien eindeutig festgestellt: Jan Weber / derzeit keine Täterhinweise.«

Mit jedem Wort, das er dort las, schnürte sich Grotes Magen mehr zusammen. Er ließ den Ordner sinken und legte ihn mit starrem Blick vor sich auf den Tisch. »Was hast du veranlasst, Hennes?«

Brinkhoff nahm den Ordner wieder in die Hand und blätterte die Unterlagen durch. »Volles Programm, das kannst du dir sicher vorstellen. Die Staatsanwaltschaft hat schon entschieden, dass das LKA den Fall bearbeiten soll. Unsere Tatortgruppe ist seit einer halben Stunde unterwegs und wird die Spurensicherung durchführen. Natürlich habe ich auch schon mit Dr. Richter gesprochen. Der Chef überlässt dir die Entscheidung, ob deine Dienststelle den Fall selbst bearbeiten will oder ob du ihn lieber abgeben willst. Er würde das verstehen, schließlich seid ihr selbst betroffen.«

Stefan Grote schüttelte unwillig den Kopf und sagte mit belegter Stimme: »Gerade darum müssen wir den Fall selbst bearbeiten. Weber war doch einer von uns.«

»Eben, genau deshalb.« Brinkhoff setzte sich neben seinen Freund, legte die Hand auf seine Schulter und sprach mit ruhiger Stimme: »Genau darum geht es. Bei diesem Fall muss man einen kühlen Kopf bewahren. Hast du keine Angst, dass du vielleicht zu dicht dran bist?«

Grote schüttelte Brinkhoffs Hand unwillig ab. »Natürlich bin ich dicht dran! Schließlich habe ich Jan Weber selbst nach Juist geschickt!«

»Ja, das hast du! Weber war allein dort, oder?« Brinkhoff bemühte sich, keinen Vorwurf in seinen Worten mitklingen zu lassen. Trotzdem traf er Grote damit tief. Der sprang auf, und es schien einen Augenblick, als würde er die Fassung verlieren. Doch dann sackte er in sich zusammen, setzte sich wieder auf seinen Stuhl und rang nach Luft.

Seine Stimme wurde leise. »Wen hätte ich denn Jan Weber noch zur Seite geben sollen? Du weißt doch selbst, was in den letzten Tagen bei uns los war. Alle waren im Einsatz, rund um die Uhr. Jeder von uns war am Anschlag. Da blieb nur Weber. Er war gerade aus dem Urlaub zurück und der einzige freie Mann, den ich noch hatte. Er sollte nur die Informationen für uns sammeln und die ersten Maßnahmen koordinieren. Wer konnte denn ahnen, dass …?«

»Du hast ja recht, Stefan. Niemand konnte so etwas vorhersehen.«

Ihm tat es nun leid, dass er seinem Freund doch einen stillen Vorwurf gemacht hatte. Er fand dessen Entscheidung nicht richtig, vermied allerdings, es ihm zu sagen. Stattdessen versuchte er, ihn aus seiner Verzweiflung zu erlösen. Geschäftsmäßig stellte er fest: »Ich mache also für den Chef einen Vermerk, dass der Fall von der MK-L bearbeitet wird, ist das so richtig?«

Grote nickte müde, dann straffte sich sein Körper. »Ich muss nach Oldenburg fahren und mir selbst einen Überblick verschaffen. Meine Leute werde ich nicht alarmieren, denn im Moment können wir sowieso noch nichts machen, solange die Spurensicherung nicht mit der Arbeit fertig ist.«

Er blickte Brinkhoff an: »Hast du jemanden, der mich begleiten kann? Außerdem möchte ich nicht selbst fahren. Besonders fit fühle ich mich im Moment nicht.«

»Natürlich, ich bringe dich selbst hin. Trink noch deinen Kaffee aus und gib mir ein paar Minuten, dann fahren wir los.«

Während Brinkhoff noch einige Dinge regelte, stürzte Grote den viel zu starken Kaffee hinunter. Seinem Magen tat das nicht gut, es vertrieb aber die bleierne Müdigkeit.

Zehn Minuten später saßen sie im Auto und Brinkhoff stellte das Magnetblaulicht auf das Dach. Das Signalhorn musste er nicht einschalten, denn die Straßen waren immer noch leer. Als sie die Autobahn erreichten, beschleunigte er stark, zog sofort auf die linke Fahrspur und stellte den Tempomat ein. Gerne wäre er noch schneller gefahren, doch im Dunst tauchten immer wieder überraschend

Nebelbänke auf, die ihn zwangen, langsamer zu fahren. So dauerte es länger als erwartet, ehe sie endlich den Hauptbahnhof in Oldenburg erreichten.

Auf dem Bahnhofsplatz, zwischen Fahrradständern und Haupteingang, standen bereits mehrere Polizeifahrzeuge, darunter die eigenen mit dem Hannoveraner Kennzeichen. Grote und Brinkhoff stellten ihren Wagen ebenfalls dort ab und betraten den Bahnhof, in dem zu dieser Zeit schon die ersten Pendler den Zügen zustrebten.

Sie brauchten nicht lange zu suchen. Schon von Weitem erblickten sie die blau-weißen Absperrbänder, die den Treppenaufgang zum Gleis 5 sperrten. Davor stand ein junger Polizist, der mit großer Geduld die neugierigen Fragen der Reisenden beantwortete.

Grote zückte seinen Dienstausweis, hob das Absperrband an, und beide schlüpften darunter hindurch. Als sie den Bahnsteig betraten, sahen sie den Zug aus Norddeich vor sich stehen. Zwei Polizisten sperrten den Zugang zu einem der Zuganhänger, vor dessen Fenstern eine weiße Plane gespannt war. Sie sollte Reisenden aus den anderen Zügen den Blick in das Abteil verwehren.

Brinkhoff entdeckte auf dem Bahnsteig zwei Kollegen seines KDD. Während er mit ihnen sprach, betrat Grote den Zug und näherte sich dem Tatort. Das Abteil war noch einmal gesondert abgesperrt. Nur Mitglieder der Spurensicherung hatten zu diesem Bereich Zugang.

Er ging so weit an die Absperrung heran, dass er die Kollegen nicht bei ihrer Arbeit behinderte, trotzdem aber einen Blick in das von Scheinwerfern hell ausgeleuchtete Abteil werfen konnte. Ein Beamter im weißen Overall stand direkt vor der Sitzbank, sodass Grote zuerst nur Jan Webers Beine sehen konnte. Der Beamte bemerkte Grote, nickte ihm zu und trat einen Schritt zur Seite, um den Blick freizugeben.

Beim Anblick des Toten ergriff Grote das pure Grauen, und seine Beine drohten zu versagen. Das Nächste, was er sah, waren die weit geöffneten Augen des Ermordeten. Es kam ihm so vor, als würde Jan Weber ihn vorwurfsvoll anstarren. Gleichzeitig lag in seiner Mimik diese ungläubige Überraschung, die im Moment des Todes von ihm Besitz ergriffen hatte.

Er musste sich zwingen, weiter hinzuschauen. Erst jetzt wurde ihm richtig bewusst, dass sich dort in dem Abteil so unglaublich viel Blut befand, wie er es noch niemals an einem Tatort gesehen hatte. Es sah so aus, als läge dort auf der Sitzbank ein geschächtetes Tier, dem der Kehlschnitt zugefügt worden war, um es ausbluten zu lassen.

Der komplette Oberkörper, die Kleidung bis hinab zur Hose des Ermordeten sowie der Fußboden waren von einer riesigen Blutlache überzogen.

Er schloss die Augen und drehte sich um. Obwohl nun das Bild vor seinen Augen erlosch, gelang es ihm nicht, sich der Brutalität dieses Ortes zu entziehen, denn im selben Moment nahm er den Blutgeruch wahr, der den gesamten Waggon ausfüllte. Er hatte noch nie in seinem Leben einen Schlachthof von innen gesehen, doch genau so musste es dort riechen, so gegenwärtig musste der Tod dort sein.

Er verließ den Anhänger mit schweren Schritten und ging in der Hoffnung auf den Bahnsteig, ein paar Minuten mit sich und seinen Gedanken allein sein zu können. Er hätte diese Zeit dringend benötigt, um seine Fassung wiederzuerlangen, doch Brinkhoff, der sich immer noch mit den beiden Kollegen unterhielt, hatte ihn bereits erblickt und winkte ihn zu sich herüber.

Grote hatte immer noch den ekelerregenden Blutgeruch des Abteils in der Nase, den auch die kalte Luft nicht vertreiben konnte. Trotzdem bemühte er sich, seine Betroffenheit zu überspielen, und noch bevor Brinkhoff etwas sagen konnte, stellte Grote mit bemüht fester Stimme die für ihn wichtigste Frage: »Habt ihr irgendwelche Spuren gefunden? Ist da etwas, worauf wir aufbauen können?«

Einer der Männer im weißen Overall verzog sein Gesicht zu einer Grimasse: »Spuren? Ohne Ende! Was kann man in einem Zugabteil auch erwarten? Alles ist übersät mit Fingerabdrücken und DNA. Der Zug ist gestern Morgen zuletzt gereinigt worden und war den ganzen Tag und die Nacht über im Einsatz. Wer weiß schon, wie viele Leute in diesem Abteil gesessen haben?«

Der andere Overallträger ergänzte: »Am Opfer selbst haben wir bislang nichts gefunden. Das viele Blut macht es uns nicht leicht, deshalb wollen wir da keine allzu großen Erwartungen wecken. Wir sind noch nicht fertig und geben bestimmt nicht auf. Aus diesem Grund werden wir in der Pathologie, bevor der Doc mit seiner Arbeit anfängt, noch einmal gründlich suchen.«

Zuletzt wies er auf einen blauen Plastiksack. »Seine Reisetasche haben wir sichergestellt. Allerdings befinden sich nur persönliche Sachen darin. Dinge, die man für ein oder zwei Übernachtungen mitnehmen würde.«

Dann fügte er etwas leiser hinzu: »Die hat er dann ja nicht mehr gebraucht.«

Grote empfand diesen Nachsatz als einen unterschwelligen Seitenhieb, obwohl der Kollege es vermutlich gar nicht so gemeint hatte. Vielleicht war er im Moment selbst einfach nur überempfindlich, deshalb schluckte er eine Erwiderung herunter und dankte den beiden. Er wusste, wenn es irgendwo eine Spur gab, dann würden diese Spezialisten sie finden.

»Zeugen gibt es wahrscheinlich auch nicht, oder?«

Grote blickte Brinkhoff fragend an. Der wiegte den Kopf leicht hin und her. »Ja und nein. Der Schaffner hat ausgesagt, dass Weber gemeinsam mit einer blonden, ziemlich attraktiven jungen Frau im Abteil saß. Das war es allerdings schon fast, denn an weitere Einzelheiten kann er sich angeblich nicht erinnern. Er hat selbst gesagt, dass es für ein Phantombild nicht reichen wird.

Weitere Zeugen haben wir bislang nicht auftreiben können. Alle Reisenden mussten hier in Oldenburg den Zug wegen einer Streckensperrung verlassen. Jeder war wohl damit beschäftigt, einen Weg zu finden, um irgendwie weiterzukommen. Die meisten Fahrgäste sind mit dem Bus nach Bremen gebracht worden und haben von dort aus ihre Reise fortgesetzt. Ob man diese Leute noch ermitteln kann, steht in den Sternen. Zumindest haben wir die Aufnahmen der Überwachungskameras aus der Bahnhofshalle und auf dem Bahnhofsplatz in Oldenburg gesichert.«

Einer der Overallträger hatte Brinkhoffs Worte gehört und kam noch einmal zurück. Er griff in einen Aluminiumkoffer und hielt eine Plastiktüte mit einer Speicherkarte in die Höhe. »Hier sind alle Aufnahmen drauf. Vielleicht kommen wir damit weiter. Wir haben schon einmal kurz draufgeschaut. Die Qualität der Innenaufnahmen ist einigermaßen brauchbar, die Aufnahmen draußen wegen des Nebels eher nicht.«

*

Gegen 8.30 Uhr stiegen Grote und Brinkhoff wieder in das Auto und fuhren zurück nach Hannover. Sie konnten im Moment nichts tun als abzuwarten, bis die Spurensucher ihre Arbeit abgeschlossen hatten. Grote sah auf die Uhr. Zu diesem Zeitpunkt bereiteten sich die Kollegen seiner Dienststelle auf die übliche Frühbesprechung vor, die um neun Uhr begann. Er rief deshalb seine Sekretärin an und sagte ihr, dass der Termin auf 11.30 Uhr verschoben sei. Eine Begründung nannte er nicht, denn er ging davon aus, dass der Fall Jan Weber im gesamten LKA ohnehin das Thema Nummer eins war.

Brinkhoff ließ es auf der Rückfahrt ruhiger angehen und reihte sich in den starken Verkehr ein, der dichter wurde, je näher sie an Hannover herankamen. Gegen zehn Uhr erreichten sie den Stadtrand, und Brinkhoff schaltete das Radio ein, um die den Nachrichten folgenden Verkehrsinformationen zu hören. Die ersten Meldungen befassten sich wie üblich mit der Weltpolitik und klangen allesamt deprimierend. Krieg im Irak, Afghanistan, Syrien, Afrika, Flüchtlingskrise, es schien kein Ende zu nehmen. Dazu die immer gleich klingenden Meinungen und Bewertungen der Politiker, die in ihrer Hilflosigkeit nicht zu übertreffen waren. Während Brinkhoff das Gesicht zu einer abfälligen Grimasse verzog, hörte Grote in sich gekehrt nur mit einem Ohr zu.

Dann jedoch kam eine Meldung, von der er gehofft hatte, dass sie nicht käme, jedenfalls nicht so schnell:

> »Am Oldenburger Hauptbahnhof wurde in einem Zug die Leiche eines Kriminalbeamten aufgefunden. Der Polizist wurde nach ersten Erkenntnissen Opfer eines Verbrechens. Nähere Angaben wurden von der Oldenburger Polizei unter Hinweis auf ein laufendes Verfahren nicht gemacht. Das Landeskriminalamt Hannover hat die Ermittlungen aufgenommen.«

Grote stöhnte gequält auf. »Ich hab es befürchtet, Hennes. Spätestens morgen ist es durchgesickert, dass Weber alleine unterwegs war, und dann wird irgendein Besserwisser die Frage stellen, warum ein ermittelnder Kriminalbeamter nicht in Begleitung war. Dann gibt es Ärger, warte mal ab!«

Brinkhoff wusste, dass sein Freund recht hatte, versuchte aber dennoch, ihn zu beruhigen: »Nun male nicht gleich den Teufel an die Wand! Zu diesem Zeitpunkt ist doch noch gar nicht klar, ob der Mord überhaupt in einem Zusammenhang mit Webers Beruf oder seinem Auftrag steht. Er kann schließlich auch aus anderen Gründen zum Opfer geworden sein. Vielleicht war es doch ein Raubüberfall. So etwas passiert, auch in Zügen.«

Grote schüttelte energisch den Kopf. »Lass mal, Hennes, ist ja gut gemeint, doch du glaubst doch selbst nicht an einen Zufall, wenn du ehrlich bist.«

Brinkhoff schwieg. Was hätte er auch sagen sollen, denn Grote hatte natürlich recht. Alles sprach gegen die These, dass Jan Weber zufällig Opfer eines Verbrechens geworden war.

Noch bevor sie das LKA erreichten, lief auf Grotes Handy eine Nachricht seiner Sekretärin auf. Sie teilte ihm mit, dass Dr. Richter, der

Leiter des Landeskriminalamtes, schon mehrfach nach ihm gefragt habe. Er solle sich sofort nach seiner Rückkehr bei ihm melden.

Als sie wenige Minuten später auf den Parkplatz der Dienststelle rollten, suchte Brinkhoff gar nicht erst einen Parkplatz, sondern fuhr direkt zum Eingang, um Grote aussteigen zu lassen. Bis zum Beginn seiner Frühbesprechung war es nur noch eine halbe Stunde. Grote stieg aus und beugte sich noch einmal zu seinem Freund hinunter. »Danke, dass du mich begleitet hast. Irgendwann mache ich das mal wieder gut!«

Brinkhoff schüttelte den Kopf und winkte ab. »Lass mal stecken, du hättest das auch für mich getan.«

Grote warf die Autotür zu, betrat das Gebäude und ging zielstrebig zum Aufzug. Er war froh, dass auf der Fahrt niemand mehr zustieg, so musste er nicht befürchten, dass ihm jemand Fragen stellte, die er im Moment selbst nicht beantworten konnte. Als er Dr. Richters Vorzimmer betrat, winkte die Vorzimmerdame ihn durch. »Er wartet schon, gehen Sie gleich rein.«

Grote klopfte an und öffnete gleichzeitig die Tür. Dr. Richter blickte auf, erhob sich und kam ihm mit ausgestreckter Hand entgegen. Richter war ein gemütlicher, zur Fülligkeit neigender Mann mit ausgeprägtem Haarkranz. Er war nicht mehr weit von seiner Pensionsgrenze entfernt und wegen seiner jovialen Art bei seinen Mitarbeitern beliebt. Auch Grote hielt große Stücke auf ihn, zumal er wusste, dass sich hinter Richters Fassade eine ungewöhnlich energische Führungspersönlichkeit verbarg. So mancher seiner Widersacher hatte ihn unterschätzt, was er dann später bitter bereuen musste.

»Setz dich hin!« Dr. Richter legte Grote fast freundschaftlich den Arm um die Schulter und ging mit ihm zu dem überdimensionierten Besprechungstisch hinüber. Dann ließ er sich, noch bevor Grote Platz genommen hatte, mit einem tiefen Seufzer schwerfällig in einen abgewetzten Ledersessel fallen, der nur ihm vorbehalten war.

Dr. Richter hatte die Angewohnheit, alle seine Führungskräfte ungefragt zu duzen. Im Gegenzug gab es niemanden im Hause, der es gewagt hätte, dasselbe mit ihm zu tun. Selbst die Hauptabteilungsleiter sprachen ihn mit Titel und Namen an. Das sorgte für klare Verhältnisse und niemand konnte damit prahlen, einen besonders guten Draht zum Chef zu haben oder gar bevorzugt zu werden.

Dr. Richter eröffnete das Gespräch entgegen seiner Art sofort ungewohnt sachlich. Keine der sonst üblichen Fragen nach Frau und Familie. »Über den Sachverhalt brauchst du mir nichts zu erzählen, Grote. Ich bin auf dem neuesten Stand. Ich habe auch zur Kenntnis genommen, dass du den Fall selbst übernehmen willst. Das ist vielleicht nicht die klügste Entscheidung, die du getroffen hast, aber das musst du selbst wissen. Ich kann sie zumindest nachvollziehen und werde sie akzeptieren. Du und dein Team, ihr habt den Fall.«

Er sah Grote durchdringend an, und dann wurde er vertraulicher, wie es doch eigentlich seine Art war. »Du brauchst mir nicht zu sagen, wie es jetzt in deinem Kopf aussieht. Das sehe ich dir an. Trotzdem musst du versuchen, all das auszublenden. Was passiert ist, das ist passiert, und ich möchte dir sagen, dass ich deine Entscheidung, Jan Weber alleine nach Juist zu schicken, decken werde. Das heißt noch lange nicht, dass ich sie für richtig halte, aber ich muss berücksichtigen, unter welchem Druck alle standen. Noch scheint die Sache nicht an die Medien durchgedrungen zu sein. Vielleicht haben wir sogar Glück, und es wird nicht groß thematisiert. Wenn es doch geschieht, dann werde ich gegenüber der Öffentlichkeit vor dir stehen. Nur eins muss dir klar sein, Grote, viel Zeit habt ihr nicht. Wir brauchen erste Erfolge, und zwar möglichst bald. Ich kenne diese Pressefritzen genau. Nur zwei Dinge interessieren sie wirklich: Skandale und Erfolge. Also bring mir schnelle Erfolge – dann gibt es auch keinen Skandal.«

Dr. Richter erhob sich und signalisierte damit, dass dieses Gespräch für ihn beendet war. Dann entließ er ihn mit den Worten: »Gib mir täglich einen kurzen Sachstand, wie ihr vorankommt!«

Grote drehte sich um, durchquerte das Vorzimmer schnellen Schrittes und nahm sich erst auf dem Flur die Zeit, kurz durchzuatmen. Das Gespräch mit Dr. Richter hatte ihm trotz der Kritik an seiner Entscheidung gutgetan. Es gab genug Vorgesetzte, die sich in einer solchen Situation schnellstens in Deckung begaben und einen Schuldigen suchten, den sie der Öffentlichkeit zum Fraß vorwerfen konnten. Dr. Richter war nicht von dieser Art, das empfand er als wohltuend. Seine Selbstvorwürfe konnte das zwar nicht ausräumen, das Gefühl der Rückendeckung durch seinen Vorgesetzten gab ihm dennoch Halt.

Als er sein Büro erreichte, war es 11.25 Uhr. Seine Sekretärin hatte wie immer die Uhrzeit im Auge und drängte: »Herr Grote, Sie müssen jetzt rüber! Die Kollegen warten auf Sie, wir sind vollzählig.«

Im selben Moment erschrak sie über ihre eigenen Worte und errötete. Nein, vollzählig waren sie nicht, denn einer fehlte. Sie hoffte, dass er ihren Lapsus nicht bemerkt hatte, und fuhr schnell fort: »Ich habe für jeden Teilnehmer eine Arbeitsmappe zusammengestellt und bereits verteilt. Sie können sofort anfangen, wenn Sie wollen.«

Schweigend ging er über den Korridor und als er nach kurzem Zögern pünktlich die Tür öffnete, konnte er auf einen Blick sehen, dass tatsächlich alle Kollegen komplett versammelt waren. Das war keineswegs selbstverständlich, denn üblicherweise kamen zur Frühbesprechung immer ein oder zwei Leute zu spät.

An diesem Tag jedoch saßen alle am Tisch und sahen ihn schweigend an, während er an der Stirnseite umständlich seinen Stuhl hin und her rückte, um endlich Platz zu nehmen. Die Anspannung aller Anwesenden lag so spürbar in der Luft, dass niemand es wagte, ein Geräusch zu verursachen. Grote fiel auf, dass irgendjemand so taktvoll gewesen war, den einen, unbesetzten Stuhl vom Tisch zu entfernen, auf dem früher Jan Weber gesessen hatte. Der Stuhl stand nun am Rande des Besprechungsraumes, und Grote entging nicht, dass ein kleiner, flüchtig zusammengestellter Blumenstrauß darauf lag.

Grote blickte zu dem Stuhl, dann auf die vor ihm liegende Akte, und erst in diesem Moment wurde ihm bewusst, dass er sich überhaupt nicht auf diese erste Zusammenkunft mit dem Team vorbereitet hatte. Sekunde um Sekunde verstrich, bis er endlich den Kopf hob und mit leiser Stimme sagte: »Wir trauern um Jan Weber, einen Kollegen unserer Dienststelle. Wir trauern um einen Kollegen, den wir alle sehr gemocht haben. Für einige von euch war er nicht nur Kollege, sondern auch Freund.«

Wieder vergingen Sekunden und man sah ihm an, wie er um passende Worte rang, die er nicht fand. Seine Kollegen blickten nach unten; niemand traute sich, seinem Chef in diesem Moment der Schwäche in die Augen zu blicken.

Grote brauchte lange, bis er endlich seine Emotionen unter Kontrolle bekam. Erst dann fuhr er betont sachlich fort: »Ich habe gegenüber dem Leiter des Landeskriminalamtes erklärt, dass wir gemeinsam diesen Fall bearbeiten wollen. Ich denke, das sind wir, das bin insbesondere ich, Jan Weber schuldig. Ich hoffe, ihr seht das auch so.«

Bei Besprechungen wählte Grote stets die Anrede »Ihr«, obwohl er nur wenige Kollegen im Team duzte. Das »Du« des Chefs musste man sich in der MK-L erst verdienen, und das dauerte seine Zeit. Selbst zu den Kollegen, mit denen er sich duzte, hielt er noch eine gewisse Distanz. Deshalb gab er sich auch nicht der Illusion hin, sonderlich beliebt zu sein. Geachtet, respektiert, anerkannt, das reichte ihm vollkommen. Er war deshalb überrascht, als die Kollegen nach seinen Worten erst zögerlich, dann immer lauter spontan auf den Tisch klopften und ihm ernst, zugleich aufmunternd zunickten. Einer der älteren Kollegen, den er schon seit vielen Jahren kannte, ergriff das Wort: »Du kannst dich fest auf uns verlassen, Stefan, wir sind dabei. Wir kriegen das Schwein!«

Grote registrierte diese unerwartete Geste der Solidarität mit einem Gefühl tiefer Dankbarkeit. Von diesem Augenblick an schien es so, als sei das gesamte Verhältnis zwischen Chef und Mitarbeitern der Mordkommission auf eine neue, bisher oft vermisste, kollegiale Basis gestellt worden.

Grote schaute sich um und fand in den Augen seiner Mitarbeiter genau das Maß an Zuversicht und Vertrauen, das ihm selbst in den letzten Stunden abhandengekommen war. »Danke dafür, fangen wir also an!«

Er schlug den Aktendeckel auf, doch bevor er fortfahren konnte, kam sein Vertreter, Maik Köster, ihm zuvor. »Entschuldige, Stefan, wenn ich dich einfach so abwürge. Aber wir haben schon vorgearbeitet und alles, was wir bisher an Erkenntnissen haben, bewertet. Uns war klar, dass du dazu noch keine Zeit haben würdest.«

Grote war seinem Vertreter dankbar, dem wie immer seine viel zu langen Haare wirr vom Kopf hingen und sich mit seinem ungepflegten Wuschelbart vermischten. Seine Kleidung war, freundlich ausgedrückt, als grenzwertig lässig zu bezeichnen. Deshalb wirkte er auf den ersten Blick wie ein Chaot.

Grote schätzte besonders an ihm, dass er nicht einer dieser kaltschnäuzigen Karrieretypen war, die man viel zu oft in der Führungsebene finden konnte. Köster war loyal, dabei durchaus kritisch, und dachte voraus, was er an diesem Morgen wieder einmal unter Beweis gestellt hatte.

Köster drehte sich zur Seite und sprach die neben ihm sitzende Kollegin an: »Stine, gib dem Chef und uns bitte einmal eine Zusammenfassung, damit wir alle gemeinsam auf demselben Stand sind.«

Für Stine Lessing war es das erste Mal, dass sie vor der gesamten Dienststelle referieren musste. Erst vor drei Monaten hatte man sie von der Schutzpolizei als Kriminalanwärterin zur Kripo versetzt. Sie zählte zu dem erlesenen Kreis von fünfzehn Beamten, die sich in einem Auswahlverfahren gegen mehr als zweihundert Konkurrenten aus ganz Niedersachsen durchsetzen konnten. Den kriminalpolizeilichen Lehrgang, die Voraussetzung zur Übernahme, bestand sie als Beste.

Dass ausgerechnet sie bei der Mordkommission landete, hatte ihr einige schlaflose Nächte bereitet. Schließlich war sie intelligent und selbstkritisch genug, um zu merken, dass es ihr in bestimmten Situationen schwerfiel, unter Stress und bei überbordenden Emotionen im Einsatz, die Ruhe zu bewahren. Lange Zeit war es ihr gelungen, sich diese Schwäche nicht anmerken zu lassen.

Vor einiger Zeit jedoch kam es zu einem nächtlichen Einsatz vor einer Diskothek im Bahnhofsviertel von Hannover. Nach einer wüsten Keilerei standen sich zwei aufgebrachte, stark alkoholisierte Gruppen gegenüber. Kaum trafen die ersten Streifenwagen ein, da schlug die Stimmung urplötzlich um, und gemeinsam machten die Schläger Front gegen die Polizei.

Stine Lessing und ihr Partner wurden von den anderen Kollegen getrennt und standen unversehens mit dem Rücken an der Wand eines Parkhauses. Die immer weiter anwachsende Horde grölender, aggressiver Männer bedrängte die beiden Polizisten. In diesem Moment gewann ihre Angst überhand, und sie war zu keiner Handlung mehr fähig. Völlig paralysiert und wie durch einen Schleier sah sie auf einmal, wie ihr Partner in gespielter Ruhe ganz langsam seine Pistole zog und demonstrativ durchlud.

Er zielte nicht auf die Menschen, er hielt seine Waffe nur in der Hand, den Lauf nach unten gerichtet. Dabei lächelte er die aufgebrachte Menge sogar noch an, als ob er gar keine Angst habe. Allein diese Haltung führte damals dazu, dass der Mob sich verunsichert zurückzog.

Stine Lessing wusste fortan, dass es ihr niemals gelingen würde, so souverän zu reagieren wie ihr Partner. Nachdem sich die Situation vor dem Parkhaus beruhigt hatte, fragte sie ihren Kollegen, ob er wirklich keine Angst gehabt habe. »Na klar hatte ich weiche Knie! Wer keine Angst hat, ist entweder unvorsichtig oder dumm. Man darf sich durch seine Angst nur nicht lähmen lassen!«

Diese Antwort ging ihr nicht mehr aus dem Kopf und beschäftigte sie tagelang. Sie säte in ihr nicht zum ersten Mal Zweifel, ob sie überhaupt den richtigen Beruf gewählt hatte, und sie gewann die Überzeugung, dem Einsatzalltag der Schutzpolizei auf Dauer nicht gewachsen zu sein. Wenig später, nach einem wieder einmal turbulenten Nachtdienst, sandte sie spontan ihre Bewerbung zur Kripo ab.

Ihre Hoffnung war damals, an einer Dienststelle zu landen, an der sie ihre zweifellos vorhandenen analytischen Fähigkeiten einsetzen konnte. So etwas wie Wirtschafts- oder Computerkriminalität schwebte ihr vor, doch nun war ausgerechnet sie bei der Mordkommission gelandet.

Trotzdem machte Stine Lessing ihre Sache bislang sehr gut. Das hielt Maik Köster allerdings nicht davon ab, sie Grote gegenüber flapsig als »Polizei-Model« zu bezeichnen. Damit, das musste Grote eingestehen, hatte er den Nagel auf den Kopf getroffen.

Stine Lessing war von zierlicher Gestalt und hatte feuerrotes Haar, das sie selbstbewusst als Bob-Frisur trug. Als Grote sie zum ersten Mal sah, musste er sich eingestehen, dass sie auf jeden Fall eine optische Bereicherung im grauen Einerlei des Dienstes darstellte.

Ganz im Gegensatz zu Maik Köster hatte sie außerdem ein sicheres Gespür für aktuelle Modetrends. Wenn sie über den Flur ging, war das laute Klick-Klack ihrer hohen Absätze unüberhörbar.

Grote hatte sich schon länger vorgenommen, sie bei nächster Gelegenheit einmal auf ihr Schuhwerk anzusprechen, denn einsatztauglich waren diese Schuhe nicht.

Insgesamt wusste er immer noch nicht so recht, wie er die junge Frau einschätzen sollte. Sie war für seinen Geschmack für eine Polizistin ein wenig zu klein, ein wenig zu schlank und ein wenig zu elegant. Er hatte sich auch schon einmal die Frage gestellt, wie Stine Lessing sich im Streifendienst überhaupt hatte durchsetzen können, wenn es dort körperlich zur Sache gegangen war. Allerdings war sie von ihren ehemaligen Vorgesetzten besonders gut beurteilt worden. Dass Stine Lessing eine kleine Schwäche verborgen hielt, war ihren damaligen Chefs nicht aufgefallen.

Stines Probezeit betrug ein halbes Jahr, erst dann sollte entschieden werden, ob ihre vorübergehende Abordnung in eine feste Stelle umgewandelt werden konnte. Nun, man würde sehen.

Stine Lessing erhob sich von ihrem Platz und ging zum Pult an der Stirnseite des Besprechungstisches. Sie bemühte sich, ihre Beklommenheit zu verdrängen, die sie seit dem Morgen nicht mehr losließ. Es bedrückte sie, dass ausgerechnet sie den Lagevortrag halten sollte, denn die Nachricht vom Tode ihres Kollegen war ein schwerer Schlag für sie. Mit Jan Weber hatte sie sich immer gut verstanden. Auch ihn bezeichneten die älteren Kollegen, genau wie sie, gerne einmal spaßeshalber als »Frischling«. Da sie diesen Spott gemeinsam ertragen mussten, verband sie das miteinander.

Sie koppelte ihren Laptop mit dem Beamer. Dann ließ sie die Leinwand herunter und wusste genau, wie aufmerksam die Kollegen jeden ihrer Handgriffe beobachteten. Jetzt bloß keinen Fehler machen! Die Minute, die es dauerte, bis die beiden Geräte hochgefahren waren und die von ihr angelegten PC-Dateien auf der Leinwand erschienen, kam ihr wie eine kleine Ewigkeit vor.

Sie öffnete einen Ordner mit dem Namen »Jan« und begann mit leiser, erst allmählich fester werdenden Stimme: »Wir gingen zu Anfang davon aus, dass wir es mit zwei unabhängigen Mordfällen zu tun haben. Einmal mit dem Mord an dem Architekten Enno Oltmanns auf Juist, zum anderen mit dem Mord an Jan Weber. Mittlerweile sind wir jedoch eher der Meinung, dass es zwischen diesen beiden Fällen eine Verbindung geben könnte.«

Grote lehnte sich irritiert zurück. Er musste sich eingestehen, dass er im Moment über so gut wie gar kein Hintergrundwissen verfügte und deshalb auch noch keine Schlussfolgerungen hatte ziehen können. Umso mehr war er Maik Köster dankbar, dass der die Stunden des Vormittags genutzt hatte und ihm schon zu diesem Zeitpunkt eine fundierte Einschätzung liefern konnte.

Stine Lessing fuhr fort: »Wir sind zu diesem Ergebnis allerdings erst vor einer halben Stunde gekommen, als der Leiter der Tatortgruppe aus Aurich bei uns anfragte, ob die von seinem Spurensicherungsteam gefundene Haarspur schon im Labor angekommen sei. Das war für uns eine ziemlich große Überraschung, denn bis zu diesem Zeitpunkt haben wir gar nicht gewusst, dass Jan Weber einen Aktenkoffer mit Beweisstücken vom Juister Tatort bei sich trug, während er auf dem Rückweg nach Hannover war.«

Sie machte eine kurze Kunstpause, um die Bedeutung dieser Tatsache wirken zu lassen. »Erst seit diesem Anruf wissen wir auch, dass es bei der Spurensuche auf Juist nur eine einzige vielversprechende Spur gab, nämlich ein schwarzes Haar, welches sich auf dem Körper des Ermordeten fand.«

»Ich verstehe im Moment noch nicht, warum das ein Hinweis darauf ist, dass die Fälle Oltmanns und Weber zusammengehören.« Grote blickte Stine Lessing fragend an.

Anstatt zu antworten, drückte sie auf ihre Fernbedienung, und auf der Leinwand erschien ein Übersichtsfoto des Zugabteils, welches am Oldenburger Hauptbahnhof angefertigt worden war. In der Bildmitte sah man die blutüberströmte Leiche Webers. Neben ihm auf dem Sitz stand seine Reisetasche.

Ein leises Raunen ging durch die Runde, und Grote zuckte förmlich zusammen. Ihn beschlich das gleiche Gefühl wie am Morgen, als er zum ersten Mal in das Zugabteil geschaut hatte, und wieder schien es ihm, als könne er Jan Webers Blut riechen. Auch auf die anderen Personen im Raum hatte dieses Bild eine tiefe Wirkung. Es war ein großer Unterschied, ob man ein solches Bild im kleinen Fotoformat auf einem Computermonitor betrachtete oder ob es einen von einer sechs Quadratmeter großen Leinwand anfiel. Das viele Blut, das auf dem Foto zu sehen war, reflektierte in den Raum zurück und tauchte die Gesichter der Anwesenden in ein rötliches Licht.

Grote senkte seinen Blick, er konnte diesen Anblick nicht ertragen. Erst als Stine Lessing mit geschäftsmäßiger Stimme weitersprach, zwang er sich, den Kopf wieder zu heben.

»Wie auf diesem Foto zu erkennen ist, befindet sich neben der Leiche Jan Webers seine Reisetasche mit persönlichen Sachen, nicht jedoch der Aktenkoffer mit den Beweisstücken. Er ist im Abteil nicht gefunden worden.«

Nun drückte sie auf die Fernbedienung, und das Foto eines schwarzen Aktenkoffers erschien. »Die Kollegen aus Aurich haben uns dieses Foto geschickt. Einen solchen Aktenkoffer hatten sie Jan Weber übergeben. Er ist nicht besonders auffällig, nur etwas breiter als die üblichen Modelle, vielleicht vergleichbar mit einem Pilotenkoffer.«

Sie machte eine Pause, um den Kollegen die Möglichkeit zu geben, Fragen zu stellen. Bevor sie fortfahren konnte, nahm Maik Köster den Faden auf: »Wenn es sich bei dem Mord an Jan Weber um einen Raubmord gehandelt haben sollte, Stefan, warum nahm der Täter nur den Aktenkoffer mit und ließ die Reisetasche unbeachtet? Wir haben extra noch einmal Rücksprache mit den Kollegen gehalten, die im Zug am Tatort waren. Jans Reisetasche war geschlossen. Sie ist nicht einmal durchsucht worden. Außerdem befand sich in seiner Gesäßtasche noch seine Geldbörse mit Bargeld und Scheckkarte. Es wäre dem Täter ein Leichtes gewesen, beides mitzunehmen. Diese Dinge scheinen ihn jedoch überhaupt nicht interessiert zu haben. Demnach hatte er es ganz offensichtlich ausschließlich auf den Aktenkoffer abgesehen und alles andere völlig ignoriert.«

Er ließ seinen Blick über die Anwesenden schweifen und sprach dann betont laut und eindringlich weiter: »Wenn es dem Täter nur um diesen Aktenkoffer ging, dann spricht doch einiges dafür, dass er genau wusste, was sich darin befindet, oder nicht?«

Er sah Grote fragend an. Der musste das Gesagte erst einmal verarbeiten, dann nickte er nachdenklich.

Stine Lessing ergriff wieder das Wort: »Und es gibt noch ein schwerwiegendes Indiz. Schauen Sie selbst!«

Sie drückte erneut die Fernbedienung, und zwei Fotos erschienen nebeneinander. Auf dem linken Bild war eine Nahaufnahme von Jan Webers aufgeschlitztem Hals zu sehen, auf dem rechten eine ähnliche Aufnahme von Enno Oltmanns' Hals. Selbst ein Laie hätte die auffällige Übereinstimmung der Verletzungen erkennen können. Mit den Worten »Einen längeren Anblick sollten wir uns ersparen!« ließ sie die Bilder nach wenigen Sekunden wieder verschwinden. »Wir haben zwar noch keine Ergebnisse aus der Pathologie, aber es spricht schon eine Menge dafür, dass Jan Webers Mörder auch Enno Oltmanns' Mörder sein könnte.«

Stine Lessing verlas nun die Aussage des Zugschaffners mit dem Hinweis auf die Blondine in Webers Abteil. Nun, das wusste Grote ja schon. Neu hingegen war ihm, dass der Schaffner nicht einmal sagen konnte, ob die Unbekannte in Norddeich oder erst später in Norden zugestiegen sei. Er wusste auch nicht, ob sie überhaupt bis nach Oldenburg gefahren war oder ob sie den Zug an einem der vorherigen Bahnhöfe verlassen hatte.

Anschließend gab Stine Lessing noch Informationen zu Enno Oltmanns: 58 Jahre alt, allein auf Juist lebend, Architekt mit Firma in Hamburg. Es folgten noch einige weniger interessante Details, und Stine Lessing verwies darauf, dass für eine gründliche Recherche zu dieser Person bisher noch wenig Zeit gewesen sei. Sie werde das in Kürze nachholen.

Sie schloss ihren Vortrag mit den Worten: »Alles in allem stehen folgende Fragen im Raum, auf die wir eine Antwort finden müssen: Besteht tatsächlich ein Zusammenhang zwischen beiden Morden? War es tatsächlich ein und derselbe Täter, oder gibt es mehrere? Gibt es für beide Taten ein gemeinsames oder unterschiedliche Motive? Dabei ist zu bedenken, dass die Beweismittel aus dem Fall Oltmanns samt und sonders verschwunden sind, somit auch das schwarze Haar, unsere bisher einzige heiße Spur! Zeugen, die uns weiterhelfen, gibt es im Moment leider nicht.«

Geschafft! Sie tippte erleichtert auf die Fernbedienung. Das helle Licht des Beamers erlosch und ließ den Besprechungsraum in ein Dämmerlicht sinken, bis endlich jemand aufstand und die Deckenbeleuchtung einschaltete. Die Versammelten kniffen geblendet die Augen zusammen und schauten dann Grote an. Es war nun an ihm, den weiteren Weg der Ermittlungen abzustecken. Grote überlegte kurz, dann begann er: »Sie haben das gut gemacht, Frau Lessing! Danke schön!«

Er lächelte ihr zu und bemerkte, dass, wie am Anfang ihres Vortrages, eine leichte Röte ihr Gesicht überzog. »Ihr alle gemeinsam habt das gut gemacht, deshalb gilt das Dankeschön natürlich auch euch.«

Dann legte er die kommenden Arbeitsschritte fest: »Wir sind also zu der Erkenntnis gekommen, dass es sich um zwei Taten, jedoch am Ende wohl um *einen* Fall handeln könnte. Das führt dazu, dass wir ab jetzt zweigleisig fahren werden. Einige von euch werden sich künftig ausschließlich um den Mord an Enno Oltmanns kümmern, die anderen um den Mord an Jan Weber. Und Sie, Frau Lessing, werden ständig die

Ergebnisse der beiden Ermittlungsgruppen zusammenfassen und dafür sorgen, dass alle Informationen zwischen den beiden Arbeitsgruppen reibungslos hin und her fließen. Das wird ab sofort Ihr täglicher Job in der Morgenbesprechung sein.«

Die Angesprochene blickte ihren Chef überrascht an. Das war ein ziemlicher Brocken, den Grote ihr ohne Vorwarnung vor die Füße warf, doch nach dem heutigen Auftritt verfügte sie über genug Selbstvertrauen, den Job ohne Wenn und Aber anzunehmen.

Grote blickte nach draußen und bemerkte, dass es schon wieder dämmerig wurde. Allmählich spürte er, dass es nun für ihn höchste Zeit wurde, sich selbst aus dem Spiel zu nehmen. Er musste unbedingt den Schlaf nachholen, den er so dringend benötigte.

Bevor er endlich gehen konnte, legte er den Datenstick der Überwachungskameras des Oldenburger Bahnhofs auf Maik Kösters Tisch. Er schrieb auf einen Zettel, dass die Aufnahmen bis morgen ausgewertet sein müssten. Insbesondere sei darauf zu achten, wer von den Fahrgästen einen schwarzen Aktenkoffer mitführte. Erst dann zog er sich seinen Mantel über und verließ die Dienststelle.

Auf dem Weg zu seinem Auto zog er fröstelnd den Mantelkragen hoch. Er schloss die Tür auf, ließ sich schwer in den Sitz fallen und griff zum Handy. »Ich bin es!« Kurze Pause. »In einer halben Stunde bin ich zu Hause.« Bevor er auflegte, fügte er noch hinzu: »Mach dir keine Mühe mit dem Abendbrot. Ich habe keinen Hunger. Bis gleich!«

Er startete den Motor und beobachtete, wie der Scheibenwischer Mühe hatte, grauweißen Schneematsch von der Windschutzscheibe zu entfernen. Dann fuhr er über den sich allmählich weiß einfärbenden Parkplatz und bog auf die Hauptstraße ein.

Zu Hause hatte seine Frau trotz seiner angekündigten Appetitlosigkeit ein Abendessen vorbereitet. Das war auch gut so, denn spätestens als die beiden Jungs vom Fußballtraining zurückkamen und übermütig in das Haus stürmten, breitete sich ein Anflug von Normalität aus, der ihn für einige Zeit aufmunterte und von den Bildern befreite, die immer wieder in seinem Kopf aufflackerten. Seine Frau sprach ihn auf die dienstlichen Dinge überhaupt nicht an. Das tat sie nie, und dafür war er ihr dankbar. Nach dem Essen schaffte er es sogar noch, gemeinsam mit den Kindern an der Playstation zu spielen. Erst als die beiden sich zum Schlafen verabschiedeten und seine Frau in der Küche für Ordnung sorgte, trat Ruhe ein.

Als seine Frau einige Zeit später in das Wohnzimmer kam, saß er mit nach vorne geneigtem Kopf auf dem Fernsehsessel. Die aufgeschlagene Zeitung lag auf seinem Bauch, und sein Atem ging tief und gleichmäßig.

Mittwoch
Leichenschau

Obwohl Grote am nächsten Morgen die Dienststelle viel früher als üblich betrat, waren seine Leute bereits aktiv. Stine Lessing war am Morgen die Erste gewesen. Nun hastete sie von Zimmer zu Zimmer und trug die neuen Ermittlungsergebnisse zusammen, um sie für die Frühbesprechung aufzubereiten.

Als alle pünktlich um neun Uhr zusammentrafen, war der erste Schwerpunkt die Darstellung der von Grote so dringend geforderten Auswertung der Bilder aus dem Oldenburger Bahnhof. Stine Lessing ließ zuerst einen Plan des Oldenburger Bahnhofs auf der Leinwand erscheinen, auf dem die Positionen der Videokameras markiert waren. Dann richtete sie sich an einen der Anwesenden. »Ich denke, es ist am besten, du sagst selbst etwas dazu, Tom!«

Der Angesprochene trat nach vorne, nahm einen Lichtzeiger in die Hand und begann: »Die Videoaufnahmen waren für uns eine ziemliche Enttäuschung. Insgesamt erbringen nur drei Kameras Bilder, die interessant sein könnten.«

Er zeigte auf eine Kamera am Bahnsteig, eine weitere in der Bahnhofshalle und auf die auf dem Bahnhofsplatz. »Fangen wir mit der Außenkamera an.«

Er gab Stine Lessing ein Zeichen, und auf der Leinwand erschienen milchige Aufnahmen, die kaum mehr als Schatten von eilenden Menschen zeigten. Es war nicht einmal eindeutig zu erkennen, ob es sich bei den huschenden Gestalten um Männer oder Frauen handelte. Schon gar nicht war eindeutig zu sehen, welche Art von Gepäck sie mit sich führten. So war auch die Suche nach dem schwarzen Aktenkoffer zum Scheitern verurteilt. Im Hintergrund waren noch einige Busse zu erahnen, auf die die Reisenden umstiegen, die von der Streckensperrung Richtung Bremen betroffen waren. Mehr gaben die Aufnahmen nicht her.

»Man sieht, dass diese Aufnahmen für uns kaum brauchbar sind. Bei der Kamera in der Bahnhofshalle ist die Qualität der Aufnahmen etwas besser, leider handelt es sich hier um eine starre Übersichtskamera. Der Bereich, der für uns besonders interessant ist, befindet sich am oberen Rand der Kamera und ist nur schwer zu erkennen. Wir haben versucht, die Aufnahmen zu vergrößern, leider ist die Auflösung der Kameras nicht besonders gut.

Da wegen der Streckensperrung in Richtung Bremen viele Reisende der vorherigen Züge auf ihre Ersatzbusse warten mussten, war es, gemessen an der späten Zeit, ungewöhnlich voll in der Bahnhofshalle und entsprechend unübersichtlich.«

Stine Lessing ließ eine bestimmte Filmsequenz immer wieder ablaufen, und ihr Kollege erläuterte: »Das ist der Moment, in dem die ersten Reisenden aus dem Norddeich-Zug die Bahnhofshalle betreten.«

Er wies mit dem Lichtzeiger auf Menschen, die aus dem seitlich gelegenen Niedergang des Bahnsteigs 5 in die Halle traten. Einige von ihnen strebten direkt dem Informationsschalter zu, andere standen unschlüssig herum und mussten sich erst einmal orientieren. So bildete sich direkt hinter dem Niedergang eine Menschentraube, die es fast unmöglich machte, einzelne Personen zu identifizieren. Später, als die Menschen diesen Bereich verließen und sich unter die anderen Reisenden mischten, wurde es noch chaotischer. »Ich befürchte, dass es Tage dauern wird, diese Aufnahmen bis ins Detail auszuwerten. Im Prinzip müssen wir jede einzelne Person auf ihrem Weg durch den Bahnhof begleiten und schauen, ob man irgendwann einmal erkennen kann, ob sie einen Aktenkoffer bei sich trägt.«

Er schaute zu Grote hinüber und wartete auf dessen Reaktion. »Das werden wir wohl müssen, doch lassen Sie uns erst einmal die Aufnahmen der dritten Kamera betrachten.«

»Nun, die dritte Kamera, oben auf dem Bahnsteig, bietet uns zumindest eine Fifty-fifty-Chance. Alle Reisenden, welche die Treppe in Richtung Kamera benutzen, sind gut zu erkennen. Diejenigen, die über die andere Treppenseite gehen, allerdings kaum, denn zwischen ihnen und der Kamera befindet sich eine Infotafel mit Fahrplänen, die den größten Bereich abdeckt. Bisher haben wir leider noch niemanden entdecken können, der für uns interessant ist. Wir sind mit der Sichtung allerdings noch nicht ganz durch.«

Grote war enttäuscht. »Wir haben also Aufnahmen von Videokameras, die entweder völlig unbrauchbar, nur gering brauchbar oder bestenfalls zu fünfzig Prozent brauchbar sind. Ich hätte mir einen anderen Einstieg gewünscht. Es wird nicht einfach, unter diesen Umständen denjenigen zu finden, der Jan Webers Aktenkoffer bei sich führt. Das macht viel Arbeit, ich weiß, aber leider müssen wir da durch. Haben wir sonst noch etwas?«

»Realistisch betrachtet so gut wie nichts«, antwortete Maik Köster, »zumindest im Moment nicht. Die Spurensuche hat im Zugabteil wie erwartet Unmengen von Fingerabdrücken und DNA-Spuren gesichert. Der Zug war seit über zwanzig Stunden im Einsatz. Wer will da abschätzen, wie viele Menschen sich im Laufe des Tages in diesem Abteil aufgehalten haben? Und die Spuren im Fall Oltmanns sind nun mal verloren. Ich glaube nicht, dass der Täter sie uns wieder zurückgibt.«

Grote überhörte die kesse Bemerkung und stellte fest: »Bleibt im Moment nur zu hoffen, dass die Pathologen etwas für uns haben, das uns weiterbringt.«

Er wandte sich Stine Lessing zu: »Haben wir da schon einen Termin?«

»Frühestens am Nachmittag. Die Pathologie meldet sich bei uns, sobald sie dort fertig sind.«

Grote beendete die Frührunde und entschied, den nachmittäglichen Termin in der Pathologie gemeinsam mit Stine Lessing wahrzunehmen.

Er blickte auf die Uhr. »Schon dreizehn Uhr, also Zeit, in die Kantine zu gehen.«

Obwohl er nach wie vor unter Appetitlosigkeit litt, entschloss er sich, Maik Köster zu begleiten, doch dazu kam es nicht mehr. Als sie auf den Flur traten, kam ihm seine Sekretärin eilig entgegen. »Gut, dass ich Sie noch erwische. Dr. Richter erwartet Sie! Beide! Jetzt!«

Als die beiden das Zimmer des LKA-Leiters betraten, stand dieser mitten im Raum. Er hielt eine Fernbedienung in der Hand. Das Fernsehgerät war auf Standbild geschaltet.

Er drehte sich um, zeigte auf die Sessel und begann ohne weitere Umschweife: »Setzt euch hin und hört zu. Heute Vormittag stand ein Reporter vom Regionalfernsehen mit seinem Kamerateam vor der Tür und bat um ein kurzes, allgemeines Gespräch. Manchmal läuft es eben dumm. Ich bin ihnen zufällig in die Arme gelaufen und konnte sie nicht abwimmeln. Natürlich ging es nicht um allgemeine Themen, wie sie zuerst behaupteten, sondern speziell um den Fall Jan Weber. Dieser Bericht ist gerade im Mittagsmagazin gesendet worden. Schaut ihn euch an.«

Er drückte kurz auf die Fernbedienung und setzte sich auf seinen Ledersessel.

Das Mittagsmagazin brachte den Fall Jan Weber als Aufmacher. Nach einigen Aufnahmen vom Bahnhof in Oldenburg und dem abgesperrten Tatort auf dem Bahnsteig erschien ein Reporter im Bild, der mit wichtiger Miene in die Kamera sprach. Sein Name wurde kurz eingeblendet: Sascha Kleinhagen. Die Stimme klang schneidend und provozierend: »Einige Fragen stellen sich sowohl Fachleute als auch besorgte Bürger: Ist die Polizei so sehr überlastet, dass sie ihren Aufgaben nicht mehr sachgerecht nachkommen kann? Kann es richtig sein, dass die Mordkommission nur einen einzigen Beamten einsetzt, der ganz allein die Ermittlungen in einem Mordfall durchführen muss?

Könnte dieser junge Kriminalbeamte vielleicht noch leben, wenn er in Begleitung eines erfahrenen Kollegen gewesen wäre?

Auch die Frage der Verantwortlichkeit stellt sich hier: Wer hat entschieden, diesen unerfahrenen Kriminalbeamten allein zu einem Tatort nach Juist zu schicken, auf eine Reise, von der es keine Rückkehr für ihn gab?«

Der Reporter machte eine theatralische Pause. Er ließ nichts unversucht, um bei den Zuschauern Emotionen zu schüren und den Eindruck zu erwecken, er habe einen Skandal aufgedeckt, den die Polizei zu vertuschen suche.

»Nach unseren Informationen ist genau der Mann, der diese Verantwortung trägt und in tiefer Schuld steht, mit der Aufklärung dieses Verbrechens betraut worden. Kann das richtig sein? Ist dieser Mann in der Lage, die Ermittlungen wertfrei und neutral zu leiten?

Ich stehe hier vor dem Gebäude des Landeskriminalamtes in Hannover und verlange Antworten auf diese Fragen!«

Die folgenden Aufnahmen zeigten den Reporter, wie er mit zur Schau gestelltem Betroffenheitsblick das Gebäude des LKA betrat. Dann folgte ein Schnitt, und danach wurde das Interview mit Dr. Richter gezeigt.

Grote spürte, wie ihm das Blut durch die Adern pulste, zwang sich aber zu schweigen.

Der Reporter ging in seinem Gespräch mit Dr. Richter sofort zum Angriff über, doch fand er in seinem Gegenüber einen überlegenen Gegner. Dr. Richter begann eiskalt, den Reporter mit unbewegter Miene zu demontieren: »Herr Kleinhagen, ich muss Sie da in einigen Punkten korrigieren. Zum einen hatte der von uns entsandte Beamte entgegen Ihrer Darstellung gar keinen Ermittlungsauftrag, sondern war lediglich am Tatort, um sich für uns einen Überblick zu verschaffen. Er sollte die ersten Schritte für uns koordinieren, mehr nicht.«

Dr. Richter schaute Sascha Kleinhagen souverän an. »Der Beamte war auch nicht allein am Tatort, wie Sie behaupten. Selbstverständlich wurde er durch die örtliche Polizei sowie die Kollegen der Spurensicherung aus Aurich unterstützt. All dieses war mit mir persönlich abgesprochen. Des Weiteren erfolgt die Bearbeitung wie immer durch die Mordkommission des Landeskriminalamtes.«

Dem Reporter war die Verunsicherung anzumerken, die ihn nun überkam. Sein Gegenüber war gerade dabei, seiner Story gehörig die Luft rauszulassen.

Man konnte Dr. Richter ansehen, wie sehr er es genoss, den Reporter vor laufender Kamera zu zerlegen. Er fuhr ungerührt fort: »Übrigens ist auch Ihre Behauptung falsch, der für diese Entscheidung verantwortliche Beamte sei selbst als Leiter mit der Aufklärung dieses Falles betraut. Ich habe den Fall zur Chefsache erklärt. Die Leitung der Ermittlungen obliegt somit mir persönlich, dem Leiter des Landeskriminalamtes. Die Mordkommission ermittelt streng nach meinen Vorgaben und in enger Absprache.«

Sascha Kleinhagen merkte, dass er etwas zu forsch vorgeprescht war, und versuchte, einigermaßen unbeschädigt aus der Sache herauszukommen: »Es ist aber doch nicht in Ordnung, dass die Beamten der Mordkommission in einem Fall ermitteln, in dem ihr eigener Kollege das Opfer ist. Sind die Beamten dann nicht emotional viel zu sehr involviert?«

Das Fernsehbild zeigte nun einen Dr. Richter, der sich genussvoll zurücklehnte und auch diese Attacke des Reporters parierte: »Ich darf Ihnen versichern, dass kein Mordfall für die beteiligten Ermittler frei von Emotionen ist. Das unterscheidet diesen Fall nicht von anderen. Sie können gewiss sein, dass meine Mitarbeiter professionell genug sind, trotzdem konzentriert und effektiv zu ermitteln.«

Der Reporter wusste, dass seine Skandalstory, zumindest für den Moment, geplatzt war. Er stellte noch einige Hintergrundfragen, deren Beantwortung Dr. Richter jedoch seelenruhig mit Hinweis auf das laufende Verfahren abschmetterte. Damit war das Interview beendet.

In der nächsten Einstellung war der Reporter wieder zu sehen, wie er vor dem Haupteingang des LKA stand. Er fasste die Informationen noch einmal zusammen und stellte es abschließend so dar, als habe er durch seine knallharte Art der Nachfrage den Leiter des LKA unter Druck gesetzt. Sein Abschlusssatz lautete: »Nun, da der für diesen tragischen Tod verantwortliche Beamte, der Leiter der Mordkommission, Stefan Grote, offensichtlich vom Fall abgezogen wurde und der LKA-Chef selbst die Ermittlungen leitet, ist hoffentlich der Weg zu einer schnellen Aufklärung bereitet.«

Dr. Richter nahm die Fernbedienung und schaltete den Fernseher aus. Grote saß mit hochrotem Kopf da und schnappte nach Luft: »Ich? Von dem Fall abgezogen? Und das, ohne vorher mit mir zu sprechen?«

Dr. Richter sah Grote an, dass er jeden Moment zu platzen drohte, und versuchte, ihn zu beruhigen. »Nun bleib mal ganz ruhig, Grote. Von abgezogen habe ICH nichts gesagt. Der Reporter hat nicht richtig zugehört. Ich sprach lediglich davon, dass ich die Leitung übernommen habe. Der Reporter hat das falsch interpretiert. Meinetwegen kann er ruhig glauben, was er sagt. Hauptsache, es ist erst einmal Ruhe in der Angelegenheit.«

Maik Köster blickte genauso irritiert wie Stefan Grote: »Was heißt das denn nun?«

Dr. Richter blieb völlig gelassen: »Ganz einfach – man muss den Fernsehheinis ja nicht immer die Wahrheit sagen. Schließlich wollte der Typ mich linken!« Er lächelte verschmitzt. »Nach außen führe ich, im Innenverhältnis bleibt alles, wie es war. Du, Grote, bist der Boss, wie bisher auch!«

Maik Köster war erleichtert. Er hatte schon Sorge gehabt, dass Grote von dem Fall abgezogen werde und er nun die Führung übernehmen solle. Die Aussicht, plötzlich ohne seinen erfahrenen Chef arbeiten zu müssen, hätte ihm erhebliche Bauchschmerzen bereitet.

Grote atmete nun wieder ruhiger, stand aber immer noch mächtig unter Dampf und war etwas verärgert. »Grote, du musst dich jetzt zusammenreißen«, sagte Dr. Richter. »Ich konnte das nach außen hin nicht anders darstellen. Wenn ich diesem Skandalreporter nicht die Luft rausgelassen hätte, würden die anderen Medien sich auf dich einschießen und dich nicht mehr in Ruhe arbeiten lassen. Jetzt haben wir ihnen den Wind aus den Segeln genommen. Wenn wir Glück haben, ist die Sache damit erledigt. Der Druck auf euch wird dadurch allerdings nicht kleiner, denn wir werden der Öffentlichkeit schon bald einen Täter präsentieren müssen.«

Nachdem Dr. Richter die beiden entlassen hatte, gingen Grote und Köster schweigend nebeneinanderher. Fast automatisch landeten sie in der Kantine. Die Essensausgabe hatte allerdings schon die Jalousien heruntergelassen, sie waren zu spät. Trotzdem setzten sich die beiden an einen Tisch. Während Grote mit verbitterter Miene sitzen blieb und das Gespräch mit Dr. Richter erst einmal sacken lassen musste, ging Maik Köster zum Kaffeeautomaten. Kurz darauf war er zurück und stellte zwei Plastikbecher auf den Tisch. »Stefan, nun komm mal runter! Unterm Strich ist doch alles in Ordnung. Ich finde, Richter hat sich prima verhalten. Er hat sich vor dich gestellt und dir somit Deckung verschafft. Außerdem… du sollst wissen, dass ich froh bin, dass du weiterhin der Chef bist.«

»Ich weiß das, Maik. Ich habe auch kein besonderes Problem damit, wenn die anderen hier im Hause denken, dass ich abgezogen wurde. Und was die Menschen draußen denken, ist mir eh wurschtegal. Doch was denken die Kollegen unserer Dienststelle? Und woher hat der Reporter all diese Informationen? Hat da womöglich einer von unseren Leuten getratscht?«

Maik Köster schüttelte entschieden den Kopf. »Ich habe dir bisher noch gar nicht sagen können, dass wir an dem Morgen, als du in Oldenburg warst, mit allen Kollegen zusammengesessen haben.«

Grote blickte Maik Köster erstaunt an. Der hielt seinem Blick stand und zuckte mit den Schultern. »Das kann dich doch nicht wirklich überraschen. Es gab bei den Kollegen große Betroffenheit und offene Fragen, die ich beantworten musste. Du warst nicht da, also musste ich in die Bresche springen und die Verunsicherung irgendwie auffangen. Wir haben ganz offen deine Entscheidung, Jan Weber alleine nach Juist zu schicken, diskutiert. Alle hatten Verständnis dafür und niemand, das kann ich dir versichern, niemand hat deine Entscheidung kritisiert. Wir wussten schließlich alle, wie wenig Personal dir zur Verfügung stand. Was also hättest du machen sollen? Es passieren nun einmal Dinge im Leben, die kann kein Mensch voraussehen. Und der Fall Jan Weber ist genau so ein Fall! Und auf noch etwas kannst du dich verlassen: Keiner aus unserer Truppe trägt Interna nach draußen, das garantiere ich dir!«
Stefan Grote hatte Maik Kösters Worten still gelauscht. Er zögerte einen Moment, dann streckte er ihm die Hand entgegen. »Ich danke dir, Maik! Es tut gut, was du gesagt hast. Natürlich hast du recht, jemand musste mit der Mannschaft sprechen, und ich war nicht da. Trotzdem kann ich meine Schuldgefühle nicht ablegen.«

*

Als sie die Tür zum Pathologischen Institut öffneten, schlug ihnen dieser Geruch entgegen, der so typisch für das Gebäude war. Obwohl die Untersuchungsräume im Keller lagen und durch mehrere, stets verschlossene Türen vom Rest des Gebäudes abgetrennt waren, konnte man ihn sofort wahrnehmen. Es war nicht allein diese Mischung aus Reinigungs- und Desinfektionsmitteln, da war noch ein Geruch, den Grote nicht beschreiben konnte, von dem er allerdings ahnte, woher er stammte.

Sie folgten der Treppe in den Keller und drückten auf die Klingel. Die undurchsichtige Milchglastür sprang auf, und vor ihnen erstreckte sich ein langer Flur, der an Krankenhäuser erinnerte, wie sie wohl vor hundert Jahren ausgesehen haben mochten. Bis zur Schulterhöhe waren die Wände weiß gefliest, darüber gekalkt. An der Decke hingen alle paar Meter runde Kugelleuchten, die ein kaltes, schattenloses Licht verbreiteten. Am Ende des Flurs befand sich eine Stahltür, und mit jedem Schritt, den sie ihr näher kamen, schien sich der Geruch zu verstärken.

Grote und Köster waren diesen Weg schon häufig gegangen, für Stine Lessing war es das erste Mal. Das merkte man ihr an. Als sich die Stahltür öffnete und der Geruch nun so penetrant wurde, dass sie versucht war, sich die Nase zuzuhalten, ließ sie sich unmerklich zurückfallen, als weigere sie sich, den nächsten Schritt zu tun.

Grote und Köster waren bereits eingetreten, und sie musste ihnen folgen, um keine Schwäche zu zeigen. In dem Raum befanden sich mehrere Seziertische, von denen die beiden mittleren belegt waren. Auf ihnen lagen Körper, mit grünen Tüchern bedeckt, unter denen trotzdem die Konturen zu erahnen waren.

Professor Hellinghaus, der Pathologe, saß an seinem Schreibtisch und verfasste gerade einen Obduktionsbericht, während sein Assistent damit beschäftigt war, die zuvor benutzten Instrumente zu reinigen.

Hellinghaus bemerkte die Besucher, stand auf und reichte Grote und Köster die Hand. Als er Stine Lessing sah, ließ er ungeniert seinen Blick über ihren Körper streifen. Dann huschte ein wohlwollendes Lächeln über sein Gesicht. »Welch Glanz in meiner kalkweißen Höhle!«

Er streckte ihr die Hand entgegen und bemerkte sofort ihr Zögern. Amüsiert und mit einem entwaffnenden Lächeln reagierte er auf ihre Unsicherheit. »Sie dürfen meine Hand ruhig nehmen, junge Frau. Ich versichere Ihnen, es ist eine der saubersten Hände dieser Stadt, zumindest im Augenblick.«

Stine Lessing war ihr Verhalten peinlich, und sie schämte sich dafür. Natürlich hatte der Mann recht, aber im Moment waren Verstand und Gefühl bei ihr nicht im Einklang.

Allein die Vorstellung, dass der Professor noch vor kurzer Zeit …! Sie zwang sich, diese Gedanken beiseite zu schieben, und begrüßte den Professor mit einem unwilligen Händedruck.

Der Pathologe hielt ihre Hand ein wenig länger, als es nötig gewesen wäre. »Sie waren noch nie bei mir, richtig?«

»Nein, bisher noch nicht.«

Professor Hellinghaus griente, drehte sich um und holte aus einem Schrank eine Spuckschale. »Hier, nehmen Sie die. Und machen Sie bei Bedarf ungeniert Gebrauch davon. Glauben Sie mir, Sie sind nicht die Erste und Sie werden nicht die Letzte sein, der ein Besuch bei mir auf den Magen schlägt.«

Er ging nun zu den beiden Seziertischen und deckte die Oberkörper der Leichen bis zum Brustbein auf. Stine Lessing hatte noch die Bilder von den Tatortfotos im Kopf und erwartete von Blut besudelte Körper, doch dem war nicht so.

Die beiden Leichen waren gründlich gereinigt worden. Ihre blasse Haut sah in dem kalten Licht aus wie die Haut von Schweinen, die nach der Schlachtung abgebrüht worden waren und darauf warteten, zu Wurst verarbeitet zu werden. Stine Lessing empfand diesen Anblick als noch schlimmer als die Blutbilder, die noch immer in ihrem Kopf herumgeisterten.

Der Pathologe hatte beide Leichen im Zuge der Obduktion geöffnet und hinterher mit groben Stichen wieder geschlossen. So ergab dieses Muster ein perverses Bild von schicksalhafter Verbundenheit zwischen Jan Weber und Enno Oltmanns.

Stine Lessing blickte heimlich zur Seite und beobachtete Grote und Köster, deren Gesichter jedoch undurchdringlich wirkten. Die beiden ließen sich nichts anmerken und gaben sich arbeitsmäßig, obwohl sie ahnte, dass besonders Grote der Anblick des ermordeten Jan Weber unter die Haut gehen musste.

Der Professor streifte sich Gummihandschuhe über und begann mit seinen Erläuterungen. »Sie haben morgen Abend meinen Bericht auf dem Tisch, doch eines möchte ich Ihnen schon jetzt zeigen, weil ich es für bedeutsam halte.«

Er wies auf die Schnittwunden am Hals der beiden Männer, deren Ähnlichkeit den Beamten der Mordkommission bereits auf den Tatortfotos aufgefallen war. Dann griff er nacheinander direkt in die Wunden der beiden Männer und spreizte sie mit seinen Fingern auseinander, damit der Schnittverlauf besser zu erkennen war.

Stine Lessings Magen begann langsam, sich herumzudrehen, und ihre Finger verkrampften sich an der Spuckschale. Den Pathologen hingegen berührte das überhaupt nicht, und er fuhr geschäftsmäßig fort: »Die Schnitte wurden mit großer Geschwindigkeit und auch mit einer gewissen Kraft ausgeführt. Ich möchte fast sagen, sie weisen so etwas wie Eleganz auf, keine kraftstrotzende Brutalität. Das Messer dürfte in beiden Fällen identisch sein. Es muss extrem scharf und ungewöhnlich schmal sein. Die Klingenlänge dürfte circa zwanzig Zentimeter plus/minus zwei Zentimeter betragen. Es könnte sich um ein Ausbeinmesser handeln, wie es Schlachter benutzen. Auch ein Filetiermesser, wie es von Anglern besonders in Skandinavien benutzt wird, kommt infrage. So viel zu den Gemeinsamkeiten. Kommen wir zu den Unterschieden.«

Er zog den beiden Leichen die grünen Tücher bis zum Genital herunter und legte dadurch den Unterleib frei.

Stine Lessing riss entsetzt die Augen auf, als sie Enno Oltmanns' Körper erblickte. Im gleichen Moment rebellierte ihr Magen vollends, und ihr Mittagessen ergoss sich in hohem Bogen in die Spuckschale. Der Assistent kam herübergelaufen, nahm sie fürsorglich an die Hand und führte sie zu einem Waschbecken, an dem sie das Erbrochene wegspülen und ihren Mund reinigen konnte. Sie ließ sich noch ein Glas Wasser reichen, erst dann ging sie zögerlich zurück zu den Seziertischen.

Grote blickte sie mitfühlend an: »Geht's wieder, oder wollen Sie lieber draußen auf uns warten? Sie müssen sich das nicht antun.«

»Entschuldigung, nochmal passiert mir das nicht! Der Magen ist jetzt wohl auch leer.« Sie lächelte mühsam.

Grote wandte sich wieder dem Professor und den beiden Leichen zu. Die Reaktion der Frau war nachvollziehbar, denn der Unterleib von Enno Oltmanns sah aus, als hätte ein Wahnsinniger sich daran ausgetobt. Dicht an dicht war er mit Einstichen übersät, aber es waren keine glatten Einstiche. Das Gewebe war um die Wunden herum völlig zerfetzt. Es sah so aus, als hätte der Täter nicht nur zugestochen, sondern das Messer in den Wunden hin und her gedreht.

Der Professor fuhr fort: »Der Arzt auf Juist hat die Leichenschau nicht besonders gründlich durchgeführt. Doch das kann man von einem Landarzt wohl auch nicht erwarten.«

Der Professor sprach die letzten Worte herablassend und überheblich. Er war nun einmal eine Kapazität, die sich Eitelkeit erlauben konnte, das wusste er nur zu genau. Dann kam er wieder zum Thema: »Der Kollege von der Insel sprach von Messerstichen, doch das ist es nicht allein. Ich gebe allerdings zu, dass auch wir die besondere Art und Vielzahl dieser Einstiche erst bemerkt haben, nachdem wir den Leichnam völlig gereinigt hatten. Bei so viel Blut kann man schon mal das eine oder andere übersehen. Aber um die Fehler anderer zu korrigieren, sind wir schließlich da.« Er lächelte selbstgefällig. »Der Schnitt in den Hals war tödlich, und das schon nach Sekunden. Das gilt übrigens für beide Opfer. Dann jedoch passierte etwas, das Jan Weber erspart blieb. Der Täter hat dem schon toten Enno Oltmanns zwanzig Mal das Messer in den Bauch gerammt und dann hin und her gedreht. Der Täter wollte sein Opfer vermutlich auf eine ganz besondere Art schänden. Die Einstiche liegen ziemlich dicht beieinander im Unterleib. Das sieht mir beinahe so aus wie ein Ritualmord. Jan Webers Körper ist dagegen, abgesehen von der Halsverletzung, unversehrt.«

Grote und Köster stellten die Frage fast gleichzeitig. »Und was schließen Sie daraus?«

»Nun, ich bin Pathologe und kein Psychologe, doch wenn ich diese beiden Taten miteinander vergleiche, so bin ich mir sicher, dass der Täter mit dem Mord an Jan Weber zwar ein Ziel verfolgte, ihn diese Tat aber ganz offensichtlich nicht emotional bewegt hat.

Der Mord an Enno Oltmanns dagegen ist eine ganz andere Sache. Diese Tötung hat dem Mörder etwas bedeutet. Er ließ seinem Hass freien Lauf und hatte sich in diesem Moment ganz gewiss nicht mehr unter Kontrolle. Die Stiche im Unterleib sind bewusst an dieser Stelle gesetzt worden.«

»Beim Mord an Jan Weber hatte der Täter sich hingegen unter Kontrolle, richtig?«

»Richtig, Herr Grote. So sehe ich das. Ansonsten bekommen Sie die Einzelheiten wie gesagt morgen. Bisher war außer dem, was ich Ihnen gerade mitteilte, nichts Besonderes feststellbar. Höchstens, dass Oltmanns kräftig dem Alkohol zugesprochen hat. Seine Leber legt die Vermutung nahe, dass er Alkoholiker war.«

Professor Hellinghaus streifte die Gummihandschuhe ab und reinigte danach penibel seine Hände und Unterarme, obwohl die nicht mit den Leichen in Berührung gekommen waren. Dabei schaute er demonstrativ zu der immer noch blassen Stine Lessing hinüber und schmunzelte.

»Eine Frage noch, Herr Professor.« Grote war nach den Ausführungen des Pathologen nachdenklich geworden. »Sie sprechen immer von *dem* Täter oder Mörder, es war also Ihrer Einschätzung nach ein Mann?«

»Keineswegs! Ich sagte nur, dass die Schnitte mit einer gewissen Kraft ausgeführt wurden. Ich will nicht ausschließen, dass auch eine sportlich trainierte Frau dazu in der Lage ist. Die Stiche in den Bauch können auf jeden Fall von einer Frau stammen, dazu bedurfte es bei einer solch schlanken Klinge keiner übermäßigen Kraft.«

Stine Lessing war die Erste, die sich verabschiedete und mit schnellen Schritten über die Flure eilte. Als sie endlich draußen stand, holte sie tief Luft und genoss die Kälte. Selbst die nassen Schneeflocken, die auf ihr rotes Haar fielen und es in kurzer Zeit in feuchten Strähnen herunterhängen ließen, störten sie nicht. »Einfach nur Luft, frische Luft!«, dachte sie, und erneut kamen in ihr Zweifel auf, ob die Mordkommission tatsächlich die richtige Dienststelle für sie war. Im Fachkommissariat für Wirtschaftskriminalität jedenfalls wären ihr die heutigen Erlebnisse erspart worden.

Nun verließen auch Grote und Köster das Gebäude. Nachdem alle drei ins Auto gestiegen waren, drehte sich Grote zu Stine Lessing um, die im

Fond Platz genommen hatte. »Machen Sie sich nicht zu viele Gedanken. Man gewöhnt sich an so etwas, glauben Sie mir!«

Da auf der Rückfahrt zum LKA kein Wort mehr gesprochen wurde, begann Stine Lessing schon im Auto, die Ergebnisse der Obduktion in ihren Laptop einzugeben. So war sie rechtzeitig für die morgige Frühbesprechung gewappnet.

Als sie das LKA erreichten, ging Grote gemeinsam mit Köster in sein Büro. Er stürzte sich sofort auf die Dose mit Keksen, die er normalerweise kaum beachtete. Erst jetzt wurde ihm bewusst, dass er den ganzen Tag noch nichts gegessen hatte.

Gemeinsam zogen sie ein Resümee des Tages und mussten sich eingestehen, dass die Ermittlungen, zumindest was konkrete Täterhinweise anging, derzeit nicht vorankamen. Allerdings hatte ihre erste Einschätzung durch die Untersuchungsergebnisse des Pathologen eine Bestätigung erfahren: Es gab tatsächlich eine unmittelbare Verbindung zwischen beiden Mordfällen. Doch war immer noch nicht geklärt, ob es sich bei dem Täter um einen Mann oder eine Frau handelte. Die Aussage des Bahnschaffners, dass eine Frau bei Weber im Abteil gesessen hatte, stand zumindest nicht im Widerspruch zu den Obduktionsergebnissen. Es konnte sich also bei ihr um die Täterin handeln.

Maik Köster stand auf und ging an das Fenster. Er verfolgte den Flug der nassen Schneeflocken, wie sie an die Fensterscheibe klatschten und dann mit zunehmender Geschwindigkeit heruntterglitten. Plötzlich drehte er sich ruckartig um: »Wir müssen den Faden am Tatort Juist noch einmal neu aufrollen, sonst kommen wir nicht weiter. Wir wissen ja noch nicht einmal, ob Jan Weber bei seinen Befragungen irgendetwas Relevantes herausgefunden hat. Wenn das der Fall war, dann hat er sich gewiss entsprechende Notizen gemacht. Die allerdings wird er zu den anderen Beweismitteln in den Aktenkoffer gelegt haben. Wir fangen also fast bei null an.«

Stefan Grote nickte zustimmend. »Wen wollen wir nach Juist schicken?« Köster blickte seinen Chef fragend an.

»Ich fahre!« Grote sprach dies aus, ohne auch nur einen Moment gezögert zu haben. »Und zwar fahre ich allein!«

Köster sah seinen Chef zweifelnd an. »Warum du, und warum allein? Das verstehe ich nicht.«

»Es gibt gute Gründe dafür. Wir sind personell im Moment derart eingeschränkt, dass ich nicht wüsste, wen wir noch dafür zur Verfügung hätten. Du kannst hier nicht weg, weil jemand den Blick auf das Ganze haben muss. Ein Teil unserer Leute ist immer noch damit beschäftigt, die Videoaufnahmen auszuwerten.

Zudem müsst ihr euch unbedingt den Computer und die Telefongespräche Enno Oltmanns' vornehmen. Die sichergestellte Festplatte ist zwar mit dem Aktenkoffer verschwunden, doch gibt es über den Provider sicher noch Möglichkeiten, an irgendwelche Daten zu kommen. Zumindest die E-Mail-Daten müssten rekonstruierbar sein. Vielleicht haben wir sogar Glück, dass er Daten in einer Cloud ausgelagert hat. Auch an die könnten wir gelangen.«

Köster nickte und gab zu: »Vermutlich hast du recht. Besonders viel Spielraum haben wir im Moment wirklich nicht.«

»Und außerdem«, Grote sah seinem Stellvertreter fest in die Augen, »habe ich das Gefühl, Jan Weber etwas schuldig zu sein. Ein wenig Abstand von hier wird mir guttun.«

»Mir gefällt überhaupt nicht, dass du allein fährst.« Maik Köster hatte kein gutes Gefühl bei der Sache.

Grote rang sich ein gequältes Grienen ab. »Nun hör bloß auf! Ich bin kein Anfänger und kann mich meiner Haut schon …«

Im selben Moment biss er sich auf die Lippen und brach den Satz ab. Jan Weber *war* ein Anfänger gewesen, und er hatte sich seiner Haut *nicht* wehren können. Da war es wieder, dieses latente Schuldgefühl.

Schroff beendete er das Gespräch: »Morgen fahre ich rüber nach Juist! Die Frühbesprechung mache ich noch mit, dann fahre ich los!«

Maik Köster blieb trotz seines Unbehagens nichts anderes übrig, als die Entscheidung seines Chefs zu akzeptieren. »Dann kann ich dir nur noch empfehlen, vor deiner Abfahrt einen Blick auf den Fährplan zu werfen! Nach Juist kommt man nicht mal soeben rüber. Da haben Ebbe und Flut ein gewichtiges Wörtchen mitzureden, oder du musst in den Flieger steigen.«

Natürlich hatte Köster recht. Grote musste zugeben, dass er daran überhaupt nicht gedacht hatte. Deshalb überließ er die Planung lieber seiner Sekretärin. Die kümmerte sich um alles und stellte fest, dass die einzige Juistfähre des kommenden Tages um siebzehn Uhr ab Norddeich fuhr. Wenn die Frühbesprechung sich nicht zu lange hinzog, war das leicht zu schaffen.

Donnerstag
Reiterhof Wollens

Auch an diesem Tag erschien Stefan Grote wieder ungewöhnlich früh auf der Dienststelle und war fest davon überzeugt, diesmal noch keinen seiner Kollegen anzutreffen. Schnell wurde er jedoch eines Besseren belehrt, denn er hörte auf dem Flur schnelle Schritte und das helle Klickern von hohen Absätzen. Obwohl er sie nicht sah, wusste er, dass Stine Lessing schon ihren Dienst begonnen hatte. Erst nach und nach erklangen weitere Schritte auf dem Flur und Türen wurden geschlagen. Die MK-L erwachte.

Grotes Stimmung war an diesem Morgen nicht die allerbeste. Am Abend zuvor war es zu einem heftigen Streit mit seiner Frau gekommen. Als er ihr sagte, dass er für zwei oder drei Tage nach Juist fahren müsse, hatte sie heftig reagiert, beinahe aggressiv. Es ging ihr nicht darum, dass ihr Mann sich auf Dienstreise begab, das war sie gewohnt.

Es brachte sie jedoch aus der Fassung, dass er sich nun selbst in die unmittelbaren Ermittlungen einschaltete. Das hatte es nicht gegeben, seit er Leiter der Dienststelle war. Sie hatte sich schon daran gewöhnt, ihn in Sicherheit zu wissen. Jetzt brachen ihre alten Ängste wieder auf und zeigten Grote, wie sehr sich seine Frau während der Zeit beim MEK um ihn gesorgt hatte.

Es war ihm nicht gelungen, ihr klarzumachen, dass es bei diesen Ermittlungen auch um ihn, seine Schuldgefühle und seine ganz persönliche Abrechnung mit dem Täter ging, doch genau das hatte den Streit auf die Spitze getrieben.

»Das, was du jetzt gerade gesagt hast, ängstigt mich! Dir fehlt der Abstand zu dem Fall, so etwas darf es nicht geben, das hast du selbst oft genug gesagt. Und nun tappst du in eine Falle, die du dir selbst stellst.«

Danach hatte seine Frau sich wütend umgedreht und war zu Bett gegangen. Als er eine halbe Stunde später ins Schlafzimmer kam, schlief sie bereits. Vielleicht tat sie auch nur so, doch Grote traute sich nicht, sie noch einmal anzusprechen. So löschte er das Licht, doch Schlaf konnte er nicht finden.

Schon lange bevor der Wecker klingelte, hatte er deshalb das Bett wieder verlassen, sich angezogen und war ohne Frühstück aus dem Haus gegangen. Auf der Fahrt zur Dienststelle machte er an einem Kiosk halt, kaufte einige der gängigen Tageszeitungen und überflog sie noch im Auto. Schnell stellte er beruhigt fest, dass sich niemand an den reißerischen Bericht des Mittagsmagazins angehängt hatte. Zwar war teils ausführlich über den Fall berichtet worden, doch Vorwürfe gegen die Polizei waren nicht zu finden.

Als Grote sein Büro betrat, liefen um ihn herum schon die Vorbereitungen für die Frühbesprechung. Um seine Fahrt nach Juist vorzubereiten, ließ er seinen Computer eine Weg-Zeit-Berechnung für die Fahrt Hannover – Norddeich durchführen und kam zu dem Ergebnis, dass er die Dienststelle spätestens mittags verlassen musste. Das war sicherlich zu schaffen.

Stine Lessing eröffnete die Frühbesprechung mit den Ergebnissen der gestrigen Obduktionen und legte die Schlussfolgerungen dar, die sich daraus ergaben. Dann fasste sie den aktuellen Ermittlungsstand der Videoauswertung vom Oldenburger Hauptbahnhof zusammen. Die Kollegen hatten inzwischen vier Männer und zwei Frauen entdeckt, die Aktenkoffer mit sich führten, denen zumindest eine gewisse Ähnlichkeit mit dem von Jan Weber benutzten Modell zugesprochen werden konnte.

Es gab allerdings eine ganze Anzahl von Reisenden, deren mitgeführtes Gepäck zu keinem Zeitpunkt eindeutig zu erkennen war, entweder weil sie es auf der Seite trugen, die der Kamera abgewandt war, oder weil ständig andere Menschen den Blick verstellten.

Die Aufnahmen der sechs infrage kommenden Personen waren mittlerweile dem BKA überspielt worden. Dort sollte mittels einer neuen Technik versucht werden, brauchbare Fotos zu extrahieren.

Der Versuch, beim zuständigen Staatsanwalt eine Zustimmung zur Öffentlichkeitsfahndung zu bekommen und am Bahnhof in Oldenburg Plakate aufzuhängen, war allerdings gescheitert. »Solange Sie nicht einmal zu hundert Prozent sicher wissen, ob Sie einen Mann oder eine Frau suchen, geschweige denn eine brauchbare Beschreibung präsentieren können, mache ich da nicht mit!«

Mit diesen Worten war der Antrag schon am Telefon abgeschmettert worden.

Einen Fortschritt gab es dagegen bezüglich der Telefon- und Computerdaten Oltmanns'. Für die Ermittlungen erwies es sich als vorteilhaft, dass er sowohl für seinen Internetanschluss als auch für Festnetz und Handy den gleichen Provider nutzte. So brauchte der Staatsanwalt nur eine einzige richterliche Anordnung zu erwirken, die den Provider verpflichtete, der Polizei die verfügbaren Daten zur Verfügung zu stellen. Das war für den kommenden Tag in Aussicht gestellt worden.

Die Besprechung zog sich länger hin als erwartet, denn auch zum aufgeklärten Sexualmord gab es noch Besprechungsbedarf. Es zeichnete sich ab, dass die dazu abgestellten Kollegen noch länger eingebunden sein würden als geplant. Grote sah immer häufiger auf die Uhr. Eine halbe Stunde noch, dann musste er los, deshalb war er froh, als Stine Lessing mit den Worten »Das wäre im Moment alles« ihren Laptop schloss.

Er blickte sich gerade fragend um, ob noch irgendjemand einen Beitrag leisten wollte, als sein Handy klingelte. Er griff in die Jackentasche und ärgerte sich darüber, dass er vergessen hatte, wie üblich während der Besprechung die Anrufe zu seiner Sekretärin umzuleiten.

Er stand auf, ging zum Fenster, um ungestört sprechen zu können, und nahm das Gespräch an. »Guten Morgen, Herr Grote, hier Professor Hellinghaus!«

Der Professor ließ seinem Gegenüber keine Zeit zu antworten. »Sie haben mir gestern erzählt, dass sämtliche Spuren im Fall Jan Weber verloren gegangen sind. Da wird es Sie freuen, dass mein Mitarbeiter gerade eben einen interessanten Fund gemacht hat. Als er die blutverschmutzten Kleidungsstücke Jan Webers in Tüten packte, um sie in der Asservatenkammer abzugeben, hat er wie üblich noch einmal die Taschen durchsucht. Ich will nicht behaupten, dass da jemand zuvor geschlampt oder nicht gründlich genug nachgeschaut hat. Tatsache ist jedenfalls, dass in der Brusttasche von Jan Webers Hemd inmitten des verkrusteten Blutes eine Plastiktüte gefunden wurde, die ein schwarzes Haar enthält. Es war wohl mehr Glück als Verstand im Spiel, dass mein Assistent die Tüte entdeckt hat. Sie war mit dem Blut und dem Hemdenstoff zu einem einzigen Klumpen verschmolzen. Sei es drum, es dürfte sich um eines der Beweisstücke handeln, die am Tatort Juist auf Oltmanns' Leiche entdeckt wurden.«

Die Worte des Professors schlugen bei Grote wie eine Bombe ein. Das, was er gerade erfahren hatte, konnte den Durchbruch der Ermittlungen bedeuten. So wie es sich jetzt darstellte, hatte Jan Weber seine wichtigste Spur nicht im Koffer, sondern aus unerfindlichen Gründen in der Brusttasche seines Hemdes transportiert. Grote spürte die Erregung, die ihn ergriff, und wollte wissen: »Wie lange dauert es, bis ein DNA-Ergebnis vorliegt?«

»Nun, ich fange gleich damit an. Sagen wir mal …«, er schien zu überlegen, »am späten Nachmittag sind wir damit fertig. Ich rufe Sie natürlich an, sobald es vorliegt.«

Grote steckte sein Handy zurück in die Jacke und drehte sich den Kollegen zu. »Endlich geht es voran!«

Dann informierte er seine Mitarbeiter über den unerwarteten Fund und löste damit eine Welle der Euphorie aus, denn jeder der Anwesenden war sich der Bedeutung dieses Fundstückes bewusst.

Die Morgenbesprechung war damit endgültig abgeschlossen. Grote verließ eilig den Besprechungsraum und ließ sich von seiner Sekretärin einen Zettel mit der Adresse des für ihn auf Juist gebuchten Hotels geben. Dann griff er nach seinem Trolley und fuhr wenige Minuten später mit seinem Dienstwagen in Richtung Norddeich los.

*

Die Fahrt quer durch die Stadt zur Autobahn führte ihn von einem Stau in den anderen und ließ ihn immer wieder nervös auf die Uhr blicken. Erst als er Bremen passiert hatte und hinter Oldenburg rechts und links die von dünnem Schnee überzogenen Weiden Ostfrieslands auftauchten, fiel die innere Unruhe von ihm ab.

Obwohl das Außenthermometer seines Autos zwei Grad Frost anzeigte, war die Autobahn trocken, und so gab er in der Hoffnung Gas, die im Stau verlorene Zeit wieder aufzuholen. Er warf einen kurzen Blick auf die Uhr: Noch gut eine Stunde bis zur Abfahrt der Fähre. Immer weniger Autos waren unterwegs, und auf der Landstraße in Richtung Norddeich herrschte dann überhaupt kein Verkehr mehr. Er würde die Fähre erreichen, daran zweifelte er nicht.

Die eigenartige Stimmung, welche die in Dunkelheit fallende einsame Landschaft auf Grote ausstrahlte, ergriff allmählich von ihm Besitz. Es war das erste Mal seit Tagen, dass er nicht an Jan Weber denken musste.

Er blickte zur Seite über das flache, froststarre Land. In einiger Entfernung stand ganz allein auf einer weiß angezuckerten Wiese ein einsamer Bauernhof, aus dessen Fenstern warmes Licht nach draußen fiel. Neben der Zufahrt zu dem Gehöft stand eine große Tanne, die bereits mit Lichtern geschmückt war. Ein leichter Windhauch brachte die Äste in Bewegung und ließ die Lichter hin und her schwanken. Grote saugte diesen Anblick der Ruhe, der sich von der grellbunten, viel zu früh installierten Weihnachtsdekoration in den Städten so wohltuend unterschied, förmlich in sich auf. Am liebsten wäre er mit seinem Auto auf einen einsamen Feldweg abgebogen, hätte den Motor ausgeschaltet und in die Dunkelheit gestarrt. Einfach mal die Seele baumeln lassen, das würde guttun! Doch daran war nicht zu denken.

Dreißig Minuten später erreichte er die lange, schnurgerade Straße, die an fast leeren Parkplätzen vorbei direkt zum Hafen führte. *Norddeich-Mole* stand in großen Buchstaben auf einem Schild.

Mit schnellen Schritten ging er vom Parkplatz über die Bahnüberführung in Richtung Hafen. Von dort aus konnte er schon die Fährschiffe sehen. Hinweisschilder zeigten ihm den Weg, erst zum Fahrkartenschalter, dann nach links zur Fähre nach Juist. Nachdem er sich eine Fahrkarte gekauft hatte, reihte er sich in die kurze Schlange von Fahrgästen ein. Er zeigte gerade dem Matrosen an der Gangway sein Ticket, da läutete sein Handy. Schnell hastete er an Bord und stellte sich in eine Nische, um die anderen Reisenden nicht zu behindern.

Die Verbindung war dürftig, trotzdem konnte er schwach die Stimme von Professor Hellinghaus erkennen. »Herr Grote?« Pause, dann starkes Rauschen und wieder: »Hallo?« Grote ging weiter bis an den Bug des Schiffes, in der Hoffnung, besseren Empfang zu bekommen. »Herr Professor? Ich kann Sie jetzt hören. Was gibt es Neues?«

Die Stimme des Professors war mal verrauscht, gleich darauf wieder etwas besser zu verstehen. »Ich habe die Untersuchung des Haares abgeschlossen und die DNA ausgewertet. Das Ergebnis liegt Ihrer Dienststelle bereits schriftlich vor, ich wollte es Ihnen allerdings wie versprochen selbst sagen. Und nun halten Sie sich fest: Wenn das Haar in der Tüte tatsächlich auf Oltmanns' Leichnam gefunden wurde, dann müssen Sie umdenken. Ab jetzt suchen Sie keinen Täter mehr, sondern eine Täterin. Es handelt sich eindeutig um ein Frauenhaar. Allerdings – bevor Sie fragen: Die Abfrage in der DNA-Datenbank verlief leider negativ. Nun, aber das wäre ja auch fast zu viel des Guten gewesen. «

Grote war darüber weniger überrascht. Einiges hatte schließlich auf eine Frau als Täterin hingewiesen, und sein Bauchgefühl ging schon frühzeitig in die gleiche Richtung. »Können Sie mir noch mehr dazu sagen?«

»Es handelt sich um ein mittellanges Frauenhaar. Wir haben noch eine chemische Analyse durchgeführt. Das Ergebnis sagt uns, dass die Frau ihr Haar nicht gefärbt hat. Sie suchen also eine Frau mit naturschwarzem, mittellangem Haar. Von der Haarstruktur her gesehen ist die Frau sicherlich relativ jung. Das Haar ist gesund und kräftig.

Ach so, eines hab ich doch noch für Sie: Drogen nimmt diese Frau nicht zu sich, und übermäßig viel Alkohol trinkt sie auch nicht.«

Bevor Grote antworten konnte, sprach der Professor weiter: »Tja, das ist doch eine ganze Menge, was ich Ihnen da bieten konnte, oder nicht? Sie brauchen mir nun nur noch eine Verdächtige zu bringen. Dann haben wir Vergleichs-DNA, und der Fall ist gelöst. Mehr ist im Moment von meiner Seite nicht drin!«

Grote lachte. »Tja, Herr Professor! Wenn das so einfach wäre. Trotzdem, Sie haben uns sehr geholfen, mehr, als wir erhoffen konnten. Vielen Dank für die schnelle Arbeit!«

Die Fähre setzte sich in Bewegung und fuhr durch aufziehenden Dunst auf das Meer hinaus. Grote stellte sich in den eisigen Fahrtwind und hoffte, bereits die Lichter von Juist zu sehen, doch der dichter werdende Nebel ließ das nicht zu, und der Wind trieb ihm Tränen in die Augen. So nahm er seinen Trolley und betrat das Bordrestaurant.

Er setzte sich auf einen der vielen freien Plätze und legte dabei keinen Wert darauf, einen Fensterplatz zu bekommen, denn zu sehen war draußen ohnehin nichts. Zum ersten Mal seit zwei Tagen verspürte er richtigen Hunger.

Erwartungsvoll griff er zur Speisekarte, wurde aber schnell auf den Boden der Tatsachen zurückgeholt, denn schon der erste Blick zeigte ihm, dass die Speisekarte außerhalb der Saison stark ausgedünnt war. Es gab keine nennenswerte Auswahl, und so entschied er sich für eines der angebotenen Wurstbrötchen. Ein vernünftiges Essen hätte er sich schon gewünscht, also bestellte er sich zum Trost noch ein Bier dazu.

Es dauerte keine halbe Minute, da stand das Essen vor ihm auf dem Tablett und das Bier, er hatte es nicht anders erwartet, in einer Flasche daneben.

Nachdem er das Tablett durch das leicht schaukelnde Restaurant zu seinem Platz balanciert hatte, setzte er sich, biss herzhaft in das Brötchen und wunderte sich, wie gut es ihm schmeckte. Als er fertig gegessen hatte, lehnte er sich zurück und blickte sich interessiert um. Kinder waren gar nicht an Bord, und die meisten Leute reisten allein.

Seine Gedanken wanderten hin und her, bevor sie mit einem Male wieder in der Realität ankamen. Das geschah in dem Augenblick, als ihm bewusst wurde, dass vor drei Tagen Jan Weber an Bord dieses Schiffes gewesen sein musste, nur war der damals in die andere Richtung gefahren. Vielleicht hatte er sogar am selben Tisch gesessen wie er selbst. Sein Blick fiel auf die füllige Bedienung, die gelangweilt hinter dem Tresen stand und darauf wartete, das benutzte Geschirr von den Tischen abräumen zu können.

Grote trank das Bier aus, stellte die Flasche auf das Tablett und ging damit zum Tresen.

»Das ist nett von Ihnen!« Die Frau nahm es ihm ab und stellte es zu dem übrigen Abwasch.

»Geben Sie mir noch ein Wasser?« Gerne hätte Grote noch ein weiteres Bier getrunken, doch er wollte einen klaren Kopf behalten. Als die Bedienung ihm das Getränk herüberreichte, sprach er sie an: »Fahren Sie täglich auf dieser Fähre?«

Die Frau sah ihn abschätzend an. Der Mann gefiel ihr, keine Frage. Doch dann wurde ihr der große Altersunterschied zwischen ihnen bewusst und ihr gerade aufkeimendes Interesse erlosch. Sie blickte ihn gelangweilt an und antwortete etwas flapsig: »Wenn das eine Anmache sein soll – vergessen Sie es! Ich bin nicht interessiert! Ihre Altersgruppe zählt nicht zu meinem Beuteschema.«

Grote musste lächeln. Die Frau dort hinter dem Tresen entsprach so gar nicht seinem bevorzugten Typ. Sie wirkte auf ihn ziemlich plump und ließ all das vermissen, was er an Frauen schätzte. Trotzdem nahm er es als Kompliment, dass seine Worte als Anmache empfunden wurden. Er zückte seinen Dienstausweis und hielt ihn der Frau entgegen.

Sie schien weitsichtig zu sein, denn es dauerte eine Weile, bis sie den Ausweis gelesen hatte. Dann hob sie den Kopf und blickte Grote nun freundlicher an. »'Tschuldigung, war nicht so gemeint! Wenn man hier steht, muss man sich manch blöden Spruch gefallen lassen. Irgendwann nervt das einfach.«

Dann schüttelte sie den Kopf und griff Grotes Frage auf. »Nein, ich fahre nicht jeden Tag, zumindest nicht außerhalb der Saison. Im Sommer sieht das anders aus, dann müssen alle ran.«

»Und am letzten Montag, sind Sie da gefahren, Frau …?«

»Jantje Sieverts, aber Jantje genügt völlig!« Sie nickte heftig. »Am letzten Montag war meine erste Fahrt und morgen steige ich wieder aus. Dann hab ich drei freie Tage.«

»Warten Sie bitte mal einen Moment.« Grote ging zu seinem Trolley, holte seinen Laptop heraus und kehrte damit zurück. Nach wenigen Sekunden erschien ein Foto von Jan Weber auf dem Bildschirm. »Haben Sie diesen Mann am letzten Montag auf der Fahrt nach Norddeich an Bord gesehen?«

Jantje Sieverts strahlte ihn unvermittelt an. »Gewiss doch, schließlich war das ein Kollege von Ihnen!«

Sie zeigte auf einen Platz auf der anderen Seite des Salons. »Dort drüben am Fenster hat er gesessen, ganz allein. Er wirkte ein wenig nachdenklich und unnahbar. Ich fand ihn ganz nett, leider war er ziemlich kurz angebunden. Vielleicht war er auch nur schüchtern.«

Sie blinzelte Grote übermütig zu. »Er hat doch nichts ausgefressen?«, schob sie dann schelmisch nach.

Grote antwortete kalt: »Nein, er ist tot.«

»Wie bitte?« Der Übermut verschwand aus ihrem Gesicht und machte ehrlicher Betroffenheit Platz. »Ein Unfall?«

»Schlimmer – ermordet! Haben Sie das nicht in der Zeitung gelesen? Der Zugmord in Oldenburg?«

Die Frau war bestürzt. »Ich habe davon gehört. Dass es sich um Ihren Kollegen handelt, das habe ich allerdings nicht gewusst.«

Grote ließ ihr einen Augenblick Zeit, um sich wieder zu beruhigen. Dann fragte er nach: »Jantje, woher wussten Sie, dass der Mann Kriminalpolizist ist? Hat er Ihnen das selbst gesagt?«

»Nein, das brauchte er nicht. Als er am Montagmorgen mit dem Polizeiboot aus Emden herüberkam, ging das auf der Insel herum wie ein Lauffeuer. Ich habe ihn selbst ankommen sehen, weil ich gerade Ware einräumte.«

»Haben Sie am Abend auf der Rückfahrt mit ihm gesprochen?«

»Ja, allerdings nur kurz, weil er an einem Gespräch mit mir wohl nicht interessiert war.«

»Und worum ging es dabei?«

Jantje Sieverts wand sich ein wenig, es schien ihr unangenehm zu sein. Grote bemerkte das und wiederholte seine Frage: »Worum ging es?«

»Nun, ich habe ihn auf die Beweisstücke angesprochen, die er in dem Aktenkoffer hatte. Und natürlich auch auf das schwarze Haar, das man bei dem Toten gefunden hat. Es soll ja ein ganz wichtiger Fund sein, wie man hört.«

Grote war total perplex. »Davon wussten Sie?«

»Natürlich, viele wussten das. Es hatte sich schnell auf der Insel herumgesprochen. Das hat Ihrem Kollegen allerdings nicht gefallen, und er war ziemlich angefressen, als er das mitbekommen hat.«

Grote ließ jetzt nicht nach und wollte wissen: »Was heißt denn ›auf der Insel herumgesprochen‹, von wem wussten Sie es?«

Die Frau druckste herum. »Ich weiß es nicht mehr, irgendwo hab ich es aufgeschnappt.«

Grote wurde ungehalten. »Jantje, machen Sie jetzt bitte keine Spielchen! Wir vermuten, dass mein Kollege genau wegen dieser Indiskretion ermordet worden ist. Also, woher wussten Sie davon?«

Jantje Sieverts war sichtlich angespannt. Auf ihrem Hals bildeten sich hektische rote Flecken. »Nun, wir Mädels haben hier auf der Insel einen Frauenchor, die ›Stranddeerns‹. Das Gegenstück zum Shantychor der Männer. Im Winter üben wir für die Saison und sind alle per Handy verbunden. Na ja, wegen der Probezeiten. Und natürlich auch, wenn es interessanten Klatsch und Tratsch gibt. Dann werden die Neuigkeiten halt per WhatsApp weitergegeben, so wie das unter Frauen nun mal ist. Früher gab es das Kaffeekränzchen, heute haben wir unsere Handys.«

Trotzig fügte sie hinzu: »Ist ja auch nicht schlimm und bestimmt nicht verboten!«

Grote konnte sich die Bemerkung nicht verkneifen: »Verboten nicht, leider in diesem Falle allerdings tödlich! Wer hat die Meldung denn verbreitet?«

Jantje Sieverts zierte sich erneut, erst dann antwortete sie unwillig: »Das war die Helke, Helke Bakker von der Schmuckboutique in der Strandstraße, oben, kurz vor dem Kurhaus.«

Grote tippte den Namen in seinen Laptop. »Bakker mit zwei ›k‹, richtig?«

»Ja«, sie nickte kurz, »die Schwester von Gero Bakker, einem der Inselpolizisten.«

Grote sah sie überrascht an, ein Verdacht kam in ihm auf. Er klappte seinen Laptop zu. »Eine letzte Frage habe ich noch: Ist Ihnen auf der Fahrt am Montag eine Frau aufgefallen, die sich in der Nähe meines Kollegen aufhielt, vielleicht sogar mit ihm gesprochen hat?«

Jantje Sieverts schüttelte den Kopf. »Eigentlich ist mir gar nichts aufgefallen. Haben Sie denn keine nähere Beschreibung?«

Fast hätte er gesagt: »Schwarze mittellange Haare könnte sie haben«, doch dann hielt er lieber den Mund. Er konnte sich lebhaft vorstellen, wie schnell sich auch diese Information per WhatsApp auf der Insel verbreiten würde. Außerdem stand dem ja noch die Aussage des Schaffners entgegen, der eine Blondine in Jan Webers Abteil gesehen haben wollte. Also verneinte er Jantjes Frage lieber. »Nein, keine Beschreibung.«

Jantje Sieverts unternahm keine weiteren Bemühungen, sich eventuell doch noch an den einen oder anderen weiblichen Fahrgast zu erinnern. »Also wirklich nicht, auf die Frauen achte ich nicht so sehr. Wenn sie nicht gerade besonders auffällig sind, kann ich mich schon gar nicht an sie erinnern. Männer bleiben mir eher im Gedächtnis haften.« Sie errötete ein wenig.

Grote klemmte seinen Laptop unter den Arm, nahm sein Getränk und wollte zu seinem Platz zurückgehen. Dann drehte er sich noch einmal um: »Das, was wir eben besprochen haben, behalten Sie bitte für sich! Sie werden es auch nicht über Ihr Handy verbreiten, haben wir uns verstanden?« Jantje Sieverts nickte eingeschüchtert.

Als er wieder auf seinem Platz saß, wurde ihm bewusst, dass der Anruf von Professor Hellinghaus zwar ein Schritt voran war, dass sie jedoch trotzdem immer noch in einem Dilemma steckten. Sicher war im Moment nur, dass es sich bei dem Fall Oltmanns nicht um einen Täter, sondern um eine Täterin handelte. Im Fall Jan Weber jedoch war das noch nicht restlos klar. Wonach sollten sie suchen? Eine blonde oder schwarzhaarige Frau? Vielleicht eine schwarzhaarige Frau mit blonder Perücke? Oder vielleicht handelte es sich entgegen der Meinung des Pathologen doch um zwei Täterinnen? So vieles lag noch im Dunkel.

Das Fährschiff näherte sich nun dem Hafen von Juist. Grote spülte den letzten Schluck Wasser hinunter, zog sich seine Jacke über und ging mit seinem Trolley auf das Oberdeck. Dicht voraus blinkten die roten und grünen Fahrwassermarkierungen der Hafeneinfahrt, und allmählich schälten sich die Lichter des Juister Fährhauses aus dem Nebel.

Nach dem Anlegen war Grote einer der Ersten, der es verließ. Auf dem Vorplatz des Fährhauses standen zwei Pferdegespanne in der Dunkelheit, um Ladung und Gepäck in den Ort zu transportieren. Einige Gepäckträger standen herum und hielten Schilder der Hotels in die Höhe, um avisierte Gäste abzuholen. Das Ganze lief ziemlich unaufgeregt ab, denn viele Reisende waren nicht an Bord gewesen.

Grote blickte sich aufmerksam um und stellte schnell fest, dass es im gesamten Fährbereich keine Videokameras gab. Er fragte zur Sicherheit noch im Fährbüro nach, erntete dort jedoch nur ein mitleidiges Kopfschütteln. Dann schaute er auf den Inselplan, der an einer Wand angebracht war.

Die Polizeistation Juist befand sich in der Carl-Stegmann-Straße, war also gar nicht weit vom Fähranleger entfernt. Nun suchte er die Hellerstraße, wo sich das Hotel »Röders« befand, das seine Sekretärin für ihn gebucht hatte, und stellte zufrieden fest, dass dieses in der Nähe der Polizeistation lag.

Er setzte sich wieder in Bewegung und durchschritt das Deichtor. Nun lag der Ort direkt vor ihm. Nur wenige Menschen waren noch unterwegs, und außer dem Klackern der Räder seines Trolleys waren kaum Geräusche zu hören. Es waren gut fünf Minuten zu laufen, dann stand er vor dem Hotel. Das Gebäude war nicht mehr das jüngste, ein roter Klinkerbau mit mehreren Anbauten. Er ging durch die Pendeltür und stellte fest, dass es auch innen nicht den Standards eines modernen Hotels entsprach. Zumindest aber schien es sauber zu sein, und der Mann hinter der Anmeldung war freundlich. Was wollte man mehr verlangen? Schließlich war er nicht hier, um Urlaub zu machen.

Sein Zimmer war klein und zweckmäßig eingerichtet. Seeblick hatte er nicht erwartet, doch auf den Blick in einen dunklen Hinterhof mit verwittertem Fahrradschuppen und einer Box für die Mülltonnen hätte er gerne verzichtet.

Er stellte seinen Trolley in die Ecke, griff zum Handy und startete den Versuch, mit der Dienststelle Kontakt aufzunehmen. Vergeblich, er konnte niemanden mehr erreichen. Unzufrieden blickte er auf seine Armbanduhr und war dann doch erstaunt: Neunzehn Uhr. Die Zeit war schneller vergangen, als er es bemerkt hatte. Dass zu dieser Zeit niemand mehr im Dienst war, musste er wohl oder übel akzeptieren. Enttäuscht nahm er seinen Laptop und stellte nach kurzer Zeit zufrieden fest, dass er sich problemlos mit dem WLAN des Hotels verbinden konnte.

Als er die E-Mails abrief, fühlte er sich von der Flut der im Laufe des Tages aufgelaufenen Nachrichten fast erschlagen. Stine Lessing hatte dafür gesorgt, dass ihr Chef nicht vom Nachrichtenfluss abgeschnitten war. Alle Informationen waren nach Dringlichkeit geordnet, sodass es ihm leichtfiel, die Übersicht zu behalten. Zwei Meldungen waren von besonderer Bedeutung und ließen Hoffnung aufkommen:

Erstens waren die angeforderten Telefon- und Computerdaten Enno Oltmanns' endlich angekommen. Tatsächlich hatte er einen Großteil seiner Daten ausgelagert, wozu auch sein Outlook-Terminkalender gehörte. Die Sichtung und Auswertung dieser Daten lief auf vollen Touren. Auch lag bereits eine Rufnummernliste sowohl seiner Handyverbindungen als auch denen des Festnetzes vor. Stine Lessing hatte ihm diese Dateien als Anlage beigefügt.

Er klickte kurz darauf und überflog die Liste der angewählten Rufnummern. Auf den ersten Blick war erkennbar, dass Oltmanns seinen Festnetzanschluss seit vielen Tagen nicht mehr benutzt hatte. Alle Gespräche waren in der letzten Zeit über sein Handy geführt worden, das letzte davon am Sonntagnachmittag, wenige Stunden bevor er in der Nacht auf Montag ermordet wurde.

Die zweite positive Meldung war die Ankündigung des Bundeskriminalamtes, schon am morgigen Tag die Aufarbeitung der Bilder aus der Videoüberwachung des Bahnhofs Oldenburg übersenden zu können. Wie Stine Lessing mitteilte, hatte Maik Köster das BKA gebeten, die technische Überarbeitung der Videoaufnahmen auf verdächtige Frauen zu konzentrieren.

Stine Lessing schrieb, sie hoffe, dass er, Grote, das genauso sehe. Man habe ihn leider nicht am Handy erreichen können. »Sehe ich genauso!«, schrieb er unter die Mail und sandte sie zurück.

Die anderen Nachrichten überflog er nur. Dann räumte er seinen Trolley aus, ging unter die Dusche und beschloss danach, früh ins Bett zu gehen. Vorher rief er noch zu Hause an.

Zuerst hatte er einen der Jungen am Telefon, danach seine Frau. Er kannte sie lange genug, um den Unterton in ihrer Stimme herauszuhören. Sie war mit dem, was ihr Mann gerade tat, überhaupt nicht einverstanden und gab ihm das deutlich zu verstehen. Trotzdem war sie bemüht, keinen erneuten Streit aufkommen zu lassen, und Grote hielt es ebenso. So blieb das Gespräch sachlich und endete bereits nach wenigen Minuten. »Ich gehe jetzt ins Bett. Alles ist gut, mach dir keine Sorgen!«
Sie antwortete nur: »Mach ich aber!«, dann klackte es in der Leitung.

*

Als das Telefon auf Hermann Wollens' Reiterhof läutete, spielte er mit dem Gedanken, einfach nicht abzunehmen. Es kam selten genug vor, dass er sich zu Hause einen ruhigen Abend machen konnte. Heute war ein solcher Abend, und er verspürte nicht die geringste Lust, sich diesen vermiesen zu lassen.

Wollens war früher ein erfolgreicher Baustoffhändler gewesen und hatte gleichzeitig eine eigene Baufirma betrieben. Irgendwann hatte er beide Firmen verkauft und das gesamte Geld in diesen Reiterhof investiert. Die dafür von ihm gewählte Örtlichkeit war ideal. Der Hof lag zwischen Wittmund und Esens an einer wenig befahrenen Landstraße, war aber dennoch gut zu erreichen. Rückblickend konnte er sich für seine Entscheidung nur beglückwünschen, denn sein Geld war bestens angelegt. Der Reiterhof genoss inzwischen einen guten Ruf und trug dazu bei, Hermann Wollens' ohnehin beträchtlichen Wohlstand zu mehren.

Nach dem sechsten Läuten des Telefons gab Wollens sich geschlagen. Er wälzte schwerfällig seinen massigen Körper aus dem Sessel und schlurfte fluchend zum Telefon. Als er abnahm, besserte sich seine Stimmung von einer Sekunde auf die andere, denn am anderen Ende erklang die Stimme einer jungen Frau. Frauen, ganz besonders junge Frauen, waren der Schwachpunkt in seinem Leben. Ihnen gegenüber verfiel er trotz seines Alters stets in ein gockelhaftes Imponiergehabe und hatte damit nicht selten Erfolg. Dass eine wesentliche Ursache dieser Erfolge bei Frauen mehr in seinem Wohlstand als in seinem Charme begründet war, blendete er dabei unkritisch aus.

»Herr Wollens, ich habe ein ganz großes Problem, und ich bin mir sicher, dass Sie mir helfen können.«

Wollens fühlte sich geschmeichelt und gab sich gönnerhaft: »Worum geht es denn? Wenn ich helfen kann, dann tue ich das gerne!«

Die junge Frau am anderen Ende der Leitung wirkte ernsthaft in Schwierigkeiten. »Ich habe mein Turnierpferd zurzeit auf einem Hof in Oldenburg untergebracht, muss mir nun aber leider ganz kurzfristig einen neuen Platz für das Tier suchen. Der Inhaber des Hofes ist verstorben, und die Erben wollen das Anwesen verkaufen. Nun stehe ich mit meinem Pferd gewissermaßen auf der Straße. Sie wissen ja selbst, dass es ungeheuer schwer ist, gute Stellplätze zu bekommen, da hab ich an Sie gedacht. Von Ihrem Reiterhof habe ich schon viel Positives gehört. Wenn Sie noch einen Platz für mich hätten, wäre ich Ihnen sehr, sehr dankbar.«

In Hermann Wollens' Kopf liefen sogleich Bilder ab, die zeigten, wie die junge Frau ihm gegenüber ihre Dankbarkeit am besten zeigen könnte. »Nun«, Wollens tat so, als würde es ihm erhebliche Mühe bereiten, einen freien Platz für ein weiteres Pferd vorzuhalten, »das wird nicht ganz einfach. Wir sind ziemlich belegt, doch für Sie würde ich vielleicht eine Lösung finden.«

Mit steigender Erregung stellte er fest, dass die Frau auf seinen Unterton einging. »Glauben Sie mir, Herr Wollens, meine Dankbarkeit wäre groß, sehr groß!«

Wollens bemühte sich, das Eisen zu schmieden, solange es noch heiß war: »Dann sollten Sie möglichst schnell mal bei mir vorbeischauen, am besten schon morgen!«

Die Antwort der Frau verschlug ihm fast die Sprache. »Ich finde immer, dass man solche Angelegenheiten nicht auf die lange Bank schieben sollte. Ich bin quasi auf der Durchreise und könnte in zehn Minuten bei Ihnen sein, natürlich nur, falls es Ihnen passt. Dann könnten wir alles, ich sag mal, ›klarmachen‹ und zur beiderseitigen Zufriedenheit lösen.«

»Das würde mir sogar sehr gut passen! Ich freue mich schon!«

Er legte auf und lief aufgeregt hin und her. Der Abend schien einen ganz anderen Verlauf zu nehmen, als er gedacht hatte. Er ging ins Badezimmer, warf sich eine Handvoll kaltes Wasser ins Gesicht und kämmte sein immer noch volles Haar. Dann zog er ein frisches Hemd an und wollte gerade die Reste seines Abendbrotes wegräumen, als es auch schon an der Tür klingelte.

Voller Erwartung ging er zur Haustür und öffnete. Was er sah, war geeignet, seine Vorfreude weiter zu steigern. Im Licht der Eingangsbeleuchtung stand eine ernst blickende, jedoch höchst attraktive junge Frau mit langen blonden Haaren. Wollens hatte einen ganz anderen, aufgeschlossenen Frauentyp erwartet. Ihr ernstes Gesicht wurde von einem langen Schal umrahmt und passte gar nicht zu dem hintergründig frivolen Telefonat, welches er gerade mit ihr geführt hatte. Gerade das machte die Sache für ihn nur noch spannender.

Die Frau trug eine sportliche dunkle Jacke, knackig enge schwarze Jeans und eine Umhängetasche über der Schulter. Auf ihrer schwarzen Strickmütze tauten die Schneeflocken, die sich auf den wenigen Schritten von ihrem Auto zur Haustür angesammelt hatten. Ihre altmodischen, die Fingerspitzen freigebenden Handschuhe fielen Wollens sofort auf.

»Da bin ich schon! Sie sind also Herr Wollens, nehme ich an?«

»Der bin ich!« Hermann Wollens war nicht aufgefallen, dass die Frau selbst ihren Namen nicht nannte. »Kommen Sie doch erst einmal herein, damit wir alles besprechen können!«, forderte er sie auf.

»Gerne, aber könnten wir vielleicht vorher einmal die Stallungen anschauen, damit ich mir ein Bild machen kann? Dann haben wir hinterher alle Zeit der Welt!«

Hermann Wollens kam das sehr entgegen. Je länger er die Frau betrachtete, umso mehr freute er sich darauf, mit ihr ›alle Zeit der Welt‹ zu verbringen, zumindest bis zum kommenden Morgen. »Ich ziehe mir nur kurz eine Jacke über.«

Wollens drehte sich um, nahm seine schwere Cordjacke von der Garderobe und zog die Haustür zu.

Dann legte er jovial den Arm um die Frau, stellte zufrieden fest, dass sie es sich gefallen ließ, und ging mit ihr durch das Schneetreiben zu den Stallungen hinüber. »Sie wohnen alleine hier.« Die Frau sprach diesen Satz weniger als Frage, sondern eher wie eine Feststellung aus.

»Ja, ich bin Junggeselle oder ›Single‹, wie Sie wohl eher sagen würden. Außer mir wohnt nur mein Pferdepfleger dort hinten in dem Anbau. Der ist um diese Zeit meistens schon mit seiner Flasche Korn beschäftigt und wird uns deshalb nicht stören.«

Er zog sie noch ein kleines Stück fester an sich. »Also ist niemand da, der uns bei unseren geschäftlichen Verhandlungen stören könnte.«

»Das ist sehr gut!« Die Frau sagte es mit einer gewissen Entschlossenheit und Härte. Hermann Wollens überhörte diesen Unterton oder interpretierte ihn zumindest falsch. Auf jeden Fall trug ihre Antwort dazu bei, seine Erwartungen an den weiteren Verlauf des Abends anzuheizen.

Sie betraten den warmen Stall, und der würzige Geruch, den die Tiere ausstrahlten, umgab sie. Gemeinsam ging er mit seiner Besucherin durch die lange Reihe der Pferdeboxen. Alle Boxen waren belegt.

»Machen Sie sich keine Gedanken, das kriegen wir schon hin! Wo ein Wille ist, da ist auch ein Weg.«

Während er das sagte, schob er seine Hand von der Schulter der Frau langsam in Richtung ihrer Brüste. Wollens schaute verstohlen zur Seite. Die Frau blickte weiterhin nach vorne und zeigte keinerlei Regung, als ob sie seine plumpe Annäherung nicht bemerkt hätte. Er sah aber, dass sie an ihren Handschuhen herumnestelte, und meinte, daraus schließen zu können, dass sie sie ausziehen wollte, um Vorbereitungen zu treffen für das, was er sich erhoffte. Wenn er genauer hingeschaut hätte, wäre ihm aufgefallen, dass die Frau gerade ihre Fingerkuppen mit dem Stoff der Handschuhe bedeckte. »Dort ist das Futterlager?«

Wollens nickte und schaltete das Licht ein. »Hier Stroh und Kraftfutter, dort das Heu.«

»Heu klingt gut!« Die Frau drehte sich elegant aus Wollens' Umarmung und stellte sich dicht vor ihn. Dann schob sie ihn langsam Schritt für Schritt rückwärts auf einen großen Heuhaufen zu, der am Rande des Lagers im Halbdunkel lag. »Heu wäre genau das Richtige.«

Sie gab Wollens einen kleinen, fast spielerischen Schubser, sodass dieser rücklings in das Heu fiel. Dann hockte sie sich auf ihn und betrachtete mit Genugtuung sein aufgedunsenes, vor Erregung von Schweiß glänzendes Gesicht.

Wollens interpretierte die Situation als Auftakt zu einem Liebesspiel, wie er es sich in seinen kühnsten Träumen nicht vorgestellt hatte. Die aufkommende Begierde vernebelte seine Sinne vollständig. Das lief alles noch viel besser, als er zu hoffen gewagt hatte. Er hätte nur aufmerksam in die Augen der blonden Frau schauen müssen, dann wären ihm die Kälte und der Triumph in ihrem Blick aufgefallen, doch dazu war er nicht mehr in der Lage. Er zog die Frau ein Stück zu sich heran und begann hektisch, die Knöpfe ihrer Jacke zu öffnen.

Den ersten Knopf konnte er noch lösen, den zweiten jedoch erreichten seine Hände nicht mehr. Die Frau hatte inzwischen, ohne dass er es bemerkt hatte, aus einer Lederscheide an ihrem Hosengürtel ein schmales Messer herausgeholt. Selbst als sie es in der Hand hielt, sah Wollens das Aufblitzen der schmalen Klinge nicht und war noch immer völlig ahnungslos.

Sie setzte zum Schnitt an, und Wollens schloss die Augen, denn er hielt ihre Bewegung für den Auftakt zu einer leidenschaftlichen Umarmung, der er sich genussvoll hingeben wollte. Selbst als das Messer in seinen Hals eindrang, verspürte er keinerlei Schmerz. Nur das gurgelnde Geräusch, welches seinem Versuch des Einatmens folgte, hörte er noch. Dann sank er noch tiefer in das Heu, sein Blick wurde unscharf, und die Sinne verließen ihn. Um ihn herum wurde es dunkel.

Die blonde Frau stand ungerührt auf und begann, das blutverschmierte Messer gründlich zu reinigen. Mit einem verächtlichen Blick auf ihr Opfer schloss sie den obersten Knopf ihrer Jacke. Dann ging sie zur gegenüberliegenden Wand und griff sich eine dort abgestellte Heugabel.

Freitag
Eine verhängnisvolle Nachricht

Während der Reiterhof Wollens noch in tiefer Dunkelheit lag, riss der Wecker um 5.30 Uhr morgens den Pferdepfleger Richard Harms aus dem Schlaf. Er widerstand der Versuchung, sich einfach die Decke über den Kopf zu ziehen und die Wärme des Bettes noch einen Moment lang zu genießen. Das frühe Aufstehen bereitete ihm im Sommer keine Mühe, im Winter sah das allerdings etwas anders aus. Doch es half alles nichts, die Pferde warteten in ihren Boxen und mussten am Morgen frisches Futter bekommen. Da blieb für sein eigenes Frühstück erst einmal keine Zeit.

Gähnend schlurfte er zum Waschbecken, beließ es bei einer Katzenwäsche und spülte nur kurz den Mund aus, um den schalen Tabak- und Alkoholgeschmack aus dem Mund zu bekommen. Reinlichkeit war nicht seine Sache, Alkohol dagegen schon, und so hatte er am gestrigen Abend, wie so häufig, eine Flasche des billigen Korns geleert, den er sich regelmäßig aus dem Supermarkt in Esens besorgte.

Er zog sich seine schmuddelige Winterjacke über, löschte das Licht und trat auf den von einer schwachen Lampe erhellten Hof hinaus. Der Sattelplatz war von einer dünnen Schneedecke überzogen, und Harms wunderte sich, als er die Reifenspuren bemerkte, die von der Landstraße kommend bis auf den Hof führten. Vor dem Haupteingang zu Hermann Wollens' Wohnung befand sich ein etwas dunklerer Fleck, der die Größe eines kleineren Autos hatte. In diesem Bereich war die Schneedecke nur sehr dünn und ließ den Boden durchscheinen.

»Er wird wohl am Abend noch Besuch gehabt haben, der alte Bock!« Harms grinste breit. Wollens war beileibe kein Kostverächter, dafür war er in der ganzen Gegend bekannt. Es war auch kein Geheimnis, dass er gelegentlich die Dienste gewisser Damen in Anspruch nahm, die er auf seinem Reiterhof zu empfangen pflegte. »Wir sind eben ein echter Reiterhof!«, lachte er meckernd in sich hinein.

Er überquerte den Hof und öffnete die große Flügeltür zum Stall. Auch nachts war der Stall immer beleuchtet, das beruhigte die Tiere. Gemächlich schritt er die Boxen ab, ließ sich viel Zeit und sah nach dem Rechten. Einigen Pferden, die neugierig ihren Kopf herausstreckten, strich er über die Mähne und kam allmählich an das Ende des Ganges.

Harms vermied Kontakte mit anderen Menschen, wenn es nur irgendwie möglich war. Menschen waren ihm zu anstrengend, er verstand sie nicht. Mit Pferden allerdings kannte er sich aus wie kaum ein Zweiter.

So blieb es ihm nicht verborgen, dass die Tiere unruhiger waren, je weiter er voranschritt. Die Pferde in den hinteren Boxen wirkten geradezu verängstigt. Einige von ihnen streckten Hals und Kopf hoch. Ihr Augen waren weit aufgerissen und ihre Nüstern aufgebläht. Draußen auf der Weide zeigten sie gelegentlich ein solches Verhalten, wenn sie einen fremden Geruch wahrnahmen, den sie als bedrohlich empfanden. Hier allerdings, im sicheren Stall, war das keineswegs normal. Richard Harms war davon überzeugt: Es musste irgendein Geruch in der Luft liegen, der die Pferde verängstigte, den er jedoch nicht wahrnehmen konnte. Er bemühte sich, die Tiere zu beruhigen, was ihm aber nicht gelang.

Er ging weiter voran und betrat das Futterlager, das noch im Dunkeln lag. Mit einem Griff an den Lichtschalter wurde der große Raum in helles Licht getaucht. Harms ging zögernd an den hoch gestapelten Heuballen vorbei und trat tiefer in den Raum hinein. Erst hier bemerkte er im Schatten der Heuballen einen regungslosen Körper.

Einige Schritte weiter konnte er an der Jacke erkennen, dass dort sein Chef im Heu lag. Im ersten Moment sah es so aus, als habe er sich schlafen gelegt, doch als Harms näher herankam, bot sich ihm ein Anblick, den er niemals wieder vergessen sollte. Er sah Hermann Wollens auf dem Rücken im Heu liegen, gerade so, als habe ihn jemand von sich weggestoßen. Seine Augen waren aufgerissen und starr nach oben gerichtet, als könne er an der Decke des Lagers etwas lesen, was ihm eine Erklärung für das gäbe, was ihm widerfahren war.

Hermann Wollens' Hals war mit einem tiefen Schnitt fast durchtrennt. Das Blut war seitlich in das Heu gelaufen und hatte es rot eingefärbt. Das Schlimmste jedoch war eine Heugabel, die in seinem Unterbauch steckte. Sie musste ihm mit so großer Wucht in den Leib gerammt worden sein, dass die Zinken bis zum Anschlag in dem leblosen Körper verschwunden waren.

Richard Harms schrie entsetzt auf und rannte kopflos durch den Stall. Er überquerte den Hof, hastete in seine Wohnung und benachrichtigte mit sich überschlagender Stimme die Polizei.

*

Als Grote an diesem Morgen erwachte, war es bereits neun Uhr. Erschrocken fuhr er hoch. Die lange Fahrt des Vortages hatte ihn wohl mehr angestrengt als erwartet. Zu seinem tiefen Schlaf hatte allerdings auch die Ruhe beigetragen, die auf der Insel herrschte. Außer dem von weit her herangetragenen Getrappel einer Pferdekutsche war nichts zu hören. Kein Autolärm, keine Flugzeuge, keine Menschen! So etwas war er als Großstadtmensch nicht gewohnt.

Er ging zum Fenster, zog den Vorhang auf und kniff geblendet die Augen zusammen. Das Wetter hatte sich in der Nacht verändert. Irgendwann hatte es leicht geschneit, und nun überspannte ein strahlend blauer Himmel den Ort. Es war völlig windstill, und die Luft war klar. Er öffnete das Fenster und sog die kühle Morgenluft tief ein. Während er sich im Bad frisch machte, hörte er die deprimierenden Morgennachrichten. Obwohl Weihnachten vor der Tür stand, war von ›Friede auf Erden‹ nichts zu hören. Auch der Wetterbericht ließ die Laune nicht steigen, denn das sonnige Winterwetter war wohl nur eine kurze Episode. Schon bald sollte es wie in den Tagen zuvor wieder kalt und neblig werden.

Er blickte in seinen Laptop und stellte fest, dass Stine Lessing ihm schon am frühen Morgen einige Nachrichten geschickt hatte. Eilig überflog er sie und bemerkte, dass keine wichtigen Informationen dabei waren. So entschloss er sich, sie später zu sichten und erst einmal in Ruhe zu frühstücken. Danach holte er seine Jacke aus seinem Zimmer und machte sich auf in Richtung der Polizeistation Juist.

Es war nur ein kurzer Gang durch die weiß gepuderten Inselstraßen. Als er vor dem Gebäude der Polizeistation ankam, war er verwundert: Wie ein Dienstgebäude sah es nicht aus. Von außen wirkte es wie ein ganz normales Wohnhaus, hinge da nicht links an der Vorderseite ein kleines blaues Schild »Polizei«. Grote betrat das Haus über den seitlichen Eingang und kam direkt in den kleinen Wachraum. Hinter dem Tresen stand ein älterer Beamter, der ihn schon durch das Fenster hatte kommen sehen. Sein Kollege, der wesentlich jünger war, saß im Nebenraum am Computer.

Der Ältere kam um den Tresen herum und streckte Grote die Hand entgegen. »Eggers, Jürgen Eggers. Ich vermute, Sie sind der Kollege aus Hannover?«

Grote bestätigte das, ergriff die Hand und war beeindruckt von dem kraftvollen Händedruck.

»Wir haben Sie eigentlich schon gestern Abend erwartet.«

Grote hatte beinahe das Gefühl, sich entschuldigen zu müssen. »Ich war erst spät im Hotel und dachte, hier niemanden mehr zu erreichen.«

»Hier niemanden erreichen?«

Eggers lachte schallend. »Wir beide«, er wies in den Nebenraum, »mein Kollege Gero Bakker und ich, wohnen hier im Haus. Als Inselpolizist ist man immer im Dienst, ob man will oder nicht. Bei uns sind die Bürozeiten, die vorne an der Tür stehen, reine Makulatur.«

Eggers öffnete eine kleine Pendeltür und gab Grote so die Möglichkeit, weiter in den Wachraum einzutreten. In der Ecke stand ein wackliger runder Tisch, an dem schon drei Stühle bereitstanden. »Dann schießen Sie mal los, Herr Grote, was können wir für Sie tun? Es geht sicherlich um den Mord an Enno Oltmanns, so viel können wir uns denken.«

Grote war mit dem Vorsatz gekommen, alle bisherigen Ermittlungsergebnisse offenzulegen, um dann gemeinsam den Fall Enno Oltmanns zu erörtern. Doch im Nebenraum befand sich Gero Bakker, und mit dem war noch etwas zu klären. Als alle beieinandersaßen, begann Grote das Gespräch anders, als Gero Bakker es wohl erwartet hatte. »Bevor wir in den Fall einsteigen, gibt es noch etwas Unerfreuliches, was ich zuerst ansprechen muss. Wenn wir es nicht hier und jetzt klären, sehe ich keine Basis für eine vertrauensvolle Zusammenarbeit.«

Eggers sah ihn zuerst fragend an, denn er hatte keinen blassen Schimmer, worauf Grote hinauswollte. Aber nun wurde sein Gesichtsausdruck ernst. Etwas Unangenehmes lag in der Luft. Er lehnte sich zurück, verschränkte seine Arme und sagte nichts. Gero Bakker war völlig unbesorgt, denn er ahnte noch nicht, dass es um ihn ging. Dann wandte sich Grote ihm zu. »Herr Bakker, Sie haben Verwandte auf der Insel?« Der junge Polizist blickte ihn arglos an und merkte noch immer nicht, was sich da gerade über seinem Kopf zusammenbraute.

»Ja, natürlich. Meine Familie stammt von hier. Meine Eltern sind leider schon gestorben. Darum bin ich froh, dass wenigstens meine Schwester noch hier lebt. Sie ist mit einem Insulaner verlobt. Aber warum ist das wichtig?« Er verstand überhaupt nicht, warum Grote diese persönlichen Dinge hinterfragte.

Nun beugte Grote sich nach vorne und blickte ihn mit zusammengekniffenen Augen an. »Über die Vorschriften im Umgang mit Dienstgeheimnissen sind Sie vertraut, darf ich davon ausgehen?«

Bakker wurde blass, denn nun ahnte er allmählich, worum es ging. Hilfesuchend schaute er zu seinem Kollegen hinüber, doch Jürgen Eggers konnte ihm nicht helfen. »Sie haben Ihrer Schwester Helke Einzelheiten zu den Ergebnissen der Spurensuche im Hause Oltmanns mitgeteilt, ist das korrekt?«

Jürgen Eggers sprang auf und blickte seinen jungen Kollegen vorwurfsvoll an. Gero Bakkers Gesicht wurde kreideweiß, gleichzeitig sackte er in sich zusammen und nickte.

Grote tat der junge Polizist in diesem Moment leid, trotzdem fuhr er mit schneidender Stimme fort: »Ist Ihnen eigentlich bewusst, dass Ihre Indiskretion meinen Kollegen Jan Weber vermutlich das Leben gekostet hat?«

Bakker begann zu stottern: »Ich hab doch … ich wollte doch gar nicht … ich habe es doch nur meiner Schwester gesagt!« Schweißperlen traten auf seine Stirn. »Wieso hat das etwas mit dem Tod Ihres Kollegen zu tun?«

»Weil Ihre Schwester nichts Besseres zu tun hatte, als das, was Sie ihr verraten haben, gleich an Gott und die Welt weiterzutratschen. Nach dem jetzigen Stand der Ermittlungen gehen wir mit ziemlicher Gewissheit davon aus, dass die Frau, die Enno Oltmanns ermordet hat, diese Informationen mitbekommen hat und Jan Weber, meinen und schließlich auch Ihren Kollegen, tötete, um die Beweisstücke beseitigen zu können.«

Jürgen Eggers stand die ganze Zeit am Tisch, sah seinen Kollegen wie vom Schlag getroffen an und schüttelte dann den Kopf. »Gero, was ist bloß in dich gefahren? Wie konntest du einen derartigen Vertrauensbruch begehen?«

Gero Bakker versuchte, eine Erklärung zu liefern, merkte jedoch selbst, dass ihm das nicht gelingen würde. »Ich hab das wirklich nicht gewollt. Helke sollte das für sich behalten, das habe ich ihr noch extra gesagt.«

»Hat sie aber nicht!« Jürgen Eggers drehte sich um und schaute verbittert aus dem Fenster. Er schien mindestens ebenso betroffen zu sein wie sein Kollege.

»Ich glaube Ihnen, dass Sie Ihren Fehler bereuen!« Grote bemühte sich nun um einen versöhnlichen Ton. »Allerdings kann ich Ihnen nicht versprechen, dass diese Angelegenheit folgenlos für Sie bleiben wird.«

Gero Bakker nickte schweigend, erhob sich und ging mit hochrotem Kopf vor die Tür. Mit zitternden Fingern holte er ein Päckchen Zigaretten aus der Brusttasche seiner Uniform, steckte sich eine Zigarette an und sog den Rauch tief ein. Dann ging er rastlos hin und her.

»Es tut mir leid, Herr Eggers, dass ich Ihren Kollegen so hart angehen musste, aber ich denke, Sie werden mich verstehen, oder?«

Eggers wusste, dass Grote gar keine andere Wahl geblieben war. Geros Verhalten konnte nicht hingenommen werden. »Das ist schon in Ordnung, ich kann Sie gut verstehen, Herr Grote. Gero hat einen schweren Fehler gemacht. Jetzt muss er gegebenenfalls die Konsequenzen tragen. Glauben Sie mir, er ist eigentlich ein feiner Bursche, nur manchmal zu gutgläubig und unerfahren.«

Er zögerte einen kurzen Moment, dann fragte er: »Hab ich Sie eben richtig verstanden? Sie sprachen von einer Täterin?« Er legte die Betonung auf das *»in«*!

»Ja, da sind wir inzwischen ziemlich sicher.«

Grote sah, dass Gero Bakker immer noch unruhig vor der Tür hin und her ging. Er klopfte an die Fensterscheibe und gab ihm ein Zeichen, wieder hereinzukommen. Als er vor ihnen stand, ging Grote auf ihn zu. »Ich kann Ihnen die Verantwortung für Ihren Fehler nicht abnehmen. Mit dem Schuldgefühl müssen Sie selbst fertigwerden. Sie dürfen mir allerdings glauben, dass ich Ihre Gefühle besser nachvollziehen kann, als Sie vielleicht denken. Wir wollen das im Moment vergessen, denn ich möchte, dass Sie sich jetzt zusammenreißen und gemeinsam mit uns an dem Fall arbeiten! Kann ich mich auf Sie verlassen?«

Grote streckte ihm die Hand entgegen und Gero Bakker schlug ein.

Sie setzten sich wieder gemeinsam an den Tisch, und während Grote über den aktuellen Stand der Ermittlungen berichtete, wurde ihm bewusst, dass der Informationsstand der beiden Polizisten nicht besonders gut war. Sie hatten natürlich keinen Zusammenhang zwischen den Mordfällen Enno Oltmanns und Jan Weber gesehen.

Grote hatte gerade über die DNA-Auswertung des schwarzen Haares und die sich daraus ergebene Gewissheit berichtet, dass nach einer Frau zu suchen sei, als sein Handy klingelte.

Das Display zeigte ihm an, dass Maik Köster ihn anrief. Der kam ohne Begrüßung gleich zur Sache: »Stefan, auf der Dienststelle ist der Teufel los! Wir haben eben die Meldung bekommen, dass es in der Nähe von Wittmund auf einem Reiterhof einen weiteren Mordfall gegeben hat, der genau in unser Muster passt. Auch hier ein Schnitt durch die Kehle und dem folgend eine Schändung der Leiche, also wieder ein Ritualmord. Dem Opfer wurde brutal eine Heugabel in den Bauch gerammt. Wir werden natürlich auch diesen Fall übernehmen müssen. Dr. Richter ist bereits informiert und hat uns Verstärkung zugesagt. Ich bin schon mit einigen Leuten und der Tatortgruppe unterwegs. In einer Stunde werden wir am Reiterhof eintreffen. Stine Lessing ist auch dabei und hält dich auf dem Laufenden. Sie schickt dir alles auf deinen Laptop! Wenn wir hier fertig sind, telefonieren wir miteinander, okay?«

Grote war gar nicht zu Wort gekommen und konnte nur noch bestätigen. Maik Köster hatte sehr laut sprechen müssen, um die Fahrtgeräusche seines Autos zu übertönen. Deshalb hatten die beiden Inselpolizisten mithören können und ersparten es Grote, alles zu wiederholen. Dazu wäre er im Moment wohl auch gar nicht in der Lage gewesen, denn ihm jagten die unterschiedlichsten Gedanken gleichzeitig durch den Kopf. Sosehr er sich auch bemühte, er war im Moment nicht in der Lage, Ordnung in das Chaos in seinem Kopf zu bringen.

Eggers und Bakker wagten nicht, ihn anzusprechen, bis er selbst das Schweigen brach: »Sie konnten sicherlich mithören. Jetzt haben wir zwei gleichartige Ritualmorde, daneben den Mord an Jan Weber. Diese Taten stehen in irgendeiner Beziehung zueinander, nur haben wir im Moment nicht die geringste Ahnung, was dahintersteckt.«

Er überlegte weiter: »Wir müssen den Fall Jan Weber gesondert betrachten, denn er spielt bei diesem Muster keine Rolle. Es war, da bin ich mir jetzt sicher, eine spontane Tat. So schrecklich sich das auch anhört, eine Zufallstat.«

Grote fiel es schwer, sich zumindest für die nächsten Stunden gedanklich von dem Reiterhof-Fall zu lösen. Trotzdem musste er sich davon freimachen und sich wieder auf den Mord an Enno Oltmanns und die daraus resultierenden Folgen für Jan Weber konzentrieren. Schließlich war er deshalb nach Juist gekommen, und so ließ er sich nun von Eggers berichten, was man auf der Insel über den Architekten wusste.

»Ich bin jetzt seit fast dreißig Jahren auf Juist im Dienst. Da kann ich mit Fug und Recht behaupten, dass ich fast jeden Bewohner dieses ›Sandhaufens‹ kenne.«

Grote lächelte. Er fand es sympathisch, dass Eggers seine Heimatinsel so lässig-liebevoll als ›Sandhaufen‹ bezeichnete. »Oltmanns ist vor zwanzig Jahren auf die Insel gekommen und hat sich ein verfallenes Reetdachhaus im Loog, am Ende der Hammerseestraße gekauft.«

Grote blickte verständnislos, daher legte Eggers einen Inselplan auf den Tisch. »Loog ist ein Ortsteil von Juist, etwa zweieinhalb Kilometer westlich vom Hauptort gelegen. Das Reetdachhaus liegt allerdings am Rand der Siedlung und ist von der Straße aus gar nicht zu sehen. Nur ein schmaler Sandpfad führt dahin, sodass sich selbst Touristen nicht dorthin verlaufen. Oltmanns hat das Haus mit viel Geld saniert und ein kleines Schmuckstück daraus gemacht, jedenfalls macht es von außen den Eindruck. Von innen haben Gero Bakker und ich es zum ersten Mal nach dem Mord gesehen. Vorher sind wir nie dort gewesen. Drinnen ist alles ziemlich edel, doch ein bisschen heruntergekommen in den letzten Jahren. War halt eine Männerwirtschaft.«

Eggers machte eine Pause, stattdessen fuhr Gero Bakker fort: »Zu den Nachbarn hat Oltmanns keinerlei Kontakte gepflegt, die haben ihn immer als Sonderling beschrieben. Er lebte in dem Haus völlig allein, doch einmal in der Woche kam eine Putzfrau zu ihm. Nicht einmal zum Einkaufen ist er selbst in den Ort gegangen, sondern hat sich die Sachen liefern lassen.

Wir haben mit einem der Jungs gesprochen, die ihm regelmäßig die Lebensmittel gebracht haben. Es soll reichlich Alkohol bei den Lieferungen gewesen sein. Oltmanns hat grundsätzlich an der Haustür den Empfang der Lieferung quittiert und später per Überweisung gezahlt. Nicht einmal Trinkgeld hat er gegeben, deshalb war er bei den Jungs unbeliebt.«

Eggers übernahm wieder: »Wir haben keinen Nachbarn gefunden, der jemals gesehen hat, dass er Besuch bekam. Er hat sich auch nicht ständig auf der Insel aufgehalten. Manchmal war er für einige Wochen auf dem Festland. Er soll ein Architekturbüro in Hamburg betrieben haben. Das werden Sie wohl schon überprüft haben, oder?«

Grote nickte. »Ich denke, dass die Ergebnisse inzwischen vorliegen, habe sie nur noch nicht lesen können. Das mache ich später. Jetzt würde ich gerne einmal den Tatort sehen.«

Eggers stand auf und ging zum Telefon. »Moin, Kalle, hier ist Jürgen. Könnt ihr uns wieder einmal aushelfen? Wir müssen zu Oltmanns' Haus rüber und brauchen einen fahrbaren Untersatz.« Er lauschte einen Moment und legte mit einem kurzen »Jo, danke!« auf. »In fünf Minuten ist ein Wagen hier.« Eggers ging zu einem Schrank und holte den Schlüssel für Oltmanns' Haus heraus.

Dann griente er Grote an. »Normalerweise erledigen wir hier alles mit dem Fahrrad. Einen Dienstwagen gibt es für uns nicht. Zu Fuß ist es ein ziemliches Stück zu dem Haus und mit dem Fahrrad bei dem glatten Schneeboden derzeit auch kein Vergnügen. Zum Glück haben wir einen guten Draht zu den Jungs vom Rettungsdienst. Die fahren uns mit dem Krankenwagen, wenn es mal gar nicht anders geht.«

Wenige Minuten später stand der gelb-orange-farbene Krankenwagen vor der Tür. Der Fahrer drehte lässig die Seitenscheibe herunter und gab Zeichen einzusteigen. Eggers kannte das Verfahren. Routiniert öffnete er die hintere Tür und wies Grote und Bakker die seitlichen Sitze für die Rettungssanitäter zu. Dann warf er die Tür mit einem kräftigen Stoß zu und nahm selbst vorne neben dem Fahrer Platz.

Die Fahrt ging in langsamem Tempo durch den Ort, in dem an diesem herrlichen Wintertag sogar einige warm verpackte Urlauber unterwegs waren.

Am Ortsrand beschleunigte der Fahrer etwas, dann fuhren sie wieder langsamer durch das Loog und erreichten die Hammerseestraße. Das letzte Stück gingen sie zu Fuß durch die Dünen, und zum ersten Mal bekam Grote einen Eindruck von der Schönheit der Insel. Die Männer stapften durch den Schnee, der nach jedem Schritt einen Fußabdruck aus einem Sand-Schnee-Gemisch hinterließ. Dann tauchte das von der Sonne beschienene Haus auf.

Eggers hatte nicht übertrieben. Das Reetdachhaus war äußerlich ein Schmuckstück, auf den ersten Blick rustikal, bei genauerem Hinschauen modern und stylisch. Trotzdem wirkte es abweisend, was daran liegen mochte, dass die Kollegen nach Beendigung der Spurensuche alle Rollläden des Hauses geschlossen hatten. Vielleicht lag es auch an dem unterschwelligen Gefühl, dass nur wenige Tage zuvor dort ein Mensch bestialisch ermordet worden war.

Nachdem Eggers die Haustür aufgeschlossen hatte, ging er einen Schritt zur Seite. Grote trat in das Dämmerlicht des Flures und schaltete das Licht ein. Dann durchquerte er das Wohnzimmer und ging mit schnellen Schritten zum Fenster, um die Rollläden zu öffnen. Schlagartig wurde der Raum von der Sonne durchflutet, und das Licht fiel wie ein Scheinwerfer auf den Sessel sowie auf den ihn umgebenden Blutfleck, in dem Oltmanns aufgefunden worden war. Es schien Grote wie bei einem Theaterstück, in dem der Regisseur durch einen Lichteffekt die Dramatik der Handlung zu verstärken suchte. Er durchschritt das Zimmer und versuchte, sich aus dem, was er sah, ein Bild darüber zu machen, wie Oltmanns sein Leben gelebt hatte.

So exklusiv das Haus auch eingerichtet war, trotzdem wirkte es heruntergekommen. Genauso hatte Eggers es beschrieben. Die Couch war mit Flecken übersät, die Kissen verschmutzt und der Glastisch davor von Essensresten verschmiert. Ein fast leeres Rotweinglas stand in der Mitte. Grote betrachtete es aufmerksam. Die schwarzen Pinselspuren der Spurensuche waren daran deutlich zu erkennen.

Auf dem Boden neben dem Sofa standen mehrere geleerte Rotweinflaschen. Grote nahm eine davon in die Hand, studierte das Etikett und stieß einen leisen Pfiff aus. »Ein fünfzehn Jahre alter Bordeaux! An Geld scheint es Oltmanns jedenfalls nicht gemangelt zu haben. So einen Tropfen trinkt unsereins einmal im Jahr zu Weihnachten, wenn überhaupt.«

Er betrat nacheinander Raum für Raum. Die Küche wirkte noch verkommener als das Wohnzimmer. Der Geschirrspüler war leer. Im Abwaschbecken lagen ein Teller, ein Frühstücksbrett und zwei Besteckteile. Alles war verschmutzt. Im Gegensatz zu seinen Trinkgewohnheiten schien der Architekt, was das Essen anging, nicht besonders wählerisch gewesen zu sein. Flüchtig beiseite geräumte Verpackungsreste von Pizzen und anderen Fertiggerichten lagen herum. Der letzte Arbeitstag der Putzfrau, die Oltmanns' Leiche gefunden hatte, lag offensichtlich schon länger zurück.

Auch das Schlafzimmer passte ins Bild, das sich Grote inzwischen von dem Ermordeten gemacht hatte. Es roch muffig. Mitten im Raum stand ein Doppelbett, von dem nur eine Hälfte bezogen war. Die Bettwäsche wartete schon seit längerer Zeit auf ein Bad in der Waschmaschine. Oltmanns schien ihr das verweigert zu haben.

Auf dem Nachtschrank lag eine Packung mit Schlaftabletten. Nichts Starkes, wie Grote feststellte, in jeder Apotheke rezeptfrei zu erhalten, doch in Verbindung mit dem Rotwein hatten sie sicherlich stets ihren Zweck erfüllt. Auf dem Boden, direkt neben dem Bett, lagen einige Fachzeitschriften, die für Architekten von Interesse sein mochten. Er schaute auf das Herausgabedatum. Die Hefte waren schon einige Wochen alt. Die ganzen Umstände ließen darauf schließen, dass Oltmanns vor dem Einschlafen schon seit längerer Zeit nicht mehr zum Lesen gekommen war. »Alkohol und Schlaftabletten? Danach liest niemand mehr«, dachte sich Grote.

Am Ende seines Rundgangs gelangte er ins Arbeitszimmer, das sich von allen anderen Räumen unterschied. Hier wirkte alles strukturiert. Der Arbeitstisch war sauber und aufgeräumt, in den Regalen befand sich Fachliteratur, alphabetisch geordnet. In einem anderen Regal stand ein Aktenordner neben dem anderen. Alle waren sorgsam beschriftet. Grote ergriff einige von ihnen und blätterte darin herum. Kostenrechnungen, Baupläne, Prüfberichte, alles akkurat abgeheftet und durchnummeriert.

Grote hatte genug gesehen und ging zurück in das Wohnzimmer, wo die beiden Inselpolizisten auf ihn warteten. Sie hatten sich die ganze Zeit kaum vom Fleck bewegt, und man spürte das Unbehagen, welches ihnen der Aufenthalt in diesem Raum bereitete.

»Nun, konnten Sie sich ein Bild machen?« Der junge Gero Bakker blickte ihn interessiert an.

Grote nickte. »Allerdings! Für mich ist dies das Haus eines Trinkers kurz vor dem Absturz. Noch schwankte er zwischen Alkohol und Disziplin hin und her. Irgendwann gelingt dann der Spagat nicht mehr. Solche Typen sind gar nicht so selten. Tagsüber bei der Arbeit funktionieren sie noch, bringen Leistung und sind unauffällig. Abends hocken sie dann vor dem Fernseher und lassen sich vollaufen, um am nächsten Morgen wieder ihren Mann zu stehen. Das geht so lange gut, bis am Ende doch der Alkohol siegt.«

Gero Bakker machte sich seine Gedanken: »Dann ist das vermutlich der Grund, warum er niemanden in sein Haus ließ. Vielleicht hat er sich sogar geschämt.«

Grote stimmte ihm zu: »Da könnten Sie recht haben. Besucher hätten ihn sofort durchschaut. Nur so konnte er seine Fassade aufrechterhalten.

Der Blick in die Küche spricht Bände. Fertigessen und nur ein Satz Geschirr im Einsatz.« Dann lachte er. »Das kommt mir bekannt vor. Meine Frau war einmal mit den Jungs alleine im Urlaub. Da hab ich es genauso gemacht. Ein Teller, ein Frühstücksbrett, Löffel, Gabel und Messer, das war's. Zum Essen hab ich mir immer nur das abgespült, was ich gerade brauchte – fertig! Oltmanns hat das offensichtlich genauso gemacht.«

Grote blickte sich noch einmal um. »Ich denke, wir können jetzt wieder zurück. Was ich sehen wollte, habe ich gesehen.«

Während die beiden Polizisten durch das Haus gingen und begannen, die Rollläden wieder zu schließen, klappte Grote noch die eine oder andere Schranktür auf und schaute hinein, ohne nach etwas Bestimmtem zu suchen.

Auch die Glastür des Wohnzimmerschrankes öffnete er. Zufällig fiel sein Blick auf fünf Weingläser, die dort standen. Das passte, schließlich stand das sechste Weinglas ja benutzt auf dem Couchtisch. Alle Gläser waren angeschwärzt, denn sie waren von der Spurensicherung auf Fingerabdrücke untersucht worden. Ohne Erfolg, wie er wusste.

Gerade wollte er die Schranktür schließen, da fiel ihm etwas auf, was den Kollegen von der Spurensicherung entgangen sein musste. Er nahm die fünf Weingläser und stellte sie auf die Fensterbank. Dann öffnete er noch einmal den Rollladen im Wohnraum, und zwar so, dass der Sonnenschein auf die Weingläser fiel. Gründlich besah er sie von allen Seiten.

Eggers und Bakker betrachteten sein Tun mit Interesse. »Sehen Sie das?«, fragte Grote und zeigte auf die Gläser.

Eggers konnte nichts Auffälliges daran entdecken. »Ja, die Pinselreste von der Spurensicherung.«

Grote schüttelte den Kopf. »Das meine ich nicht. Da ist noch etwas anderes. Gucken Sie mal genau hin!«

Der junge Gero Bakker schien mehr an der Beantwortung der Frage interessiert zu sein als sein erfahrener Kollege. Deshalb sah er, worauf Grote anspielte. »Vier der Gläser sind von innen verstaubt, bestimmt seit ewigen Zeiten nicht mehr benutzt oder gar abgewaschen. Nur eines ist von innen blitzsauber, stimmt's?«

Er schaute erwartungsvoll auf Grote.

»Richtig, Herr Kollege!« Grote klopfte Bakker anerkennend auf die Schulter. »Was schließen Sie daraus?«

»Vielleicht hat Oltmanns unmittelbar vor seinem Tod Besuch gehabt und mit dem Besucher gemeinsam Rotwein getrunken?«

»Wieder richtig! Und nun wird es interessant.« Grote hob den Finger in die Höhe, als sei er ein Dozent an der Polizeischule. »Überlegen Sie mal, wie Oltmanns hier gehaust hat. Glauben Sie wirklich, dass dieser Mann sofort das Rotweinglas seines Besuchers abgewaschen hat, nachdem der gegangen war?«

Er sah die beiden Polizisten fragend an und gab dann selbst die Antwort. »Ich bin mir absolut sicher, dass der letzte Besucher oder besser gesagt, die letzte Besucherin, Oltmanns' Mörderin war. Sie hat noch mit ihm zusammen getrunken, am Abend oder in der Nacht. Anschließend hat sie ihn getötet und die Spuren beseitigt. Ihr eigenes Glas hat sie danach abgespült und zurück in den Schrank gestellt.«

Grote fertigte ein Handyfoto von den fünf Rotweingläsern an. Im Gegenlicht der Sonne konnte man den Unterschied zwischen den vier verstaubten und dem gereinigten Glas gut erkennen. Dann steckte er das Handy wieder ein, zog selbst den Rollladen wieder herunter und verließ das Haus. »Nachdem diese Frau zumindest einige Zeit des Abends mit ihrem Opfer verbracht hatte, konnte sie die Insel nicht mehr verlassen, denn nachts fährt kein Schiff mehr, richtig?«

Eggers nickte und Grote sprach weiter: »Dann muss sie sich die ganze Zeit bis zur Abfahrt der nächsten Fähre entweder hier im Haus oder irgendwo in einem Hotel auf der Insel aufgehalten haben. Ich bin mir einigermaßen sicher, dass sie in einem Hotel war. Dieses Hotel müssen wir finden!«

Bakker war noch nicht überzeugt: »Warum sollte sie nicht hier im Hause geblieben sein?«

Grote schüttelte den Kopf. »Das glaube ich einfach nicht. Man muss schon extrem emotionslos sein, die Nacht gemeinsam in einem Haus mit seinem soeben getöteten Opfer zu verbringen. Das kann ich mir nur schwer vorstellen, selbst bei einem abgebrühten Mörder. Schon gar nicht bei einer Mörderin, so eiskalt sie auch sein mag. Jeder Täter ist nun einmal bestrebt, den Tatort so schnell wie möglich wieder zu verlassen, denn dort besteht immer ein gewisses Entdeckungsrisiko.«

Eggers verschloss endgültig das Haus und erneuerte das Siegel an der Haustür. Dann folgten sie gemeinsam ihren eigenen Fußspuren, bis sie wieder auf der Hammerseestraße standen. Der Krankenwagen stand jedoch nicht mehr da. Eggers zuckte mit den Schultern. »Wir hatten vereinbart, dass der Wagen auf uns wartet, falls er nicht anderswo benötigt wird. Da haben wir Pech gehabt, nun ist ein Fußmarsch angesagt.«

Grote war darüber nicht einmal traurig. Spaziergänge in frischer Luft halfen, die Gedanken zu ordnen. Er konnte die beiden Polizisten sogar dazu überreden, die Dünen zu überqueren und den Rückweg nicht über die Straße anzutreten, sondern den Strand entlangzuwandern. Ein großer Umweg war das nicht.

Wie befreit stürmte er die Dünen hinauf. Die kalte Luft und der weite Blick ließen ihn für kurze Zeit alle Sorgen vergessen. Schon nach zweihundert Metern hatte er seine beiden Begleiter abgehängt. Eggers gab als Erster auf, wenig später ließ sich auch Gero Bakker zurückfallen. Er hatte lange versucht, Grote zu folgen, doch er musste sich eingestehen, dass er seinem Kollegen aus Hannover konditionell nicht gewachsen war. Bakker bewunderte Grote von Stunde zu Stunde mehr. Dieser Mann war trainiert, hatte einen scharfen Verstand und wusste immer, was zu tun war. Das beeindruckte ihn.

Als Grote die höchste Düne erreichte, konnte er weit auf das Meer hinausblicken. Das Wasser hatte sich bei Ebbe zurückgezogen, so war der Strand geteilt. Die eine Hälfte war vom Schnee der Nacht weiß bedeckt, die andere sandgelb. Die Grenze dazwischen verlief in sanften Linien, wie mit einem Messer geschnitten.

Grotes Blick schweifte umher, und plötzlich konnte er empfinden, was die Menschen ans Meer zog. Im Süden der Insel das graue Watt bis zum weißen Festland, dazwischen als weißer Tupfer die Vogelinsel Memmert. Vor ihm das blaue, den wolkenlosen Himmel spiegelnde Meer.

Still war es, denn der Wind schlief immer noch. Nur flache Wellen platschten dann und wann an den Strand. Wenn er nach Osten schaute, konnte er über das Loog hinweg den Ort Juist sehen, dahinter am Horizont Norderney. Nach Westen war Borkum zu erkennen. Von dorther zogen dunkle Wolken auf, welche die angekündigte Wetteränderung schon erahnen ließen. Der herrliche Schneetag, den er hier erleben durfte, war nur ein kurzes Intermezzo.

*

Die Fahrt von Hannover zum Reiterhof Wollens verlief schneller als erwartet. Maik Köster hatte außer Stine Lessing noch zwei weitere Kollegen der MK-L an Bord. Dicht hinter ihnen folgte der VW-Bulli der Tatortbereitschaft. Er wollte kein Risiko eingehen und diesmal die Spurensuche von eigenen Leuten durchführen lassen. Mit zuckendem Blaulicht rasten sie gen Ostfriesland und mussten erst kurz hinter Wilhelmshaven die Fahrt verlangsamen, denn ab dort lag eine dünne Schneeschicht auf den Straßen. Trotzdem benötigten sie für die Fahrt nur zwei Stunden. Köster hatte den Kollegen der örtlichen Polizei die

Anweisung gegeben, bis zu ihrem Eintreffen die Zufahrt zum Reiterhof Wollens zu sperren und niemanden auf das Gelände zu lassen.

Als sie sich ihrem Ziel näherten, konnten sie schon von Weitem einen Streifenwagen sehen, der quer in der Einfahrt stand. Der Fahrer hatte sie ebenfalls bemerkt und setzte seinen Wagen zurück, um die Einfahrt freizugeben.

Köster fuhr, ohne anzuhalten, an ihm vorbei und stoppte erst vor dem Wohnhaus. An der Eingangstür kam ihnen ein zweiter Polizist entgegen. Er schien froh zu sein, die Verantwortung abgeben zu können. Bevor er seine LKA-Kollegen an den Tatort führte, sprach er noch ein ganz spezielles Problem an: »Vielleicht wäre es sinnvoll, wenn einer von Ihnen sofort mit dem Pferdepfleger spricht. Er sitzt in seinem Zimmer, und ich konnte ihn nur schwer davon abhalten, ständig zur Flasche zu greifen. Wahrscheinlich hatte er das jedoch schon getan, bevor wir hier angekommen sind. Ich bin mir jedoch sicher, Sie sollten ihn schnell befragen, sonst haben Sie für heute keinen Zeugen mehr, das garantiere ich Ihnen.«

Stine Lessing nickte Köster zu und ging ins Haus. Ihr Verlangen, den Tatort aufzusuchen, war ohnehin nicht sehr groß, deshalb übernahm sie diese »Betreuungsaufgabe« für Richard Harms gerne.

Sie fand ihn wie beschrieben in seinem Zimmer. Er hockte stumpfsinnig auf einem Stuhl und hatte tatsächlich die kurze Zeit des Alleinseins ausgenutzt, sich zum wiederholten Male in ein großes Trinkglas billigen Fusel einzuschenken. Bevor Stine Lessing es verhindern konnte, leerte er erneut das vor ihm stehende Glas in einem Zug. Sie ahnte, dass der Pferdepfleger sich damit abgeschossen hatte und nicht mehr lange auf ihre Fragen würde antworten können. Sie legte ihr Handy auf den Tisch, schaltete die Aufnahmefunktion ein und begann Harms zu befragen, bevor seine Sinne restlos benebelt waren.

Maik Köster hatte inzwischen das Futtermittellager erreicht. Er ging nur so weit, bis er die Leiche erkennen konnte, und machte einige Fotos, die er Stefan Grote zuschicken wollte. Dann zog er sich wieder zurück und überließ das Feld seinen Kollegen. Anschließend wandte er sich seinem Kollegen der Schutzpolizei zu, um sich mit Hintergrundinformationen zu versorgen. Er hatte Glück, denn der Polizist konnte ihm einiges zu dem Ermordeten sagen.

Hermann Wollens war im Landkreis bekannt wie ein bunter Hund. Vor wenigen Wochen hatte er seinen sechzigsten Geburtstag gefeiert und alles, was Rang und Namen hatte, eingeladen. Landrat, Bürgermeister, Vertreter aus dem Landtag, Großbauern und Kaufleute, alle waren dabei gewesen. Wollens war jemand, den der Polizist als »gut vernetzt«

bezeichnete. Maik Köster bemerkte sehr wohl, dass der Polizist eine abfällige Grimasse zog und damit deutlich machte, was er unter »gut vernetzt« verstand.

Wollens hielt Kontakte in alle Richtungen, allerdings stets unter der Prämisse, dass eine Hand die andere wäscht. Seine Frauengeschichten waren geradezu legendär und schienen seinem Ruf in der Männergesellschaft eher genützt als geschadet zu haben.

Seine schon vor Jahren gescheiterte Ehe war kinderlos geblieben. Man sagte ihm nach, dass er jeder Schürze nachsteige. Einige Frauen, die auf seinem Hof ihre Pferde unterstellten, könnten ein Lied davon singen. Das habe ihm in der Vergangenheit auch schon mal handfesten Ärger mit deren Ehemännern eingebracht.

Seit seiner Scheidung war nie wieder eine Frau bei ihm eingezogen. Das war auch nicht nötig, denn er hatte sein Junggesellenleben bestens organisiert. An zwei Tagen in der Woche kam vormittags eine Putzfrau und um die Mittagszeit eine Köchin. Er lebte, so sagte der Polizist, wie ein Pascha.

Köster wollte noch mehr über die geschäftlichen Beziehungen von Hermann Wollens wissen, denn außer gehörnten Ehemännern hätte ja auch ein übervorteilter Konkurrent ein Motiv haben können. »Zu seinen Geschäften kann ich Ihnen nicht viel sagen. Ich weiß nur, dass er alle damit zusammenhängenden Arbeiten von einer Angestellten erledigen ließ. Mit solchem Kleinkram hat der sich nicht aufgehalten. Eine Frau aus Wittmund kommt gelegentlich vorbei und erledigt die Büroangelegenheiten für ihn.« Er schaute auf die Uhr. »Heute wird sie wohl freihaben, sonst wäre sie schon hier!«

Dann wiegte der Polizist seinen Kopf hin und her und sprach langsam weiter: »Eines allerdings war schon merkwürdig damals. Wollens betrieb den größten Baustoffhandel im Nordwesten. Etwas später hat er dann noch eine Baufirma gegründet. Bis nach Holland rüber war er aktiv. Und plötzlich, von heute auf morgen, hat er alles verkauft und sich auf seinen Reiterhof zurückgezogen. Das muss so Ende der 90er, Anfang der 2000er Jahre gewesen sein.«

Köster wurde aufmerksam und fragte: »Gab es einen Grund dafür? Es wurde bestimmt darüber gesprochen, das müssen Sie doch mitbekommen haben! Hier auf dem platten Land bleibt schließlich nichts geheim.«

Der Polizist begann sich zu winden. »Ach, das sind alles nur Gerüchte. Gequatscht wird immer, gerade wenn man so im Rampenlicht steht wie er. Ich weiß auch die Einzelheiten nicht, es wurde allerdings getratscht, er habe gelegentlich Baumaterialien schlechter Qualität unter falschem

Etikett verkauft. Wie gesagt«, der Polizist hob die Hände und hielt sie abwehrend vor sich, »ich sage nur, was man hier und da aufgeschnappt hat. Ich selbst weiß nichts Genaues darüber.«

Köster notierte sich einige Merkpunkte aus diesem aufschlussreichen Gespräch, dann ging er hinüber zu Stine Lessing. Noch bevor er die Kammer von Richard Harms erreichte, kam sie ihm schon entgegen.

»Sendepause«, sagte sie trocken, »der ist jetzt so hackevoll, den können wir vergessen. Aber«, sie zückte ihr Handy, »einiges habe ich ihm noch entlocken können. Ich habe es aufgenommen, das ging schneller.«

»Gehen wir in das Haupthaus, hier ist es mir zu kalt.« Maik Köster spürte, dass er sich in der Eile des Aufbruchs die falsche Jacke angezogen hatte.

In Hermann Wollens' Haus war es gemütlich, blitzsauber und aufgeräumt. Man spürte, dass hier Frauen für Ordnung sorgten und darauf achteten, dass es dem Single an nichts mangelte.

Die beiden Streifenpolizisten hatten sich strikt an Kösters Anweisung gehalten und nichts berührt oder gar verändert. Im riesigen Wohnzimmer lief immer noch der Fernseher in normaler Lautstärke, neben dem Fernsehsessel stand ein Beistelltisch, darauf ein Teller mit belegten Broten. Von einer der Brotscheiben war mehrfach abgebissen worden, und das daneben stehende Bierglas war noch zur Hälfte gefüllt. Wollens hatte sich offensichtlich auf einen ruhigen Feierabend eingerichtet, und nichts wies darauf hin, dass er noch Besuch erwartet hätte. Alles sah so aus, als wäre er nur einmal kurz aufgestanden und würde gleich wieder Platz nehmen.

Sie gingen zu einem mächtigen Schreibtisch, der vor einem Panoramafenster in der Ecke des Wohnzimmers stand. Nach Arbeit sah es hier allerdings nicht aus: kein Computer, keine Akten, nichts. Nur ein aufgeklappter Terminplaner, der ganz konservativ schriftlich geführt wurde.

Köster überflog die Termine der letzten Tage: Hermann Wollens war ein vielbeschäftigter Mann, das sah man sofort. Kegelabend, Vereinsversammlung, Stammtisch, dazu noch Termine mit dem Steuerberater, dem Bürgermeister, seinem Rechtsanwalt und Kunden seines Reiterhofs. Eine bunte Mischung, die in das Bild passte, welches der Polizist von ihm gezeichnet hatte.

»Der Kollege von der Schutzpolizei hat mir eben erzählt, mit Büroangelegenheiten habe Wollens sich wohl nicht aufgehalten. Genau so sieht der Schreibtisch auch aus. Keine Rechnungen, Unterlagen oder Notizen.«

Stine Lessing bestätigte: »Stimmt, das hat Richard Harms auch gesagt, als er noch einigermaßen sprechen konnte. Sein Chef habe das alles seiner Bürokraft überlassen. Die war gestern bis zum frühen Nachmittag hier und hat heute frei.«

Maik Köster hatte genug gesehen und fragte: »Was hat der alte Saufbold denn noch zum Besten gegeben?«

Beide blieben im Wohnzimmer stehen, denn sich zu setzen wagten sie nicht. Sobald die Spurensicherung im Stall fertig war, würde sie sich Wollens' Wohnung vornehmen. Und wenn dort vorher schon Kollegen durch Unachtsamkeit die Spuren vernichteten, gab es Ärger.

Stine Lessing tippte auf das Display ihres Handys und ließ die Tonaufnahme ablaufen. Die schleppende Stimme von Richard Harms erklang.

Er schilderte ziemlich unkoordiniert, was er am Morgen erlebt hatte. Man hörte Stine Lessing immer wieder nachfragen, um Harms' Angaben so weit wie möglich zu präzisieren.

Köster hörte aufmerksam zu, besonders als Harms davon sprach, dass sein Chef meist abends unterwegs gewesen sei und sich darum stets gefreut habe, gelegentlich mal einen Abend allein und in Ruhe verbringen zu können. Trotzdem wäre es keineswegs ausgeschlossen, dass er sich an solchen Abenden für einige Stunden eine Frau bestellt habe. Ob dieses gestern der Fall gewesen sei, könne er nicht sagen.

Er sei jedoch davon ausgegangen, dass wohl doch noch jemand gekommen sei. Schließlich habe er ja am Morgen Reifenabdrücke im Schnee gesehen.

Die Stimme von Richard Harms wurde von Minute zu Minute verwaschener und war fast nicht mehr zu verstehen.

»Na ja, so war er, der alte Bock! Wenn eine Frau ihn besuchen wollte, hatte er immer Zeit.«

Dann begann er mit weinerlicher Stimmte unvermittelt zu jammern: »Jetzt, wo der Alte tot ist, was wird dann aus mir?«

Der Rest seines Selbstmitleids ging in unverständlichem Lallen unter, und irgendwann war gar nichts mehr zu hören. Stine Lessing hatte die Aufnahme hier beendet.

Maik Köster ging mit einem Mal eilig nach draußen, sodass seine Kollegin ihm kaum folgen konnte. »Er hat was von Reifenspuren gesagt. Die müssen doch noch zu sehen sein.«

Beide gingen suchend auf dem Hof hin und her und konnten zuerst nur die Reifenabdrücke des Streifenwagens sowie die ihrer eigenen Fahrzeuge finden. Köster ärgerte sich über die eigene Unachtsamkeit. Als sie auf den Hof fuhren, hatte er nicht auf Spuren im Schnee geachtet.

Das war ein dummer Anfängerfehler, denn mit so etwas hätte er rechnen müssen.

Erst nach einigem Suchen gelang es ihnen, auf der Grundstückszufahrt, kurz vor der Auffahrt zur Landstraße, ein kleines Stück eines Reifenabdrucks zu finden, der noch nicht von den Polizeiautos platt gefahren war und somit von einem fremden Wagen stammen musste.

Obwohl die gelegentlichen Schneeschauer nicht viel davon übriggelassen hatten, ließ Köster die Reifenspur vermessen und Fotos anfertigen. Der Abdruck war zwar undeutlich und das Profil nur noch schwach ausgeprägt, trotzdem ließ er einige Rückschlüsse zu. »Ich würde mal schätzen, dass der Abdruck von einem Kleinwagen stammt. Vielleicht 165er Reifen oder so ähnlich. Vom Profil her handelt es sich ganz sicher nicht um einen Winterreifen, dafür ist es zu fein. Mit solchen Reifen sollte man im Winter nicht unbedingt unterwegs sein, schon gar nicht auf dem Land!«

Bevor der Kollege von der Spurensicherung wieder zurück in den Stall ging, wollte Köster von ihm noch wissen, was die Inaugenscheinnahme am Tatort selbst ergeben habe. »Wie erwartet! Du hast es ja selbst gesehen. Ein tiefer Schnitt quer durch den Hals. Das kennen wir inzwischen. Tatzeit gestern, vermutlich am frühen Abend. Die Heugabel steckt bis zum Anschlag im Körper. Da muss jemand richtig Wut gehabt haben. Mehr kann ich dir im Moment leider noch nicht sagen.«

*

Während Grote mit den beiden Inselpolizisten den verschneiten Strand der Insel entlangstapfte, sprachen sie darüber, welches die nächsten Schritte sein sollten. »Ich würde zuerst bei der Kurverwaltung die Meldescheine der Urlauber einsehen, die sich um den Tattag herum auf der Insel aufgehalten haben.«

Um allzu große Erwartungen gar nicht erst aufkommen zu lassen, fügte Eggers allerdings gleich hinzu: »Obwohl diese Listen erfahrungsgemäß unvollständig sind. Viele Hotels bringen die Anmeldescheine nur einmal in der Woche zur Kurverwaltung. Die privaten Vermieter sind da noch unzuverlässiger. Wir bemängeln das seit Jahren, ohne Erfolg. Die Ostfriesen sind ausgesprochene Sturköpfe, die machen eh, was sie wollen! Und außerdem: Auch wenn die Insel für unsere Verhältnisse im Moment leer erscheint, einige hundert Feriengäste halten sich auch jetzt hier auf.«

Grote war damit nicht zufrieden. »Wir könnten das ja machen, aber wir sollten uns nicht alleine nur darauf verlassen. Das ist mir zu unsicher.

Außerdem sollten wir nicht glauben, dass die Frau mit ihrem richtigen Namen eingecheckt hat. Niemand fragt im Hotel nach dem Ausweis, auch wenn das den Vorschriften widerspricht. Ich selbst habe das gestern in meinem Hotel gemerkt. Da hätte ich mich glatt als »Donald Duck« eintragen können, dem Portier wäre das nicht aufgefallen. Auch wenn die Insel im Moment gewiss nicht ausgebucht ist, müssten wir doch eine ziemliche Zahl von Personen überprüfen. Die Zeit haben wir nicht.«

Dann schaute er Gero Bakker an: »Ihre Schwester ist der wichtigste Ansatzpunkt, da müssen wir beginnen.«

Bakker blickte überrascht. »Wieso gerade meine Schwester?«

»Nun, das liegt doch auf der Hand. Die Mörderin scheint ja wohl gewusst zu haben, dass Jan Weber Beweisstücke in seinem Gepäck mit sich führte, die sie um jeden Preis beseitigen musste. Irgendwoher wird sie diese Information bekommen haben. Ich denke, dass sie entweder von Ihrer Schwester oder von einer der anderen Frauen stammt, die durch die WhatsApp-Gruppe der ›Stranddeerns‹ davon erfahren haben.«

Bakker und Eggers nickten. Das klang logisch.

Mit Rücksicht auf Gero Bakker fügte Grote dann noch hinzu: »Ich nehme allerdings nicht an, dass jemand der Frau die Information bewusst gegeben hat. Vielmehr könnte ich mir vorstellen, dass sie rein zufällig davon erfahren hat.«

Bakker schwieg bedrückt. Er musste sich eingestehen, dass Grotes Überlegungen nachvollziehbar waren. »Meine Schwester und ich, wir haben riesengroßen Mist gebaut. Das wird mir immer klarer!«

»Geschenkt! Lassen wir das jetzt, es bringt uns nicht weiter. Ich möchte heute noch mit Ihrer Schwester sprechen und das klären. Wann können wir sie erreichen?«

Bakker blickte auf die Uhr. »Jetzt ist Mittagspause, sie wird zum Essen gegangen sein. Erst ab 14.30 Uhr ist sie wieder in der Schmuckboutique.«

»Gut, dann rufen Sie bitte bei ihr an und bestellen Sie sie eine Viertelstunde vor Öffnung in das Geschäft, damit ich in Ruhe mit ihr reden kann.«

Bakker ließ sich einige Schritte zurückfallen, führte ein kurzes Telefonat und schloss wieder zu seinen beiden Kollegen auf. »Meine Schwester wird pünktlich dort sein.«

Grote war sicher, dass der Polizist seine Schwester bezüglich ihrer Indiskretion und der auf sie zukommenden Fragen vorgewarnt hatte. Um Bakkers Ehrlichkeit zu prüfen, fragte er ganz beiläufig: »Haben Sie ihr gesagt, worum es geht?«

»Ja, sie weiß Bescheid. Und seien Sie sicher, sie wird mit niemandem darüber reden!«

Grote lächelte zufrieden, Bakkers Offenheit freute ihn. »Das ist in Ordnung. Ich sagte ja schon, dass ich Ihnen vertraue!«

Nachdem sie den Strandaufgang hinter dem alten Kurhaus erreicht hatten, beschloss Grote, noch eine Kleinigkeit zu essen. »Haben Sie auch Hunger? Kommen Sie mit?«

Er schaute die beiden Polizisten fragend an, doch Eggers winkte gleich ab: »Ich muss mich jetzt auch einmal um meine Dienststelle kümmern. Es reicht ja, wenn Gero bei Ihnen bleibt.«

Grote war einverstanden, und Bakker schlug ein kleines Fischrestaurant um die Ecke vor. »Schmeckt lecker und geht schnell!« So schafften sie es noch, in Ruhe zu essen und trotzdem pünktlich vor der Boutique zu erscheinen.

Helke Bakker hatte Grote schon mit einem flauen Gefühl im Magen erwartet und war froh, dass wenigstens ihr Bruder bei dem Gespräch dabei war. Sie ließ die beiden in das winzige Geschäft, schloss die Tür ab und ging mit ihnen in einen hinteren Büroraum. Sie selbst setzte sich auf den Schreibtisch, die beiden Männer nahmen auf den beiden einzigen Stühlen Platz.

Dass Helke Bakker verunsichert war, konnte man ihr deutlich ansehen, denn ihre Wangen und der Hals waren gerötet. Noch bevor Grote eine erste Frage stellen konnte, kam sie ihm mit stockender Stimme zuvor: »Gero hat mir erzählt, was passiert ist. Ich möchte Ihnen einfach nur sagen, dass …« Ihre Stimme erstarb, dann begann sie zu weinen.

Ihr Bruder stand auf und nahm sie in die Arme. Er versuchte, sie zu beruhigen, doch sie begann immer wieder zu schluchzen. Grote fühlte sich unwohl und schwieg. Mit Frauen wusste er umzugehen, weinende Frauen jedoch verunsicherten ihn. Das ging ihm bei seiner eigenen Frau ebenso, und für einen Augenblick musste er daran denken, wie es ihr wohl im Moment ginge.

Die Frau rang um Fassung, und erst nach einigen Minuten konnte Grote ihr Fragen stellen.

Sie bestätigte im Grunde alles, was er schon von ihrem Bruder wusste. Als Grote nach den Mitgliedern der »Stranddeerns« fragte, griff sie in eine Schublade, holte eine Namensliste heraus und legte sie auf den Tisch. Zweiunddreißig Namen befanden sich darauf. Grote schluckte, das bedeutete viel Arbeit. Als er die Liste an sich nehmen wollte, zog Helke Bakker sie zurück. »Warten Sie einen Moment! Das sind zwar alles Mitglieder unseres Chores, viele von den Mädels halten sich jedoch zurzeit gar nicht auf der Insel auf. Im Moment befindet sich die halbe Insel im Urlaub. Zwischen den Herbst- und den Weihnachtsferien sind die einzigen Wochen im Jahr, wo wir selbst einmal verreisen können.«

Sie nahm einen Bleistift und begann zügig, einige Namen durchzustreichen. Dabei murmelte sie vor sich hin. »Urlaub, Urlaub, auf dem Festland, Urlaub …!« Am Ende standen noch zwölf Namen auf dem Papier.

Grote überflog die Liste. »Wir vermuten, dass die Frau, die wir suchen, auf irgendeine Art Kenntnis von Ihrer WhatsApp-Nachricht erhalten hat. Haben Sie selbst vielleicht noch mit Fremden darüber gesprochen?«

»Nein, ganz gewiss nicht. Wie ich schon sagte, als die Nachricht von Gero kam, war ich allein im Laden. Am Montag hatte ich kaum Kundschaft. Ich glaube auch nicht, dass die anderen Mädels mit Fremden darüber geredet haben. Eigentlich bleibt der Inseltratsch unter uns!«

Nach kurzem Zögern fügte sie noch hinzu: »Ganz sicher kann man natürlich nie sein.«

Grote bat sie abschließend, zu jedem Namen auf der Liste etwas zu sagen. Besonders interessierten ihn dabei die Frauen, die sich zum Zeitpunkt der Nachricht voraussichtlich an ihrem Arbeitsplatz aufgehalten hatten. Dort bestand seiner Einschätzung nach die größte Gefahr, dass Fremde etwas aufgeschnappt haben könnten.

Nachdem Helke Bakker ihm die verlangten Informationen geliefert hatte, waren zehn Namen auf der Liste eingekreist. Vier der Frauen arbeiteten in Hotels, die anderen in Restaurants, bei der Kurverwaltung oder vermieteten selbst Ferienwohnungen. Auch sie mussten in Betracht gezogen werden.

Grote war zufrieden mit dem Verlauf des Gesprächs und bedankte sich bei der immer noch ernst dreinschauenden Schwester des Polizisten. Als sie das Geschäft verlassen wollten, klopfte schon eine ältere Dame im Pelzmantel hektisch an die Eingangstür und zeigte empört auf ihre Armbanduhr. »Die Mittagspause ist vorbei!«, keifte sie cholerisch.

»Machen Sie der Nervensäge ruhig auf, sonst schlägt sie noch die Tür ein!« Grote zwinkerte Helke Bakker mit einem Auge zu und brachte sie zumindest für diesen Moment zum Lächeln.

Draußen vor der Boutique nickte Grote seinem jungen Kollegen aufmunternd zu. »Los geht's! Wir beide werden jetzt die Namen auf der Liste Ihrer Schwester abklappern.«

Aus einer inneren Eingebung heraus entschied er, zuerst die Frauen aufzusuchen, die in Restaurants und Hotels tätig waren. Bakker zeigte auf ein schräg gegenüber liegendes rustikales Restaurant. »Dann können wir gleich drüben anfangen, denn in der ›Hummerstube‹ arbeitet eine der Frauen.«

Das Gespräch in dem Restaurant verlief ebenso erfolglos wie alle weiteren. Grote wollte von den Frauen möglichst genau wissen, wann und unter welchen Umständen sie Helke Bakkers WhatsApp-Nachricht gelesen hatten, insbesondere ob für Fremde die Möglichkeit bestanden hatte, diese ebenfalls zu lesen. Alle Frauen behaupteten jedoch steif und fest, die Nachricht lediglich gelesen und danach mit niemandem darüber gesprochen zu haben.

Stefan Grote konnte einigen von ihnen ansehen, dass sie ihm nicht die Wahrheit sagten. Natürlich hatten sie zu Hause darüber gesprochen, aber was sollte er tun? Er musste es so hinnehmen.

Als die Liste zu einem großen Teil abgearbeitet war, beschlossen sie, für heute Schluss zu machen. Seit zwei Stunden waren sie nun schon unterwegs. Draußen war es inzwischen dunkel geworden, und der Schnee des Morgens hatte sich in Matsch verwandelt. Bakker schlug den Weg zur Polizeistation ein. Ihm schien das Wetter nichts auszumachen, und Grote beneidete ihn um seinen wind- und wetterfesten, schwarzblauen Dienstanorak. Kurz bevor sie in die Carl-Stegmann-Straße einbogen, zeigte Bakker auf das »Hotel Berling« an der Straßenecke. »Dort drüben arbeitet Lisa, die steht auch auf der Liste. Wenn wir schon mal hier sind …!«

Grote hatte keine Lust mehr, noch eine der Frauen zu befragen, die dann eh nicht die Wahrheit sagten. »Lisa, von Elisabeth? Das hört sich nicht unbedingt norddeutsch, schon gar nicht ostfriesisch an.«

»Stimmt, sie ist auch keine Insulanerin, sondern kommt aus Österreich. Sie heißt tatsächlich Elisabeth, mit Nachnamen Leitner. Sie selbst nennt sich allerdings Lisa und wir haben das übernommen. Sie hat früher als Saisonaushilfe auf der Insel gearbeitet, dann ist sie hier hängengeblieben. Mit meiner Schwester ist sie eng befreundet.«

Bakker schnalzte mit der Zunge: »Ein Feger, ein echter Feger, sag ich Ihnen! Leider ist sie ziemlich wählerisch, da hab ich keine Chance – schade!«

Grote wurde zynisch: »Sie tun mir von Herzen leid, vermutlich werden Sie nun keine andere mehr abbekommen! In Ihrem hohen Alter sind die besten Frauen ja schon vergeben. Na, meinetwegen, hören wir uns an, was diese Lisa uns zu sagen hat.«

Als sie das Hotel durch die schwere Schwingtür betraten, war Grote beeindruckt. Dieses Haus hatte eine ganz andere Klasse als sein kleines

Hotel in der Seitenstraße. Auch schien es besser besucht zu sein als die anderen Hotels. Einige der Gäste waren gerade auf dem Weg in die Lounge, um heißen Tee und Kuchen zu genießen. Andere saßen in der Hotelhalle und lasen Zeitung. Nach einem Spaziergang an der frischen Luft stand in Anbetracht des aufkommenden schlechten Wetters niemandem mehr der Sinn.

Bakker ging zielstrebig auf die blonde Frau im dunkelblauen Kostüm hinter der Rezeption zu. Sie arbeitete gerade am Buchungscomputer.

»Moin, Lisa!«

Die Frau blickte auf, sah Bakker und strahlte ihn an. »Moin, Gero!« Dann fügte sie schelmisch hinzu. »Oder sind Sie im Dienst, Herr Wachtmeister?«

Gero Bakker lachte. »Als ob dir das was ausmachen würde!«

Grote musste Bakker recht geben. Die Frau, die ihnen gegenüberstand, war wirklich bildhübsch. Das Kostüm brachte ihre Formen perfekt zur Geltung, ihre Augen spiegelten Lebensfreude und Humor wider.

»Das ist mein Kollege aus Hannover, Hauptkommissar Grote. Er ermittelt in dem Mordfall Enno Oltmanns und hätte da einige Fragen an dich.«

Lisa musterte Stefan Grote ungeniert von oben bis unten und machte keinen Hehl daraus, dass ihr der Mann gefiel. Typen wie ihn sah sie auf der Insel selten. Das war ein anderes Kaliber als Gero Bakker, so nett er auch sein mochte. Sie hatte immer schon ein besonderes Interesse für Männer im besten Alter besessen, sehr zum Leidwesen von Gero Bakker.

Sie beugte sich ein Stück weit nach vorn, bot ihrem Gegenüber damit einen Ausblick auf ihre körperlichen Vorzüge und sah ihn mit ihren großen Augen schuldvoll an. Dann tat sie erschrocken, als fühle sie sich ertappt, streckte ihm beide Arme entgegen und legte ein Geständnis ab. »Nehmen Sie mich fest, Herr Kommissar, ich bin es gewesen! Ich gebe alles zu.«

Grote betrachtete ihre Vorstellung amüsiert und bemerkte, dass man schon sehr genau hinhören musste, um in ihrer Sprache Reste eines Dialektes zu entdecken. Die Frau hatte eine Ausstrahlung, die ihm fast die Sprache verschlug. Keine Frage, Lisa Leitner fesselte ihn vom ersten Augenblick an.

Unter normalen Umständen wäre er jetzt zu gerne auf ihr Spiel eingegangen, doch er zwang sich zur Zurückhaltung. »Frau Leitner, es sind schon etwas ernstere Fragen, die ich zu stellen habe. Können wir irgendwo in Ruhe sprechen?«

Lisa Leitner gab einer Kollegin ein Zeichen und ließ sich ablösen. »Am besten setzen wir uns in die Hotelbar, die ist jetzt noch geschlossen.«

Sie ging voran in den abgedunkelten Raum neben der Eingangshalle, schaltete das Licht ein und schloss die Tür hinter ihnen. In einer Sitzecke nahmen sie Platz. »Nun, worum geht es?« Lisa Leitner war ernst geworden.

»Sie haben vor vier Tagen, also am Montag, eine WhatsApp-Nachricht von Ihrer Freundin Helke bekommen?«

Lisa Leitner nickte unbekümmert. »Ja, ich kann mich gut erinnern. Da ging es um den Mord an diesem Architekten. Genauer gesagt darum, dass man dieses Haar gefunden hat, was für die Polizei wohl ziemlich wichtig ist. Der junge Kommissar hat es gleich nach Hannover mitgenommen.«

Grote bestätigte: »Richtig, es ging um ein schwarzes Haar!«

Er wurde eindringlich: »Was ich Sie jetzt frage, ist sehr wichtig für mich. Wo haben Sie die WhatsApp gelesen? Können Sie sich noch an die genauen Umstände erinnern?«

Sie musste nicht eine Sekunde lang überlegen. »Das weiß ich noch ganz genau, die Situation war nämlich ziemlich lustig. Ich stand an der Rezeption und sprach gerade mit meiner Freundin Anja, die auch zu den ›Stranddeerns‹ gehört. Sie hat sich verabschiedet, weil sie mit ihrem Freund in Urlaub fahren wollte. Unsere Handys summten genau gleichzeitig, und wir mussten lachen, weil wir im selben Augenblick die WhatsApp bekamen. Wir haben die Nachricht dann gemeinsam gelesen!«

»Haben Sie miteinander darüber gesprochen?«

Lisa Leitner antwortete mit entwaffnender Offenheit: »Na klar, die Meldung war eine kleine Sensation. Wir hatten bis zu diesem Zeitpunkt ja noch gar nicht mitbekommen, dass der Architekt ermordet wurde. Es hieß vorher nur, dass der Mann tot aufgefunden worden sei. Dass es sich um einen Mord handelte, wusste noch niemand.«

Grotes Fragen wurden noch bohrender: »Und jetzt überlegen Sie bitte ganz genau! Stand irgendjemand in der Nähe, der Ihr Gespräch mitangehört haben könnte?«

Lisa Leitner legte die Stirn in Falten. Man sah, dass sie ehrlich bemüht war, sich die Situation wieder vor Augen zu führen.

Dann hellte sich ihr Blick auf. »Ja, da war die E31 mit uns an der Rezeption. Die hatte gerade vorher ihr Zimmer bezahlt und wollte am Abend abreisen. Sie stand neben mir und sah sich den Fährplan an.«

»Was meinen Sie mit ›E31‹, ist das die Zimmernummer?«

Die junge Frau bestätigte: »Ja, richtig. Für uns ist die Zimmernummer genauso wichtig wie der Name. Das macht es uns einfacher, wenn wir intern über die Gäste sprechen.«

»Könnte die Frau aus E31 Ihr Gespräch verfolgt haben?«

Diesmal musste Lisa Leitner nicht lange nachdenken. »Ich denke schon, wenn sie nicht schwerhörig ist. Sie stand ja kaum einen Meter von mir entfernt, und ich muss zugeben, dass wir gar nicht darauf geachtet haben, ob jemand zuhört. Wir waren viel zu aufgeregt.«

»Können Sie die Frau beschreiben?«

»Klaro, das war eine gefakte Blondine! Das habe ich natürlich sofort gesehen.« Dann entschloss sie sich, noch zu ergänzen: »Die sah auch nicht soooo schlecht aus.«

»Was meinen Sie mit fake?«

»Na, ist doch klar, die Blondine war nicht echt! Sie trug eine Perücke. Das konnte ich ganz genau sehen, als sie sich nach vorne beugte und ihr Portemonnaie suchte. Auch eine gute Perücke verrät sich, wenn man genau auf den Haaransatz schaut. Wir Frauen sehen so etwas natürlich!«

Grote nickte. »Genau das haben wir vermutet. Wir würden gerne von Ihnen ein Phantombild der Frau erstellen lassen. Trauen Sie sich das zu?«

Lisa Leitner nickte heftig. »Na klar! Mein Personengedächtnis ist prima. Die Frau ist sowieso aufgefallen, denn sie hat in bar bezahlt. Das ist hier völlig ungewöhnlich und kommt bei uns nicht häufig vor. Die meisten Gäste zahlen mit Karte.«

»Wie lange hat die Frau hier gewohnt?«

»Wenn ich mich recht erinnere, hatte sie für zwei Nächte gebucht, ist dann allerdings nach der ersten Übernachtung wieder abgereist. Das können wir im Computer gleich einmal nachschauen.«

Sie gingen gemeinsam zurück zur Rezeption. »Hat die Frau eigentlich erwähnt, warum sie vorzeitig abreiste?«

Lisa Leitner schüttelte den Kopf. »Gesagt hat sie nichts, und gefragt habe ich auch nicht. Ich hatte irgendwie das Gefühl, als wenn sie gerade eine Trennung hinter sich hat und allein sein will, so traurig wirkte sie. Überhaupt hat sie nicht viel gesprochen. Mehr als ›ja‹ und ›nein‹ war ihr nicht zu entlocken. Sie war schon auf ihre Art seltsam. Nicht einmal gefrühstückt hat sie im Salon. Sie kam nur herunter, schmierte sich ein Brötchen, nahm einen Tee mit und ging wieder auf ihr Zimmer.«

»Hatte sie mit irgendjemandem auf der Insel Kontakt?«

»Das kann ich beim besten Willen nicht sagen. Wenn sie das Haus überhaupt mal verlassen hat, muss das am Abend gewesen sein. Die

Rezeption ist von sieben bis achtzehn Uhr besetzt. Wenn sie danach gegangen ist, hat das niemand gemerkt.«

Während sie mit Grote sprach, tippte sie auf dem Computer herum, dann drehte sie den Bildschirm so zur Seite, dass auch Grote und Bakker darauf blicken konnten. »Da hab ich sie schon. Ich drucke Ihnen das mal aus.«

Mit einem sirrenden Geräusch sprang der Drucker an und spuckte Sekunden später das Buchungsprotokoll aus.

Die Frau war tatsächlich nur eine Nacht geblieben. Das Zimmer war telefonisch bestellt worden. Grote wählte sofort die angegebene Telefonnummer. Statt eines Ruftones erklang die Meldung, dass diese Rufnummer nicht vergeben sei. Grote hatte nichts anderes erwartet.

Dann überflog er die angegebenen Personalien:

Ella Gröning
26.5.1996 in Dortmund
Albertsweg 39
44145 Dortmund

Er gab die genannte Adresse in sein Handy ein und stellte schnell fest, dass zwar die angegebene Straße in Dortmund existierte, nicht aber die genannte Hausnummer. Auch das war keine Überraschung. Er würde die Personalien noch einmal durch seine Dienststelle überprüfen lassen, hatte aber nicht den geringsten Zweifel, dass die Angaben falsch waren.

Vorsichtshalber fragte er noch einmal nach: »Sie haben sich nicht zufällig ihren Ausweis zeigen lassen?«

Lisa Leitner sah ihn treuherzig an. »Das macht doch niemand, wir verlassen uns auf die Angaben unserer Gäste.«

Grote nickte. »Das habe ich auf Juist schon öfter gehört.« Er faltete den Computerausdruck sorgsam zusammen und steckte ihn in seine Jackentasche. »Können wir uns das Zimmer E31 einmal anschauen, oder ist es schon wieder belegt?«

Lisa Leitner blickte erneut in den Computer. »Das Zimmer ist jetzt frei, war allerdings nach dem Auszug der Frau schon wieder für zwei Tage belegt. Einzelzimmer sind bei uns besonders gefragt. Wenn Sie hoffen, in dem Zimmer noch irgendwelche Spuren zu finden, muss ich Sie leider enttäuschen. Dort ist mittlerweile zweimal eine Grundreinigung durchgeführt worden. Das machen wir nach der Abreise eines Gastes immer.«

Stolz sagte sie dann noch: »Und bevor Sie fragen: Die Bettwäsche ist inzwischen auch schon gewaschen und sicherlich gemangelt. Wir sind nun mal ein Top-Hotel.«

Sie griff sich einen Zimmerschlüssel vom Brett und forderte die beiden Polizisten auf, ihr zu folgen. Grote genoss den Weg zum Zimmer, denn er bot ihm die ungestrafte Gelegenheit, Lisa Leitners Proportionen ausgiebig zu betrachten.

Das Zimmer E31 lag ebenerdig in einem Seitenflügel des Hotels. Davor befand sich eine Liegewiese, die im Sommer sicherlich gerne genutzt wurde, jetzt jedoch unter dem Eindruck von Regen und Schneematsch entsprechend trist wirkte. Wer in diesem Zimmer wohnte, konnte das Haus also jederzeit über die Terrasse verlassen und musste nicht einmal an der Rezeption vorbeigehen.

Grote sah sich aufmerksam um. Er wischte gelegentlich mit den Fingern über Schränke und Regale, die Finger blieben sauber. In der Tat, hier war gründlich gereinigt worden.

Gero Bakker ging von Schubfach zu Schubfach, öffnete alle nacheinander und blickte jeweils hinein. Grote beobachtete das belustigt. »So dumm, ihren Personalausweis liegen zu lassen, wird sie wohl nicht gewesen sein«, dachte er sich. Als Bakker allerdings die Tür der Minibar aufmachte und nach einem kurzen Blick wieder schloss, schoss ihm ein Gedanke durch den Kopf. »Frau Leitner, hat die Frau eventuell etwas aus der Minibar verzehrt?«

Lisa Leitner zuckte mit den Schultern. »Keine Ahnung, doch schauen Sie selbst nach. Wenn sie etwas aus der Bar entnommen hat, muss es auf der Unterseite der Rechnung stehen.

Grote nahm den Bogen und faltete ihn auseinander. Unter dem Rechnungsbetrag für die Übernachtung stand bei »Nebenkosten« ein Betrag von 4,50 Euro vermerkt. Als Ergänzung stand »Tomatensaft« daneben.

Er öffnete die Minibar und stellte fest, dass diese inzwischen wieder aufgefüllt worden war, denn auch eine volle Flasche Tomatensaft befand sich darin. »Wo landen eigentlich die leeren Flaschen aus der Minibar?«

»Die Mädchen vom Roomservice machen das selbstständig. Einiges geht in das Altglas, Pfandflaschen gehen zurück in die Kisten, und die stehen im Flaschenlager.«

Grote wurde hellwach und fragte: »Es könnte also sein, dass wir die leere Flasche dort noch finden?«

»Das ist sehr gut möglich, wenn es sich um eine Pfandflasche handelt. Dann finden wir die Flasche in den Leergutkästen. Tomatensaft wird im

Winter nicht allzu oft verlangt, höchstens in der Bar für Cocktails. Der Barkeeper nutzt allerdings seine eigenen Getränkevorräte.«

Lisa Leitner ging mit den beiden Polizisten in das Flaschenlager, das sich auf einem Hinterhof befand. Im Inneren eines Holzschuppens, gleich neben dem Eingang, standen zwei Kisten mit Tomatensaft, die untere war noch komplett gefüllt, während sich in der oberen drei Leerflaschen befanden.

Er blickte sich um und fragte: »Hat einer von Ihnen zufällig ein unbenutztes Papiertaschentuch bei sich?«

Lisa Leitner griff in die Tasche ihres Kostüms und zauberte eines hervor.

Grote nahm das Tuch und ergriff damit eine der drei leeren Flaschen nach der anderen, ohne mit seiner Haut das Glas zu berühren. Er hielt sie nacheinander gegen das Licht und betrachtete sie gründlich. Nachdem er alle überprüft hatte, hielt er eine der Flaschen hoch und rief: »Das ist sie! Diese Flasche hat unsere unbekannte falsche Blondine benutzt.«

Lisa Leitner sah Grote zweifelnd an: »Warum denn genau diese Flasche? Ihr Name steht ja wohl nicht drauf, oder?«

Grote hielt ihr die Flasche triumphierend direkt vor das Gesicht. »Sie muss es sein, weil sich nur in dieser Flasche noch ein feuchter Rest auf dem Boden befindet. Alle anderen Flaschen sind total ausgetrocknet. Sie stehen schon seit längerer Zeit hier. Tja, wie Sie schon sagten: Im Winter läuft Tomatensaft eben nicht. Da haben wir Glück gehabt!«

Er hielt die leere Flasche wie einen Schatz in den Händen. »Manchmal muss man einfach nur die richtige Intuition haben«, fügte er hinzu. Zum ersten Mal in diesem Fall schien das Glück auf seiner Seite zu sein. Natürlich hatten sie durch das Haar eine DNA-Probe der Mörderin, doch mindestens genauso wichtig waren ihre Fingerabdrücke.

Lisa Leitner war beeindruckt und besorgte aus der Küche eine unbenutzte Plastiktüte. Grote packte die Flasche sorgsam ein, peinlichst darum bemüht, keine eigenen Fingerabdrücke auf ihr zu hinterlassen.

»Wer hat denn das Zimmer gereinigt? Wir benötigen einen Vergleichsabdruck des Zimmermädchens, welches die Flasche aus dem Zimmer entfernt hat, denn dessen Abdrücke werden wohl auch auf der Flasche sein.«

»Den Namen des Zimmermädchens finden Sie ebenfalls auf der Rechnung.« Lisa Leitner lächelte zufrieden. »Bei uns wird alles festgehalten! Ganz unten auf der Rechnung steht ein Kürzel für den Namen der Mitarbeiterin, die die Endreinigung durchzuführen hat. Das ist wichtig, falls es später zu Beschwerden kommt.«

Grote griff erneut zu dem Ausdruck: »Hier steht ›AM‹, wer ist das?«

»Das ist Anna Mirkovic, sie hat oben unter dem Dach ihre Personalwohnung.«

Eine halbe Stunde später besaß Stefan Grote ein zuvor sorgsam gereinigtes Glas, das mit frischen Fingerabdrücken des Zimmermädchens versehen war. Nun konnten die Abdrücke der unbekannten Frau von denen Anna Mirkovics unterschieden werden.

Gero Bakker schaute Grote die ganze Zeit über fasziniert zu. Der Kommissar aus Hannover schien nie um eine Idee verlegen. Grote bemerkte seine bewundernden Blicke und begann zu philosophieren: »So ist das nun mal. Wenn man auf einer kleinen Insel wie dieser ist, muss man sich zu helfen wissen. Eine Vorladung zum Präsidium läuft hier nicht, und mal eben die Spurensicherung vorbeizuschicken schon lange nicht. In der Großstadt ist das alles viel einfacher. Egal, manchmal muss es halt anders gehen!«

Dann verabschiedeten sie sich von Lisa Leitner, nachdem Grote sie gebeten hatte: »Kommen Sie doch bitte morgen um zehn Uhr zur Polizeistation. Dann können wir per Computerschaltung mit unserem Spezialisten beim LKA ein Phantombild erstellen. Da müssen wir zwar schon wieder improvisieren, doch was soll's, auch das kriegen wir hin!«

Während Grote die Hotelhalle verließ, drehte er sich noch einmal um und sah, dass Lisa Leitner gerade dasselbe tat. Übermütig blinzelte sie ihm zu, und Grote lächelte zurück.

Als die beiden Polizisten auf der Straße standen, gab es noch ein Problem, das Grote beschäftigte: »Nun haben wir endlich Fingerabdrücke! Die sind für uns extrem wichtig. Ich hätte die Tomatensaftflasche und das Glas deshalb gerne so schnell wie möglich rüber auf das Festland gebracht. Kriegen wir das irgendwie hin?«

Gero Bakker schaute auf die Uhr. »Die einzige Möglichkeit wäre der Flieger, falls bei diesem Schietwetter überhaupt geflogen wird. Dann allerdings wäre der Abendflieger nach Norddeich noch nicht raus. Haben Sie denn jemanden, der die Sachen in Norddeich am Flughafen abholen kann?«

Grote nickte und war über diese Option begeistert: »Das wäre prima! Rufen Sie schnell am Flugplatz an, ich versuche, derweil meine Kollegen zu erreichen! Wenn ich Glück habe, sind sie im Moment noch irgendwo in Ostfriesland unterwegs.«

Er drückte eine der Schnellwahltasten seines Handys und erreichte Maik Köster sofort. Dessen Stimme klang verwaschen, woraus Grote schloss, dass er sich bereits im Auto auf dem Rückweg zur Dienststelle befand. »Maik, wo seid ihr? Schon unterwegs nach Hannover?«

Die verrauschte Antwort war nur schwer zu verstehen: »Wir sind vor fünf Minuten los und fahren gerade Richtung Wittmund. Bei Wilhelmshaven geht's auf die Autobahn.«

»Halt an!«, rief Grote. »Eventuell müsst ihr umkehren und in Norddeich etwas abholen. Bleib eben dran, es entscheidet sich gerade!«

Gero Bakker war immer noch im Gespräch mit dem Inselflugplatz, zeigte Grote dann aber gleichzeitig den nach oben gestreckten Daumen und nickte ihm zu.

Grote verstand die Geste und sprach weiter in sein Handy: »Maik, ihr müsst zurück! Fahrt zum Flugplatz nach Norddeich. Dort landet kurz nach achtzehn Uhr der Flieger aus Juist. Wir geben dem Piloten etwas für euch mit.«

Er informierte Köster über die beiden Spurenträger, die so schnell wie möglich ins Labor des LKA gebracht werden sollten. Sein Kollege bestätigte den Auftrag, und während Stine Lessing mit quietschenden Reifen das Auto wendete, setzte er Grote über all das in Kenntnis, was sie auf dem Reiterhof Wollens im Laufe des Tages ermittelt hatten.

Gero Bakker sprach indessen mit einem Sanitäter des Rettungsdienstes, der in bewährter Art dafür sorgen würde, dass die Tüte mit dem bedeutsamen Inhalt schnellstens zum Flugplatz gelangte. Unkonventionelle Dienstleistungen dieser Art wurden beim nächsten Feuerwehrfest durch Alkohol abgegolten. Das war so üblich und hatte sich über die Jahre bewährt.

Grote atmete durch. An diesem Tag lief alles wie geschmiert.

So gingen er und Bakker in bester Stimmung gemeinsam zur Polizeistation. Noch vor einer halben Stunde hatte er gefroren und sich erschöpft gefühlt, jetzt war alles anders. Sogar der kalte Regen störte ihn nicht mehr.

Als sie die Wache erreichten, verabschiedete Grote sich: »Ich denke, das haben wir beide gut hinbekommen, oder wie sehen Sie das?«

Bakker nickte eifrig, und Grote merkte, dass ihm diese Anerkennung guttat.

Er fragte: »Wo geht man auf Juist eigentlich am Abend hin, um noch ein gutes Bier zu trinken?«

Bakker zeigte die Straße hinunter und erklärte: »Am Ende linksherum, dann noch etwa hundert Meter. Dort befindet sich der ›Rote Korsar‹, eine gemütliche Kellerkneipe, in der sich die Insulaner treffen. Die meisten anderen Lokale haben im Moment ja sowieso geschlossen.«

»Sind Sie auch da? Ich würde gerne mit Ihnen zusammen ein Glas trinken, falls Sie Lust haben.«

Bakker freute sich ehrlich: »Gerne, wenn das eine Einladung ist, nehme ich sie an. Bei meinem Dienstgrad bleibt am Ende des Monats nicht allzu viel hängen. Juist ist ein teures Pflaster, das können Sie mir glauben!«

Grote lachte. »Daran soll es nun wirklich nicht scheitern. Wäre so gegen einundzwanzig Uhr okay? Vorher muss ich noch einiges erledigen!«

Er reichte Gero Bakker die Hand und freute sich auf einen netten Kneipenabend mit dem jungen Polizisten, der so ehrlich bemüht war, seinen Fehler wieder wettzumachen.

Als Grote auf seinem Zimmer ankam, schaltete er als Erstes seinen Laptop ein und duschte dann ausgiebig. Er genoss die Wärme, die seinen Körper durchströmte, und während er sich danach abtrocknete, sah er, dass auf dem Computer noch immer eine E-Mail nach der anderen auflief.

Nachdem er sich angezogen hatte, scrollte er die neuen Nachrichten im Schnelldurchgang herunter und hoffte, darunter auch eine von seiner Frau zu finden, aber es herrschte nach wie vor Funkstille, was ihn bedrückte. Als Absender der Mails erschien immer nur Stine Lessings Name.

Also entschloss er sich, zu Hause anzurufen. Es dauerte eine halbe Ewigkeit, bis seine Frau das Gespräch annahm. Üblicherweise stürmten die Jungs zum Telefon und machten einen Wettkampf daraus, als Erster abzunehmen, doch diesmal war es anders.

Seine Frau meldete sich mit geschäftsmäßiger, beinahe abweisender Stimme: »Grote!«

Stefan Grote wusste, dass sie sehr wohl gesehen hatte, dass der Anruf von ihm kam, trotzdem verhielt sie sich reserviert, als spräche sie mit einem Fremden. »Ich bin's! Wollte nur wissen, ob bei euch alles in Ordnung ist.«

Aus der Antwort konnte Grote mit jedem Wort hören, dass seine Frau nach wie vor nicht bereit war, seine Entscheidung, selbst nach Juist zu fahren, zu akzeptieren.

Er musste sich sehr bemühen, überhaupt ein Gespräch zustande zu bringen. Erst auf Nachfrage erfuhr er, dass einer der Jungen gerade eine Englischarbeit verhauen und der andere sich beim Fußballtraining das Knie geprellt hatte. Von sich selbst sprach sie nicht, und wie es ihm erging, schien sie auch nicht zu interessieren.

So hatte er sie noch nie erlebt, denn die gefühlvolle und warmherzige Seite, die er so an ihr liebte, verbarg sie gerade völlig. »Ich vermisse dich, du fehlst mir sehr!«

Seine Frau schwieg einen Augenblick, danach sagte sie kalt: »Dann komm nach Hause!« Es war ihm, als würde sie noch einen Moment zögern, doch schon in der nächsten Sekunde legte sie auf.

Er schwankte zwischen Ärger und Betroffenheit, warf wütend sein Handy auf das Bett und befasste sich mit den Mails auf seinem Laptop.

Gleich die erste Nachricht, die Stine Lessing ihm zugeschickt hatte, erregte seine besondere Aufmerksamkeit.

Das Bundeskriminalamt hatte nach Auswertung der Überwachungsvideos vom Bahnhof Oldenburg einige Fotos von Frauen geschickt, die in das Suchprofil des LKA passten. Stine Lessing hatte wieder einmal gute Vorarbeit geleistet und ihm nur ein einziges relevantes Video samt verschiedener Fotos geschickt, die aus diesem Video vergrößert und technisch aufbereitet worden waren.

Darunter stand ihre Anmerkung. »Hallo, Herr Grote! Auf dem Video in der Anlage 1 sehen Sie eine Zusammenfassung der Bilder von den Überwachungskameras. Achten Sie bitte auf die Frau, die markiert ist. Das BKA konnte die Aufnahmen deutlich aufhellen und nachschärfen. Schauen Sie besonders auf die linke Hand der Frau. In den Anlagen 2 und 3 finden Sie jeweils ein Portrait, welches aus dem Videofilm herausgeschnitten wurde. Obwohl das Gesicht nur von schräg oben zu erkennen ist, haben wir es dem Zugbegleiter vorgelegt. Er hat bestätigt, dass es sich um die blonde Frau handeln könnte, die mit Jan Weber im Abteil saß. Hundertprozentig festlegen will er sich allerdings nicht.«

Grote klickte zuerst die Datei mit dem Videofilm an. In den ersten Sekunden war nur das allgemeine Menschengewusel auf dem Bahnsteig zu erkennen. Doch dann, ganz hinten und zuerst nur undeutlich zu sehen, bewegte sich eine blonde Frau inmitten der Menschen zur Treppe. Die Frau war vom BKA mit einem hellen Kreis markiert worden und nur dadurch gut zu erkennen. Kurz danach war sie auch schon wieder verschwunden.

Es erfolgte ein Schnitt auf eine Kamera in der Bahnhofshalle. Dort tauchte die Frau wieder auf, war jedoch immer nur phasenweise zu erkennen. Oft wurde sie durch andere Menschen verdeckt, und man konnte fast den Eindruck gewinnen, dass dies kein Zufall war. Erst ganz am Ende dieser Bildsequenz erschien sie erneut für einige Sekunden und war frei zu erkennen. Sie bewegte sich am äußersten Rand der Bahnhofshalle zügig, doch keinesfalls übereilt, dem Ausgang zu.

Das Video schaltete automatisch für einige Zeit in ein Standbild, und zum ersten Mal war die Frau besser zu erkennen. Grote vermutete, dass aus dieser Sequenz auch die Fotos der Anlagen 2 und 3 herausgezogen worden waren.

Die Frau trug eine Winterjacke und eine Strickmütze. Sie hatte sich einen langen Schal um den Hals gewunden und ihn teilweise vor das Gesicht gezogen. Die Farben der Bekleidung waren in dem Schwarz-Weiß-Video nicht festzustellen. In der rechten Hand hielt sie eine kleine Reisetasche und, das elektrisierte Grote besonders, in der linken einen schwarzen Aktenkoffer.

Obwohl das BKA viel Arbeit investiert hatte, waren nicht alle Details zu erkennen. Trotzdem war Grote sicher, in dem Aktenkoffer ein solches Modell zu erkennen, wie es die Auricher Kollegen auf Juist an Jan Weber übergeben hatten.

Das Video lief nun weiter, und die Frau verschwand sogleich aus dem Blickfeld der Kamera. Nun erfolgte wieder ein Schnitt, und das Bild schaltete auf den Bahnhofsplatz um. Dort war die Frau allerdings nur noch schemenhaft zu erkennen, bevor sie im Nebeldunst verschwand.

Grote öffnete die beiden Bildanlagen. Zu sehen war, aus zwei unterschiedlichen Perspektiven, jeweils ein schmales Gesicht, das von der tief heruntergezogenen Mütze und dem hochgezogenen Schal eingerahmt wurde. Dazu kamen noch die teilweise in das Gesicht hängenden blonden Haare, sodass es vermutlich nicht besonders erfolgversprechend war, diese Bilder für eine Veröffentlichung zu benutzen. Trotzdem mussten sie es versuchen.

Grote überspielte die beiden Fotos auf sein Handy, um sie jederzeit griffbereit zu haben und sie am nächsten Morgen Lisa Leitner zeigen zu können. Er hielt sein Handy noch in der Hand, als sich Maik Köster meldete. Immer noch war seine Stimme von Fahrgeräuschen umrahmt. »Hallo, Stefan! Das klappt ja wie verrückt!«, lachte er übermütig. »Wir haben die Sachen am Flugplatz abgeholt und fahren jetzt zurück nach Hannover. Morgen ab zehn Uhr haben wir eine Standleitung zu euch nach Juist reserviert. Dann können wir mithilfe deiner Zeugin ein Phantombild erstellen.«

Maik Köster wirkte aufgekratzt. »Weißt du was, Stefan? Ich habe zum ersten Mal das Gefühl, dass wir einen großen Schritt vorangekommen sind.«

Dann berichtete er ausführlich von den Ermittlungen am Reiterhof Wollens.

Grote lauschte interessiert und meinte: »So wie du ihn schilderst, Maik, war Wollens ein ziemlich lebenslustiger Typ. Frauengeschichten ohne

Ende und geschäftlich jemand, mit dem man schon mal Ärger bekommen kann. Gibt es da in seinem Umfeld nicht einige Menschen, die ein Motiv haben könnten?«

»Sicherlich, diese Menschen wird es ganz gewiss geben, doch in diesem Fall können wir sie getrost als Täter ausblenden. Das Tatmuster passt so perfekt in unser Schema, dass jeder Zweifel absolut ausgeschlossen ist. Es *muss* eine Verbindung zwischen Enno Oltmanns und Hermann Wollens geben. Wir müssen ihr bisheriges Leben auf den Kopf stellen und suchen, dann finden wir auch das Mordmotiv.«

Grote schloss sich der Einschätzung seines Stellvertreters an. »Maik, du sagtest, bei Wollens habe es eine Art Knick in seinem Leben gegeben, als er sich aus seinen beiden Firmen zurückgezogen hat. Habt ihr eine Ahnung, was da gelaufen ist?«

»Nein, bisher nicht. Wir werden uns damit befassen. Eine Frage an dich hätte ich allerdings auch: Kannst du schon absehen, wie lange du noch auf der Insel bleiben musst? Wir könnten dich jetzt ziemlich gut in Hannover brauchen.«

Die Antwort fiel Grote leicht, denn nicht zuletzt aus Rücksicht gegenüber seiner Frau war er ohnehin entschlossen, seinen Aufenthalt auf Juist so bald wie möglich zu beenden. »Voraussichtlich komme ich schon morgen. Einige Sachen muss ich noch klären, dann bin ich hier erst einmal fertig. Allerdings habe ich keine Ahnung, wie morgen die Fährzeiten liegen. Notfalls nehme ich den Flieger, wenn das Wetter mitspielt. Ich gebe dir auf jeden Fall rechtzeitig Bescheid.« Damit war das Gespräch beendet.

Grote sah auf die Uhr. Noch eine Stunde, dann wollte er sich mit Gero Bakker treffen. So nutzte er die Zeit und beschäftigte sich weiter mit den E-Mails. Stine Lessing hatte inzwischen gründlich recherchiert und alle Informationen zu Enno Oltmanns zusammengetragen.

Es entstand das Bild eines Mannes, der keine besonders hohen Ansprüche an seine Arbeit stellte. Er war kein Architekt mit großen Visionen, stattdessen entwarf er Pläne für kostengünstige Massenbauten, die sich gut vermarkten ließen. Lange Jahre war er Mitglied einer durchaus erfolgreichen Architektengemeinschaft in Emden gewesen. Dennoch hatte es nach Stine Lessings Erkenntnissen ohne erkennbaren Grund ab 1999 eine gravierende Änderung gegeben.

Oltmanns war aus der Emder Architektengemeinschaft ausgeschieden und hatte seine Teilhaberschaft aufgegeben. Über einen Zeitraum von zwei Jahren gab es danach über ihn keinerlei Eintragungen im Internet mehr, erst dann erschien er wieder als Mitinhaber des Architektenbüros »Stadtwohnplanung International« in Hamburg. In der Öffentlichkeit trat er gar nicht mehr in Erscheinung. Früher sei das mal anders gewesen, schrieb Stine Lessing.

Es musste irgendeinen Grund für den Bruch und die sich anschließende Lücke in seiner Vita geben.

Er überlegte einen Moment, dann griff er zu seinem Handy und rief noch einmal Maik Köster an.

»Nein, nein, du brauchst es gar nicht erst zu versuchen! Noch einmal kehren wir nicht um«, erklang dessen Stimme, »wir sind nämlich bald zu Hause und froh darüber.«

Grote lachte. »Keine Angst, ich lasse euch jetzt von der Leine. Nur ist mir eben eines aufgefallen: In der Recherche über Enno Oltmanns steht, dass er sich 1999 geschäftlich zurückgezogen hat und erst nach einer langen Pause wieder aktiv wurde. Über Hermann Wollens hast du mir etwas Ähnliches erzählt. Der soll Ende der 90er Jahre seinen Baustoffhandel und die Baufirma verkauft und mit dem Reiterhof einen beruflichen Neustart hingelegt haben. Es ist wichtig, dass ihr euch gleich am Montag mit diesen auffälligen Parallelen beschäftigt. Es müsste doch mit dem Teufel zugehen, wenn das wirklich ein Zufall wäre.«

*

Kurz vor einundzwanzig Uhr machte sich Stefan Grote auf den Weg zum »Roten Korsar«. Er ging durch die nebligen Straßen, wobei er kaum anderen Menschen begegnete. Sogar in den Hotels waren nur wenige Fenster erleuchtet, und man hätte den Eindruck gewinnen können, der Ort sei bereits schlafen gegangen. Umso überraschter war er, als er den »Roten Korsar« betrat. Beim Öffnen der Tür schlug ihm lautes, von Musik untermaltes Stimmengewirr entgegen, und nach dem ersten Atemzug wusste er, dass er sich in einer Raucherkneipe befand. Die Luft war alkoholschwanger, stickig und verqualmt.

An der Theke saß bereits Gero Bakker und winkte ihm zu. Grote ging hinüber, nahm auf dem freien Barhocker neben ihm Platz und sagte mit gequältem Blick: »Diese Piratenbude macht ihrem Namen alle Ehre. Es ist nicht unbedingt das, was man unter gepflegter Gastlichkeit versteht.«

Bakker lachte. »Genau so soll es sein, gemütlich und urig. Von den langweiligen, gepflegten Gaststätten gibt es auf dieser Insel leider mehr als genug. Dafür ist hier wenigstens was los. Und warm ist es auch, das können Sie nicht abstreiten. Sie werden sich an den Lärm gewöhnen. Nehmen Sie auch ein Bier?«

»Lassen Sie mal, ich habe Sie schließlich eingeladen.« Grote gab dem Wirt ein Zeichen und bestellte zwei Bier. »Einen Klaren dazu?« Als

Gero Bakker nickte, hatte der Wirt die Flasche schon in der Hand und schob beiden einen Korn hinüber.

»Nicht lang schnacken, Kopp in'n Nacken!« Gero Bakker prostete Grote zu. Der kannte diesen Spruch nicht, hörte ihn aber in den folgenden Stunden häufiger, denn es blieb nicht bei einem Bier und auch nicht bei einem Klaren. Irgendwann wunderte Grote sich, dass ihn der Kneipenlärm gar nicht mehr störte und dass eiskalter Korn irgendwann zu schmecken anfängt. Er begann, sich wohlzufühlen.

Gero Bakker war ein unterhaltsamer Gesprächspartner. Er hatte großes Talent, herrlich amüsant über die kleinen Alltäglichkeiten des Insellebens zu erzählen. Grote verstand, dass auf dieser Insel die Uhren anders tickten als auf dem Festland, sogar völlig anders als in einer Großstadt. Hier ging die Zeit gemächlicher voran, und viele Dinge, die die Menschen auf dem Festland umtrieben, spielten hier nur eine untergeordnete Rolle. Die Juister kannten einander und pflegten enge Beziehungen untereinander.

Ganz allmählich entwickelte Grote sogar ein gewisses Verständnis dafür, wie es zu den Indiskretionen im Falle Jan Webers gekommen war. Es steckte ganz sicher kein böser Wille dahinter. Niemand hätte jemals daran gedacht, diese Informationen etwa an eine Zeitung weiterzugeben, um damit ein Geschäft zu machen. Es war das, was es sein sollte: Tratsch und Nachrichtenaustausch in einem Ort, in dem zur dunklen Jahreszeit nicht viel Aufregendes passiert.

Ihm tat es nun beinahe leid, dass er mit seinem Urteil gegenüber dem jungen Polizisten, seiner Schwester und der Bedienung auf der Fähre so streng gewesen war. Doch die Folgen dieser Geschwätzigkeit ließen sich nun einmal nicht wieder aus der Welt schaffen. Sie hatten Jan Weber das Leben gekostet, und jeder, auch er, hatte, ohne es zu wissen oder zu wollen, eine Winzigkeit dazu beigetragen.

Gegen 23.30 Uhr stand Gero Bakker unvermittelt auf. Er verneigte sich leicht, hob lässig die rechte Hand an den Kopf und deutete einen militärischen Gruß an. »Herr Hauptkommissar, bitte um Erlaubnis, ins Bett gehen zu dürfen.« Er schwankte merklich. »Mein gestrenger Vorgesetzter hat morgen frei und erwartet deshalb, dass **ich**«, er betonte das ›ich‹ besonders, »pünktlich und einigermaßen nüchtern morgen unsere Dienstelle öffne und die Sicherheit auf diesem Eiland gewährleiste.«

Dann nahm er wieder mit gespielter Ernsthaftigkeit Grundstellung ein und fügte hinzu: »Darf ich Herrn Hauptkommissar daran erinnern, dass

Sie selbst morgen früh Lisa Leitner zur Dienststelle bestellt haben und deshalb Ihr Erscheinen ebenfalls zwingend erforderlich ist?«

Er dankte noch einmal gestenreich für die Einladung und war einen kurzen Moment danach auch schon schaukelnd verschwunden.

Grote schüttelte amüsiert den Kopf über den ungewöhnlichen Abgang des jungen Polizisten. Besonders viel Alkohol konnte der offensichtlich nicht vertragen, deshalb war es gewiss eine gute Entscheidung seinerseits, diesen Abend zu beenden und das Bett aufzusuchen.

Bakker hatte natürlich recht. Auch er selbst musste am nächsten Morgen in einem akzeptablen Zustand auf dem Revier erscheinen. Er griff in die Jackentasche, um sein Portemonnaie herauszuholen und die nicht unbeträchtliche Zeche zu begleichen, als sich plötzlich ein schlanker Arm um seine Schultern legte.

»Nun, Kommissario, so einsam und allein in einer fremden Stadt unterwegs?«

Grote schaute sich erstaunt um. Direkt hinter ihm stand Lisa Leitner. Sie trug eine enge Jeans, einen noch engeren Pullover und sah wieder unverschämt gut aus. Sie trat einen Schritt vor und lehnte sich direkt neben ihm an die Theke.

Grote war angenehm überrascht. »Wo kommen Sie denn auf einmal her? Sind Sie etwa schon länger hier?«

»Allerdings! Ich saß mit einer Freundin hinten in der Ecke und habe Sie und Gero die ganze Zeit beobachtet. Der arme Junge kann keinen Alkohol ab, aber das konnten Sie ja nicht wissen. Es wird morgen ein schwerer Tag für ihn werden.«

Sie gab dem Wirt ein Zeichen, worauf der ihr einen Cocktail herüberreichte.

Grote bemerkte sehr wohl, dass Lisa Leitner sich nicht auf den freien Barhocker setzte, sondern direkt neben ihm stehen blieb und Körperkontakt suchte. Den Arm ließ sie auf seiner Schulter liegen, als seien sie uralte Bekannte. Sie schlürfte an dem Strohhalm ihres Getränkes und blickte ihm dabei in die Augen. »Immer noch mit den Gedanken im Dienst?«

»Nein«, er hielt ihrem Blick stand und musste nicht einmal lügen. »Im Moment überhaupt nicht.«

»Das ist gut so! Sie befinden sich schließlich auf einer Urlaubsinsel. Da sollte das Vergnügen, welcher Art es auch sein mag, nicht zu kurz kommen! Wir Insulaner helfen gerne und sind selbstverständlich bemüht, unseren Gästen jeden Wunsch von den Augen abzulesen.« Sie sagte das mit einem Blick, der Bände sprach.

Grote versuchte, sich nach außen lässig und entspannt zu geben, als genieße er den Flirt, der gerade rasant Fahrt aufnahm. In Wirklichkeit wusste er nicht, wie er mit dem eindeutigen Angebot, welches sich hinter Lisa Leitners Worten verbarg, umgehen sollte.

Da legte es eine junge, höchst attraktive Frau darauf an, ihn zu verführen – und er zögerte. Es hatte Zeiten gegeben, in denen er, ohne nachzudenken, auf solch ein Angebot eingegangen war. Damals waren ihm die Konsequenzen egal gewesen. Nach der Affäre mit seiner Kollegin beim MEK stellte sich die Situation allerdings anders dar. Seine Frau würde einen erneuten Fehltritt nicht hinnehmen, das war sicher. Andererseits war die Gefahr gering, dass sie davon erfuhr. Er überlegte hin und her. Doch dann war da noch sein oberster Chef, der ihn im Auge hatte. Dr. Richter würde auf ein erneutes Fehlverhalten seinerseits knallhart mit einem Rauswurf reagieren, denn Lisa Leitner war schließlich eine wichtige Zeugin in einem Mordfall.

Seine Gedanken drehten sich im Kreis. Grote hatte Angst, sich für Lisa zu entscheiden, denn der Einsatz war hoch, vielleicht zu hoch. Er schwankte zwischen Begierde, beruflicher Professionalität und der Gefahr, alles zu verlieren, was ihm wichtig war.

Sie plauderten weiterhin angeregt über banale Dinge und wussten doch beide, dass sie um den heißen Brei herumredeten. Stefan Grote genoss es sehr, begehrt zu werden, und ging immer weiter auf das Spiel ein.

Lisa nahm ihre Hand von seiner Schulter und legte sie auf sein Knie. Sie hatte ein feines Gespür für Männer und ahnte, welchen inneren Kampf er gerade austrug. Kurzentschlossen ließ sie jede Zurückhaltung fallen: »Zu mir?« Dabei strahlte sie ihn mit einem entwaffnenden Unschuldsblick an, als habe sie die natürlichste Frage der Welt gestellt.

Grote zögerte und rang mit sich. Jeder Mann weit und breit hätte das Angebot dieser Frau angenommen, doch nun blickte er ihr in die Augen, schob langsam ihre Hand von seinem Knie und sagte bedauernd: »Ich weiß Ihre Bemühungen zur Betreuung der Kurgäste wirklich zu schätzen. Und ich weiß auch, wie dumm ich bin, nicht mit Ihnen zu gehen, doch auch wenn Sie mich nicht verstehen, glauben Sie mir, es ist besser so.«

Er lächelte ihr zu, ergriff zum Abschied ihre Hand und hielt sie einen Moment zu lange, sodass sie seine Unschlüssigkeit spürte. Dann ließ er sie los, stand abrupt auf und legte einen Geldschein auf die Theke. »Dann morgen früh wie abgesprochen auf der Polizeistation, okay?«

Grote bewunderte Lisa, wie sie diese Abfuhr wegsteckte, ohne auch nur die geringste Regung zu zeigen. Gewiss war ihr so etwas noch niemals passiert. Trotzdem schaute sie ihn an, als habe er ihr gerade das schönste Kompliment der Welt gemacht.

»Na dann, bis morgen, Kommissario. Schlafen Sie gut!«

Als er das Lokal verließ, hatte er seinen Gang nicht ganz so im Griff, wie er gehofft hatte. Auch an ihm war die Wirkung des Alkohols nicht spurlos vorübergegangen. Trotzdem beschleunigte er seine Schritte auf dem Weg zum Hotel, als befürchtete er, dass Lisa ihm folgen könnte. Beinahe kam es ihm so vor, als befände er sich auf der Flucht.

Samstag
Das Phantombild

Um 8.30 Uhr wurde Grote vom aufdringlichen Brummton des Weckers aus dem Schlaf geholt. Er brauchte einige Zeit, um den Ausschalter zu finden. Mühsam ertastete er ihn und endlich schwieg der Wecker – der Brummton in seinem Kopf allerdings blieb.

Für die klaren Schnäpse, die ihn am Abend noch beflügelt hatten, musste er nun den Preis zahlen. Er stellte sich unter die Dusche und ließ sich das warme Wasser regungslos über den Kopf rauschen. Dann überwand er sich und schaltete auf »kalt«. Er musste sich zwingen, nicht vor Schreck aus der Dusche zu springen, sondern stattdessen fest stehen zu bleiben und tief durchzuatmen. Danach ging es ihm keineswegs besser, doch zumindest war er einigermaßen wach.

Bevor er kurze Zeit später in den Frühstücksraum ging, steckte er sich vorsorglich eine Kopfschmerztablette in die Tasche. Nach dem zweiten heißen Kaffee und einer großen Portion Rührei stellte er dann aber doch fest, dass er sie nicht mehr benötigte. Ein Blick auf die Uhr sagte ihm, dass er sich allmählich auf den Weg zur Polizeistation machen musste.

Er ging zurück auf sein Zimmer und warf routinemäßig einen kurzen Blick in seinen Laptop. Neue Mails waren noch nicht eingegangen, woraus er schloss, dass Maik Köster und Stine Lessing am gestrigen Abend nicht mehr gearbeitet hatten. Grote hatte dafür Verständnis, da sie nach seiner Einschätzung die Dienststelle nicht vor einundzwanzig Uhr erreicht haben konnten. Er gönnte den beiden das freie Wochenende, denn die Turbulenzen der vergangenen Woche waren sicherlich auch an ihnen nicht spurlos vorübergegangen.

Pünktlich um zehn Uhr betrat Grote die Polizeistation Juist und stellte zufrieden fest, dass Gero Bakker schon im Dienst war. Die Computer hatte er bereits hochgefahren, und Kaffeegeruch hing im Raum.

»Moin, Herr Grote!« Bakker griente verlegen. »Eigentlich trinken wir hier meistens Tee, nach dem gestrigen Abend jedoch hatte ich irgendwie das Gefühl, heute müsste es mal ein starker Kaffee sein. Ich denke, das ist auch in Ihrem Sinne.«

Er griff sich mit den Händen an den Kopf und deutete an, dass er nicht von Kopfschmerzen verschont geblieben war. Grote lächelte verständnisvoll. »Gute Entscheidung! Mein Kopf war heute Morgen auch nicht mit mir im Einklang, hat allerdings auf heißen Kaffee äußerst positiv reagiert.«

Während Bakker aus dem Schrank zwei abgestoßene Becher mit dem Logo der Polizeigewerkschaft holte, ging die Eingangstür auf, und Lisa Leitner betrat den Raum. Sie sah so frisch und erholt aus, als habe sie zwölf Stunden tief und fest geschlafen. Unbekümmert begrüßte sie Stefan Grote, als habe es keinen gestrigen Abend gegeben. Sie unterließ auch jegliche Art von Anspielungen oder Vertraulichkeit, worüber Grote sehr froh war.

Bakker nahm einen weiteren Becher aus dem Schrank. »Du trinkst doch einen Kaffee mit, oder?«

Kurze Zeit später saßen sie gemeinsam am Tisch. Um mögliche Peinlichkeiten zu vermeiden, brachte Grote schnell ein unverfängliches Gespräch über das Wetter in Gang. Lisa Leitner tat ihm den Gefallen und ging darauf ein. »Das Wetter macht, was es will. So etwas hat es früher nicht gegeben. Es wird eben alles schlechter, sagt zumindest meine Oma«, meinte sie.

Grote lachte pflichtgemäß und empfand die Situation insgesamt als unangenehm. Die junge Frau schien dieses Problem allerdings nicht zu haben. Als endlich das Telefon läutete, war Grote froh über die Ablenkung. Bakker ging zum Schreibtisch, lauschte in den Hörer, sagte mehrfach »Ja« und dann: »Er sitzt neben mir, die Zeugin ist auch da!« Anschließend begab er sich mit dem Telefon in der Hand zu einem der Computer, tippte eine Internetadresse ein und im selben Moment erschien auf dem Monitor das Bild eines Kollegen vom LKA Hannover. Bakker legte das Telefon zur Seite, denn nun konnten sie direkt über den Bildschirm mit dem LKA kommunizieren.

Grote stellte sich vor den Computer und begann: »Guten Morgen, Kollege Gerstner! Es tut mir leid, dass ich Ihnen das Wochenende kaputt mache, doch die Sache ist nun mal wichtig.«

Das Gesicht auf dem Bildschirm zog eine gequälte Grimasse. »Von wegen freies Wochenende. Ich habe sowieso bis achtzehn Uhr Bereitschaft. Da ist mal wieder nix mit Wochenende! Es werden wohl zu meinen vielen Überstunden noch einige dazukommen, aber das kennen Sie ja auch. Also lassen Sie uns anfangen. Am besten nimmt die Zeugin vor dem Monitor Platz. Dann kann ich alles mit ihr besprechen.«

Grote machte Platz, und Lisa setzte sich vor das Gerät. Sofort entfaltete sich ihre intensive Wirkung auf Männer, denn kaum hatte der Kollege vom LKA Lisa Leitner erblickt, hellte sich sein Gesichtsausdruck erkennbar auf. Sein Frust über den ungeliebten Wochenenddienst war schlagartig verflogen.

Grote ging zurück zum Tisch und beobachtete von dort aus, wie Lisa Leitner und sein Kollege anfangs miteinander scherzten, dann aber mit ernsthafter Arbeit begannen.

Zuerst legte sich Lisa Leitner auf eine bestimmte Kopfform fest, danach begann sie konzentriert, Einzelheiten hinzuzufügen. So ergab sich nach einer halben Stunde ein immer präziseres Bild, bis sie sich spontan nach vorne beugte und ausrief: »Ja, das ist sie! So hat die Frau ausgesehen! Nur war ihr Blick viel ernster, so traurig.«

Es bedurfte nur einiger Mausklicks und Lisa Leitner war zufrieden. »Jetzt passt es perfekt! Besser kann es nicht sein!«

Grote ging zum Monitor und betrachtete das Portrait. Lisa Leitner hatte ihm gestern gesagt, die unbekannte Frau sehe nicht »sooo« schlecht aus. Da hatte sie deutlich untertrieben. Auf dem Bild vor sich erblickte er eine Frau von herber Schönheit und schwer zu beschreibender Schwermut.

»Treffer!« Grote lächelte, griff zu seinem Handy und zeigte Lisa das Foto, welches das BKA aus den Videoaufnahmen am Oldenburger Bahnhof herausgefiltert hatte. Das Foto war deutlich unschärfer als das Phantombild, dennoch drängte sich die Ähnlichkeit der beiden Bilder geradezu auf. Es war verblüffend!

Lisa Leitner schaute Grote erstaunt an. »Wenn Sie doch schon ein Bild von ihr hatten, warum haben Sie mir das denn nicht vorher gezeigt?«

Grote schüttelte den Kopf. »Ich wollte Sie nicht beeinflussen, und außerdem waren wir nicht zu hundert Prozent sicher, dass es sich bei der Frau auf dem Foto tatsächlich um die gesuchte Frau handelt. Erst jetzt, nachdem Sie so großartig mitgeholfen haben, wissen wir, dass wir auf der richtigen Spur sind.«

Die Standleitung nach Hannover wurde zum Bedauern des dortigen Kollegen beendet. Bevor Lisa Leitner die Polizeiwache verließ, übergab Grote ihr noch seine Visitenkarte mit den Worten: »Wenn mal irgendetwas ist, können Sie mich jederzeit anrufen.«

Sie nahm die Visitenkarte, blickte kurz darauf und schaute ihn dann mit einem filmreifen Augenaufschlag an, der den stärksten Mann schwach werden ließ. »Ach, Kommissario, es würden mir tausend Gründe einfallen, gerade Sie anzurufen. Vielleicht tu ich das ja mal!«

Dann gab sie ihm unvermittelt einen flüchtigen Kuss auf die Wange und war auch schon verschwunden.

Grote lief rot an und fühlte sich für einen Augenblick wie ein Schuljunge in kurzen Hosen. Lisa hatte es wieder einmal geschafft, ihn völlig aus dem Tritt zu bringen. Auch Gero Bakker hatte Lisas kesses

Spiel beobachtet und schaute Grote neidvoll an, hütete sich aber, etwas zu sagen.

Als Grote kurze Zeit später das Revier verließ, wusste er endgültig, dass es im Moment für ihn auf der Insel nichts mehr zu tun gab. Mit dem Arbeitsergebnis der vergangenen zwei Tage war er mehr als zufrieden. So wie es sich jetzt darstellte, verfügten sie nach fast einer Woche Ermittlungsarbeit über ein gutes Phantombild und die DNA der Täterin. Wenn nun noch die Untersuchungen an der Tomatensaftflasche erfolgreich verliefen, gab es sogar Fingerabdrücke. Es müsste doch mit dem Teufel zugehen, wenn all das nicht reichen würde, um auf die Spur der Täterin zu gelangen.

Kaum wieder in seinem Hotelzimmer angekommen, griff er zu der Plastikmappe, in der die Informationen für Hotelgäste hinterlegt waren. Darin befand sich eine Broschüre der Kurverwaltung mit dem aktuellen Fährplan. Grote sah auf den ersten Blick, dass es an diesem Tag mit der Rückfahrt zum Festland nicht mehr klappen würde. Die einzige Fähre hatte Juist bereits verlassen, so blieb ihm nur die Möglichkeit, am Nachmittag mit dem Flugzeug auf das Festland zu gelangen.

Die Leiterin der Finanzabteilung des LKA würde nach Abgabe seiner Spesenabrechnung gewiss einen Schreck bekommen und intensiven Fragebedarf haben. Ihre erste Frage würde sicherlich sein, warum er statt des Fliegers nicht die ungleich billigere Fährverbindung genutzt habe, doch das konnte er ihr erklären. So rief er am Flugplatz an, reservierte sich einen Platz und saß pünktlich um fünfzehn Uhr im Flugzeug.

Noch während die Maschine langsam auf die Startbahn rollte, verschickte er einige kurze Nachrichten. Er teilte Maik Köster und seiner Sekretärin mit, dass er am Montag wieder auf der Dienststelle sei.

Die letzte SMS ging an seine Frau: »Bin zum Abendessen wieder bei euch. Freue mich schon!«

Nachdem er die Nachricht abgesandt hatte, ließ er sich bequem in die Rückenlehne sinken und genoss in Erinnerung an den gestrigen Abend mit Lisa Leitner sein gutes Gewissen. Der Flieger beschleunigte, hob ab und schwebte in einem weiten Bogen über das schwarz glänzende Wattenmeer in Richtung Flughafen Norddeich.

Sonntag
Spuren im Internet

Grotes Einschätzung, dass sich seine Kollegen ein freies Wochenende gönnten, traf nicht auf Stine Lessing zu. Maik Köster hatte ihr den Auftrag gegeben, nach Verbindungen zwischen Enno Oltmanns und Hermann Wollens zu suchen. Das sollte sie zwar eigentlich erst am kommenden Montag tun, jedoch ließ ihr die Sache keine Ruhe, denn der weitere Gang der Ermittlungen hing zu großen Teilen von der Beantwortung dieser Frage ab.

Am gestrigen Abend hatte Stine mit Freunden auf einer Party ausgelassen gefeiert. Danach waren sie gemeinsam bis zum Morgengrauen von Club zu Club durch die Stadt gezogen. Sie hatte es genossen, sich der Musik hinzugeben und all die Bilder in den Hintergrund zu schieben, die sie seit Tagen im Dienst gefangen hielten.

Bis zum Mittag hatte sie geschlafen, doch kaum war sie erwacht, kreisten ihre Gedanken wieder um den Dienst. Sie schaute aus dem Fenster, das Wetter war geradezu gruselig. Mit diesem Tag war ohnehin nicht viel anzufangen, also entschloss sie sich kurzerhand, zur Dienststelle zu fahren und die Zeit zu nutzen.

Während Stefan Grote mit seiner Familie beim Sonntag-Nachmittag-Kaffee den selbstgebackenen Kuchen genoss, saß Stine Lessing allein in ihrem Büro vor dem Computer und durchforstete das Internet.

Zuerst beschäftigte sie sich mit Enno Oltmanns. Seine Internetpräsenz war erstaunlich gering. Der Name tauchte zwar gelegentlich im Zusammenhang mit Neubauprojekten auf, wurde allerdings nie an erster Stelle genannt. Auch auf Fotos war er nur selten zu sehen, meist versteckte er sich hinter den beiden Kollegen seiner Hamburger Architektengemeinschaft. Besonders fiel ihr das auf, als sie die persönlichen Profile der Architekten betrachtete. Über jeden von Oltmanns Kollegen fand sich eine detaillierte Beschreibung der bisherigen Tätigkeiten, vom Studium über bisherige Bauprojekte bis hin zum aktuellen Tätigkeitsschwerpunkt. Bei Oltmanns stand lediglich, dass er 2001 in die Architektengemeinschaft eingetreten sei.

Sie überflog die Berichte, machte sich die eine oder andere Notiz oder kopierte einzelne Textpassagen heraus, um sie an anderer Stelle abzuspeichern. Alles, was sie bis jetzt ermittelt hatte, war ihr nicht neu. Je tiefer sie allerdings bei ihrer Suche in Oltmanns' Vergangenheit vordrang, desto seltener tauchte dessen Name auf. Für den Zeitraum vor 1999 schien er im Internet gar nicht mehr zu existieren.

Stine Lessing kannte dieses Phänomen von anderen Ermittlungen, denn vor zwanzig Jahren hatte das Internet noch nicht die Dominanz heutiger Zeit gehabt. Dass jemand aber gänzlich verschwunden war und auf seinen aktuellen Internetseiten keine Informationen über seine berufliche Vergangenheit preisgab, empfand sie als anormal.

Entweder war Oltmanns zu diesem Zeitpunkt weder beruflich noch privat im Internet tätig, was sehr unwahrscheinlich war, oder er hatte durch einen Fachmann seine bisherigen Internetspuren beseitigen lassen. Stine Lessing wusste, dass so etwas teuer war, und sie wusste auch, dass solche Versuche niemals zu hundert Prozent gelangen. Der Spruch »Irgendwas bleibt immer hängen« galt nirgendwo mehr als im Internet.

Also stöberte sie beharrlich weiter und musste dabei feststellen, dass der Name Enno Oltmanns keineswegs so selten war, wie sie vermutet hatte. Immer wenn sie hoffte, etwas gefunden zu haben, wurde sie enttäuscht.

Enno Oltmanns war stolzer Schützenkönig, erfolgreicher Kreisligakicker, Mitglied eines Shanty-Chors und sogar beim Boßeln in Leer sehr erfolgreich. Allerdings waren das immer Namensvettern, doch niemals der Enno Oltmanns, den sie suchte.

Nach zwei Stunden nerviger und am Ende erfolgloser Suche war sie kurz davor aufzugeben, als sie auf einen Bericht im Gemeindeblatt Riefsum vom März 1998 stieß. Auf einem Foto war der Bürgermeister der Gemeinde zu sehen. Er stand dort gemeinsam mit weiteren Männern und zeigte mit hochgestrecktem Daumen optimistisch auf eine Wiese, auf der eine Planierraupe damit beschäftigt war, die oberste Bodenschicht abzutragen. Die Überschrift des Artikels lautete: »Erste Arbeiten zur Errichtung der neuen Wohnsiedlung am künftigen Gewerbegebiet haben begonnen!«

Bevor Stine Lessing den folgenden Bericht las, fiel ihr Blick auf ein in den Artikel eingefügtes Foto. In der Mitte, direkt neben dem Bürgermeister, stand ein Mann, den sie sofort als Enno Oltmanns erkannte. Doch das war es nicht, was sie zusammenzucken ließ. Schräg hinter Oltmanns befand sich ein weiterer Mann, der ihm kumpelhaft die Hand auf die Schulter gelegt hatte. Stine Lessing betrachtete ihn ausgiebig. Der Mann kam ihr irgendwie bekannt vor, zuordnen konnte sie sein Gesicht im ersten Moment aber noch nicht.

Erst als sie die Bildunterschrift las, begriff sie, welch wichtige Entdeckung sie gemacht hatte, denn dort stand: »Von links nach rechts: Bürgermeister Ehlers, der Architekt Enno Oltmanns und Hermann Wollens, Chef der Baufirma HWB«.

In dem zum Bild gehörenden Artikel beschrieb der Bürgermeister von Riefsum ausführlich seine Vision von einem Gewerbegebiet zur Ansiedlung von Windkraft-Unternehmen. Es gäbe bereits hoffnungsvolle Gespräche mit einer Firma, deren Namen er allerdings noch nicht nennen könne. Der Vertragsabschluss stehe unmittelbar bevor.

Zeitgleich solle eine Wohnsiedlung geschaffen werden, um Fachkräften Wohnraum anbieten zu können. »Wohnen und arbeiten in Riefsum« sei das Motto. All das würde schon bald zu sprudelnden Einnahmen für die Gemeindekasse führen.

Stine Lessing hätte über ihre Entdeckung vor Freude jubeln können. Sie stand auf und lief eine Weile aufgekratzt hin und her, dann setzte sie sich erneut an den PC und suchte nach weiteren Berichten über den Fortgang der Bauarbeiten oder die Eröffnung des Gewerbeparks. So akribisch sie aber auch suchte, finden konnte sie nichts. Weder unter »Gewerbepark Riefsum« noch unter »Gewerbegebiet Riefsum« wurde sie fündig. Auch der Suchbegriff »Wohnen und Arbeiten in Riefsum« ergab nichts Neues, sondern führte sie wieder zurück auf die Internetseite, die sie zuvor aufgerufen hatte.

Sie machte eine Pause, aß genüsslich einen Apfel und dachte nach. Warum gab es keine weiteren Berichte über den Baufortschritt oder die Einweihung der Wohnsiedlung? Warum gab es überhaupt keine Firmen, die sich in dem Gewerbegebiet niedergelassen hatten? War vielleicht das gesamte Projekt gescheitert? Und wenn es so war, wo lagen die Gründe, und warum wurde darüber nicht berichtet?

Sie nagte gründlich das Kerngehäuse des Apfels ab und warf den Rest zielsicher in den Abfallkorb auf der anderen Seite des Zimmers. Dann wandte sie sich erneut dem Computer zu.

Sie beschloss, es einfach mal nur mit dem Suchbegriff »Riefsum« zu versuchen, und bekam prompt eine Unmenge von Treffern. Der Ort verfügte über ein munteres Vereinsleben. Seitenlang wurde über Frühlings-, Schützen- und Feuerwehrfeste berichtet. Von dem Gewerbepark allerdings war nicht die Rede.

Nach vielen Internetseiten ohne Bedeutung für ihre Ermittlungen stieß sie jedoch auf einen kurzen Artikel in der »Ostfriesischen Landzeitung«, einer Regionalzeitung für den Bereich Jever, Aurich, Wittmund. Er trug die Überschrift: »Tragischer Unglücksfall in Riefsum«. Das hatte auf den ersten Blick zwar nichts mit dem zu tun, wonach sie suchte, trotzdem las sie den Bericht: »Am Donnerstag, dem 25.11.1999, kam es in Riefsum zu einem tragischen Unfall. Das Glasvordach eines erst kurz zuvor bezogenen Einfamilienhauses stürzte ein und begrub zwei

Erwachsene und ein zweijähriges Kind unter sich. Alle drei verstarben noch an der Unfallstelle. Ein weiteres, dreijähriges Kind überlebte leicht verletzt.«

Routinemäßig druckte sie diese Internetseite aus und brach danach die Suche nach Enno Oltmanns ab. Dann wandte sie sich der Person Hermann Wollens zu.

Die Eingabe seines Namens ergab eine Vielzahl von Treffern. Seitenlang wurde über die Aktivitäten des Mannes in Wirtschaft, Politik und Gesellschaft berichtet und seine Bedeutung für den Landkreis hervorgehoben.

In alle Richtungen hatte der Mann seine Verbindungen und war scheinbar mit jedem Politiker im Landkreis bestens bekannt. Auf vielen Bildern zeigte er sich in Begleitung von Frauen, doch es war niemals dieselbe. Hermann Wollens präsentierte sich als selbstgefälliger, machtbewusster sowie erfolgreicher Geschäftsmann, Regionalpolitiker und Jagdfreund.

Während Stine Lessing weiter in Hermann Wollens' Vergangenheit wühlte, fielen ihr nach einiger Zeit unübersehbare Parallelen zu Enno Oltmanns auf. Auch Hermann Wollens trat ausschließlich als Besitzer des Reiterhofs in Erscheinung. Niemals war die Rede von dem Baustoffhändler Wollens, schon gar nicht von Hermann Wollens als Inhaber der Baufirma HWB. So wuchs in Stine Lessing erneut der Verdacht, dass Wollens ebenso wie Oltmanns dafür gesorgt hatte, seine Internetpräsenz zu manipulieren.

Es lag der Gedanke nahe, dass sowohl Oltmanns als auch Wollens in irgendeiner Form Dreck am Stecken hatten, den niemand über das Internet aufwühlen sollte.

Stine Lessing blickte auf die Uhr und erschrak. Die Stunden waren wie im Fluge verstrichen. Draußen war es schon stockdunkel. Sie beschloss, für heute Feierabend zu machen, und trug die Ergebnisse ihrer Arbeit in einer Präsentation zusammen. Einige Passagen druckte sie noch aus und fuhr danach ihren Computer herunter. Mit dem Ergebnis ihrer Arbeit war sie sehr zufrieden. Stolz lehnte sie sich zurück und lächelte.

Morgen früh würde sie für eine deftige Überraschung sorgen. Auf die Reaktion ihrer Kollegen war sie jetzt schon gespannt.

Montag
Das Geheimnis um Riefsum

Auf der Fahrt zur Dienststelle war Stefan Grote an diesem Montagmorgen wesentlich gelassener als in den Tagen zuvor. Er hatte gemeinsam mit seiner Familie ein ruhiges Restwochenende verbracht. Das tat ihnen allen gut, ganz besonders seiner Frau.

Nachdem die Jungen am Samstagabend zu Bett gegangen waren, saß er bis in die Nacht mit ihr zusammen. Bisher hatte er es stets vermieden, zu Hause über seine Arbeit zu sprechen. Diesmal allerdings war die Situation für ihn schwierig. Sein Verhalten begann erneut, seine Ehe zu belasten, die er nach seinem Seitensprung gerade wieder mühsam in Balance gebracht hatte. Das wollte er um keinen Preis riskieren. Seine Frau verlangte von ihm, dass er sich mehr um seine Familie, ganz besonders um sie kümmern solle. Das hatte er in den letzten Tagen ihrer Meinung nach nicht getan, und damit hatte sie natürlich recht. Manchmal hegte er den Verdacht, dass sie seine häufige Abwesenheit von zu Hause wieder mit einer anderen Frau in Verbindung brachte und deshalb misstrauisch war.

Es war dringend an der Zeit, seiner Frau zu erklären, dass dem nicht so war und dass er sich im Moment in einer besonderen Lage befand.

So kam es zu einer langen Aussprache, bei der er seine Prinzipien über Bord warf und zum ersten Mal ausführlich vom Fall Jan Weber und den damit im Zusammenhang stehenden weiteren Morden erzählte. Auch über seine Ermittlungen auf Juist berichtete er. Nur den Abend im »Roten Korsar« ließ er wohlweislich aus. Obwohl dort nichts passiert war, dessen er sich schämen musste, war es ihm unangenehm, davon zu sprechen.

Seine Frau hatte ruhig zugehört und ihm am Ende sogar dabei geholfen, mit anderen Augen auf den Fall Jan Weber zu blicken. Sie zeigte Verständnis für seine Schuldgefühle, vertrat allerdings vehement die Meinung, dass seine Entscheidung, den jungen Kollegen allein nach Juist zu schicken, nur ein Glied von vielen in der Kette dieses Unglücks gewesen war. Sie versuchte, ihn davon zu überzeugen, dass viele Faktoren zusammengekommen waren, die Jan Weber am Ende das Leben kosteten. Dafür trüge er keine Schuld und deshalb müsse er auch nicht die Verantwortung für das, was geschehen war, übernehmen.

Der Zuspruch seiner Frau tat ihm gut, trotzdem blieb in seinem Inneren eine Zerrissenheit bestehen, gegen die er nicht ankam. Logisch betrachtet war das alles richtig, was sie sagte. Trotzdem war da immer noch dieses Gefühl, das er nicht unter Kontrolle bekam.

Die folgende Nacht, an die er sich gerne erinnerte, war dann von Versöhnung getragen. Dass er gerade in diesen Stunden immer wieder an Lisa Leitner denken musste, konnte seine Frau nicht wissen. So verlief auch der darauffolgende Sonntag in völliger Harmonie.

Als er nun sein Büro betrat, empfing ihn seine Sekretärin mit der Nachricht, dass Dr. Richter gedenke, an der morgendlichen Besprechung der MK-L teilzunehmen, um sich selbst ein Bild über den Stand der Ermittlungen zu machen. Grote war das gar nicht recht. Die Anwesenheit hoher Tiere war stets dazu geeignet, den Arbeitsfluss eines Teams unangenehm zu beeinflussen. Allerdings – was hätte er dagegen tun sollen? »Ausladen kann ich ihn ja wohl nicht, oder?«

Auf dem Weg zum Besprechungsraum sah er noch bei Maik Köster vorbei, um ihn auf den anstehenden Besuch des LKA-Leiters vorzubereiten. Zwischendurch klopfte Stine Lessing an die Tür und wollte den beiden etwas Wichtiges mitteilen, doch dazu war keine Zeit mehr. Grote winkte ab: »Sagen Sie es gleich in der Lage. Wir müssen jetzt rüber!«

Die ersten Kollegen schlurften bereits an ihnen vorbei und verbreiteten die übliche, von Behäbigkeit geprägte Montagmorgenstimmung. Die meisten hatten Kaffeebecher in der Hand, einige sogar ihr Frühstücksbrot. Nachdem alle Platz genommen hatten, stellte Grote befriedigt fest, dass sie wieder einmal vollzählig waren.

Bevor sich allzu große Lässigkeit unter seinen Mitarbeitern breitmachte, kündigte er den Besuch Dr. Richters an. Amüsiert stellte er fest, dass blitzschnell die bereits geöffneten Frühstückspakete verschwanden und sich jeder bemühte, eine Aufmerksamkeit vortäuschende Sitzhaltung einzunehmen.

Stine Lessing versetzte die Ankündigung vom Erscheinen Dr. Richters in stille Panik. Sie schaute Grote unsicher an und hoffte, dass er die Lagebesprechung übernehmen möge. Grote fing ihren nach Hilfe rufenden Blick auf und stellte überrascht fest, wie schnell seine sonst so taffe Kollegin zu verunsichern war. Gleichzeitig gestand er sich ein, dass ihr dieser leichte Anflug von Hilflosigkeit stand. Sie schien auf einmal so verletzlich, das sprach ihn an.

Um ihr Mut zu machen, nickte er ihr aufmunternd zu und beugte sich zu ihr hinüber. Dann flüsterte er ihr leise ins Ohr: »Auch ein Dr. Richter trägt im Winter lange Unterhosen. Stellen Sie ihn sich einfach darin vor, Frau Lessing! Ich garantiere Ihnen, das hilft!«

Stine Lessing schaute ihren Chef verblüfft an. Er hatte sich seit dem Tod Jan Webers tatsächlich verändert. Solch lockere Bemerkungen kannte sie von ihm bisher nicht. Sie waren wohl der Ausdruck seines veränderten Verhältnisses zu seinen Untergebenen, vielleicht auch ganz besonders ihr gegenüber. Damit verbunden war auch ein Vertrauensvorschuss, den er früher kaum jemandem entgegenbrachte. Sie freute sich darüber, trotzdem spürte sie ihren trockenen Hals, nahm einen tiefen Schluck aus dem Kaffeebecher und wartete angespannt.

Lange musste sie nicht leiden, denn um Schlag neun Uhr betrat Dr. Richter den Raum. Die Sekretärin hatte für ihn einen Platz am Tisch freigehalten und eingedeckt, doch der LKA-Leiter hatte sich bereits selbst mit einem Becher versorgt. Er nahm auch nicht am vorgesehenen Tisch Platz, sondern setzte sich auf einen Stuhl in der Ecke des Raumes, von dem aus er alles gut überblicken konnte. Er schlug die Beine übereinander und sagte lässig: »Lassen Sie sich nicht stören! Tun Sie einfach so, als wäre ich gar nicht da!«

Grote nickte. Dann drehte er sich zur Seite: »Sie haben gehört, Frau Lessing, was Dr. Richter gesagt hat: Business as usual, also schießen Sie los!«

Man merkte Stine Lessing an, dass die Anwesenheit ihres höchsten Chefs sie ein wenig aus dem Tritt brachte, und so dauerte es eine gewisse Zeit, bis sie ihr Lampenfieber ablegen konnte. Doch dann spürte sie selbst, dass ihre Nervosität verflog und sie von Minute zu Minute sicherer wurde.

»Die letzten Tage haben uns endlich ein Stück weiter auf dem Weg zur Aufklärung der nun insgesamt drei Mordfälle gebracht. Zuerst gebe ich Ihnen eine Zusammenfassung aller Erkenntnisse zu dem Fall Hermann Wollens.«

Stine Lessing schilderte gründlich die Auffindesituation des Ermordeten im Stall des Reiterhofes. Danach fasste sie die Zeugenaussage des Pferdepflegers zusammen und kam zum Ergebnis: »Wir müssen davon ausgehen, dass Hermann Wollens am späten Donnerstag einen für ihn überraschenden Besuch bekam. In seinem Terminkalender war für diesen Abend kein Termin vorgemerkt.«

Nun präsentierte sie Tatortfotos, die den Ermordeten auf dem Heuhaufen liegend zeigten. Die in seinem Bauch steckende Heugabel schien wie ein Ausrufezeichen auf seinem ausgebluteten Körper platziert zu sein. Auf weitere Aufnahmen hatte Stine Lessing eigentlich verzichten wollen, entschloss sich nun aber, sie doch zu zeigen. Dr. Richter sollte einen Eindruck davon bekommen, mit was für einer Täterin sie es zu tun hatten. Als die Nahaufnahme der Schnittverletzung auf der Leinwand erschien, blinzelte sie unauffällig zu Dr. Richter hinüber, der jedoch völlig unbeeindruckt blieb und keine Miene verzog.

»Vorbehaltlich der pathologischen Untersuchung dürfen wir nun mit an Sicherheit grenzender Wahrscheinlichkeit davon ausgehen, dass wir es mit derselben Täterin zu tun haben wie in den beiden vorherigen Fällen.«

Sie machte eine kurze Pause und wartete ab, ob noch Fragen gestellt wurden. Als das nicht der Fall war, fuhr sie fort: »Die Ergebnisse der Spurensuche liegen noch nicht vor, wir sollten uns aber keine großen Hoffnungen machen. Im Stall werden wir vermutlich keine Spuren finden. In der Wohnung nur dann, wenn die Täterin das Haus überhaupt betreten hat. Das jedoch wissen wir nicht. Zudem dürften wir in Hermann Wollens' Wohnung massenweise Spuren finden. Er hatte nach Aussagen seines Pferdepflegers viel Besuch, oft Damen. Dazu kommen Kunden, Besucher des Reiterhofes sowie das Personal. Die Auswertung wird Tage dauern.«

Nun war der Zeitpunkt gekommen, das Wort, zumindest für eine Zeit lang, an Stefan Grote zurückzugeben. »Über die Ergebnisse Ihrer Ermittlungen auf Juist werden Sie selbst etwas sagen wollen, oder?«

Grote berichtete kurz und schnörkellos, wie es ihm gelungen war, das Hotel zu finden, in dem die unbekannte Frau abgestiegen war. Natürlich wies er auch auf die Tomatensaftflasche hin, die ein wichtiger Spurenträger sein konnte.

Stine Lessing beneidete Stefan Grote um seine Souveränität. Ihm schien es völlig egal zu sein, ob ein Dr. Richter oder wer auch immer im Raum war oder nicht. Er brauchte niemals ein Konzept und sprach immer frei, perfekt strukturiert und elegant formuliert.

Grote gab ihr ein Zeichen und sie übernahm wieder: »Es ist uns gelungen, ein Phantombild der Frau zu erstellen, welches große Übereinstimmung mit dem vom BKA überarbeiteten Video und den daraus erstellten Fotos aufzeigt.«

Auf der Leinwand erschienen zeitgleich das mithilfe von Lisa Leitner erstellte Phantombild und das BKA-Foto. »Vorhin ist die Meldung hereingekommen, dass auf der Tomatensaftflasche, die der Chef auf Juist sicherstellen konnte, Fingerabdrücke gefunden wurden. Sie dürften mit hoher Wahrscheinlichkeit dieser Frau zuzuordnen sein.«

Sie machte eine kurze Pause, um das Gewicht ihrer Worte in Szene zu setzen, und fuhr dann fort: »Wir verfügen seit heute also sowohl über DNA sowie Fingerabdrücke als auch ein gutes Phantombild und ein Foto der Täterin!«

Zufrieden beobachtete sie aus den Augenwinkeln, dass Dr. Richter ihr wohlwollend zunickte. »Einen Wermutstropfen gibt es allerdings. Leider haben Abgleiche mit den Dateien von LKA und BKA keine

Treffer ergeben. Das gilt sowohl für DNA als auch für die Fingerabdrücke.«

Sie blickte sich um, jedoch reagierte keiner der Anwesenden erkennbar auf ihre letzten Worte. Anscheinend hatte niemand ernsthaft damit gerechnet, dass die Täterin bereits in einer der Dateien erfasst sein könnte.

Nun drückte sie auf eine der Tasten ihres Laptops, und auf der Leinwand erschien das Bild einer schwarzhaarigen Frau. »Ein Kollege von der KTU hat sich die Mühe gemacht und das Phantombild überarbeitet. Da wir davon ausgehen, dass die Frau eine blonde Perücke trägt, in Wirklichkeit aber mittellanges schwarzes Haar hat, könnte sie so aussehen.« Sie wechselte mehrfach zwischen den Phantombildern hin und her. Es war faszinierend, welche Auswirkung die geänderte Haarfarbe und Frisur auf den Betrachter hatte. Auf den ersten Blick schien es sich um zwei völlig unterschiedliche Frauen zu handeln. Erst wenn man sich auf die Augenpartie und den Mund konzentrierte, gelangte man zu dem Ergebnis, ein und dieselbe Frau vor sich zu haben.

Stefan Grote musste nicht lange überlegen, um zu einer Entscheidung zu kommen. »Wir sollten noch nicht mit beiden Fotos zeitgleich in die Öffentlichkeitsfahndung gehen. Das macht die Leute nur unsicher. Ich würde vorschlagen, dass wir das Phantombild mit der schwarzen Frisur vorerst nur intern und im Einzelfall verwenden. Bisher ist die Frau in der Öffentlichkeit ja stets mit blonden Haaren aufgetreten.«

Maik Köster war damit nicht einverstanden. »Du hast ja recht, Stefan. Sobald wir mit den Bildern in die Öffentlichkeit gehen, ist sie gewarnt. Anderseits besteht die Möglichkeit, dass sie die blonde Perücke nur zur Tatbegehung trägt, danach aber wieder ablegt. Dann würden Menschen in ihrem Wohnumfeld sie vielleicht nicht erkennen.«

Die anderen Beteiligten nickten zustimmend.

Grote sah ein, dass beide Sichtweisen etwas für sich hatten. »Dann schlage ich folgenden Kompromiss vor: Wir warten noch einen Tag. Wenn sich bis morgen keine anderen Aspekte ergeben, gehen beide Bilder raus an die Medien.

Sorgt bis dahin dafür, dass den Bus- und Taxifahrern rund um den Hauptbahnhof Oldenburg das Blondinenfoto gezeigt wird. Irgendwie muss die Frau doch schließlich vom Bahnhof nach Hause gekommen sein.«

»Es sei denn, sie hatte in der Nähe ihr Auto geparkt oder wohnt nicht weit entfernt und konnte zu Fuß gehen.«

Maik Kösters Einwand war berechtigt, und Grote stimmte ihm zu: »Natürlich, das kann alles möglich sein. Aber damit beschäftigen wir uns erst, wenn die Befragung der Bus- und Taxifahrer erfolglos verlaufen ist. Ansonsten liegt der Schwerpunkt unserer Ermittlungen in dieser Woche auf der Klärung der Frage, ob es zwischen Oltmanns und Wollens irgendwelche Kontakte gab, die ein Tatmotiv begründen könnten!«

Er schaute sich kurz um, ob noch jemand Fragen hatte. Dann wandte er sich Stine Lessing zu: »Würden Sie sich bitte heute ganz speziell mit dieser Frage beschäftigen?«

Er wartete ihre Antwort gar nicht erst ab und wollte bereits die Morgenlage beenden, als Stine Lessing ihre Hand hob. Sie hatte bisher niemandem davon erzählt, dass sie im Internet auf eine heiße Spur gestoßen war, und sie wusste, dass jetzt ihr großer Auftritt kam. »Ich habe mich mit der Frage, ob zwischen den beiden eine Verbindung besteht, bereits befasst. Dabei bin auf etwas sehr Interessantes gestoßen!«

Ein Ruck von gespannter Aufmerksamkeit ging durch die Runde. Alle blickten sie erwartungsvoll an. Stine Lessing zögerte kunstvoll, dann ließ sie das Foto aus dem Gemeindeblatt Riefsum von 1998 auf der Leinwand erscheinen.

Sie nahm einen Laserpointer zur Hand und zeigte auf zwei der dort abgebildeten Personen. »Hier, direkt neben dem Bürgermeister von Riefsum, sehen Sie Enno Oltmanns, dahinter Hermann Wollens. Die beiden kannten sich und haben gemeinsam an einem Bauprojekt mitgewirkt.«

Sie ließ den Anwesenden genügend Zeit, um den zugehörigen Artikel durchzulesen. Nach einer Minute ging ein Flüstern und Raunen durch den Besprechungsraum. Dr. Richter war von seinem Stuhl in der Ecke aufgestanden und ein Stück auf die Leinwand zugegangen, um besser lesen zu können. Dann setzte er sich wieder zurück auf seinen Platz im Hintergrund und nickte ihr zu. »Respekt, Frau Lessing! Gute Arbeit! Fahren Sie fort!«

Stine Lessing merkte, wie ihr Gesicht drohte, leicht zu erröten. Sie hasste das, konnte sich gegen diese lästige Schwäche allerdings nicht wehren. Sie berichtete nun ausführlich über ihre Internetrecherchen, insbesondere über die Lücken in der Vita der beiden Männer. Dann schloss sie mit den Worten: »Oltmanns und Wollens hatten den Zuschlag zu einem großen Bauprojekt in Riefsum erhalten. Es ging um Wohn- und Industriebauten. Interessant ist dabei der Umstand, dass hier nicht nur von dem Bauunternehmer Wollens als Inhaber der ›HWB-Bau‹ gesprochen werden muss, sondern dass er als Baustoffhändler offensichtlich seine eigene Baufirma belieferte!«

»… was ja nicht verboten ist!«, schob Grote ein.

»Richtig, das ist nicht verboten, allerdings hat Wollens an den Bauten, die seine ›HWB‹ erstellte, doppelt verdient. Dann muss jedoch irgendetwas bei diesem Bauprojekt schiefgegangen sein, denn es wurde nie verwirklicht.«

Sie ließ ein neues Bild auf der Leinwand erscheinen. »Ich weiß es nicht mit Sicherheit, doch ich könnte mir vorstellen, dass uns diese Zeitungsnotiz eine Erklärung liefert.«

Sie gab den Anwesenden genug Zeit, um den Artikel über den Unglücksfall in der Neubausiedlung zu lesen. Erst danach fuhr sie fort: »Und noch etwas ist beachtenswert: Sowohl bei Oltmanns als auch bei Wollens gab es nach dem Scheitern dieses Bauprojekts gravierende Veränderungen. Oltmanns beendete seine Tätigkeit als freier Architekt und tauchte beruflich für eine Zeit lang unter.

Wollens handelte ähnlich. Er verkaufte sowohl sein Baugeschäft als auch seinen Baustoffhandel und verlegte seine Tätigkeit in einen völlig anderen Geschäftsbereich, nämlich den Reiterhof. Und, das hatte ich ja schon erwähnt, beide sorgten dafür, dass eventuelle Spuren im Internet beseitigt wurden. Ich habe mich wirklich bemüht, aber im Netz konnte ich keine Erklärung für diesen geschäftlichen Wandel finden. Wenn bei dem Bauprojekt wirklich etwas schiefgelaufen ist, dann wurde es perfekt verschleiert.«

»Noch eine letzte Frage, Frau Lessing …« Grote wusste, dass sie auf diese Frage natürlich vorbereitet war. »Gab es bei Oltmanns oder Wollens in der Vergangenheit irgendwelche Vorstrafen oder Justizverfahren? Sind da vielleicht krumme Dinge gelaufen?«

Stine Lessing schüttelte den Kopf. »Das habe ich gecheckt, da war bis auf einige Kleinigkeiten nichts.«

Grote war hochzufrieden mit dem, was Stine Lessing zusammengetragen hatte. Er richtete sich auf, schaute sie an und sagte mit erhobener Stimme: »Ich stelle fest, dass Sie ganz offensichtlich einen großen Teil Ihres freien Wochenendes geopfert haben und uns damit auf dem Weg der Lösung dieses Falles vorangebracht haben. Dafür möchte ich Ihnen danken!«

Die Teilnehmer der Besprechung klopften anerkennend auf den Tisch. »Bitte bleiben Sie in dieser Sache am Ball, Frau Lessing. Es muss doch noch irgendwelche Zeitzeugen geben. So lange ist das schließlich alles noch nicht her. Forschen Sie weiter im Internet. Oder fahren Sie nach Riefsum, wenn es nicht anders geht. Irgendjemand wird noch wissen, was damals dort passiert ist. Ich denke, wir alle teilen Ihre Einschätzung, dass das Bauprojekt Riefsum irgendeine, wenn nicht sogar die entscheidende Rolle spielt.«

Er stand als Zeichen, dass die Besprechung nun endgültig beendet sei, auf. Nach kurzem Blick auf Dr. Richter und dessen zustimmendes Nicken forderte er auf: »Also, alle ran an die Arbeit!«

Der Raum leerte sich schnell, und am Ende standen nur noch Grote, Köster und Dr. Richter im Raum. »Ihr macht das gut! Weiter so! Von mir aus wird nichts Offizielles herausgegeben. Solange die Medien stillhalten, gibt es keinen Grund, offensiv zu werden. Und wenn doch einer von den Medienheinis nachfragt, kann ich schon mal ein bisschen was anbieten. Aber das sprechen wir vorher ab.«

Nach diesen Worten reichte Dr. Richter beiden die Hand und ging zur Tür.

Maik Köster schickte kurze Zeit später drei Kollegen nach Oldenburg, um die Taxifahrer zu befragen. Stine Lessing saß da schon wieder in ihrem Zimmer und dachte über ihre weiteren Schritte nach. Der Vorschlag Grotes, vielleicht sogar direkt nach Riefsum zu fahren, um dort zu ermitteln, schien naheliegend. Doch dann entschloss sie sich, zuvor alle Möglichkeiten auszuschöpfen, um telefonisch an ihr Ziel zu gelangen. Sie blätterte im Behördenfernsprechbuch Niedersachsen herum und suchte die Nummer des Bürgermeisteramtes Riefsum heraus. Nach dem dritten Läuten vernahm sie am Telefon die Stimme einer ältlichen Frau: »Bürgermeisteramt Riefsum, Frau Gerlach!«

Stine Lessing bemühte sich um besondere Freundlichkeit, denn sie wusste um die Macht, die eine Sekretärin innehatte. »Guten Tag, Frau Gerlach. Mein Name ist Stine Lessing vom Landeskriminalamt in Hannover.«

Dann versuchte sie sich an einem einleitenden Smalltalk: »Haben Sie eigentlich in Ostfriesland genauso ein scheußliches Wetter wie wir in Hannover?«

Die Frau am anderen Ende ging auf das Gesprächsangebot nicht ein. Die Rückfrage kam wie eine kalte Dusche: »Sie rufen sicher nicht an, um mit mir über das Wetter zu sprechen. Also bitte, kommen Sie zur Sache!«

Stine Lessing kniff ernüchtert die Lippen zusammen. Versuch gescheitert. Sie unternahm deshalb auch keine weiteren Bemühungen und wechselte nun in einen dienstlichen Tonfall: »Ich muss in einer dringenden Ermittlungsangelegenheit Herrn Bürgermeister Ehlers sprechen!«

Erneut kam es eiskalt zurück: »Dann müssen Sie sich schon auf unseren Friedhof bemühen! Der Herr Bürgermeister ist vor einem Jahr verstorben.«

Stine Lessing verfluchte die chronisch veralteten Behördenfernsprechbücher, denn dort war Ehlers immer noch als Bürgermeister geführt. »Dann hätte ich gerne mit seinem Nachfolger gesprochen.«

»Herr Bürgermeister Thomsen befindet sich derzeit im Urlaub und wird erst nach Weihnachten zurückerwartet.«

Langsam wurde das Gespräch ärgerlich. Trotzdem versuchte Stine Lessing, freundlich zu bleiben. »Dann können *Sie* mir vielleicht weiterhelfen. Es geht um das Bauprojekt ›Wohnen und Arbeiten in Riefsum‹. Warum ist das Bauvorhaben damals eigentlich abgebrochen und nicht weiter umgesetzt worden? Wissen Sie etwas darüber?«

Wie befürchtet kam die Antwort schnell und schroff zurück. »Ich bin nicht die Auskunft der Gemeinde Riefsum. Melden Sie sich nach Weihnachten noch einmal. Auf Wiederhören.« Damit war das Gespräch beendet.

Stine Lessing fluchte. Sie war davon überzeugt, dass die Frau all ihre Fragen hätte beantworten können, aber sie wollte es nicht. Entweder war die Sekretärin von Haus aus unfreundlich und abweisend, oder es gab einen Grund, die Fragen, die ihr gestellt wurden, abzublocken.

Stine Lessing wusste, dass es problematisch war, von der Stimme auf das Alter einer Person zu schließen. In diesem Fall allerdings war sie sich ganz sicher. Die Frau war älter als fünfzig Jahre, und es sprach eine Menge dafür, dass sie sehr wohl wusste, was damals in der Gemeinde vor sich gegangen war. Stine Lessing lief nachdenklich hin und her.

Vielleicht war die Frau schon damals Sekretärin im Bürgermeisteramt gewesen und womöglich dem alten Bürgermeister Ehlers zugetan. Beziehungen zwischen Chef und Sekretärin waren meist eng und vertrauensvoll. Wahrscheinlich wusste sie weitaus mehr über das Scheitern des Bauprojekts und die Dinge, die ihren ehemaligen Chef noch heute kompromittieren könnten. Womöglich schützte sie ihn über den Tod hinaus.

So stand die Antwort auf die wichtige Frage nach dem Scheitern des Bauprojekts in Riefsum weiterhin unbeantwortet im Raum.

Stine Lessing griff erneut zum Behördenfernsprechbuch und suchte nach anderen Rufnummern der Gemeindeverwaltung Riefsum. Es gab nur sehr wenige Anschlüsse dort, denn die Gemeinde Riefsum war ein kleines Amt. Nur ein Eintrag schien es ihr wert, einen weiteren Versuch zu starten. Sie wählte die unter »Bauplanung, Verkehr, Wirtschaft« aufgeführte Rufnummer.

Sie hatte kaum Zeit, ihre Frage zu formulieren, da kam schon eine Antwort, die darauf schließen ließ, dass die Sekretärin des Bürgermeisters schneller gewesen war: »Wir geben hier keine Auskunft! Nachfragen bitte schriftlich über das Bürgermeisteramt.« Schon wurde wieder aufgelegt.

Stine Lessing schüttelte erzürnt den Kopf. Es war ihr so, als habe die Gemeindeverwaltung eine Mauer um sich errichtet. Jetzt gab es nur noch die Möglichkeit, Auskünfte zu erzwingen. Das hätte allerdings eine Anordnung der Staatsanwaltschaft erfordert, die sie mit Sicherheit nicht bekommen würde, denn das, was sie hier betrieb, war letztlich nichts anderes als das Stochern im Nebel.

Sie wandte sich wieder ihrem Computer zu und versuchte erneut, im Internet fündig zu werden. Aber da war bei bestem Willen nicht mehr zu finden, als sie bisher ermittelt hatte.

Eigentlich war es nur eine Eingebung, die sie dazu brachte, spontan die Telefonnummer der »Ostfriesischen Landzeitung« zu wählen.

Am anderen Ende der Leitung erklang die markante Stimme eines Mannes, die sie zum Lächeln brachte. Genau so hatte sie sich einen Ostfriesen vorgestellt. Der Mann sprach bedächtig, rollte dabei deutlich hörbar das »r« und schwankte ständig zwischen Hochdeutsch und Plattdeutsch. Das »o« zog er dabei leicht in die Länge.

Stine Lessing sprach ihn auf den Unglücksfall in Riefsum an, und zu ihrer Überraschung konnte der Mann sich sofort erinnern: »Jau, dat wär domols 'n grotet Elend!«

Stine Lessing musste den Mann bremsen, denn sein Platt konnte sie nicht verstehen. Er lachte verständnisvoll und fing erneut an. »Na gut, dann versuche ich es mal anders. Das war damals eine üble Geschichte, wirklich tragisch!«

»Aber warum hat Ihre Zeitung dann lediglich eine kleine Notiz darüber gebracht? Im Internet kann ich auch nichts darüber finden.«

»Nee, min Deern, das ist nicht richtig! Zwar gab es am ersten Tag nur diese kurze Meldung, aber in der nächsten Ausgabe der folgenden Woche erschien ein ausführlicher Bericht. Das weiß ich genau, denn schließlich hab ich ihn selbst geschrieben. Warum der nicht mehr im Internet zu finden ist, kann ich Ihnen allerdings nicht sagen. Wir haben ihn jedenfalls nicht löschen lassen.«

Stine Lessing merkte, dass sie genau den Mann am Telefon hatte, der viele ihrer Fragen beantworten konnte. »Hat der Unfall eigentlich in irgendeinem Zusammenhang mit dem Bauprojekt ›Wohnen und Arbeiten in Riefsum‹ gestanden?«

Der Mann lachte laut auf. »Irgendein Zusammenhang ist gut. Dieser Unfall war das Ende des Projekts und zerstörte die Träume der ganzen Gemeinde Riefsum. Die Angelegenheit hatte sogar das Zeug zu einem großen Skandal. Selbst die Staatsanwaltschaft musste ermitteln. Einige der Beteiligten hätten dabei ihren Kopf verlieren können, aber aus dubiosen Gründen wurden sämtliche Verfahren eingestellt.«

»Geht das alles auch aus Ihrem Artikel hervor?«

Der Mann wurde plötzlich sehr ernst: »Junges Fräulein, wir sind ein ziemlich lüttet Käseblatt und leben von den wenigen Anzeigen, die bei uns geschaltet werden. Wenn man so abhängig ist, sollte man nicht mit bestimmten Leuten in den Ring steigen. Mehr als eine blutige Nase ist da für uns nicht zu holen. Geben Sie mir mal Ihre E-Mail-Adresse. Ich schicke Ihnen den Bericht zu. Wenn Sie danach weitere Fragen haben, rufen Sie mich gerne noch einmal an. Eines kann ich Ihnen schon im Voraus sagen: Die Wellen, die dieser Fall schlug, waren so hoch, dass die ›Nordwind-Anlagenbau‹ ihre Verhandlungen mit der Gemeinde Riefsum aufgekündigt hat und sich nicht im geplanten Gewerbegebiet angesiedelt hat. Damit waren die Träume von einer lukrativen Gewerbeansiedlung in Riefsum für alle Zeiten ausgeträumt!«

Stine Lessing kündigte an, nach dem Lesen des Artikels noch einmal zurückzurufen, und wartete ungeduldig auf den Eingang der Mail. Sie musste sich eine ganze Stunde gedulden, dann signalisierte ein kurzes »Ping« den Eingang einer neuen Nachricht.

Im Anschreiben entschuldigte sich ihr Gesprächspartner dafür, dass es so lange gedauert habe, aber das Archiv der »Ostfriesischen Landzeitung« sei nun einmal noch nicht digitalisiert. Sie öffnete die Datei und begann zu lesen:

Ehepaar und Kleinkind von Glasdach erschlagen – ein Kind überlebt leicht verletzt

Wie wir bereits berichteten, kam es in der letzten Woche in einem Neubaugebiet bei Riefsum zu einem tragischen Unglücksfall. Aus unbekannter Ursache stürzten die Scheiben des Vordachs eines Musterhauses mitsamt einem Teil der Rahmenkonstruktion herunter und begruben ein Ehepaar sowie deren zweijährige Tochter unter sich.

Nach den Ermittlungen der Polizei waren der Vater und seine kleine Tochter sofort tot, die Mutter verstarb wenig später. Eine weitere, dreijährige Tochter überlebte. Sie wurde unter dem Leichnam ihrer Mutter gefunden. Vermutlich wäre der Unfall über längere Zeit unentdeckt geblieben, wenn nicht eine zufällig vorbeikommende Radfahrerin das Splittern des Glases gehört hätte.

Die Polizei geht davon aus, dass die Familie gerade damit beschäftigt war, eine Weihnachtsgirlande anzubringen, als das Vordach einstürzte. Das überlebende Mädchen steht unter einem schweren Schock und kann zu dem Unglück nicht befragt werden. Zur Unglücksursache kann die Polizei derzeit noch keine Angaben machen. Sachverständige sind eingeschaltet.
Für die Gemeinde Riefsum könnte dieses Unglück einen schweren Rückschlag bedeuten. Das Haus ist der Prototyp einer geplanten Wohnsiedlung, die der erste Schritt zu dem Gewerbeprojekt »Wohnen und Arbeiten in Riefsum« darstellen sollte.

Stine Lessing schüttelte betroffen den Kopf, als sie das zu dem Artikel gehörende Foto betrachtete. Die gesamte Terrasse des Hauses war von den Trümmern des Vordachs bedeckt. Aus einem Berg von Splittern und größeren Glasstücken ragten die Träger der zusammengebrochenen Dachkonstruktion heraus. Es musste ein kleines Wunder gewesen sein, dass eine der beiden Töchter diese Katastrophe überlebt hatte.

Sie griff zum Telefon und rief erneut bei der »Ostfriesischen Landzeitung« an. »Ich habe Ihren Bericht gelesen. Wirklich grauenhaft! Aber Sie haben mir noch gar nicht erzählt, was die späteren Ermittlungen von Polizei und Staatsanwaltschaft ergeben haben. Irgendjemand muss doch Schuld an dem Unglück gehabt haben.«

»Da gibt es gar nicht so schrecklich viel zu erzählen. Genau darin liegt ja der eigentliche Skandal. Es ist in dieser Sache niemals ein Schuldiger ermittelt worden. Der ›Schwarze Peter‹ wurde zwischen allen Beteiligten hin und her geschoben. Es entstand in der Öffentlichkeit der Eindruck, als wenn niemand ein wirkliches Interesse an der Aufklärung hatte. Genau diese Verschleierungstaktik hat übrigens am Ende dazu geführt, dass der Vertrag mit der ›Nordwind‹ nicht zustande kam. Das gesamte Projekt ›Wohnen und Arbeiten in Riefsum‹ hatte inzwischen einen solch schlechten Beigeschmack, dass es aufgegeben werden musste. Das Musterhaus steht noch heute einsam auf der Wiese und verfällt allmählich. Niemand wollte später in das Unglückshaus einziehen. Ich kann das gut verstehen. Wer will schon in einem Haus leben, in dem so etwas Schlimmes geschehen ist?«

Nach dem Ende dieses erkenntnisreichen Gespräches schickte Stine Lessing den Zeitungsbericht über den Mailverteiler zeitgleich zu Stefan Grote und Maik Köster. Danach lehnte sie sich erwartungsvoll zurück. Sie wusste ganz genau, gleich würden die beiden in ihrem Zimmer stehen.

Als die Tür kurze Zeit später mit einem Ruck aufgerissen wurde, lächelte sie amüsiert. Die Reaktion ihrer beiden Chefs war noch schneller erfolgt, als sie erwartet hatte. »Frau Lessing, Frau Lessing! Sie überraschen uns!«

Stefan Grote hatte die Mail ausgedruckt und schwenkte sie in den Händen. »Das ist ein echter Knaller, den Sie da ausgegraben haben. Ich glaube, wir sind uns alle darüber einig, dass diese Spur mit Hochdruck weiterverfolgt werden muss. Ermitteln Sie doch mal, welche Staatsanwaltschaft damals die Ermittlungen in Riefsum betrieben hat, und fordern Sie die Akten unter ›eilt‹ an.«

Stine Lessing traute sich, ihrem Chef zu widersprechen: »Ob das klappt, daran hätte ich so meine Zweifel, denn mit der Auskunftsfreudigkeit der Ostfriesen habe ich inzwischen sehr spezielle Erfahrungen gemacht. Es wird wohl besser sein, wenn wir dort persönlich auf der Matte stehen. Dann können wir mehr Druck machen.«

Maik Köster schloss sich ihrer Meinung an: »Das sehe ich auch so! Besser wir fahren hin und schauen uns die Akten vor Ort an. Wer weiß, wie lange es sonst dauert, bis wir weiterkommen.«

Grote war überzeugt: »Okay, ihr habt vermutlich recht.«

Dann fasste er einen Entschluss: »Wir beide«, er zeigte auf Stine Lessing, »fahren morgen früh rauf nach Wittmund und machen den sturen Ostfriesen die Hölle heiß.

Die dortige Staatsanwaltschaft ist für den Bereich Riefsum zuständig. Wollen mal schauen, ob wir dort etwas über den Bauskandal und die weiteren Ermittlungen herausbekommen können.«

Dienstag
Der Hochsitz

Schon um sieben Uhr waren Grote und Stine Lessing unterwegs nach Wittmund. Er hatte ihr das Steuer überlassen, obwohl sie für seinen Geschmack viel zu langsam fuhr. Dass er ein unerträglicher Beifahrer war, wusste er selbst, das bekam er von seiner Frau ständig zu hören. Deshalb verkniff er es sich einige Male, ihr irgendwelche schlechten Tipps zu geben. Da ihn unterwegs auch sein Handy nicht störte, dämmerte er ein und erwachte erst, als sie kurz vor der Ortseinfahrt von Wittmund in einen Stau gerieten. »Soll ich nachschauen, wo sich das Gebäude der Staatsanwaltschaft befindet?«

Stine Lessing wies auf das Navi. »Habe ich schon eingespeist. Wir sind in zehn Minuten da. Ich habe nur den Ton ausgeschaltet, damit Sie nicht im Schlaf gestört werden.«

Grote sah aus dem Seitenfenster und lächelte still vor sich hin. Dann war ihm nach Smalltalk. »Was hat Sie eigentlich zur Polizei verschlagen, Frau Lessing? Berufung?«

Sie lachte belustigt auf. »Die Antwort wird Sie überraschen. Bei mir ist keine Spur von Berufung zu finden. Streichen Sie einfach das Wort ›Berufung‹ und ersetzen Sie es durch ›Trotz‹, dann liegen Sie richtig.«

»Das müssen Sie mir schon mal erklären!«

»Nun, mein Vater ist Rechtsanwalt. Für ihn war es schon immer klar, dass ich Jura studiere und dann seiner Kanzlei beitrete. Ich hätte mir durchaus vorstellen können zu studieren, aber ganz gewiss nicht Jura. Darum habe ich mich ohne sein Wissen bei der Polizei beworben, um ihm eins auszuwischen. Als die Info über die bestandene Aufnahmeprüfung im Briefkasten lag, habe ich sie genommen und ihm auf den Tisch geknallt.«

Grote war amüsiert und zugleich gespannt: »Und was passierte dann?«

Stine prustete es lachend heraus: »Na, was schon, dicke Luft! Zuerst wollte er mich enterben und sofort rausschmeißen. Beim Abendbrot hat er den Rausschmiss zurückgenommen, am nächsten Morgen beim Frühstück die Enterbung. Ich bin seine einzige Tochter, da wollte er es dann doch nicht mit mir verderben. Das wusste ich natürlich vorher, eigentlich ist er der beste Pa der Welt.«

»Zur Polizei sind Sie letztlich aber doch gegangen, wie ich ja weiß, wenn ich neben mich schaue!«

»Stimmt! Das war dann wirklich Trotz. Zurückrudern wollte ich nicht, das hätte mein Stolz nicht zugelassen. So bin ich dann bei der ›Firma‹ gelandet.«

Grote schmunzelte. Stine Lessing verblüffte ihn immer wieder aufs Neue. Bisher hatte er in ihr mehr die Praktikantin als eine vollwertige Kollegin gesehen, doch das Bild in seinem Kopf wandelte sich von Tag zu Tag mehr.

Einige Minuten später waren sie am Ziel und saßen einer Staatsanwältin gegenüber, die erst seit wenigen Monaten ihren Dienst in Wittmund versah. »Wie kann ich Ihnen helfen?«

Die Frau wirkte auf Grote hilfsbereit und aufgeschlossen. Außerdem machte sie nicht den Eindruck, sich hinter dem Datenschutz zu verstecken. So begann er ohne Umschweife, den inzwischen ziemlich komplexen Fall möglichst kurz zusammenzufassen.

Als er damit fertig war, nickte die Staatsanwältin. Sie hatte die Dringlichkeit der Lage erkannt. »Nun, ich helfe Ihnen gerne, allerdings gibt es da ein Problem. Die umfassendsten Auskünfte könnten Sie vermutlich von meinem Vorgänger, dem Staatsanwalt Holtkamp, bekommen. Aber der befindet sich schon seit einem Vierteljahr im Ruhestand.«

Grote war im ersten Moment enttäuscht, doch er musste das Beste daraus machen. »Im Moment würden uns ja schon die Akten weiterhelfen. Es wird die Justizakten zu diesem Unglücksfall in Riefsum doch noch geben, oder nicht?«

»Aber selbstverständlich. Ich lasse sie Ihnen gleich holen. Vorher muss ich nur das Registerzeichen im Computer suchen. Ansonsten setzen wir hier leider noch auf Papierakten.«

Sie tippte einige Daten ein, beugte sich mehrfach nach vorne und versuchte es erneut. Dann schüttelte sie den Kopf und probierte es ein letztes Mal, bevor sie zum Telefon griff. »Frau Scholz, können Sie bitte mal zu mir kommen?«

Stefan Grote und Stine Lessing blickten sich vielsagend an, schwiegen aber vorerst.

Eine ältliche Dame trat herein, bei der es sich um die erwartete Frau Scholz handelte.

Die Staatsanwältin winkte sie zu sich heran, damit sie auf den Bildschirm des Computers blicken konnte. »Schauen Sie mal, ich habe hier alle Justiz-Aktenzeichen aufgelistet, die Herr Holtkamp jemals bearbeitet hat. Wenn ich jetzt den Namen einer der Personen eingebe, gegen die ermittelt wurde, müsste doch die komplette Vorgangsnummer erscheinen, richtig? Ich suche den Fall ›Riefsum‹.

»Darf ich mal?« Frau Scholz beugte sich über die Tastatur und begann, selbst zu suchen. Sie gab gleich die Namen Oltmanns und Wollens dazu ein.

Die Staatsanwältin war überrascht. »Sie können sich an die Namen noch erinnern?«

»Natürlich!« Frau Scholz arbeitete konzentriert weiter. »Ich habe den Vorgang damals selbst angelegt. Es war einer der größten Fälle, die Staatsanwalt Holtkamp jemals bearbeitet hat.«

Sie tippte unentwegt auf der Tastatur herum, dann richtete sie sich auf und sah ihre Chefin an. »Ich kann es mir nicht erklären, doch der Vorgang wurde gelöscht.«

Sie wirkte irritiert, dann jedoch fügte sie überzeugt hinzu: »Es kann sich nur um ein Versehen handeln. Ich gehe mal eben rüber in die Registratur und hole die Akten. Die sind nach Jahrgängen geordnet, da finde ich den Vorgang auch ohne Aktenzeichen.«

Frau Scholz verschwand schnellen Schrittes und war bemüht, die Peinlichkeit gegenüber der Staatsanwältin schnellstens auszubügeln. Doch schon nach kurzer Zeit kam sie zurück und wirkte ebenso verwirrt wie verzweifelt. »Weg!«, sagte sie nur und blickte einen nach dem anderen in die Augen. »Einfach weg! Der gesamte Vorgang ist aus dem Archiv entfernt worden.«

Die Staatsanwältin war konsterniert. »Das ist ausgeschlossen! Wir wollen zur Sicherheit noch einmal gemeinsam im Archiv suchen.«

Sie wollte aufstehen, doch Frau Scholz schüttelte den Kopf. »Das können wir uns wirklich sparen. Wir haben zu dritt gesucht, die Akten sind definitiv entnommen worden.«

Grote schüttelte ärgerlich den Kopf und war perplex. Stine Lessing fing sich als Erste wieder und fragte: »Kommt so etwas häufiger vor?«

Frau Scholz war empört und lief vor Erregung rot an, während sie beteuerte: »Hier in diesem Hause ist noch niemals etwas weggekommen, solange ich hier bin!« Ihre Stimme hob sich: »Und ich bin seit dreißig Jahren hier!«

Stine Lessing zuckte zusammen. »Nein, bitte entschuldigen Sie, Frau Scholz. Das war wirklich nicht böse gemeint. Ich wollte eigentlich nur fragen, ob es sich hier um ein Versehen handeln könnte oder ob hier jemand bewusst und vorsätzlich gehandelt hat.«

Frau Scholz beruhigte sich etwas und sagte: »Das kann nur jemand ganz gezielt getan haben. In das Archiv komme nur ich hinein.« Nach einer kurzen Pause ergänzte sie: »Und natürlich die Staatsanwälte selbst.«

Grote bemühte sich um weitere Informationen: »Sie sagen, dass Sie sich an den Fall ›Riefsum‹ noch gut erinnern können?«

»Natürlich, so etwas lässt einen Menschen mit Gefühl niemals wieder los. Ich muss immer an die arme Familie denken. Wir waren damals alle der festen Überzeugung, dass noch Köpfe rollen würden, aber dann wurde das Verfahren plötzlich eingestellt. Niemand kann so ganz genau sagen warum, denn Herr Holtkamp hat die Sache persönlich bearbeitet und keinen der Mitarbeiter, schon gar nicht mich, in die Akten gucken lassen.«

Grote lächelte Frau Scholz an. »Aber irgendwann standen die Akten doch im Archiv, zu dem Sie Zutritt haben. Jetzt mal ganz ehrlich: Hat es Sie eigentlich nie interessiert, mal reinzuschauen, ob da alles mit rechten Dingen zugegangen ist?«

Frau Scholz wand sich wie ein Fisch auf dem Trockenen. Sie mochte erst antworten, nachdem die Staatsanwältin ihr Mut gemacht hatte: »Ja, ich habe mal nachgesehen. Aber nur ganz kurz!«

Sie blickte zu ihrer Chefin hinüber. Erst als die ihr aufmunternd zunickte, traute sie sich, weiterzusprechen: »Also aufgefallen ist mir, dass diverse Seiten fehlten. Und zwar genau die Bereiche, in denen sich die Gutachten befinden sollten. Ich dachte mir damals, dass Herr Holtkamp die Sachen noch bei sich hat, aber auch später sind sie nie wieder zum Vorschein gekommen.«

Die Staatsanwältin schüttelte verärgert den Kopf. Mit ihrer Einschätzung traf sie den Nagel auf den Kopf: »Ich befürchte, Herr Grote, wir haben hier mehr Fragen aufgeworfen als beantwortet. Da ist etwas Unerhörtes passiert. Sicherlich gibt es erheblichen Erklärungsbedarf seitens Herrn Holtkamp. Den werden Sie sich nun wohl vorknöpfen wollen, und das zu Recht! Frau Scholz gibt Ihnen die Privatadresse von Herrn Holtkamp. Wenn der uns nicht eine plausible Erklärung liefern kann, werde ich selbstverständlich eine interne Ermittlung gegen ihn einleiten. Das können Sie ihm schon mal bestellen.«

Als Grote den Zettel mit der Anschrift von Martin Holtkamp in Händen hielt, bedankte er sich bei Frau Scholz für ihre Ehrlichkeit und bei der Staatsanwältin für die Unterstützung.

Als sie wieder auf dem Flur standen, murmelte Stine Lessing vor sich hin: »Wer hoch steht, den kann mancher Windstoß treffen, und wenn er fällt, so wird er ganz zerschmettert!«

Grote sah sie an. »Wie bitte?«

Sie lächelte. »Der Spruch ist von William Shakespeare. Ich wollte damit sagen, dass es dem Herrn Staatsanwalt nun an den Kragen geht.«

»Haben Sie noch mehr solcher Sprüche auf Lager?«

»Reichlich, ich mag Shakespeare sehr und lese ihn oft. Am liebsten in der englischen Originalversion. Dann kommen die Zitate unverfälscht rüber!«

Sie sagte das mit großer Ernsthaftigkeit und ohne die geringste Spur von Angabe.

Grote schwieg ehrfurchtsvoll. Wenn er ihr jetzt gesagt hätte, dass seine Lieblingslektüre Comics der 50er Jahre waren, hätte er sich nur blamiert.

Im Auto wurde ihnen restlos die Bedeutung dessen bewusst, was sie gerade erlebt hatten. Es zeichnete sich nun ganz deutlich das Bild eines Dreigestirns ab, welches durch den Architekten Oltmanns, den Bauunternehmer Wollens und den Staatsanwalt Holtkamp gebildet worden war.

Plötzlich sagte Stine Lessing etwas, das die eigentlich fest eingeplante Frühstückspause ausfallen ließ: »Da sind drei Männer, die in einer besonderen Beziehung zueinander stehen. Zwei davon sind schon tot. Mag ja sein, dass ich die Lage zu dramatisch sehe, aber befindet sich Martin Holtkamp jetzt nicht auch in unmittelbarer Gefahr?«

Wenig später waren sie bereits auf dem Weg nach Esens, zur Privatwohnung von Staatsanwalt a.D. Holtkamp.

Dieses Mal nahm Stefan Grote aus gutem Grund das Steuer in die Hand. Die zwanzig Kilometer bis zu Holtkamps Haus legte er selbst für seine Verhältnisse zügig zurück. Obwohl Stine Lessing sich krampfhaft festhielt, wurde sie mehrmals hin und her geschleudert. Er bemerkte das und quittierte ihre Angst mit einem Grinsen. »Jahrelanger Dienst beim Mobilen Einsatzkommando, da bleibt schon mal was hängen. Leider besonders beim Fahrstil!«

Als sie auf das Grundstück des Staatsanwaltes einbogen und Holtkamps Haus in voller Größe überblicken konnten, waren sie irritiert. Sicherlich verdiente ein Staatsanwalt nicht schlecht, aber dieses Haus warf allein wegen seiner Größe Fragen auf. Dazu kamen noch ein großzügiger Swimmingpool und der hinter dem Haus liegende private Tennisplatz. Zusammen betrachtet stand all das mit den Einkünften eines Kleinstadtjuristen nicht im Einklang. Grote beschloss, die Gegebenheiten bei nächster Gelegenheit überprüfen zu lassen.

Als sie das Fahrzeug verließen, öffnete sich die Haustür und eine elegant gekleidete Frau trat heraus. Sie blickte die beiden Besucher überrascht an, denn offensichtlich hatte sie jemand anderes erwartet.

Grote hielt ihr seinen Dienstausweis entgegen und fragte nach Martin Holtkamp. Gründe für sein und seiner Kollegin Erscheinen nannte er nicht.

»Ich bedaure, mein Mann ist im Moment nicht zu Hause. In den nächsten Minuten müsste er allerdings kommen.«

Sie schaute ungeduldig auf die Uhr. »Ich hoffte schon, dass er es ist, als ich Ihr Auto hörte. Am Mittag habe ich einen Termin in der Stadt, das weiß er. Da ich selbst nicht gerne Auto fahre, sollte er mich hinbringen. Deshalb wollte er eigentlich schon in der Nacht zurückkommen. Nun wird es langsam eng. Aber kommen Sie doch so lange mit herein, bis er hier ist. Draußen ist es so ungemütlich. Dieses kalte Nebelwetter geht einem allmählich auf das Gemüt, oder nicht?«

Die beiden Polizisten nickten pflichtbewusst und folgten der Frau in das vorweihnachtlich geschmückte Haus. Die Inneneinrichtung stand dem Eindruck, den das Haus von außen auf sie machte, in keiner Weise nach. Eines wollte allerdings so gar nicht in die moderne Umgebung passen. An einer der Wände hingen mehrere Hirschgeweihe, weitere Jagdutensilien sowie Unmengen von Fotos. Grote mochte Geweihe als Dekoration überhaupt nicht. Für ihn war das zur Schau gestellter Tod, auch wenn es ein Tier betraf. Das ging ihm gegen den Strich, zudem schien ihm diese Art des Wandschmucks altmodisch.

Sie nahmen Platz, und Frau Holtkamp eröffnete die Konversation: »Darf ich fragen, worum es geht?«

Grote war nicht bereit, irgendetwas preiszugeben, und antwortete lapidar: »Es ist nichts Besonderes. Wir rollen gerade einen alten Fall wieder auf und haben dazu noch einige Fragen. Ihr Mann war früher mal mit diesem Fall betraut.«

Frau Holtkamp war diskret genug, nicht weiter nachzufragen. Sie machte auch nicht den Eindruck, als habe sie irgendwelche Kenntnis oder gar Interesse daran, womit ihr Mann einmal dienstlich befasst war. Das Gespräch plätscherte träge vor sich hin, und aus Ermangelung geeigneter interessanter Themen fragte Grote: »Ihr Mann ist Jäger?«

»Oh ja, ein leidenschaftlicher Jäger. Jede freie Minute verbringt er in seiner Jagdhütte. Deshalb ist er gestern Nacht auch nicht wieder zurückgekommen. Das macht er häufig so. Wenn er etwas geschossen hat, ist einiges zu tun. Dann hat er meistens keine Lust mehr zu fahren und schläft lieber in der Hütte.«

Wieder blickte sie auf ihre Uhr und wurde nun ärgerlich: »Es ist jetzt zu spät, meinen Termin kann ich vergessen!«

Stine Lessing blickte vielsagend zu Grote hinüber. Eine Ahnung, wenn nicht sogar eine Befürchtung baute sich in ihr auf. »Können Sie Ihren Mann nicht über sein Handy erreichen?«

»Nein, dort draußen hat er keinen Empfang. Wenn er bereits auf der Rückfahrt wäre, hätte er sich allerdings bei mir gemeldet. Er weiß schließlich, dass ich warte.«

»Machen Sie sich keine Sorgen?«

Frau Holtkamp lachte schrill auf. »Wenn Sie meinen Mann kennen würden, hätten Sie diese Frage nicht gestellt. Es kommt häufiger vor, dass er länger auf der Hütte bleibt als angekündigt.«

»Und Ihr Termin?«

Sie lachte erneut, dieses Mal klang es verbittert. »Als wenn mein Mann auf so etwas Rücksicht nehmen würde. Es war ja nur *mein* Termin, nicht *seiner*!«

Sie entschuldigte sich, verließ verärgert den Raum und führte ein Telefonat mit ihrer Kosmetikerin, um den geplanten Besuch abzusagen. Während sie damit beschäftigt war, einen neuen Termin zu vereinbaren, ging Stine Lessing zu der mit Geweihen behangenen Wand hinüber und betrachtete interessiert einige der dort aufgehängten Fotos.

Ein großes Foto hing in der Mitte. Es zeigte einen kleinen, völlig unscheinbaren Mann mit Blumenstrauß, umgeben von vielen Menschen mit einem Sektglas in der Hand. Darunter stand in goldenen Lettern: »Mein letzter Arbeitstag«.

Denselben Mann fand sie auf allen anderen Fotos wieder. Die Motive wiederholten sich. Meist lagen erlegte Tiere auf dem Boden, eine Bläsergruppe blies das »Halali«, und zufriedene Jäger lächelten selbstgefällig in die Kamera.

Das Telefonat im Nebenraum schien kein Ende zu nehmen, so schlenderte sie weiter von einem Bild zum anderen, bis sie auf einmal zögerte, wieder zurückging und eines der Fotos genauer betrachtete. Grote bemerkte, wie sie ganz dicht heranging und ihm dann aufgeregt winkte. »Schauen Sie, hier!« Grote besah sich das Foto, welches Stine Lessings Aufmerksamkeit erregt hatte.

»Safari Kenia 1996« stand darüber. Es zeigte drei Männer, die lässig an einen Jeep gelehnt vor einer im Hintergrund vorbeiziehenden Elefantenherde posierten. Diese drei Männer erkannte Grote sofort.

Stine Lessing hatte sich mittlerweile auf die Suche gemacht und noch weitere Safarifotos gefunden, die alle mit unterschiedlichen Jahreszahlen überschrieben waren. Schnell fotografierte sie eines nach dem anderen mit ihrem Handy ab, kam zu Grote zurück und flüsterte leise, damit es im Nebenraum nicht zu hören war: »Holtkamp ist mit Wollens und Oltmanns fast in jedem Jahr auf Safari gewesen. Die drei waren ganz dicke miteinander.«

Frau Holtkamp hatte ihr Telefongespräch mittlerweile beendet, und Grote tat so, als hätten sie die Jagdfotos nur aus allgemeinem Interesse betrachtet. »Sehr schöne Fotos«, log Grote. »Ihr Mann hat viele Freunde, wie man sehen kann.«

Holtkamps Frau zog gleichgültig die Schultern hoch. »Dazu kann ich Ihnen gar nichts sagen. Die Jagdfreunde meines Mannes interessieren mich schon deshalb nicht, weil ich die Jagd grundsätzlich ablehne. Mir reichen schon die Totenschädel dort an der Wand.«

Sie wies abfällig auf die Geweihe. »Ich konnte mich gegen meinen Mann leider nicht durchsetzen. Sonst würden diese Dinger schon lange auf dem Müll liegen.«

Stefan Grote bemühte sich, die Frau des Staatsanwalts nicht unnötig zu beunruhigen, deshalb fragte er fast beiläufig: »Wo befindet sich die Jagdhütte Ihres Mannes eigentlich? Ist es weit von hier?«

»Nein, gar nicht, der Wald liegt nur wenige Kilometer entfernt, südlich der Ortschaft Wagnersfehn, an der Landstraße Richtung Aurich.«

Grote konnte sich erinnern, einen Wegweiser mit diesem Ortsnamen gesehen zu haben.

»Wenn Sie durch den Ort fahren, sehen Sie schon den Wald. Folgen Sie dem einzigen Asphaltweg, der bringt Sie direkt zur Hütte.«

»Tja«, Grote erhob sich aus dem Sessel und blickte auffordernd zu Stine Lessing herüber, »wir können wohl nicht länger warten, oder? Wahrscheinlich ist es besser, wir fahren zur Jagdhütte rüber und sprechen dort mit Ihrem Mann.«

Bei der Verabschiedung von Holtkamps Frau stellten sie fest, dass die sich immer noch keinerlei Sorgen um ihren Mann machte, was in ihnen die Hoffnung weckte, dass ihre Befürchtungen vielleicht doch unbegründet waren und sie den Staatsanwalt wohlbehalten in seiner Hütte antreffen würden.

Bevor sie losfuhren, betrachteten sie auf der Satellitenkarte in Stine Lessings Handy das Waldgebiet, in dem sich Holtkamps Jagdgebiet befand. Die Jagdhütte war auf dem Bild gut zu erkennen, und sie bekamen ein Gefühl für die Ausdehnung des Waldes. Er war zwar nur circa einen Kilometer breit, aber fast fünf Kilometer lang. Sie konnten also nur hoffen, dass Holtkamp in seiner Hütte saß. Wenn er gerade auf der Pirsch war, hatten sie wenig Chancen, ihn zu finden.

Als sie nach kurzer Fahrt von der Landstraße abbogen, Wagnersfehn erreichten und auf der von Holtkamps Frau beschriebenen Straße in den dichten Wald eintauchten, empfing sie eine frühe Dämmerung. Grauschwarze Wolken waren inzwischen aufgezogen, und Schnee fiel wieder auf das Land. Der war zwar zu nass, um liegen zu bleiben, doch bildeten sich trotzdem an einigen Stellen erste weiße Flecken und erschwerten das Fahren erheblich.

Grote schaltete das Fernlicht ein, musste aber feststellen, dass dieses die Sicht eher verschlechterte. Die dicken Flocken reflektierten das Scheinwerferlicht so stark, dass es in den Augen blendete. Also schaltete er es wieder aus und fuhr stattdessen langsamer. Nach wenigen Minuten endete die Asphaltstraße und ging in einen ausgefahrenen Waldweg über.

Sie befürchteten schon, sich verfahren zu haben, da erkannten sie schemenhaft zwischen den flirrenden Schneeflocken ein Holzhaus. Grote kniff die Augen zusammen und konnte die Umrisse einer Hütte erkennen. Davor parkte ein schwarzer Geländewagen, wie er von Jägern bevorzugt wird.

Er hielt an, denn er traute sich nicht weiterzufahren. Die Angst, hier am Ende der Welt auf dem von Meter zu Meter schlechter werdenden Waldweg steckenzubleiben, ließ die beiden das letzte Stück lieber zu Fuß gehen.

Schon bei den ersten Schritten sackte Stine Lessing bis zu den Knöcheln im Matsch ein und musste sich zusammenreißen, um nicht laut zu fluchen. Sie hatte an diesem Tag zwar auf die Schuhe mit den hohen Absätzen verzichtet, trotzdem war ihre Schuhwahl zu optimistisch ausgefallen. Einen Geländemarsch jedenfalls hatte sie nicht eingeplant gehabt. Verärgert folgte sie Grote, der flotten Schrittes voranging und schon bald vor der Hütte stand.

Er hämmerte an die Tür, erhielt aber keine Antwort. Stine Lessing ging an die eine Seite des Holzhauses und versuchte, durch das Fenster zu blicken. Niemand war zu sehen. Sie klopfte laut gegen die Scheibe, aber auch das löste keine Reaktion aus. »Scheint so, als wäre er nicht da.«

Grote drückte derweil die Türklinke nieder und stellte fest, dass die Tür verschlossen war. Ein Blick auf das Türschloss zeigte ihm, dass es sich um ein altes Bartschloss handelte. Aus seiner Zeit beim MEK wusste er, dass diese altertümlichen Schlösser kein ernsthaftes Hindernis darstellten. Da die Tür ohnehin verzogen war, probierte er es einfach mal und warf sich mit der Schulter dagegen. Unter lautem Ächzen gab die Tür beim zweiten Versuch nach und sprang auf. Er öffnete sie vollständig, und obwohl er annahm, dass sich niemand in der Hütte befand, rief er laut hinein: »Herr Holtkamp, mein Name ist Grote! Ich bin von der Polizei und möchte kurz mit Ihnen sprechen!«

Er wartete noch einige Sekunden, als jedoch kein Echo kam, betraten sie die Hütte.

Die Jagdhütte war schlicht eingerichtet. Grobe Möbel beherrschten den Raum. An der Seite gab es eine Andeutung von Küche, in deren Spülbecken ein benutzter Löffel lag. Alles sah völlig unauffällig aus. Stine Lessing öffnete die Tür zu einem Nebenraum. Es handelte sich um das Schlafzimmer, daneben befand sich eine einfache Toilette. Auch diese Räume waren leer. Das Bett war gemacht und wirkte nicht so, als hätte der Staatsanwalt darin die letzte Nacht verbracht. Dagegen sprach auch, dass sich neben der Toilette, auf dem Waschtisch, eine Kulturtasche befand, die noch nicht geöffnet war. Die Handtücher lagen zusammengefaltet auf einem Regal daneben.

Sie kehrte in das große Zimmer zurück und traf auf Grote, der inzwischen auf einen unverschlossenen Waffenschrank gestoßen war. Weder Waffen noch Munition befanden sich darin. »Ich kann mir nicht vorstellen, dass Holtkamp sich lange in der Hütte aufgehalten hat«, sagte Stine Lessing. »Es scheint eher so, als habe er direkt nach der Ankunft seine Sachen abgestellt, auf die Schnelle eine Kleinigkeit gegessen und sich danach die Jagdwaffen geschnappt, um auf die Pirsch zu gehen.«

Grote war der gleichen Meinung, denn Holtkamps Sporttasche, die auf einem der Stühle stand, war zwar geöffnet, aber noch nicht restlos ausgepackt. Es waren ein Pyjama und Ersatzwäsche darin zu finden. Kein Teil davon war benutzt.

Er ging unschlüssig hin und her. Nichts in dieser Hütte ließ einen begründeten Verdacht aufkommen, dass etwas Schlimmes geschehen sein könnte. Nur der Umstand, dass Holtkamp die ganze Nacht draußen im Revier geblieben war, ließ ihn zweifeln. »Jetzt mal ehrlich! Auch wenn Sie die leidenschaftlichste Jägerin der Welt wären: Hätten Sie Lust, eine ganze Nacht und den darauffolgenden Tag draußen im Wald herumzulaufen, und das bei diesem Mistwetter? Der Kerl muss doch inzwischen dreimal durchgeregnet und halb erfroren sein. Ich kann mir das beim besten Willen nicht vorstellen.«

»Ich kann mir nicht vorstellen, überhaupt hier im Wald herumzulatschen«, antwortete Stine Lessing sarkastisch und schaute verzweifelt auf ihre Schuhe, die unrettbar verschmutzt waren.

Grote überlegte, wie es nun weitergehen sollte. Jetzt abbrechen und nach Hause fahren? Undenkbar! Und sich selbst auf die Suche machen? Hoffnungslos! Er führte sich die Ausdehnung des Waldes vor Augen. Sie waren nur zu zweit und schon in einer halben Stunde würde die Dämmerung zu tiefer Nacht werden. Wie sollten sie da einen Menschen finden, der sich irgendwo dort draußen im Wald aufhielt?

Stine Lessing beobachtete ihren grübelnden Chef und hoffte inständig, dass ihr ein weiterer Ausflug in Matsch und Kälte erspart bleiben würde.

Doch dann blieb Grote unversehens vor einem Wandregal stehen. Er sah dort verschiedene Fachbücher für Jäger, die ihm bedeutungslos erschienen. Mittendrin steckte jedoch eine Flurkarte, die sein besonderes Interesse fand. Sie zeigte das gesamte Waldstück, in dem sich Holtkamps Hütte befand. Die lag genau in der Mitte des mit einem roten Stift gekennzeichneten Jagdgebietes, das Holtkamp gepachtet hatte. Dann fiel Grotes Blick auf einen Kreis, der eine im Wald liegende Lichtung markierte. An deren Rand hatte jemand mit einem Stift ein Kreuz gemalt. Darunter stand in akkurater Schrift »Hochsitz«.

Grote tippte mit dem Zeigefinger auf diese Stelle. »Fragen Sie mich bloß nicht, ob ich wild darauf bin, jetzt durch den dunklen Wald zu stolpern und diesen Hochsitz zu überprüfen. Aber ich hätte ein schlechtes Gefühl, wenn wir dort nicht wenigstens einmal nachschauen würden. Vielleicht sitzt Holtkamp wider Erwarten doch ganz gemütlich dort draußen mit einer Thermoskanne Tee, einer Flasche Rum und einer Wurststulle. Und wir machen uns die wildesten Gedanken.«

Nun blickte er mitleidig auf Stine Lessings ramponierte Schuhe und meinte: »Ich bin Ihnen gewiss nicht böse, wenn Sie hier auf mich warten. Und wenn ich Ihre Jacke so betrachte, ein Survivalmodell ist das auch nicht gerade.«

»Mitgefangen, mitgehangen! Wenn Sie mir nur versprechen, nicht so zu rennen wie vorhin. Da komme ich mit meinen Schuhen wirklich nicht mit.«

Grote versprach, seine Marschgeschwindigkeit auf ein erträgliches Maß zu reduzieren. Dann gingen sie zu ihrem Wagen und holten aus dem Kofferraum zwei starke Taschenlampen. Ohne diese würden sie den Hochsitz gewiss nicht finden.

Obwohl Grote die Karte mitgenommen hatte, war es nicht einfach, sich zu orientieren. Der Hochsitz musste sich in ungefähr fünfhundert Meter Entfernung westlich der Jagdhütte hinter einer Weggabelung befinden. Eigentlich war der Weg nicht besonders weit, aber die Umstände machten den Marsch beschwerlich. Der nasse Schnee blieb inzwischen überall liegen und hatte den Boden tief aufgeweicht. Beide froren, denn ihre Füße waren nach kurzer Zeit nass und kalt. Zudem hatte Stine Lessings Jacke inzwischen ihre Ungeeignetheit für dieses Wetter drastisch unter Beweis gestellt, denn das Wasser lief ihr schon über den Nacken den Rücken herunter.

Trotzdem folgten sie im Schein ihrer Taschenlampen verbissen dem Waldweg, bis endlich die erwartete Weggabelung vor ihnen lag. Sie hielten sich links, konnten allerdings die Lichtung, die sich laut Karte in unmittelbarer Nähe befinden musste, nicht entdecken. Obwohl die

Taschenlampen stark waren, reichten sie nicht aus, die Dunkelheit weit genug zu durchdringen. So war es eine Mischung aus Zufall und Glück, dass sie sich plötzlich vor dem Hochsitz wiederfanden.

Grote leuchtete das auf den ersten Blick baufällig wirkende Konstrukt mit zweifelndem Blick an. Erst als er daran rüttelte, stellte er fest, dass der Hochsitz erstaunlich stabil und zweckmäßig gebaut war. Er stand wohlüberlegt in die Deckung des Waldrandes einbezogen, bot aber ein weites Schussfeld auf die dahinterliegende, doch in der Dunkelheit verborgene Lichtung.

Grote machte sich gar nicht erst die Mühe, nach oben zu rufen. Er war davon überzeugt, dass sie sich der Mühe dieses Marsches vergeblich unterzogen hatten. Holtkamp hätte sie längst durch das Licht der Taschenlampen bemerkt. Auf dem Hochsitz war von unten aus auch keine Person zu erkennen.

Sie leuchteten die nähere Umgebung gründlich ab, fanden jedoch keine Hinweise darauf, dass sich jemand in den letzten Stunden an diesem Ort aufgehalten hatte. Das war allerdings auch nicht zu erwarten, denn das Wetter ließ jede Hoffnung auf Spuren schwinden.

Trotzdem entschloss sich Stine Lessing, den Hochsitz zu erklettern. Er hatte eine Höhe von fast vier Metern, was sie nicht beeindrucken konnte. Lediglich die nassen, rutschigen Stufen der Leiter flößten ihr Respekt ein. Sie steckte ihre Taschenlampe in die Jackentasche, um beide Hände frei zu haben.

Obwohl Grote die Leiter von unten beleuchtete, war seine Kollegin um Sicherheit bemüht und arbeitete sich langsam Stufe für Stufe nach oben. Als sie hoch genug war, um einen ersten Blick auf die Plattform werfen zu können, nestelte sie ihre Taschenlampe aus der Jackentasche und schaltete sie ein. Der Lichtkegel flammte auf, und Stine Lessing blickte im selben Augenblick in zwei starre, blutunterlaufene Augen, die sich direkt vor ihrem Gesicht befanden und sie aus einem kalkweißen Gesicht anglotzten.

Grote hörte nur einen spitzen Schrei. Dann fiel Stine Lessings Taschenlampe herab, während sie im gleichen Moment versuchte herunterzuklettern. Das tat sie jedoch so überhastet und panisch, dass sie mit den Füßen an einer der nassen Leiterstufen abrutschte. Sie stürzte herunter, und Grote konnte sie gerade noch packen, bevor sie zu Boden fiel. Er fühlte, dass Stine Lessing am ganzen Körper zitterte, dann begann sie leise zu schluchzen. Grote hielt sie weiter fest umklammert. In diesen Minuten war er mehr Beschützer als Kollege, ein Gefühl, welches ihm bisher Stine gegenüber fremd gewesen war. Er ließ ihr viel

Zeit, denn er ahnte, was sie dort auf dem Hochsitz gesehen hatte. Erst als er merkte, dass Stine sich beruhigte, lockerte er seinen Griff.

Dann kam es stockend aus ihr heraus: »Es tut mir leid, dass ich so reagiert habe.« Sie atmete schwer durch. »Ich hatte natürlich nicht damit gerechnet, dass da oben ein Toter liegt. Aber das allein war es gar nicht. Es ist nur … er hat mich so angesehen, sein Gesicht war direkt vor meinem.«

Grote ließ sie nun ganz los. Sie wandte sich zur Seite und ging einige Schritte in die Dunkelheit. Dann hörte er wieder ein leises Weinen. Er folgte ihr, widerstand aber der Versuchung, sie erneut in die Arme zu nehmen. »Es ist in Ordnung! Sie sind jung und haben in den letzten Tagen mehr erlebt als andere Kollegen in einem Jahr. Und glauben Sie mir, wenn ich da hinaufgestiegen wäre, hätte mich das auch nicht kaltgelassen.«

Stine Lessing gewann nur langsam ihre Fassung wieder. Dass sie zuvor ihrem Chef so nahe gekommen war, verursachte ihr Unbehagen. Natürlich, sie hatte sich in seinen Armen geborgen gefühlt, trotzdem war ihr die Situation nicht angenehm.

Um sich seiner Nähe zu entziehen, machte sie sich auf die Suche nach ihrer Taschenlampe und fand sie direkt unter dem Hochsitz. Als sie die Lampe in die Hand nahm und einschaltete, bemerkte sie, dass ihre Handinnenfläche rot verfärbt war. Auch ihre Taschenlampe war von feuchtem Blut überzogen.

Sie leuchteten das Farnkraut unterhalb des Hochsitzes gründlich ab und entdeckten die große Blutlache, die sich auf dem Waldboden direkt unter dem Hochsitz angesammelt hatte. Dann strahlten sie die Unterseite des Hochsitzes an und bemerkten auch dort einen dunklen Fleck.

All das konnte man auf den ersten Blick für Wasserflecken halten, die der nasse Schnee der letzten Stunden hinterlassen hatte. Erst jetzt bemerkten sie den Unterschied. Grote berührte den Blutfleck auf dem Boden mit den Fingern und stellte fest, dass es sich um einen roten Brei aus Blut und Schnee handelte.

Er rieb den Blutbrei zwischen den Finger hin und her und schaute sich das Ergebnis im Licht der Taschenlampe an. »Ich bin kein Fachmann, aber dieses Blut ist nicht frisch. Es befindet sich schon länger auf dem Boden.«

Er wischte sich die Finger im nassen Farn ab. »Wir müssen wohl keine Sorge haben, dass sich der Täter oder besser die Täterin noch in der Nähe aufhält.«

Stine Lessing nickte. Beide wussten genau, auf wessen Konto das Drama ging, das sich dort oben auf dem Hochsitz abgespielt hatte.

Grote zog gar nicht erst in Betracht, selbst auf den Hochsitz zu klettern, um sich dort umzusehen. Er scheute den Anblick, der ihn erwarten würde, nicht, aber die Sorge, irgendwelche Spuren zu verwischen, war einfach zu groß. Allerdings machte er sich keinerlei Illusionen darüber, dass die Chance, überhaupt Spuren zu finden, gegen null tendierte. Die alles umgebende Feuchtigkeit der letzten Stunden spielte der Täterin in die Karten, denn der Hochsitz war nur unzulänglich überdacht, sodass Schnee und Regen ihre Arbeit schon gemacht haben dürften.

Die wichtigste Sache war im Moment, schnellstens Unterstützung aus Hannover anzufordern. Das allerdings war gar nicht so einfach, denn dazu musste er erst zur Jagdhütte zurücklaufen und dann mit dem Auto zur Landstraße fahren, um Handyempfang zu bekommen.

»Trauen Sie sich zu, alleine hierzubleiben, während ich in Hannover anrufe? Jemand muss den Tatort bewachen, so widersinnig das in einem menschenleeren Wald auch sein mag. Es wird allerdings einige Zeit dauern, denn hier im Wald haben wir keinen Empfang.«

Sie nickte tapfer, obwohl ihr die Angst, alleine im Wald zurückzubleiben, in das Gesicht geschrieben stand. Aber das war in der Dunkelheit nicht zu sehen. Stine Lessing war ein Kind der Großstadt, das Dunkelheit, wie sie auf dem Land normal war, nicht kannte. Dazu kamen noch die fremdartigen Geräusche des Waldes. Jedes Knacken eines morschen Astes, jeder Windhauch, der einen abgestorbenen Baum ächzen ließ, fuhr ihr in die Glieder und verstärkte die Angst, die sie immer mehr umklammerte.

Grote erreichte derweil das Auto und fuhr in einen Bereich mit brauchbarem Handyempfang zurück. Nach einem verrauschten Gespräch mit Maik Köster hatte er noch aus Esens einen Streifenwagen zur Unterstützung anfordern können, der Stine und ihn ablösen und den Bereich rund um den Hochsitz absperren sollte. Dann machte er sich wieder zurück auf den Weg zum Hochsitz.

Stine Lessing bekämpfte inzwischen tapfer und durchnässt ihre Beklommenheit. Immer wieder hatte sie das Empfinden, als würden sich Schatten anschleichen, um sie aus der Dunkelheit anzuspringen. Um diesem Gefühl zu entgehen, lehnte sie sich mit dem Rücken gegen eine große Eiche und zählte mit gezogener Pistole die Sekunden und Minuten. Die Taschenlampe schaltete sie nicht mehr ein, denn sie merkte schnell, dass die Dunkelheit, die sich rechts und links neben dem Lichtkegel der Lampe auftat, dadurch noch bedrohlicher wirkte, als sie ohnehin schon war.

Um sich abzulenken, begann sie leise, Zitate von Shakespeare aufzusagen. Es fiel ihr leicht und ließ sie an andere Dinge denken. Das ging eine ganze Weile gut. Als sie sich plötzlich wieder des Leichnams bewusst wurde, der über ihr auf dem Hochsitz lag, schoss ihr ein Zitat in den Kopf, das treffender nicht sein konnte: »Wer da stirbt, bezahlt alle seine Schulden!«

Trotz ihrer Angst lächelte sie. Shakespeare kannte die Menschen, darum liebte sie ihn und seine Werke so sehr. Staatsanwalt a. D. Martin Holtkamp hatte für seine Schulden teuer bezahlen müssen.

Erst als sie den Lichtkegel bemerkte, den Grotes Taschenlampe durch den Wald sandte, traute sie sich wieder aus ihrer Deckung hervor. Verschämt steckte sie ihre Pistole in das Holster und versuchte den Eindruck zu vermitteln, das Alleinsein im Wald habe ihr gar nichts ausgemacht.

Grote durchschaute sie sofort. Er tat zwar so, als habe er das nicht bemerkt, doch er wusste, dass seine Kollegin fix und fertig sein musste. Trotzdem hatte er ihr diese langen Minuten im Wald abverlangen müssen, so leid es ihm auch tat.

Als nach einer halben Stunde der Streifenwagen aus Esens eintraf, um sie abzulösen, waren beide froh. Das gab ihnen die Möglichkeit, sich in der Jagdhütte zu trocknen und aufzuwärmen, bis die Kollegen der Tatortgruppe aus Hannover eintrafen.

Grote war wieder einmal dankbar dafür, dass er einen so fähigen Mann wie Maik Köster in Hannover hatte, der mitdachte. Als die beiden Fahrzeuge der Spurensicherung auf die Jagdhütte zukamen, folgte ihnen ein LKW mit einem ausfahrbaren Lichtmast. Mit ihm ließen sich der Hochsitz und dessen Umgebung taghell ausleuchten. Sie stiegen zu Maik Köster ins Auto und führten die kleine Kolonne zum Hochsitz. Beiden ging es besser, nachdem ihre Kleidung wieder einigermaßen getrocknet war. Stine Lessing hatte sich inzwischen beruhigt und fühlte sich jetzt, da viele Kollegen um sie herum waren, wieder gefestigt.

Als sie an der Lichtung eintrafen, waren die Polizisten aus Esens erleichtert, dass ihr Auftrag damit erledigt war. Auch sie hatten sich in dem Wald nicht wohlgefühlt.

Bevor noch irgendjemand den Tatort betrat, rollte der LKW auf wenige Meter an den Hochsitz heran und fuhr seinen Teleskopmast aus. Dann wurden die Halogenstrahler an seiner Spitze eingeschaltet und der Hochsitz samt Umgebung lag vor ihnen wie ein Fußballstadion im Flutlicht.

Grote und Stine Lessing setzten sich in die Führerkabine des LKW und starrten auf einen grieseligen Bildschirm. Doch kurze Zeit später brach das Flimmern ab und verwandelte sich in scharfe Bilder, die von der Kamera am Ende des Lichtmastes übertragen wurden.

Zuerst war der Hochsitz nur aus größerer Höhe zu sehen, dann zoomte der Kollege am Steuerpult immer dichter heran. Bald war der Umriss eines Menschen zu erkennen, der auf dem Boden des Hochsitzes lag. Der Körper lag verkrümmt wie ein »S«, der Oberkörper war halb nach oben gedreht. Das Gesicht befand sich direkt vor der Leiter, als habe der Tote im Moment des Sterbens noch einmal nach unten geblickt. Die Kamera zoomte immer weiter heran, und das Bild wurde nun etwas undeutlicher, da der aus dem Wald aufsteigende Dunst den Hochsitz zunehmend einhüllte.

Trotzdem war zu erkennen, dass am Geländer eine Flinte lehnte. Auf dem Boden neben der Leiche lag ein Revolver. Die Jacke des Mannes, niemand zweifelte daran, dass es sich um Staatsanwalt Holtkamp handelte, war zurückgeschlagen, als habe jemand dem Toten nachträglich den Revolver vom Gürtel genommen.

Je weiter die Kamera heranzoomte, umso stärker wirkte der Nebel wie ein grauer Filter. Trotzdem war zu erkennen, dass sich am Hals des Ermordeten eine tiefe Schnittwunde befand. Nun schwenkte die Kamera langsam nach unten auf den Unterleib. Wenn man genau hinsah, konnte man dort mehrere Blutflecken erkennen.

Grote drehte sich zu den Kollegen um und sagte: »Es ist wieder das bekannte Muster: Erst die Kehle durchgeschnitten, dann Einwirkungen auf den Unterkörper. Nur dass es diesmal keine Stiche sind, sondern wohl Einschüsse mit dem Revolver.«

Stine Lessing fragte verwundert: »Ist es nicht ungewöhnlich, dass die Frau nicht die Gelegenheit genutzt hat, den Revolver oder gar die Flinte mitzunehmen? Jeder normale Täter würde so etwas doch ausnutzen, oder nicht?«

Grote schüttelte den Kopf. »Ich denke, Sie haben die Antwort schon selbst gegeben. Jeder *normale* Täter hätte so gehandelt, das ist richtig. Doch diese Frau ist meiner Meinung nach nicht mit einem unserer üblichen Täter zu vergleichen.«

»Sie halten die Frau für geisteskrank?«

»Nein, so weit würde ich nicht gehen, ich bin schließlich kein Seelenklempner, der so etwas beurteilen kann. Allerdings bin ich mir inzwischen sicher, dass sie durch etwas angetrieben wird, das sie von anderen Tätern unterscheidet. Um in ihrem Sinne zu handeln, braucht sie nur ihr Messer. Es scheint ihr wichtig zu sein, dass der Tod ihres Opfers durch diesen Schnitt eintritt. Erst später kommt noch die Verstümmelung im Bauch oder Unterleib dazu. Dabei geht es ihr nur um die Sache an sich. Ob durch Messer, Heugabel oder Revolver, das scheint ihr offensichtlich völlig egal zu sein.«

Die Kollegen der Tatortgruppe zogen ihre weißen Schutzanzüge an und machten sich an die Arbeit. Sie wussten nun, was sie erwartete. Der Leiter vereinbarte mit Grote noch ein Telefonat, sobald sie mit ihrer Arbeit fertig waren. Das konnte allerdings spät werden, denn die Jagdhütte Holtkamps musste auch noch gesichtet werden, obwohl nichts dafür sprach, dass die Täterin die Hütte überhaupt betreten hatte.

Da es hier nichts mehr für sie zu tun gab, verließen Stefan Grote und Stine Lessing den Tatort und fuhren nach Esens zur dortigen Polizeidienststelle.

Sie befürchteten, dass die Wache schon geschlossen sei, doch sie hatten Glück, denn als sie ankamen, brannte in dem Gebäude noch Licht. Nach dem Läuten erschien ein älterer, anscheinend kurz vor seiner Pensionierung stehender Polizist. Der Mann verfügte über einen beachtenswerten Leibesumfang und strahlte die tiefe Ruhe und Gelassenheit aus, die den Ostfriesen zu eigen ist. »Hab schon mit euch gerechnet. Kommt rein, draußen ist ja richtiges Schietwetter! Einen Tee hab ich uns auch schon mal aufgesetzt.«

Ohne eine Antwort abzuwarten, drehte er sich um und ging gemessenen Schrittes in eine winzige Küche, die sich hinter dem Wachraum befand. Grote fühlte sich ein wenig an die Polizeiwache auf Juist erinnert, denn auch hier ging es ruhig und beschaulich zu. Der Polizist kam mit einer Teekanne und drei Tassen zurück, die er auf den Tisch stellte. Dort standen schon zwei Porzellanschalen, die eine mit weißem Kandis, die andere mit flüssiger Sahne.

Stine Lessing blickte zu Stefan Grote, zeigte verstohlen auf die Teetassen und nickte anerkennend. Grote lächelte, er wusste genau, was sie meinte. Auf den meisten Dienststellen, die sie kannten, gab es kein Teegeschirr, sondern allenfalls abgestoßene Becher.

»Wir sind froh, überhaupt noch jemanden anzutreffen«, bemerkte Grote.

»Jau, bis zweiundzwanzig Uhr in der Woche immer. Ist ja noch eine gute Stunde hin, bis ich dicht mache.«

Der Kollege hatte es nicht für nötig gehalten, sich vorzustellen. Grote blickte auf seine zerknautschten Dienstgradabzeichen: vier blaue Sterne. Er war schon zu lange bei der Kriminalpolizei, um sich mit den Abzeichen der Schutzpolizei gut auszukennen, meinte aber, dass es sich um einen Polizeihauptmeister handeln müsse. An der Brusttasche des Diensthemdes sah Grote ein verschrammtes Metallschild mit dem Namen »Pannebacker« und gewann im selben Augenblick die feste Überzeugung, niemals im Leben einem Menschen begegnet zu sein, der einen passenderen Namen trug.

Der Polizist stellte die Tassen sorgsam auf die Untertassen, schob jedem eine herüber und legte in jede Tasse ungefragt einen dicken Kandis. Dann schenkte er mit Bedacht ein. »Die Pannebackers«, er zeigte auf sein Namensschild, »wohnen seit Generationen in Ostfriesland. Und solange ich Chef an meiner kleinen, aber feinen Wache bin, gibt es hier keine Teebeutel, Kaffeemaschinen oder anderen neumodischen Krimskrams. Wenn ich in zwei Jahren in Ruhestand gehe, können die jungen Leute machen, was sie wollen. Jetzt aber noch nicht!«

Sie beobachteten aufmerksam, wie der Polizist zum Sahnekännchen griff und mit dem Silberlöffel kunstvoll aufsteigende Wölkchen in den Tee zauberte. Sie wollten es ihm gleichtun, brachten aber kein überzeugendes Ergebnis zustande.

Pannebacker beobachtete ihre hilflosen Versuche aus dem Augenwinkel: »Langsam, ihr müsst das langsam machen. Dann klappt das auch.«

Nun lehnte er sich zurück und genoss schweigend seinen heißen Tee, und seine Besucher taten es ihm nach.

Die Wärme des Tees durchströmte ihre Körper, und selbst als Pannebacker zum dritten Mal nachschenkte, wehrte sich niemand dagegen. Stine Lessing bemühte sich ehrlich, ein Gespräch in Gang zu bringen, scheiterte jedoch am unerschütterlichen Phlegma dieses Polizisten, dem seine Teezeremonie ganz offensichtlich heilig war.

Dann, ganz unerwartet, unterbrach Pannebacker die Ruhe: »So, jetzt ist der Holtkamp also hinüber! Liegt mausetot auf seinem eigenen Hochsitz.«

»Sie kennen die Einzelheiten?«, fragte Grote verwundert.

»Natürlich! Mit unserem Handynetz ist es stellenweise nicht weit her, aber auf unseren Polizeifunk können wir uns noch immer verlassen. Ist zwar noch analog, aber dafür funktioniert er seit den 50er Jahren zuverlässig.«

Grote musste schmunzeln. Der Name Pannebacker, Ostfriesentee mit Wölkchen und analoger Polizeifunk. Irgendwie passte alles zusammen.

»Sie kannten den Staatsanwalt Holtkamp?«

»Wer kannte den nicht, hier in unserer kleinen Stadt?«

»Ihre Trauer über sein Ableben scheint sich in Grenzen zu halten.« Grote beobachtete sein Gegenüber genau.

Pannebacker griff wieder zur Teekanne und wollte ihm erneut nachschenken, was Grote gerade noch verhindern konnte. Erst dann antwortete er. Aus seiner Antwort klang tiefe Verachtung heraus: »Ich bin sicher, nicht einmal seine eigene Frau wird besonders traurig über seinen Abgang sein. Er war ein echter Dreckskerl!«

Stefan Grote und Stine Lessing wunderten sich über die drastischen Worte, die der Polizist gebrauchte. Der verlor gerade ein Stück weit seine ostfriesische Gelassenheit und redete sich in Rage: »Wie anders soll man einen Staatsanwalt bezeichnen, der seine Arbeit nicht so macht, wie man es verlangen kann? Holtkamp war jemand, der sich gerne in Kreisen bewegte, in die er gewiss nicht gehörte. Er war mit jedem per Du, der Geld und Macht besaß. Und wenn einer von denen irgendetwas ›geregelt‹ haben wollte, dann ging er zu Holtkamp. Der sorgte dafür, dass Fahrverbote nach Führerscheinentzug wieder aufgehoben wurden oder Strafverfahren gegen Zahlung einer lächerlichen Geldbuße eingestellt wurden. Das tat er natürlich nur für seine Freunde. Anderen gegenüber spielte er den harten Hund.«

Grote war empört. »Und das haben alle hier in der Gegend so hingenommen? Niemand hat sich dagegen gewehrt?«

Pannebacker lachte verbittert. »Sie kommen aus einer Großstadt. Da mag das wohl anders sein. Bei Ihnen kann man sich an Vorgesetzte wenden oder, wenn es sein muss, an die Presse. Hier auf dem platten Land ist das anders. Alle die, die Holtkamp hätten stoppen können, gehörten doch selbst zu seinem Freundeskreis.«

Er holte tief Luft, um dann nachzuschieben: »Haben Sie sein Haus schon gesehen? Mal darüber nachgedacht, ob er sich ein solches Anwesen von seiner Besoldung hätte leisten können?«

Grote verstand, was sein Kollege sagen wollte, und sprach es aus: »Holtkamp war also bestechlich?«

Jetzt wurde Pannebacker sarkastisch: »Bestechlich? Nein, der war nicht bestechlich. Er war nur ein guter Freund, einfach nur ein guter Freund unter guten Freunden. Seine Kumpane waren Unternehmer, Kaufleute, Politiker und so weiter. Jeder hilft da jedem! Außenstehende mischen sich da besser nicht ein, oder glauben Sie vielleicht, so etwas wie ›Kölschen Klüngel‹ oder ›Amigo-Affäre‹ gibt es hier nicht? Haben Sie eine Ahnung!«

Es dauerte eine Weile, bis Pannebacker sich wieder beruhigt hatte. Derweil schenkte er sich seine fünfte Tasse Tee ein. »Weshalb wollten Sie Holtkamp eigentlich sprechen? Sie sind doch extra von Hannover hier raufgefahren, oder?«

»Es hat sich mehr oder weniger durch Zufall ergeben, weil ein Ermittlungsvorgang im Archiv der Staatsanwaltschaft Wittmund fehlt«, sagte Grote. »Es war ein Fall, den er damals bearbeitet hat. Dazu sollte er uns etwas sagen. Aber das können wir ja nun vergessen.«

Pannebacker begann, das Teegeschirr einzusammeln und damit das Ende der Teezeremonie deutlich zu machen. »Um welchen Fall handelt es sich denn? Vielleicht kann ich Ihnen helfen. Ich bin seit vierzig Jahren hier am Revier. Wir sind in Esens schließlich für den ganzen Landkreis zuständig.«

Grote wurde hellhörig. »Auch für den Bereich Riefsum?«

»Klar doch, unser Bereich geht von Bensersiel an der Küste bis runter nach Wittmund. Und Riefsum liegt mittendrin.«

Stine Lessing beugte sich erwartungsvoll nach vorne: »Vielleicht erinnern Sie sich noch an ein Unglück in Riefsum, ziemlich genau vor zwanzig Jahren?«

Pannebacker musste nicht eine Sekunde lang nachdenken: »Sie sprechen von dem grauenvollen Unglück in der Neubausiedlung?«

Stine Lessing nickte. »Wissen Sie vielleicht Näheres darüber? Das würde uns sehr helfen.«

Pannebacker atmete tief durch. »Das will ich meinen! Ich war damals gemeinsam mit einem der beiden Kollegen, die vorhin zu Ihnen in den Wald rausgekommen sind, am Unglücksort.«

Er schwieg eine ganze Weile, als suche er nach den richtigen Worten, um das auszudrücken, was er vor seinem inneren Auge sah. Erst dann begann er zögerlich zu erzählen.

»Es war in der Vorweihnachtszeit, ein Schietwetter war es damals, so wie heute. Wir bekamen den Einsatz, nach Riefsum zu fahren. Im Gebiet der dort geplanten Neubausiedlung sollte irgendwas passiert sein. Eine vorbeifahrende Radfahrerin hatte aus dieser Gegend ein lautes Splittern gehört.

Das Wort Neubausiedlung ist eigentlich gar nicht richtig. Die Siedlung sollte ja erst entstehen. Damals stand dort gerade mal ein einziges Musterhaus auf der Wiese, in das sofort nach der Fertigstellung eine junge Familie einzog. Das ist bei Musterhäusern eigentlich nicht üblich, aber die Gemeinde war finanziell sehr klamm. Für sie zählte jeder Euro.

Wir waren mit unserem Streifenwagen nicht weit weg von Riefsum, als der Einsatz kam. Deshalb trafen wir schon nach wenigen Minuten am Unglücksort ein.«

Er hörte auf zu sprechen, erhob sich und ging einige Schritte hin und her. »Auf der Wiese standen damals einige Planierraupen herum. Die Arbeiter waren tagsüber damit beschäftigt gewesen, das Bauland vorzubereiten. Es gab immer mal wieder Ärger, weil Jugendliche sich abends dort herumtrieben und Dummheiten machten. Wir waren deshalb häufiger dort und rechneten auch an diesem Abend mit einem Routineeinsatz.«

Er stockte und atmete tief durch. »Wissen Sie, ich habe in über vierzig Dienstjahren so einiges gesehen. Schwere Unfälle, bei denen sich junge Leute nach dem Diskobesuch mit ihrem Auto um einen Baum gewickelt haben. Bauern, die vom eigenen Heuwender erfasst und aufgespießt wurden, oder Wasserleichen, die kaum noch als Menschen zu erkennen waren. Alles schrecklich, aber das damals in Riefsum …!«

Er setzte sich wieder zu Stefan Grote und Stine Lessing an den Tisch. »Es war schon dunkel, als wir dort eintrafen. Trotzdem konnten wir schnell feststellen, dass mit den Baufahrzeugen alles in Ordnung war. Niemand war weit und breit zu sehen.

Also gingen wir zu dem Musterhaus hinüber, um zu fragen, ob sie dort auch dieses Geräusch gehört hatten. Alle Räume des Hauses waren hell erleuchtet, doch auch nach mehrmaligem Klingeln tat sich nichts, deshalb liefen wir um das Haus herum. Erst dann sahen wir, was passiert war:

Die gesamte Terrasse war ein einziges Trümmerfeld! Der größte Teil des Glasvordachs war zusammengebrochen und lag auf dem Boden. Die Trägerkonstruktion war eingeknickt oder gebrochen, das kann ich nicht mehr sagen. Die großen Glasscheiben waren wohl schon geborsten, bevor sie überhaupt den Boden erreichten. Überall lagen große, spitze Glasteile und Splitter herum.

Anfangs haben wir gar nicht bemerkt, dass Menschen darunter lagen. Alles war so still, doch dann war da dieses leise Wimmern. Wir versuchten so gut, wie es ging, die Glasteile abzutragen. Zuerst fanden wir den Vater und ein kleines Mädchen, beide waren tot. Das Mädchen ist von einem Metallträger erschlagen worden, dem Vater hatte eine Glasscherbe den Hals aufgetrennt.«

Er stockte wieder, stand auf und ging ruhelos im Raum hin und her. Seine sonst rosige Gesichtshaut war blass geworden, die Augen flackerten unruhig hin und her. »Wir haben, so gut wir konnten, weitergesucht, weil ja immer noch das Wimmern eines Kindes zu hören war. Erst dann stießen wir auf die Mutter und die größere Schwester. Das Mädchen mochte vielleicht drei oder vier Jahre alt gewesen sein. Es lag unter seiner Mutter, die sich wohl auf das Kind geworfen hatte, um es vor den herabstürzenden Glastrümmern zu schützen. So sah es jedenfalls für uns aus. Die Kleine, und das war ein Wunder, konnten wir fast unverletzt unter ihrer Mutter herausziehen.«

»Und was war mit der Mutter?« Stine Lessing schaute Pannebacker fragend an und Grote meinte, in den Augen seiner Kollegin Tränen zu erblicken.

Pannebacker sprach mit leiser Stimme weiter. »Die Mutter war ebenfalls tot. In ihrem Unterleib steckte eine riesige Scherbe, spitz wie ein Dolch. Sie ist innerlich verblutet.«

Für einen Moment herrschte völlige Stille im Raum, dann fuhr Pannebacker leise fort: »Und dann war da noch eine Sache, die ich niemals im Leben werde vergessen können. Zwischen den Trümmern, direkt auf den Toten, lag eine Weihnachtsgirlande. Sie kennen diese Dinger mit den bunten, blinkenden Lichtern, wie Kinder sie mögen. Der Vater hat wohl versucht, die Girlande am Glasdach zu befestigen. Eine Leiter haben wir später unter den Trümmern gefunden. Ich vermute, dass er sich dabei am Dach festgehalten hat. Genau dieses Gewicht war zu viel für die Konstruktion. Könnt ihr euch das vorstellen? Ein Haufen von Schrott, zerborstenem Glas und toten Menschen. Und darüber liegt wie zum Hohn eine blinkende Girlande. Ich werde dieses Bild niemals wieder aus dem Kopf bekommen!«

Stine Lessing sank kurz auf ihrem Stuhl zusammen, stand dann wortlos auf und ging vor die Tür, um in der frischen Nachtluft wieder einen klaren Gedanken fassen zu können. Grote blieb betroffen sitzen. Er blickte schweigend aus dem Fenster in den dunklen Nebel, der das blaue Neonlicht des Polizeischildes reflektierte.

Pannebacker ging zum Kühlschrank und nahm eine Kornflasche aus dem Gefrierfach. Dann holte er drei Schnapsgläser und goss sie bis zum Rand voll. Er zeigte auf die Wanduhr und meinte: »Zweiundzwanzig Uhr ist gerade durch. Feierabend! Da kann man sich schon mal einen genehmigen, um die Erinnerungen runterzuspülen.«

Grote sah ihm zu, wie er einschenkte. Das Schnapsglas begann, von außen zu vereisen, und Pannebacker schob es ihm hinüber. »Richtig kalt muss er sein, sonst schmeckt Korn nicht.«

Dann nickte er Grote zu, und beide leerten das Glas mit einem Schluck. Korn war, spätestens seit seinem Abend im »Roten Korsar«, nicht Grotes Ding, aber jetzt, in diesem Moment, war es genau das richtige Getränk.

Pannebacker schenkte ungefragt nach, während Stine Lessing wieder hereinkam und sich an den Tisch setzte. Schweigend nahm sie das vor ihr stehende Schnapsglas und stürzte den Korn herunter. Dann schüttelte sie sich kurz und schob Pannebacker das Glas entgegen, um es noch einmal füllen zu lassen.

Grote beobachtete Stine mit einer Mischung aus Verwunderung und Anerkennung. Seine junge Kollegin zeigte sich hier von einer Seite, die er nicht erwartet hatte, die ihm aber gefiel.

Nachdem Stine sich zum zweiten Mal geschüttelt hatte, war sie es, die das Gespräch wieder in Gang brachte. »Wissen Sie noch, was später aus dem Mädchen wurde?«

Pannebacker zuckte mit den Schultern. »Ich habe keine Ahnung. Nachdem wir die Kleine aus den Trümmern herausgeholt hatten, musste ich sie ständig auf dem Arm tragen. Sie hat sich an mich geklammert, als wolle sie mich nie wieder loslassen. Das ging so lange, bis eine Frau vom Notdienst des Jugendamtes Wittmund erschien und sie mitnahm. Was danach aus ihr wurde, kann ich nicht sagen. Vielleicht gab es Großeltern? Vielleicht musste sie auch in ein Heim, ich habe jedenfalls nie wieder etwas von ihr gehört.«

Dann schien ihm plötzlich etwas einzufallen, denn unvermittelt stand er auf und ging zu einem Aktenschrank. Er ergriff einen Stapel von schwarz eingebundenen Büchern und nahm eines nach dem anderen in die Hand. Prüfend schaute er auf den Einband. »Wir haben damals noch handschriftlich ein Einsatztagebuch geführt. Da müsste ich zumindest den Namen des Mädchens und das genaue Datum des Unfalls finden können.«

Nach kurzer Suche hielt er eines der Bücher triumphierend in die Höhe. »Wusste ich doch, 1999 ist es gewesen, da war ich mir recht sicher!«

Er überflog die Datumsangaben der Seiten und blätterte sie schnell durch, bis er endlich im Monat November fündig wurde. »Hier ist das Einsatzprotokoll.« Er begann vorzulesen:

> »Einsatz in Riefsum, Siedlungsweg 1.
> Datum: 25.11.1999, 17.50 Uhr.
> Eingesetzte Beamte: Pannebacker, Wieland.
> Tatbestand: Unglücksfall durch herabstürzende Dachteile, drei Personen getötet, eine Person leicht verletzt geborgen.«

Danach folgten die Personalien der Personen, und Stine Lessing schrieb mit. Ihr besonderes Interesse galt dem überlebenden Mädchen:

> Natalie Wehrmann, 26.5.1996 Jever.

Das ebenfalls im Buch aufgeführte Aktenzeichen des damals von Pannebacker gefertigten Unfallberichtes brachte sie allerdings keinen Schritt weiter. Pannebacker erklärte: »Das Original habe ich noch in der Nacht zur Staatsanwaltschaft geschickt. Eine Kopie ist hier an der Dienststelle geblieben, die werden wir jedoch nicht mehr finden. Die Verwahrzeit dieser Akten liegt bei zehn Jahren, danach fliegt bei uns alles raus und geht in den Papierschredder. Nur die Einsatztagebücher heben wir auf. Die nehmen schließlich keinen Platz weg. Dass jemand nach einem Vorgang fragt, der«, er stutzte und blickte zur Sicherheit noch einmal auf den Wandkalender, »der fast auf den Tag genau vor zwanzig Jahren passiert ist, und dann noch die Akten einsehen will, das ist hier noch nie passiert.«

Grote wurde nachdenklich und bestätigte: »Sie haben recht. Es ist schon ein sehr merkwürdiger Zufall, dass dieser Fall an seinem zwanzigsten Jahrestag so massiv in den Fokus rückt. Wissen Sie vielleicht, ob die Unglücksursache jemals festgestellt worden ist? Es muss damals doch umfangreiche Untersuchungen gegeben haben, oder nicht?«

Pannebacker nickte eifrig. »Oh ja, die hat es gegeben. Nur ist *offiziell* nie etwas darüber bekannt geworden.«

Das Wort ›offiziell‹ zog er dermaßen in die Länge, dass er damit Nachfragen geradezu provozierte.

Stine Lessing beugte sich kumpelhaft vor. »Herr Kollege, Esens ist kein Dorf, das ist mir schon klar. Aber immerhin so klein, dass zumindest Sie als Dorfsheriff das eine oder andere mitkriegen, oder?«

Pannebacker lächelte und verfiel zeitweise unbewusst in die »Du-Form«: »In Ostfriesland gibt es keine Sheriffs. Wenn ihr euch mit der Geschichte dieses Landes beschäftigt hättet, wüsstet ihr, dass es hier nur Friesenstämme und ihre Häuptlinge gab, schon vor tausend Jahren.«

Er machte eine kurze Spannungspause. »Aber wenn du schon so fragst: Als einer der Häuptlinge dieser kleinen Stadt habe ich tatsächlich etwas erfahren. Durch mehrere Gutachten wurde damals festgestellt, dass es in zweierlei Hinsicht Pfusch bei dem Bau des Hauses gab. Zuerst hat der Architekt wohl die Last des Glases falsch berechnet. Die Träger sollen nicht ausreichend belastbar gewesen sein. Doch dann kam wohl noch ein weiterer Aspekt dazu, und das war das minderwertige Material, das verwendet wurde. Die Stützen des Vorbaus waren aus billigem, ungeeignetem Metall, und das verwendete Glas entsprach nicht der erforderlichen Sicherheitsstufe. Es hätte selbst beim Zusammenbruch des Vordachs niemals zersplittern dürfen. Da hat der Bauunternehmer versucht, Geld zu sparen.«

»Wenn ich das richtig verstehe, war das Unglück nur möglich, weil diese beiden Faktoren zusammenkamen, oder?«, fragte Grote nach.

»Ja, genauso ist es wohl gewesen. Zwei Pfuscher, drei Tote«, sagte Pannebacker verbittert, um danach fortzufahren: »Und dann gab es ja noch den ehrenwerten Staatsanwalt Holtkamp, der all das vertuschte, weil die Beweise angeblich nicht ausreichten, um Anklage zu erheben.

Wir haben hier nie wieder etwas von der Sache gehört. Deshalb versteht ihr vielleicht, warum ich so einen Hass auf Holtkamp habe.«

»Wussten Sie, dass der Architekt Oltmanns und der Bauunternehmer Wollens Jagdfreunde des Staatsanwalts waren?«

Pannebacker schüttelte den Kopf. »Ich kenne nur Wollens, der gehörte zu der ganzen Mafia, in der sich Holtkamp bewegte. Den Architekten kenne ich nur dem Namen nach. Aber ich würde mich nicht wundern, wenn er auch dazugehörte.«

Stine Lessing konnte es sich nicht verkneifen zu bemerken: »In Anbetracht der Umstände sollten wir nicht von ›kennen‹, sondern eher von ›kannten‹ sprechen. Beide sind nämlich tot. Ermordet!«

Dorfpolizist Pannebacker blickte seine Kollegin erstaunt an. »Ach nee, der Architekt ist auch umgebracht worden? Das mit Hermann Wollens hab ich natürlich mitbekommen, aber dass es den Architekten erwischt hat, wusste ich bisher nicht.«

Er dachte einen kurzen Moment nach und bewies dann, dass er bei aller Ruhe und Gemütlichkeit, die er ausstrahlte, nicht zu unterschätzen war. Er schaute zu Grote und nickte langsam. »Jetzt verstehe ich die Zusammenhänge: Ein toter Architekt, ein toter Baustoffhändler oder Bauunternehmer, nennen Sie ihn, wie Sie wollen. Dann noch ein toter Staatsanwalt. Dazu die verschwundenen Akten.«

Grote führte seine Gedanken fort: »Und alle Todesfälle ziemlich genau am zwanzigsten Jahrestag des Unglücks. Da drängt sich geradezu der Gedanke auf, dass es sich hier um einen Rachefeldzug handelt, oder?«

Pannebacker bewies noch einmal, dass er schnell und klug denken konnte: »Lasst mich raten: Ihr hattet bisher schon den Verdacht, dass es sich bei dem Täter um eine Frau handeln könnte, stimmt's?«

Er wartete die Antwort gar nicht erst ab. »Und nun habt ihr einen Namen: Natalie Wehrmann!«

*

Eine halbe Stunde später fanden sich Stefan Grote und Stine Lessing im Hotel »Frisia« wieder. Es handelte sich um ein schlichtes, aber sauberes Haus in unmittelbarer Nähe des Marktplatzes von Esens. Pannebacker hatte ihnen die Zimmer durch einen Anruf besorgt, obwohl es schon auf dreiundzwanzig Uhr zuging.

Den Entschluss, in Esens zu bleiben, hatten sie zuvor schnell gefasst. Es lag auf der Hand, dass der Schlüssel zur Lösung aller Mordfälle hier in Ostfriesland lag. Da machte es keinen Sinn, noch in der Nacht zurück nach Hannover zu fahren, um am nächsten Tag wieder herzukommen.

Die Inhaberin des Hotels nahm sie selbst in Empfang und führte sie auf ihre Zimmer. Dann drückte sie jedem von ihnen einen Plastikbeutel mit den wichtigsten Hygieneartikeln in die Hand. »Wie ich sehe, haben Sie ja kaum Gepäck dabei. Für solche Fälle habe ich immer etwas griffbereit. Es kommt häufig vor, dass Monteure ungeplant bei mir übernachten. Sie arbeiten an den Windrädern, die hier auf jeder Wiese stehen.«

Sie schloss die beiden nebeneinanderliegenden Zimmer auf und übergab die Schlüssel. »Haben Sie überhaupt schon etwas gegessen? Wenn Sie möchten, kann ich Ihnen Bratkartoffeln mit Rührei anbieten. Die Küche ist natürlich schon zu, doch wenn Sie wollen, kriege ich das noch hin! In zwanzig Minuten unten im Speisesaal?«

Grote und Stine Lessing nahmen das Angebot gerne an. Sie verschwanden in ihren Zimmern und nutzten die Zeit, wenigstens für ein paar Minuten unter die warme Dusche zu gehen. Grote hätte sich dazu gerne mehr Zeit gegönnt, doch als er fertig war, band er sich nur schnell ein Handtuch um. Dann rief er bei seiner Frau an und wählte seine Worte mit Bedacht. Er teilte ihr lediglich mit, dass er mit den Kollegen seiner Dienststelle unterwegs wäre und morgen in Ostfriesland noch einiges zu erledigen sei. Er vermied es bewusst, bei seiner Frau den Eindruck zu erwecken, dass er sich wieder direkt in die Ermittlungen eingeschaltet habe. Schon gar nicht sagte er ihr, dass er mit einer recht jungen, ansehnlichen Kollegin allein unterwegs war, die gerade im Nebenzimmer duschte.

Entsprechend froh war er, als er merkte, dass seine Frau die Situation, ohne nachzufragen, akzeptierte. Dann rief er Maik Köster an, um ihn über die Ergebnisse dieses ereignisreichen Tages zu informieren. Obwohl er seinen Stellvertreter aus dem Schlaf holte, war der erfreut, dass es zu einem Ermittlungsfortschritt gekommen war, der nun sogar einen Namen trug: Natalie Wehrmann.

»Da wir ja nun genau wissen, wen wir suchen, könnten wir doch morgen an die Öffentlichkeit gehen, oder was meinst du, Stefan?«

Grote entschied sich dagegen. »Nein, Maik, lass uns lieber noch einen Tag warten. Ich halte es für möglich, dass sich Natalie Wehrmann immer noch hier in der Gegend aufhält. Wenn Holtkamp wie vermutet im Laufe der letzten Nacht auf seinem Hochsitz ermordet wurde, dann weiß Natalie Wehrmann vermutlich gar nicht, dass wir seine Leiche bereits gefunden haben und ihr auf den Fersen sind. Den Vorteil sollten wir nicht verschenken! Morgen fahren wir zum Jugendamt nach Wittmund. Dort werden wir sicherlich erfahren, wo und bei wem sie aufgewachsen ist. Dann wissen wir endlich ganz genau, wo wir suchen müssen.«

Maik Köster überzeugte diese Argumentation, dennoch warnte er Grote vorsorglich: »Ich sehe das genauso, aber du solltest wissen, dass Dr. Richter am Nachmittag angerufen hat. Im Mittagsmagazin hat Sascha Kleinhagen, du weißt, dieser nervige Reporter, wieder einmal versucht, eine Bombe gegen das Landeskriminalamt zu zünden. Er wirft dem LKA Untätigkeit vor, weil wir zumindest nach außen hin bisher keinerlei Erfolge vorzuweisen haben. Der Chef muss das irgendwie abfedern. Ich soll dich daran erinnern, dass er sich vor dich gestellt hat und für dich den Kopf hinhält. Den möchte er gerne behalten, sagt er.«

Grote konnte sich gut vorstellen, dass sein Chef im Moment auf einem heißen Stuhl saß. Und dieses Feuer konnte nur durch Erfolge gelöscht werden. »Okay, das verstehe ich. Dann sprich morgen mit ihm! Wenn wir ab Mittag mit der Öffentlichkeitsfahndung in die Medien gehen, hat er wenigstens etwas in der Hand, um den Reporter ruhigzustellen. Aber bitte keinesfalls vor dem Mittag! Wir brauchen hier jede Stunde, in der sich Natalie Wehrmann noch in Sicherheit wiegt.«

Maik Köster versprach, den Chef entsprechend zu informieren.

Es war nun an der Zeit, und Grote ging hinunter in den Speisesaal, wo er auf die bereits an einem Tisch sitzende Stine Lessing traf. Ihre roten Haare hatte sie nur flüchtig trockengerubbelt und nicht einmal gekämmt. Sie sah aus wie ein Punker, doch auch das stand ihr gut zu Gesicht.

Grote konnte sich den Spruch nicht verkneifen: »Frau Lessing, Sie können einfach alles tragen!«

Lange konnte Stine sich nicht auf ihrem Zimmer aufgehalten haben, denn sie arbeitete bereits konzentriert daran, die Ergebnisse des Tages in Schriftform zu bringen, damit Maik Köster sie am nächsten Tag in Hannover präsentieren konnte.

Grote kam aus dem Staunen nicht heraus. Stine war von nie nachlassendem Arbeitseifer und hoher Konzentration. Allmählich gewann er den Eindruck, als benötige sie im Gegensatz zu ihm selbst kaum Erholungspausen. Zumindest war es ihr schneller gelungen, die Akkus wieder aufzuladen, als ihm, denn er verspürte nach diesem langen Tag eine bleierne Müdigkeit.

Stine Lessing wurde schon wieder ganz dienstlich. »Mir ist gerade aufgefallen, dass Natalie Wehrmann beim Einchecken im Hotel auf Juist tatsächlich eine Angabe gemacht hat, die korrekt war. Sie hat ihr echtes Geburtsdatum angegeben. Vermutlich war sie da einen kurzen Moment unbedacht.«

Sie tippte weiter herum, drückte zum Abschluss noch eine Taste und sagte kess: »Feierabend!« Dann klappte sie ihren Laptop zusammen und stellte ihn neben dem Tisch auf den Boden.

Die Inhaberin des Hotels kam aus der Küche und brachte beiden eine riesige Portion herrlich krosser, duftender Bratkartoffeln. Daneben türmte sich ein Berg Rührei auf, der so groß war, als hätte sich eine ganze Legebatterie ins Zeug gelegt. Während des Essens begannen die beiden Kollegen, über den kommenden Tag zu sprechen. Grote bemerkte gar nicht, dass er Stine Lessing in dem Gespräch mehrmals ungewollt duzte. Sie war taktvoll genug, so zu tun, als würde sie das nicht bemerken, doch irgendwann fiel es Grote selbst auf.

»Entschuldigen Sie, dass ich …«, er brach ab, denn was er sagen wollte, kam ihm lächerlich vor. »Quatsch, es gibt nichts zu entschuldigen. Ich heiße Stefan, das weißt du ja! Und dass du Stine heißt, ist mir irgendwann mal aufgefallen. Also, ab heute sind wir beide per Du. Wenn wir schon gemeinsam durch Ostfriesland wandern müssen, uns die Schuhe einsauen und beinahe erfrieren, können wir auch auf die Förmlichkeiten verzichten. Also – auf weiterhin gute Zusammenarbeit!«

Er hob das Bierglas und hielt es ihr hin. Sie stieß mit ihrem Mineralwasser an und nickte, ohne ihm in die Augen zu sehen. Zu überraschend kam die Geste ihres Chefs. Grote duzte nur wenige Mitarbeiter, das wusste sie. Deshalb erfüllte sie sein Angebot mit großem Stolz. Ihn mit seinem Vornamen anreden mochte sie aber noch nicht. Daran musste sie sich erst noch gewöhnen.

Sie hatten noch nicht fertig gegessen, als Grotes Handy läutete. Der Anruf kam vom Leiter der Tatortgruppe, die inzwischen ihre Arbeit am Hochsitz beendet hatte. Das Ergebnis überraschte nicht: Spuren waren wieder einmal nicht gefunden worden, und der erste Augenschein durch die Lichtmast-Kamera hatte sich bestätigt. »Holtkamp ist die Kehle durchschnitten worden. Erst danach betrat der Täter den Hochsitz endgültig, nahm dem bereits verblutenden Holtkamp den Revolver ab und verfeuerte alle sechs Schuss in seinen Unterleib. Die Tat ist dem Mörder durch Holtkamps Ahnungslosigkeit ziemlich leicht gemacht worden«, sagte Grotes Kollege.

Grote korrigierte ihn: »Wir wissen inzwischen sicher, dass es sich nicht um einen Mörder, sondern um eine Mörderin handelt.«

Sein Kollege war nicht im Mindesten überrascht. »Das ist sehr gut möglich. Es würde sogar Holtkamps Arglosigkeit erklären. So wie es aussieht, hat die Frau leichtes Spiel gehabt. Wir gehen davon aus, dass sie ihr Opfer von unten gerufen hat und dann die Leiter zu ihm hinaufgeklettert ist. Vermutlich hat Holtkamp sich dann nach unten gebeugt, um zu schauen, wer da heraufkommt … Tja, da war es schon zu spät. Er hat offensichtlich überhaupt nicht mit einem Angriff gerechnet. Sein Gewehr stand noch angelehnt neben ihm am Geländer. Ich denke, wenn ein Mann ihn angesprochen hätte, wäre er vielleicht etwas vorsichtiger gewesen und hätte zu einer seiner Waffen gegriffen, aber so …«

Grote beendete das Gespräch. Stine Lessing hatte die ganze Zeit mitgehört. Dann brabbelte sie mit vollem Mund etwas vor sich hin. »Wie bitte? Ich hab dich nicht verstanden.«

Sie schluckte hastig herunter, spülte mit einem Schluck Wasser nach und wiederholte ihre Worte: »Manche Männer sind dafür geschaffen, eines Tages glückliche Witwen zu hinterlassen. Ich finde, das passt auf Holtkamp.«

Grote schaute sie zweifelnd an. »Ist das nun auch wieder einer deiner geliebten Sprüche von Shakespeare?«

Sie prustete laut los. »Nein, von Robert Lembke!«

Mittwoch
Totenhaus

Nach einem hastig heruntergeschlungenen Frühstück verließen die beiden am nächsten Morgen das Hotel und waren um neun Uhr bereits auf dem Weg nach Wittmund, um beim dortigen Jugendamt Informationen über Natalie Wehrmann einzuholen. Als sie auf die Straße traten, hatten sie das Gefühl, gegen eine warme Wand zu laufen. Die Temperatur war in kurzer Zeit um mehr als zehn Grad gestiegen. Bereits in der Nacht war das Klappern der Fensterläden zu hören gewesen, denn ein von Stunde zu Stunde zunehmender Wind zerrte an den Häusern herum und verwehte die letzten Nebelschwaden. Im Hotel fand das niemand ungewöhnlich, schnelle Wetterwechsel war man hier an der Küste gewohnt.

Sie fuhren auf derselben Landstraße, die sie am gestrigen Abend bereits benutzt hatten. Grote hatte im Lichtstrahl des Scheinwerfers den Wegweiser nach Riefsum vorbeihuschen sehen. Nun entschied er sich aus einer spontanen Eingebung heraus: »Fahr doch mal links ab, wir sollten uns die Zeit nehmen, Riefsum anzusehen. Es sind ja nur wenige Kilometer.«

Die Idee war Grote so plötzlich in den Kopf gekommen, dass Stine Lessing nicht rechtzeitig genug abbremsen konnte und beinahe im Straßengraben gelandet wäre. Der Wagen schlingerte hin und her, bis sie ihn endlich wieder unter Kontrolle hatte. Grote sah ihren vorwurfsvollen Blick und meinte schuldbewusst: »Ja, ja, schon verstanden. Nächstes Mal sage ich rechtzeitig Bescheid.«

»Du könntest damit unser Leben retten«, erwiderte sie schnippisch und erschrak über sich selbst, weil sie ihren Chef zum ersten Mal geduzt hatte.

Grote lächelte süffisant, auch ihm war das aufgefallen.

Die Fahrt ging über eine holprige Allee. Die Bäume waren vom stetigen Westwind tief gebeugt und gen Osten gebogen. Einige Äste hatte der Sturm bereits abgerissen und auf die Straße geschleudert. Stine Lessing musste höllisch aufpassen und war immer wieder gezwungen, in Schlangenlinien zu fahren, um den Hindernissen auszuweichen. Nach einer scharfen Kurve überquerten sie einen Kanal, der braunes, aufgepeitschtes Wasser führte. Erst nachdem sie die Brücke hinter sich gelassen hatten, konnten sie in einiger Entfernung die ersten Häuser Riefsums erkennen.

Der Ort bestand aus einer geringen Anzahl flacher Häuser. Am Rande, zu den Wiesen hin, waren einige große Bauernhöfe zu erkennen, und aus der Mitte des Ortes ragte ein trotziger Kirchturm heraus.

Grote dachte gerade, dass der Anblick dieser Landschaft im Sommer sicherlich seinen Reiz haben müsse, als Stine Lessing aus dem Nichts heraus eine Vollbremsung vollführte.

Er wurde heftig in die Gurte gepresst und wollte schon seiner Fahrerin Vorwürfe machen, als Stine wortlos auf ein Haus wies, das in einigen hundert Metern Entfernung einsam auf einer Wiese stand. Selbst von ihrem Standort aus war zu erkennen, dass niemand mehr in diesem Haus wohnte. Die meisten der Scheiben waren eingeschlagen, und statt einer Haustür ragte ein schwarzes Loch aus dem Mauerwerk.

Stine setzte zurück und bog in eine asphaltierte Straße ein, die in ihren Ausmaßen überdimensioniert wirkte. Vermutlich war sie einmal als Hauptzufahrt in das damals geplante Gewerbegebiet angelegt worden. Am Ende der Straße zweigte ein Schotterweg ab, der in Richtung des einsamen Hauses führte. Rechts, an einem wieder zugewachsenen Entwässerungsgraben, waren zwei Masten eingeschlagen, an denen noch die Reste einer hölzernen Informationswand hingen. Der überwiegende Teil davon war im Laufe der Zeit durch Wind und Wetter zerstört worden. Nur einzelne, verwitterte Bretter hielten noch stand und schwankten im Sturm hin und her. Die Farbe war verblasst, lediglich an einer Stelle konnte man das Wort ›Musterhaus‹ erahnen.

Sie stiegen aus, und Grote hatte Mühe, die Autotür gegen den Wind zu öffnen. Der trieb schwarze Wolken über das Land, und es war nur eine Frage der Zeit, bis der erste Regen fiel. Sie gingen langsam auf das Haus zu und zögerten am Eingang, es zu betreten.

Konnte ein Haus aussehen wie ein Totenkopf? Stine Lessing kam es fast so vor. Die eingeschlagenen Fensterscheiben wirkten wie tote Augen, die herausgebrochene Tür wie ein aufgerissener Mund. Vom Dach des Hauses kam ein schepperndes Geräusch. Sie schaute nach oben und sah, dass an einer Stelle des Daches die Pfannen wie von einer Sturmfaust weggerissen waren. Lose Dachpfannen klapperten im Wind.

Die Hauswände waren zur Westseite hin grünlich vermoost, an anderen Stellen war der Putz abgeblättert. Stine spürte, dass es auch Grote widerstrebte, dieses Totenhaus zu betreten. Er hatte bereits einen Fuß auf die Türschwelle gesetzt, zog ihn aber wieder zurück und ging stattdessen lieber seitlich um das Haus herum. Als er die Terrasse erreichte, blieb er so abrupt stehen, dass Stine gegen ihn prallte.

Entweder lag es daran, dass beide davon ausgegangen waren, dass wohl irgendjemand im Laufe der Jahre die Spuren des Unglücks wenigstens grob beseitigt hätte, aber nichts dergleichen war geschehen. Vielleicht war es aber auch die erschreckende Erkenntnis, dass selbst zwanzig Jahre es nicht geschafft hatten, diesem Ort das Grauen zu nehmen, das auf ihm ruhte. »Die Zeit heilt alle Wunden, sagt man. Wie falsch das ist!«

Grote sprach den Satz leise zu sich selbst und war überrascht, als Stine Lessing ihm antwortete: »Ja, das ist einfach nicht wahr!«

Betroffen starrten sie auf den Haufen von Metall und Glas. Der Wind hatte an einigen Stellen Erde angeweht, sodass aus den Trümmern Gräser herauswuchsen. An einer Stelle konnten sie noch die Reste einer Weihnachtsgirlande erkennen. Die einst grünen Tannennadeln aus Kunststoff waren inzwischen verwittert und grau. Von der zugehörigen Lichterkette war nichts mehr zu finden. Wahrscheinlich hatte ein taktloser Plünderer die Kette an sich genommen, um sie zu nutzen. »Frohe Weihnachten!«, dachte Stine Lessing angewidert bei dieser makabren Vorstellung.

Grote wünschte sich bei dem Anblick dieses verstörenden Ortes den Kollegen Pannebacker her, der ihnen noch einmal mit einem eiskalten Korn den Schrecken vertreiben könnte. Aber sie mussten selbst mit ihren Gefühlen klarkommen.

Grote löste sich als Erster von dem Anblick, wobei ihm der einsetzende Regen half. Die nassen Tropfen wirkten im Gesicht wie eine kalte Dusche. Er ging am Rande der Terrasse lang und betrat das Haus. Ein fauliger Geruch überfiel ihn, der von den schwarzen Schimmelflecken stammte, die Teile der Wände überzogen. In den Räumen sah es so aus, als hätten die Vandalen gehaust.

Es hatte anscheinend genug skrupellose Menschen gegeben, die alles Brauchbare mitgenommen und den Rest zerstört hatten. In einer Ecke des Raumes stand eine durchnässte Couch, deren Polster aufgeschlitzt waren. Auf dem Boden lagen leere Schnapsflaschen. Die von den Wänden hängenden Tapeten waren an einigen Stellen angebrannt, aber wegen der überall herrschenden Feuchtigkeit wieder verloschen.

Auch Stine hatten mittlerweile Regen und Sturm von der Terrasse vertrieben. Sie trat ein und hörte, wie das Haus im Sturm ächzte und stöhnte, als wolle es sich gegen die ungebetenen Besucher wehren. Sie schaute sich angeekelt um und vermied es, irgendetwas anzufassen. Trotz des Unbehagens, das sie befiel, ging sie die Treppe hinauf, bis plötzlich vom Dachgeschoss her dumpfes Klappern zu vernehmen war. Sie zuckte zusammen, griff zu ihrer Pistole und blieb stehen, um zu horchen. Erst als ihr auffiel, dass das Geräusch im Einklang mit den Sturmböen war, traute sie sich weiter.

Als sie ein Zimmer betrat, das dem Anschein nach einmal das Elternschlafzimmer gewesen war, fand sie die Ursache des Geräusches: Ein im Sturm hin und her schlagendes Fenster krachte von Zeit zu Zeit mit voller Wucht gegen die Wand. Beruhigt steckte sie ihre Pistole zurück in das Holster und wollte den Raum gerade wieder verlassen, als ihr Blick auf etwas fiel, das sie die Schusswaffe wieder in die Hand nehmen ließ. Instinktiv trat sie zurück und stellte sich mit dem Rücken an die Wand. So hatte sie es auch gestern im Wald gemacht, als sie das Gefühl beschlich, einer lauernden, unsichtbaren Gefahr ausgesetzt zu sein. »Stefan, wir sind vielleicht nicht allein im Haus! Ich hab hier oben etwas Seltsames gefunden!«, rief sie ihrem Kollegen zu.

Grote hörte den angespannten Unterton in ihrer Stimme, zog seine Waffe und ging vorsichtig Schritt für Schritt die Treppe hinauf. Im Untergeschoss des Hauses konnte niemand sein, denn dort hatte er alle Räume in Augenschein genommen. Wenn, dann konnte sich nur oben jemand aufhalten.

»Ich bin jetzt oben. Wo bist du, Stine?«

»Im Elternschlafzimmer, gleich rechts neben der Treppe. Hier ist niemand, schau in die anderen Räume.«

Er ging mit vorgestreckter Pistole von Raum zu Raum, bis er sicher war, dass sich außer ihm und seiner Kollegin niemand im Haus aufhielt. »Hier ist alles sauber, ich komme jetzt zu dir rein!«

Er kündigte das vorsichtshalber an, um nicht bei Stine eine Schreckreaktion auszulösen. Er wäre nicht der erste Polizist, der durch einen Kollegen irrtümlich erschossen wurde.

Als er den Raum betrat, hatte Stine Lessing ihre Waffe wieder weggesteckt. »Schau dir das mal an!«

Sie zeigte auf die Mitte des Zimmers. Dort, wo die zerfallenen Reste des Elternbettes standen, war obendrauf ein frischer Blumenstrauß abgelegt worden. Zwei rote Rosen waren mit einigen Blättern zu einem kleinen Strauß gebunden, wie man ihn bei Beerdigungen als letzten Gruß in ein offenes Grab wirft. Grote nahm den Strauß in die Hand, befühlte die Blätter und rieb sie in der Hand hin und her. Sie waren frisch und noch feucht.

Nun erinnerte er sich, auch im Nebenzimmer eine Blume gesehen zu haben, der er allerdings keine Beachtung geschenkt hatte. »Warte mal einen Augenblick!«

Er kam wieder und hielt eine einzelne Rose in der Hand. Sie hatte nebenan im früheren Kinderzimmer gelegen, und auch sie war in der gleichen Art mit grünen Blättern aufgebunden. »Fühl selbst, die Blätter sind ebenfalls frisch.«

Stine nahm beide Sträuße in die Hand und betrachtete die Schnittstellen, an denen die Stängel gekürzt worden waren. »Du hast recht. Die Blumen sind erst vor kurzer Zeit hier abgelegt worden, sonst wären die Schnittstellen am Stiel schon vertrocknet.«

Ihr wurde unbehaglich. »Wenn es Natalie Wehrmann war, die diese Blumen hier abgelegt hat, dann ist sie kurz vor uns hier gewesen. Womöglich haben wir sie nur um Stunden verpasst.«

Grote nickte. »Ja, ich bin mir ganz sicher, sie war hier. Sie hat am Ort ihrer Kindheit zum Andenken an ihre Eltern und ihre Schwester Blumen niedergelegt. Ich würde allerdings nicht von Stunden sprechen, nein, ich bin überzeugt, wir sollten eher von Minuten reden.«

Grote begann, laut nachzudenken: »Bleibt nur die Frage, wo sie die frischen Blumen heute Morgen gekauft hat. Von einer Tankstelle sind die gewiss nicht, denn sie wurden fachmännisch zusammengebunden. Wir haben es jetzt«, er schaute auf seine Armbanduhr, »kurz nach zehn Uhr. Wann machen eigentlich Blumenläden auf?«

Stine wiegte den Kopf hin und her. »Ich vermute mal, um acht oder neun Uhr. Ich könnte mir vorstellen, dass mit Sicherheit in Esens, vielleicht sogar in Riefsum die Möglichkeit besteht, frische Blumen zu kaufen.«

Die beiden verließen eilig das Haus und liefen durch den mittlerweile prasselnden Regen zum Auto. »Am besten fahren wir gleich nach Riefsum und suchen dort nach einem Blumengeschäft. In Esens soll Pannebacker die Läden überprüfen lassen.«

Er wählte die Nummer der Polizei in Esens, schleuderte das Handy aber im selben Moment wütend in den Fußraum. »Ich krieg hier noch die Krise! Über lahmes Internet rege ich mich ja schon gar nicht mehr auf, aber dass man hier nicht einmal telefonieren kann, ist nicht zu fassen!«

Sie hatten inzwischen Riefsum erreicht. Auf der einzigen größeren Straße des Ortes fanden sie außer einem Tante-Emma-Laden keine weiteren Geschäfte. Stine hielt an und sprang aus dem Auto. Noch bevor Grote reagieren konnte, verschwand sie in dem Laden und tauchte nach einer Minute wieder auf. »In diesem Geschäft bekommt man keine Blumen. Es gibt hier im Ort in dem Sinne auch gar keinen Blumenladen. Allerdings befindet sich neben dem Friedhof eine Kranzbinderei. Dort werden Schnittblumen verkauft.«

Sie wendete und fuhr in Richtung des bulligen Kirchturmes, der von jedem Punkt des Ortes aus zu sehen war. Dort angekommen, fanden sie sogleich den Friedhof und an dessen Eingang die Kranzbinderei Wübbena.

Einen Verkaufsraum gab es dort nicht. Es sah eher wie eine Werkstatt aus. Grote musste mehrfach rufen, bis endlich aus den anliegenden Wohnräumen ein Mann angeschlurft kam. Er rieb seine schmutzigen Hände an der viel zu großen Cordhose ab, schnäuzte sich die Nase und verzichtete zu Stines Erleichterung darauf, ihnen die Hand zu geben. »Moin, was kann ich für euch tun?«

Grote hielt es für angeraten, diesmal seinen Dienstausweis zu zücken, obwohl er es im Allgemeinen vermied. In diesem Falle hoffte er allerdings, die Auskunftsfreudigkeit des Mannes zu fördern, was ihm jedoch nicht gelang. »Haben Sie heute Morgen schon Blumen verkauft?«

Der Mann blickte misstrauisch. »Und wenn?«

Grote spürte, dass der Mann nicht sprechen wollte. »Ich frage noch einmal: An wen haben Sie heute Morgen Blumen verkauft? Würden Sie mir das bitte sagen?«

Grote betonte das ›bitte‹ so deutlich, dass es eher wie ein Ultimatum klang. Den Mann beeindruckte das allerdings gar nicht. »Nee, weiß ich nicht mehr.«

Stine Lessing bekam eine Ahnung, warum der Mann sich so stur anstellte. Im ganzen Raum war keine Ladenkasse zu entdecken. »Hören Sie mal, lieber Herr Wübbena, ich nehme an, Sie sind der Inhaber selbst, oder?«

Sie wartete gar nicht erst auf eine Antwort und sprach gleich weiter: »Wir sind von der Kriminalpolizei und ermitteln in einem Mordfall. Wir sind also nicht vom Finanzamt und schon gar nicht von der Steuerfahndung. Deshalb interessiert es uns überhaupt nicht, ob Sie Ihre Blumenverkäufe über die Kasse laufen lassen oder den Verdienst direkt in Ihre Tasche stecken, okay?«

Die Gesichtszüge des Mannes hellten sich auf. »Tja, wenn ihr mich so fragt, fällt es mir tatsächlich wieder ein. Kurz nach acht war mal jemand hier und hat Blumen gekauft.«

»Rote Rosen? Kleine Trauersträuße, gesteckt mit Grünzeugs herum?« Stine Lessing war froh, dass der Mann endlich anfing, mit ihnen zu sprechen.

Der Mann nickte. »Da hab ich mich gewundert. Die Frau wollte diese Sträuße unbedingt haben. Dabei findet heute gar keine Beerdigung bei uns statt. Eigentlich werden solche Sträuße nämlich nur zu solchen Anlässen gekauft.«

»Können Sie uns die Frau beschreiben?«

»Das will ich meinen!« Er lächelte hintergründig. »Auch wenn ich bald an die siebzig gehe, da gucke ich ganz gerne mal hin. Die war richtig chic, so ein Typ, den man hier auf dem Dorf nicht findet. Die langen blonden Haare – toll! Schlank war sie, und moderne, sportliche Klamotten trug sie.«

Er schnalzte mit der Zunge. »Früher, als ich noch jung war, da hätte ich die nicht so schnell wieder aus dem Laden gelassen. Könnt ihr mir glauben, mit Frauen konnte ich ganz gut damals.« Er lächelte erinnerungsselig.

»Was hatte die Frau denn genau an? Können Sie uns das beschreiben?«, fragte Grote ungeduldig. Sie waren Natalie Wehrmann so dicht auf den Fersen, und der alte Mann schwelgte zeitraubend in Erinnerungen.

»So genau hab ich nicht darauf geachtet. Auf jeden Fall waren die Jacke und die Hose dunkel. Das sah ja auch besonders gut aus zu ihren blonden Haaren. Außerdem hatte sie es eilig. Sie hat kaum geschnackt, schnell die drei Sträuße bezahlt, dann war sie wieder weg.«

Stine Lessing korrigierte den Mann: »Sie hat also die drei Rosen bezahlt, meinen Sie.«

Der Mann wurde ärgerlich. »Nee, ich meine genau das, was ich euch gesagt habe! Drei Sträuße hat sie gekauft. Einmal eine Rose mit Grün, dann zwei Rosen mit Grün und dann noch einmal ein Strauß mit drei Rosen, auch gebunden mit Grün.«

Stefan Grote und Stine Lessing sahen sich fragend an. Zwei Sträuße hatten sie gefunden, der dritte Strauß mit drei Rosen fehlte. Grote schoss eine Idee in den Kopf. »Kennen Sie eigentlich die Familie Wehrmann?«

Die ständigen Fragen gingen dem Kranzbinder langsam auf die Nerven. »Hast du vielleicht eine Ahnung, wie viele Wehrmanns es hier in der Gegend gibt?«

Grote ging das alles viel zu langsam. Die Zeit rann ihnen durch die Hände. »Ich meine die Wehrmanns, die damals in dem Haus draußen auf der Wiese am Ortseingang wohnten. Dort, wo es das Unglück gab.«

Der Mann brauchte nicht lange nachzudenken. »Ach die, ja, die kannte ich. Allerdings nicht besonders gut. Das waren ja Zugezogene.«

»Ist die Familie damals hier im Ort bestattet worden?«

»Nein, hier nicht. Die Polizei hat die Leichen nach dem Unglück zur Untersuchung mitgenommen. Wo sie danach bestattet wurden? Keine Ahnung. Bei uns in Riefsum liegen sie jedenfalls nicht.«

Stine merkte, dass der alte Mann keine Lust verspürte, noch weitere Fragen zu beantworten. »Noch eine letzte Frage, dann sind Sie uns auch schon wieder los. War die Frau heute Morgen mit einem Auto unterwegs?«

»Ja, mit einem kleinen grünen. Fragen Sie mich jetzt bloß nicht, was für ein Modell das war. Vielleicht ein Japaner oder Franzose. Mit so was kenne ich mich nicht aus.«

Grote war froh, als sie endlich die Kranzbinderei verlassen konnten. Der Mann war ihm mächtig auf die Nerven gegangen. Wieder im Auto schaute Stine Lessing ihren Chef an und fragte: »Denken wir jetzt beide dasselbe?«

Er nickte. »Ich glaube schon. Natalie Wehrmann hat ihren Rachefeldzug gestern Nacht im Wald am Hochsitz beendet. Für sie ist die Schuld am Tode ihrer Familie gesühnt. Dann legt sie nach zwanzig Jahren am Unglücksort Blumen nieder, für die Eltern und ihre Schwester. Damit beschließt sie das Kapitel.«

Stine Lessing stimmte ihm so weit zu, führte seine Gedanken aber noch ein Stück weiter fort. »Ich denke, so ganz hat sie das Kapitel noch nicht abgeschlossen. Da ist schließlich noch das Grabgesteck mit den drei Rosen. Ich denke, diese Rosen sind für Vater, Mutter und ihre Schwester. Wo anders als am Grab ihrer Familie sollte sie diese Rosen ablegen? Erst wenn sie dort gewesen ist, kann sie vermutlich endgültig Abschied nehmen und zur Ruhe kommen.«

Dann fügte sie leise hinzu: »Ohne zu entschuldigen, was sie getan hat, aber auf eine besondere Art kann ich diese Frau allmählich verstehen.«

Grote schwieg. Stines Schlussfolgerungen waren logisch, obwohl sie Gefühlen entsprangen, die wohl nur eine Frau entwickeln konnte. Ihm war so etwas fremd. Abrupt beendete er die Gedenkminute und sagte: »Wir stehen unter Zeitdruck. Vermutlich hast du recht und Natalie Wehrmann fährt tatsächlich irgendwo hier in der Gegend herum, auf dem Weg zum Grab ihrer Eltern, von dem wir keine Ahnung haben, wo sich das befindet. Außerdem wissen wir überhaupt nicht, wo sie sich in den letzten Jahren aufgehalten hat. Wir kennen nicht einmal ihre Lebensumstände. Vielleicht sind sie in Hannover inzwischen ein Stück weiter.«

Er rief bei Maik Köster an und freute sich, dass es wenigstens hier im Ort mit der Verbindung klappte. »Maik, habt ihr euch schon mit Natalie Wehrmann beschäftigt? Wo wohnt sie, was macht sie, hat sie ein Auto?«

Die Antwort war eine einzige Enttäuschung: »Hör mal, Stefan, seid ihr ganz sicher, dass die Personalien richtig sind? Wir finden in all unseren Systemen nichts, rein gar nichts, unter diesen Daten. Eine Frau mit dem Namen Natalie Wehrmann und diesem Geburtsdatum hat es in Deutschland nie gegeben. Wir haben selbstverständlich andere Schreibweisen durchgecheckt und auch Zahlendreher beim Geburtsdatum in Betracht gezogen, doch da gibt es nichts.«

»Ich werde langsam wahnsinnig!« Grote schlug sich mit der Faust auf den Oberschenkel. »Immer wenn wir uns einbilden, etwas in der Hand zu haben, bricht es wieder zusammen. Die Frau fährt hier fast unter unseren Augen durch Ostfriesland. Womöglich sind wir schon einmal an ihr vorbeigefahren, aber wir können sie nicht packen. Es bleibt nur eins: Wir müssen doch noch zum Jugendamt nach Wittmund fahren. Anscheinend können nur die unsere Fragen beantworten.«

Er beendete das Gespräch mit Hannover und klopfte auf das Lenkrad. Auffordernd blickte er seine Kollegin an: »Los, ab nach Wittmund, aber zügig. Du kennst den Weg ja.«

Während Stine Lessing sich bemühte, trotz des Sturmes einigermaßen flott zu fahren, um ihren ohnehin schon gereizten Chef nicht auf die Palme zu bringen, wollte Grote im Handy nach der Anschrift des Jugendamtes in Wittmund suchen.

»Du brauchst nicht zu suchen. Das Jugendamt befindet sich direkt neben dem Amtsgericht. Habe ich zufällig gesehen.«

Sie konnte sich ein überlegenes Lächeln nicht verkneifen.

Grote spielte den Gekränkten und stöhnte: »Wieso erfahre ich eigentlich immer alles als Letzter?«

Um elf Uhr saßen sie im Jugendamt Wittmund einer Frau gegenüber, die sie erst einmal taxierte, dann die Arme vor der Brust verschränkte und in einem ablehnenden Unterton nach ihren Wünschen fragte.

Grote wies sich aus, stellte Stine Lessing vor und erklärte: »Wir brauchen von Ihnen alle Angaben über ein damals knapp vierjähriges Mädchen, das vor zwanzig Jahren in Ihre Obhut gekommen ist. Ihr Name ist Natalie Wehrmann. Es ist sehr wichtig, es geht um Mord!«

Ihr Gegenüber lehnte sich noch ein weiteres Stück zurück und sagte einfach nur: »Nein!«

Grote hatte zuerst das Gefühl, dass er falsch verstanden habe, doch die Frau wiederholte: »Nein.« Dann bequemte sie sich, noch einen Satz nachzuschieben: »Ohne Beschluss von Gericht oder Staatsanwaltschaft läuft bei mir gar nichts.«

Stine Lessing sah, wie die Gesichtsfarbe ihres Chefs vor Wut von Rot auf Lila zu wechseln drohte. »Jetzt hören Sie mir mal ganz genau zu!« Er beugte sich weit nach vorne und schaute sie mit zusammengekniffenen Augen an. »Ich sage es Ihnen noch einmal zum Mitschreiben: Wir ermitteln hier in vier, ich wiederhole, in vier Mordfällen! Und Sie verschanzen sich hinter dem Datenschutz!«

Ihm wären noch einige Beleidigungen eingefallen, die er gerne noch hinzugefügt hätte, jedoch schluckte er diese herunter.

Als er sah, dass seine Worte auf die Frau nicht den geringsten Eindruck gemacht hatten, langte er ungefragt über ihren Schreibtisch und ergriff das darauf liegende Behördentelefonbuch. Vor sich hin schimpfend suchte er die Seite der Staatsanwaltschaft heraus. Dort stieß er auf den Namen Martin Holtkamp, der noch nicht durch den seiner Nachfolgerin ersetzt worden war. Nun hielt er ihr die aufgeschlagene Seite dicht vor das Gesicht und blaffte sie an: »So, und jetzt rufen Sie diese Nummer hier an. Es meldet sich die Nachfolgerin von Staatsanwalt Holtkamp. Der ist übrigens auch ermordet worden, falls Sie das überhaupt interessiert. Von der Staatsanwältin bekommen Sie den Beschluss, den Sie ja unbedingt benötigen, damit es Ihnen erspart bleibt, selbst mal Verantwortung zu übernehmen und eine Entscheidung zu treffen.«

Die Drohung mit der Staatsanwaltschaft und Grotes Wutausbruch verunsicherten die Frau dann doch. Sie sah, dass der Polizist drauf und dran war, vollends aus der Haut zu fahren. Schlagartig änderte sich ihr Ton und wurde geradezu unterwürfig. »Das wird nicht nötig sein. Dann wollen wir mal schauen. Man hilft ja gerne, wenn man kann, oder?«

Grote drehte sich zur Seite und kniff die Lippen zusammen. Er hätte kotzen können vor Wut, zumindest fühlte er sich so. Gerade die plötzlich gespielte Freundlichkeit dieser Frau brachte ihn zum Kochen.

Stine Lessing musste jetzt einspringen, um die Lage nicht unrettbar eskalieren zu lassen. Ihr Chef konnte das Gespräch nicht weiterführen, ohne auf volle Konfrontation zu gehen. Also übernahm sie seinen Part. »Das ist sehr freundlich! Also, schauen Sie doch bitte einmal nach, welche Unterlagen es bei Ihnen über diese Natalie Wehrmann gibt.«

Die Frau tippte auf dem Computer herum. Sodann blickte sie verängstigt auf und traute sich kaum, es zu sagen: »Ich kann hier unter diesem Namen nichts finden.«

Grote sprang auf, als wollte er auf die Frau losgehen.

Stine Lessing sprach schnell weiter: »Vielleicht suchen Sie einfach mal nur unter dem Geburtsdatum. Damit kommt man ja manchmal auch weiter, stimmt's?«

Die Frau nahm den ihr zugeworfenen Rettungsring gerne an. Ängstlich schaute sie zu Grote herüber und tippte das Geburtsdatum ein, so schnell sie nur konnte. Eine Minute später schaute sie erleichtert auf. »Ich habe hier einen Treffer unter Natalie Redenius, geboren am 26.5.1996.«

Grote kühlte ganz langsam wieder herunter und nickte ihr gequält aufmunternd zu, weiterzusuchen. Die Frau las einen Moment in den Akten, dann konnte sie eine Erklärung liefern.

»Das Mädchen ist nach einem Unglücksfall ihrer Eltern in die Obhut des Jugendamtes gelangt. Weitere Angehörige gab es nicht. Nach einer

Heimunterbringung von einigen Monaten ist das Mädchen als Pflegekind an die Familie Redenius in Hilgenriedersiel vermittelt worden.«

Noch während die Frau sprach, gab Stine den Namen der Ortschaft in ihr Handy ein und stellte fest, dass sich dieser Ort ungefähr zehn Kilometer westlich von Norden befand. Natalie Redenius war praktisch am Meer, direkt hinter dem Deich, aufgewachsen. »Das Ehepaar Redenius hatte selbst keine Kinder und war glücklich, die Kleine ein Jahr später adoptieren zu können, deshalb die Namensänderung. Auch die Geburtsurkunde wird in solchen Fällen umgeschrieben und selbst die Polizei hat auf die früheren Daten ohne Weiteres keinen Zugriff, um das Kind und die Adoptiveltern zu schützen. Bis zu ihrem achtzehnten Lebensjahr hat es in der Familie natürlich immer die üblichen Kontrollen gegeben. Es gab nie irgendwelche Beanstandungen. Das Kind ist bei seinen Adoptiveltern behütet aufgewachsen. Als zum letzten Mal eine Mitarbeiterin unseres Hauses bei Herrn und Frau Redenius war, stand Natalie kurz vor ihrem Abitur. Mehr kann ich Ihnen nicht sagen. Mit Natalies Volljährigkeit wurde die Akte von uns geschlossen.«

Sie zögerte und blickte noch einmal auf den Bildschirm. »Falls das für Sie von Interesse ist: Bis zu ihrem achtzehnten Geburtstag ist sie hier im Hause noch bei unserer Jugendpsychologin, Frau Dr. Seibert, in Behandlung gewesen. Ich schau mal, ob sie gerade in ihrem Zimmer ist.«

Während ihr Drucker die für die Polizei bedeutsamen Unterlagen ausspuckte, führte sie ein kurzes Telefonat. Danach übergab sie Stine Lessing die Papiere und zeigte ihnen das Zimmer von Frau Dr. Seibert am anderen Ende des Flures. Grote nickte ihr zum Abschied wenigstens zu, mehr war ihm im Moment nicht abzuverlangen. Stine wahrte die Form und gab ihr zumindest die Hand.

Als sie bei Dr. Anna Seibert eintraten, war die Situation eine völlig andere. Entweder war sie von vornherein ein kooperativer Mensch oder von ihrer Kollegin über Grotes angespannten Gemütszustand in Kenntnis gesetzt worden. Grote war das völlig egal, denn die Psychologin kam gleich zum Thema. »Sie interessieren sich also für Natalie? Wenn ich Ihnen alles über dieses Mädchen erzählen würde, was es zu sagen gäbe, dann säßen wir am Abend noch hier. Traumatisierte Kinder haben wir bei unserer Arbeit leider häufiger, aber Natalies Fall ragt weit heraus.«

Grote wusste, dass er Einzelheiten zu den bisherigen Ermittlungen auf den Tisch legen musste, um von der Psychologin die Antworten zu bekommen, die ihnen weiterhelfen würden. »Wir ermitteln gegen Natalie Wehrmann«, er korrigierte sich, »gegen Natalie Redenius wegen vierfachen Mordes. Wir gehen davon aus, dass ihre Taten von Rache gesteuert waren, und schätzen sie als hochgefährlich und gewalttätig ein.«

Die Psychologin sah Grote erschrocken an. »Ich kann kaum glauben, was Sie da sagen. Doch Sie werden Ihre Gründe haben, Natalie zu verdächtigen.«

Sie überlegte kurz und wählte ihre weiteren Worte mit Bedacht. »Vermutlich werden Sie sich darüber wundern, was ich Ihnen jetzt sage: Ihre Worte haben mich deshalb so erschreckt, weil ich Natalie nicht für gewalttätig halte.«

Grote sah sie zweifelnd an. »Das ist eine kühne Behauptung. Diese Frau tötet vier Menschen und ist Ihrer Einschätzung nach nicht gewalttätig? Das kann ich nicht nachvollziehen.«

Anna Seibert lächelte gequält. »Glauben Sie mir, ich kenne Natalie seit vielen Jahren und gebe doch unumwunden zu, dass ich sie niemals komplett durchschauen konnte. In ihr schlummern gewiss Dinge, die sie nicht zu steuern vermag, aber jemand, der Rache übt, ist deshalb nicht automatisch auch gewalttätig in seinem Wesen.

Denken Sie mal an sich selbst. Sind Sie gewalttätig? Sie werden das vermutlich verneinen. Haben Sie Kinder?«

Grote nickte und dachte an seine beiden Jungen.

»Wenn jemand Ihren Kindern etwas unfassbar Schlimmes antun würde, etwas, das auch Ihr Leben völlig zerstört, wäre Ihnen der Gedanke von Rache trotzdem total fremd? Könnten Sie aus Rache zum Mörder werden?«

Die Psychologin ließ die Frage sekundenlang im Raum stehen, und obwohl oder weil er die Antwort wusste, hütete Grote sich, ihre Frage zu beantworten.

Stattdessen sagte er: »Natalie war zu dem Zeitpunkt des Unglücks gerade einmal dreieinhalb Jahre alt. Was bleibt da an Erinnerungen haften? Reicht das, um später Rachegefühle auszulösen?«

Anna Seibert musste weit ausholen: »Wissen Sie, in der Entwicklung von Kleinkindern gibt es eine Schwelle, bis zu der die sogenannten ›frühkindlichen Erinnerungen‹ vergessen werden. Vielleicht bleiben im Unterbewusstsein noch einige Dinge wie Gerüche, Melodien oder anderes haften, aber die konkrete Erinnerung geht irgendwann verloren.

Ab dem dritten Lebensjahr jedoch bleiben Erinnerungen zunehmend haften, dabei ist natürlich ausschlaggebend, wie bedeutsam das Erlebnis ist, das diese Erinnerungen auslöst. Ich habe damals Einblick in die

Unterlagen der Gerichtsmedizin bekommen. Natalies Mutter hat nach dem Zusammenbruch des Glasdaches noch einige Minuten gelebt. Sie hatte zwar Kopfverletzungen, doch sie lebte und konnte ihre Tochter schützen, die unter ihr lag. Erst dann hat sich ein spitzes Glasstück gelöst, das noch irgendwo dort oben hing. Es ist in ihren Unterleib gefahren und hat die Frau verbluten lassen. All das ist unter den Augen ihrer Tochter geschehen. Entscheiden Sie selbst, wie tiefgreifend dieses Erlebnis für ein Kind ist.«

Stine mochte gar nicht darüber nachdenken. »Daran konnte Natalie sich also später noch erinnern?«

»Leider, genau das ist ja das Tragische. Sie hat ihren Vater und ihre Schwester gesehen, die tot auf dem Boden lagen. Dem Vater steckte noch eine Glasscherbe im Hals, ihrer Mutter eine im Unterleib.

All das hat sie bewusst erlebt. Sprechen konnte sie darüber nie, aber ich könnte Ihnen Bilder von ihr zeigen, die sie mit sieben und acht Jahren gemalt hat. Die zeigen genau diese Situation. Als sie älter wurde, hat sie sich mir gegenüber geweigert, ihre Erinnerungen offenzulegen, das heißt aber noch lange nicht, dass all das aus ihrem Kopf verschwunden ist. Die Bilder sind geblieben und tauchen immer wieder auf, ob sie will oder nicht.«

Grote schilderte, auf welche Art die Männer zu Tode gekommen waren, die Natalie Redenius auf dem Gewissen hatte. Ein Vergleich der ihnen zugefügten Verletzungen an Hals und Unterleib mit den Todesumständen ihrer Eltern lag auf der Hand. Dann wies er die Psychologin auf den Unterschied zwischen den Verletzungen Jan Webers und denen der anderen drei Männer hin.

»Sehen Sie, das zeigt ja, was ich meine. Ihren Kollegen hat Natalie ohne jeden Anflug von Hass getötet. Sie fühlte sich in einer Art Notwehr, denn es bestand die Gefahr, dass sie enttarnt würde und somit ihre Rache nicht mehr zu Ende führen könnte. Die anderen Männer hat sie auf die gleiche Art getötet, wie ihre Eltern starben. Wie Sie schon sagten: ein Schnitt in den Hals, eine Einwirkung auf den Unterleib. Ob durch Messer, Heugabel oder Schüsse, das war dabei für sie sicher nicht von Bedeutung. Hauptsache, am Ende waren ihre Opfer genauso verstümmelt wie damals ihre Eltern. Darum ging es ihr.«

Die Psychologin schwieg eine Weile, um ihren Besuchern die Zeit zu lassen, ihre Gedanken zu ordnen. Erst dann sprach sie wieder: »Weil Natalie mich nicht in ihre Erinnerungen schauen ließ, haben wir versucht, ihre neue Lebenssituation zu verarbeiten. Sie hat sich in ihrer Adoptivfamilie wohlgefühlt. Gerade deshalb musste ich ihr aber dabei helfen, mit ihrer alten Familie abzuschließen. Doch nach Riefsum wollte sie nie mit mir fahren, obwohl das für sie so wichtig gewesen wäre. Zu dem Grab ihrer Eltern habe ich sie jedoch mehrmals begleiten dürfen.«

Grote wurde hellhörig. »Wo sind ihre Eltern eigentlich begraben worden? In Riefsum ja wohl nicht, wie wir wissen.«

»Nein, dort nicht. Weil es keine Angehörigen gab, wurde von Amts wegen die Beisetzung in Norden, auf dem Städtischen Friedhof am Barenbuscher Weg, verfügt. Warum gerade dort, entzieht sich meiner Kenntnis. Vielleicht weil es dort am billigsten war. Es handelte sich um ein ganz einfaches Grab, nicht einmal ein Grabstein ist von der Behörde aufgestellt worden.«

Sie stutzte kurz. »Dann war da aber noch etwas, das jetzt, nachdem ich weiß, was sie getan hat, einen besonderen Sinn ergibt. Bei unserem letzten gemeinsamen Besuch auf dem Friedhof, das war kurz vor Natalies achtzehntem Geburtstag, war ich total überrascht, als dort plötzlich ein Grabstein stand. Natalie hat neben der Schule gejobbt und sich das Geld vom Munde abgespart. Ihre Adoptiveltern hätten ihr das Geld für den Grabstein sogar gegeben, aber das wollte sie nicht. Natalie hätte das als Einmischung empfunden, wie sie mir mal sagte. Es sei eine Sache nur zwischen ihr und ihrer Familie. Dieser Umstand zeigt im Nachhinein, wie sehr Natalie noch mit ihrer Vergangenheit beschäftigt war.«

Stine war nicht sicher, ob sie die Psychologin richtig verstanden hatte. »Natalie sprach immer noch von einer Sache zwischen ihr und ›ihrer‹ Familie? Ihre Familie waren für sie nach wie vor die verstorbenen Eltern und ihre Schwester, nicht die Adoptiveltern?«

Die Psychologin nickte. »Genauso war es, sie hat niemals zu ihren Pflegeeltern ›Mama‹ oder ›Papa‹ gesagt. Sie sprach sie mit Vornamen an, wie gute Freunde. Sicherlich hat sie ihre Adoptiveltern auf ihre eigene Weise in ihr Herz geschlossen, aber geliebt …? Ich weiß nicht, ob Natalie überhaupt fähig ist zu lieben. Da steht ihr leider nach wie vor die Erinnerung im Wege.«

Bevor sie gingen, war es Stine Lessing noch wichtig, eine Frage zu stellen, die sie schon seit einiger Zeit beschäftigte: »Frau Dr. Seibert, eines würde ich gerne noch wissen. Ist Natalie Ihrer Meinung nach geisteskrank?«

Die Psychologin lächelte. »Den Begriff ›geisteskrank‹ benutzen wir in der Psychologie oder Psychiatrie heute nicht mehr. Er ist viel zu unscharf. Aber wenn ich ihn in dem Sinne gebrauche, wie Sie ihn vermutlich verstehen, würde ich Nein sagen.

Natalie ist vielleicht krank im tieferen Sinne, aber sie hat sich mir gegenüber nie so geöffnet, dass ich in ihre Seele blicken konnte. Eines kann ich Ihnen versichern: Auffällig nach außen hin ist sie nicht, falls das der Hintergrund Ihrer Frage war. Und noch eines kann ich Ihnen sagen, denn Sie würden diese Frage ohnehin noch stellen: Natalie ist meiner Einschätzung nach voll verantwortlich für das, was sie tut. Sie könnte gegensteuern, wenn sie wollte. Dafür spricht auch die Kaltblütigkeit, mit der sie handelt. Gefährlich ist sie dadurch allemal. Sie sollten sich auch nicht der Illusion hingeben, dass sie nun, da sie ihre Rache ausgelebt hat, ungefährlicher wird. Natalie ist ganz gewiss nicht der Typ, der sich festnehmen lassen wird. Denken Sie daran, was Ihrem Kollegen im Zug widerfahren ist!«

Die beiden Polizisten hatten genug gehört. Sie verließen das Jugendamt und strebten eilig dem Parkplatz zu. Stefan Grote schaute auf die Uhr und stellte fest, dass sie sich viel zu lange im Amt aufgehalten hatten. Kostbare Zeit, die Natalies Vorsprung wieder vergrößerte.

Auf dem Weg zum Auto wurden die kahlen Bäume wieder von schweren Sturmböen hin und her gerissen. Regenschauer jagten waagerecht über den Marktplatz und trieben die wenigen Menschen in die Häuser. Stine Lessing wusste, wie es weitergehen musste. Sie startete das Auto, blickte Grote an und schlug vor: »Zuerst zum Friedhof in Norden, dann zu den Eltern nach Hilgenriedersiel, richtig?«

Es war genau das, was Grote gerade sagen wollte. »Ja, Stine, etwas anderes macht im Moment keinen Sinn. Wenn wir auf dem Friedhof in Norden den dritten Blumenstrauß finden, wissen wir, dass sie immer noch in der Nähe ist. Wenn nicht – nun, dann waren unsere Überlegungen eben falsch!«

Die Fahrt von Wittmund nach Norden zog sich länger hin, als sie erwartet hatten. Der Sturm schleuderte solche Regenmengen gegen ihre Windschutzscheibe, dass die Scheibenwischer kaum in der Lage waren, die Wassermassen von der Scheibe zu befördern. So mussten sie langsamer fahren, als ihnen lieb war.

Stefan Grote nutzte die Zeit, um Maik Köster darüber zu informieren, dass Natalie Wehrmann nun den Namen Redenius trug, und ihn zu bitten, diesen Namen schnellstens durch die Computersysteme zu jagen.

Die Antwort ließ nicht lange auf sich warten. Sie ergab, dass Natalie Redenius nicht mehr bei ihren Eltern in Hilgenriedersiel, sondern in Oldenburg gemeldet war. Die Adresse ließ darauf schließen, dass es sich um ein Studentenwohnheim der Uni Oldenburg handelte. Tatsächlich ergab eine Nachfrage bei der Uni, dass sie für ein Masterstudium in Biologie immatrikuliert war. Ansonsten hatten die Überprüfungen nichts Besonderes ergeben. Irgendwelche Vorstrafen oder etwas

Ähnliches gab es nicht, aber das hatte Grote auch nicht erwartet. Ein Auto war auf ihren Namen nicht zugelassen. Woher der Kleinwagen kam, den sie zurzeit nutzte, ließ sich nicht feststellen. Somit gab es auch kein Autokennzeichen, das man zur Fahndung hätte ausschreiben können.

Insgesamt bestätigten sich die Worte der Psychologin in Wittmund, die das Bild einer Einzelgängerin gezeichnet hatte, die keine Kontakte zu anderen Menschen suchte. Obwohl Grote sicher war, dass sich Natalie Redenius nach wie vor in Ostfriesland, vielleicht sogar ganz in ihrer Nähe, aufhielt, bat er Köster, die Studentenwohnung in Oldenburg überprüfen zu lassen.

*

Der Spruch »Man sieht sich immer zweimal im Leben« wurde von Maik Köster anders ausgelegt als allgemein üblich. Er interpretierte diesen Satz positiv und trat deshalb anderen Menschen, ganz besonders Kollegen, grundsätzlich offen und hilfsbereit entgegen. So hatte er Verständnis dafür, dass Paul Sänger vom KDD in Oldenburg sich ab und an bei ihm erkundigte, ob es im Fall Jan Weber Neuigkeiten gäbe. Zwar war Sänger für diesen Mordfall nicht mehr zuständig, trotzdem fühlte er sich irgendwie beteiligt. Die beiden Polizisten mochten sich, deshalb bestand zwischen ihnen gutes Einvernehmen.

Aus diesem Grund konnte Köster sicher sein, dass er von Sänger die Unterstützung bekommen würde, die er jetzt brauchte. Es war nur ein Anruf auf dem »kurzen Dienstweg« erforderlich, und Sänger erklärte sich spontan bereit, zur Wohnung von Natalie Redenius zu fahren.

Über den Stand der Ermittlungen war er im Wesentlichen informiert und musste deshalb nicht lange eingewiesen werden. Den erforderlichen Durchsuchungsbeschluss hatte Köster nach einem Anruf beim Staatsanwalt auf elektronischem Wege bekommen und mit einem lässigen Knopfdruck nach Oldenburg weitergeleitet. Sänger brauchte ihn nur noch auszudrucken. Wenig später machte er sich in Begleitung von zwei Kollegen auf den Weg zum Uni-Gelände, um im Auftrag des LKA Hannover die Wohnung von Natalie Redenius zu durchsuchen.

Das Studentenwohnheim im Artillerieweg befand sich nur wenige hundert Meter vom Campus entfernt. Angesichts der Größe des Gebäudes machten sie gar nicht erst den Versuch, Natalie Redenius' Wohnung selbst zu finden, sondern begaben sich auf die Suche nach dem Hausmeisterbüro. Auf halbem Wege kam ihnen ein Mann im blauen Kittel entgegen, dessen strenger und selbstbewusster Blick unzweifelhaft seinen besonderen Status widerspiegelte. Offensichtlich ordnete er sich selbst in der Hierarchie der Uni knapp unterhalb des Kanzlers ein.

Oberkommissar Sänger zog aus seinem Habitus die einzig richtige Schlussfolgerung. »Sie sind sicherlich der Hausmeister für dieses Studentenwohnheim, ist das richtig?«

Der Mann zuckte zusammen, als habe man ihm ohne Betäubung in die Zahnwurzel gebohrt. »Erstens: Das ist hier kein Studentenwohnheim, sondern eine Wohneinrichtung für Studierende! Zweitens: Wer will das wissen?«

Sänger ließ sich nicht aus der Ruhe bringen und wiederholte ironisch seine Frage in einem Terminus, der das Gefallen des Hausmeisters fand. »Sind Sie der zuständige Facility-Manager dieser Studierendenwohneinrichtung?«

Zugleich hielt er seinen Dienstausweis in die Höhe.

Von einem Moment zum anderen vollzog sich in seinem Gegenüber eine Wandlung, der Hausmeister wurde jovial: »Ach so, ihr seid von der Polizei! Na, dann ist alles in Ordnung. Sprechen Sie einfach so, wie Ihnen der Schnabel gewachsen ist. Ich bin da ganz auf Ihrer Seite. Man muss hier allerdings mit seiner Wortwahl ziemlich vorsichtig sein. Der ganze Gender-Irrsinn wird an der Uni auf die Spitze getrieben. Ein falsches Wort, und man ist gleich ein alter Chauvi. Das möchte ich mir ersparen. Also, was kann ich für euch tun?«

»Es geht um eine Studentin hier in diesem Haus. Ihr Name ist Natalie Redenius, sagt Ihnen das etwas?«

Der Hausmeister lachte amüsiert. »Glaubt ihr etwa, ich hätte alle Bewohner im Kopf? Allein in diesem Objekt wohnen fast dreihundert Studenten. Es herrscht ein ständiges Kommen und Gehen, da verliert man den Überblick.«

Während er das sagte, griff er in seine Brusttasche und holte eine zusammengefaltete Namensliste heraus. »Diese Liste drucke ich mir jeden Morgen aktuell aus. Anders geht es gar nicht.« Sein Finger huschte über die Zeilen. »Sie sagten Redenius? Richtig, hier hab ich sie. Appartement 213.«

»Wir müssten uns dort einmal umsehen. Haben Sie einen Schlüssel für das Appartement?«

Er wollte dem Hausmeister den Durchsuchungsbeschluss zeigen, doch den interessierte das Schreiben überhaupt nicht. »Kommt einfach mit!« Der Hausmeister holte einen Schlüssel aus der Hosentasche, der mit einer Metallkette am Gürtel befestigt war. »Ich bin Kummer gewohnt, deshalb habe ich meinen Universalschlüssel immer dabei.«

Als sie vor der Tür des Studentenappartements in der Artilleriestraße standen, verzichtete Sänger darauf, zu klingeln. Die Beamten zogen ihre Pistolen, stellten sich an beiden Seiten der Tür auf und baten den Hausmeister, sie geräuschlos zu öffnen. In dem Moment, wo das Türschloss vernehmlich klickte, schoben sie den Hausmeister fort, stießen mit einem Fußtritt die Tür auf und stürmten in das Appartement. Es hätte dieser Vorsicht nicht bedurft, denn schnell stellten sie fest, dass sich außer ihnen niemand im Raum befand.

Das Appartement war einfach eingerichtet und befand sich in einem tadellosen Zustand. Es wirkte beinahe steril und war penibel aufgeräumt. Nirgendwo lagen Bekleidungsstücke herum. Der Schreibtisch sah aus, als wären die dort liegenden Utensilien mithilfe eines Winkelmessers ausgerichtet worden. Auf der Schreibtischunterlage waren vier runde Abdrücke eines Laptops zu erkennen, der hier einmal gestanden hatte. Die wenigen Unterlagen, die sich fanden, waren alle älteren Datums und ließen erahnen, dass die Bewohnerin des Appartements sich seit Monaten nicht mehr um ihr Studium kümmerte. Es musste in ihrem Leben seit einiger Zeit andere Dinge gegeben haben, die sie beschäftigten und ihr wichtiger waren.

Sänger schaute sich aufmerksam um. Dem Zimmer fehlte jegliche Gemütlichkeit oder persönliche Note. Keine Blumen, keine Fotos von ausgelassenen Studentenpartys, auch keine Selfies mit Kommilitonen oder irgendwelcher Schnickschnack, wie es für eine Studentenbude zu erwarten gewesen wäre. Lediglich auf dem Nachttisch neben dem Bett stand ein Bilderrahmen. Paul Sänger betrachtete das verblichene Foto.

Ein großer, kräftiger Mann war darauf zu sehen. In seinem Arm hielt er eine lächelnde Frau. Vor den beiden standen zwei kleine Mädchen, die übermütig in die Kamera blickten und Grimassen zogen. Im Hintergrund war ein neu gebautes Haus zu erkennen, das einsam auf einer Wiese stand.

Sänger stellte das Foto wieder an seinen Platz, während seine beiden Kollegen dabei waren, das Zimmer zu durchsuchen.

Es gab nichts, einfach gar nichts, was von Interesse hätte sein können. Man musste den Eindruck gewinnen, als wenn die Bewohnerin kein Privatleben geführt habe. Abgesehen von den Studienunterlagen war nichts Schriftliches aufzufinden, weder Notizen, Briefe noch Adressen.

Plötzlich klopfte es an der Tür. Sänger gab seinen Kollegen ein Zeichen, leise zu sein. Dann riss er mit gezogener Pistole die Tür auf.

Vor ihm stand ein schlaksiger, milchgesichtiger junger Mann. Als er die Waffe des Polizisten erblickte, riss er erschrocken die Hände hoch und wurde kalkweiß im Gesicht.

Ohne lange zu fackeln, packte Sänger ihn mit der freien Hand, zog ihn in die Wohnung und drückte ihn mit seinem dicken Bauch mühelos an die Wand. Er hielt ihm seine Pistole direkt vor die Nase und gab der Wohnungstür mit dem Fuß einen Schubs, damit sie sich wieder schloss. Dann griff er in aller Ruhe in die Jackentasche und hielt seinen Dienstausweis hoch.

Erst jetzt begriff der junge Mann, dass er einem Polizisten gegenüberstand, und stammelte mit schlotternden Knien: »Ich wollte … ich dachte doch nur, Natalie wäre endlich wieder zu Hause.«

Sänger steckte seine Pistole wieder weg, um sein Gegenüber nicht noch länger einzuschüchtern. »Ist Frau Redenius Ihre Freundin?«

Der Mann schüttelte heftig mit dem Kopf. »Nein. Ich wohne im Appartement nebenan. Wir sind häufig am Morgen den Weg zur Uni zusammen gegangen. Ich mag sie gerne, weil sie immer so still und freundlich ist. Mit ihr kann man gut reden.«

Er machte eine kurze Pause. »Mehr leider auch nicht. Ich habe sie oft eingeladen, nur zum Essen und Quatschen, doch das war ihr schon zu viel. Auch zu den großen Uni-Feten ist sie niemals mitgekommen.«

»Wann haben Sie sie denn zuletzt gesehen?«

»Nun, das war ganz seltsam. Vor einigen Monaten zog Natalie sich immer weiter zurück. Ich befürchtete schon, sie wolle den Kontakt zu mir völlig abbrechen. Sie ging morgens nicht mehr zu den Vorlesungen, und obwohl ich hörte, dass sie zu Hause war, hat sie nicht geöffnet.

Doch in den letzten Wochen stand sie ab und an vor meiner Tür und fragte, ob ich ihr für ein oder zwei Tage mein Auto leihen würde. Sie sagte, sie hätte familiäre Dinge zu erledigen und könne das ohne Auto nicht tun.

Ich habe nicht nachgefragt, warum sie sich zuvor so zurückgezogen hat oder welche Dinge sie zu erledigen hat. Stattdessen habe ich mich einfach nur gefreut, dass sie wieder Kontakt zu mir suchte. Wenn ich mein Auto nicht selbst brauchte, habe ich es ihr gerne gegeben.

Als ich eben Geräusche aus ihrer Wohnung hörte, dachte ich, dass sie wieder zurückgekommen ist. Ich wollte meine Autoschlüssel abholen.«

Sänger ließ sich Typ und Kennzeichen des Autos geben. »Haben Sie im Moment telefonischen Kontakt zu der Frau?«

Der junge Mann schüttelte traurig den Kopf. »Sie hat mir nie ihre Handynummer gegeben, obwohl ich sie einmal danach fragte. Das wäre für sie schon zu viel Nähe gewesen – und Nähe hat sie nicht zugelassen.«

Sänger drückte dem Mann seine Karte in die Hand und bedeutete ihm, gehen zu dürfen. »Falls Ihre Nachbarin hier wieder auftaucht, rufen Sie mich bitte an! Nehmen Sie aber auf keinen Fall Kontakt mit ihr auf, verstanden?«

»Ich verstehe nicht, was ist denn mit Natalie los? Hat sie etwas angestellt?«

»Ja, so kann man es ausdrücken, sie hat etwas angestellt. Im Moment darf ich Ihnen dazu allerdings nicht mehr sagen.«

Die Durchsuchung war so gut wie beendet und hatte nichts ergeben. Lediglich an einer Pinnwand neben der Eingangstür hing ein Rezept, das schon vor vielen Wochen von einem Nervenarzt ausgestellt worden war. Natalie Redenius hatte es nicht eingelöst. »Aggredicon.« Sänger sagte den Namen vor sich her, während er ihn in sein Handy eingab. Das Ergebnis kam schnell. Bei dem Medikament handelte es sich um ein Präparat gegen aggressive Schübe, das psychisch kranken Menschen wegen seiner Nebenwirkungen nur in seltenen Fällen verschrieben wurde.

Die Praxis des ausstellenden Arztes befand sich nicht weit entfernt, und er beschloss, jetzt gleich dorthin zu fahren. Er ließ das Appartement vom Hausmeister wieder verschließen und schickte seine beiden Kollegen zurück zur Dienststelle. Dann machte er sich auf den Weg zum Aussteller des Rezeptes.

»Dr. Bernhard Grosske, Facharzt für Psychiatrie und Psychotherapie, Termine nur nach Vereinbarung« stand auf dem Emailleschild neben der Eingangstür eines modernen Bürohauses. Paul Sänger klingelte, und über die Rufanlage erklang die Stimme einer Frau: »Sie wünschen?«

»Mein Name ist Sänger, von der Kripo Oldenburg. Ich möchte gern den Doktor in einer dringenden Angelegenheit sprechen.«

»Haben Sie einen Termin?«

»Nein, ich bin dienstlich hier, nicht als Patient.«

»Einen Moment bitte!«

Sänger war fest davon überzeugt, abgewimmelt zu werden, doch es kam anders. »Der Doktor erwartet Sie, bitte kommen Sie in den ersten Stock!« Der Türsummer brummte, und kurz darauf betrat Sänger die Praxis.

Dr. Grosske war ein hagerer Mann mit spitzer Nase und Nickelbrille. Er saß hinter einem viel zu großen Schreibtisch, der mit Patientenakten und Fachbüchern überladen war. Als Sänger eintrat, machte er keinerlei Anstalten, sich zu erheben oder seinem Besucher gar entgegenzugehen.

Wortlos wies er auf einen Stuhl und eröffnete sogleich das Gespräch: »Ich nehme an, Sie sind wegen Natalie Redenius hier, richtig?«

Sänger war verblüfft. Eine solche Begrüßung hatte er nicht erwartet. »Ja, das stimmt. Sie scheinen von meinem Erscheinen nicht sonderlich überrascht zu sein.«

Dr. Grosske schwieg, schüttelte nur mit dem Kopf und ließ den Polizisten weitersprechen. »Wie wir von einem in ihrer Wohnung aufgefundenen Rezept wissen, ist Frau Redenius eine Patientin von Ihnen. Es ist für uns von großem Interesse zu erfahren, warum sie sich bei Ihnen in Behandlung befindet. Ich weiß, dass Sie der Schweigepflicht unterliegen, und wenn Sie darauf bestehen, kann ich Ihnen gerne eine entsprechende Anordnung durch das Gericht …«

Dr. Grosske unterbrach ihn schroff: »Geschenkt, ich kann mir denken, dass Sie diese Anordnung problemlos bekommen würden. Zuvor nur eine Frage: Hat sie es wirklich getan?«

Sänger beschloss, sich erst einmal ahnungslos zu stellen: »Was bitte meinen Sie damit?«

Der Doktor sah ihn mit ernstem Blick an und schlug vor: »Lassen Sie uns doch eine Vereinbarung treffen: Ich bin Ihnen gegenüber offen, Sie mir gegenüber. Ist das akzeptabel?«

KOK Sänger zögerte nur kurz, dann nahm er das Angebot an. »Ja, sie hat es getan. Wir gehen fest davon aus, dass sie vier Menschen getötet hat.«

Der Doktor sackte in sich zusammen. Seine Gesichtsfarbe wurde aschfahl. Er schloss die Augen, atmete mehrmals tief durch und begann dann langsam zu sprechen. »Vor etwa drei Monaten meldete sich eine junge Frau telefonisch bei uns in der Praxis. Meine Assistentin nahm den Anruf entgegen. Sie ist sehr geschult und spürte sofort die panische Reaktion der Anruferin, als sie ihr sagen musste, dass sie frühestens in einem halben Jahr mit einem Termin rechnen könne. Die Frau stammelte etwas von Mord oder Selbstmord, weil ein wichtiger Termin auf sie zukäme, vor dem sie Angst habe.«

Sänger unterbrach ihn: »Ich nehme an, bei der Anruferin handelte es sich um Frau Redenius?«

Doktor Grosske nickte. »Meine Assistentin bot ihr daraufhin einen Notfalltermin für den kommenden Tag an. Frau Redenius erschien pünktlich, und als ich ihr das erste Mal gegenübersaß, dachte ich, dass meine Assistentin die Situation falsch eingeschätzt hatte, denn die Frau wirkte völlig ruhig, zurückhaltend und geradezu sanft auf mich. Ich bat sie, mir ihre Beschwerden zu schildern, die sie veranlasst hatten, zu mir zu kommen. Sie berichtete von schweren Schlafstörungen und

Alpträumen, die sie seit vielen Wochen verfolgten. Auch könne sie ihrem Studium nicht mehr nachgehen.

Bis zu diesem Zeitpunkt war alles ruhig und normal, und erst als ich sie fragte, um was für Alpträume es sich handelte, vollzog sich in ihr eine Verwandlung, die mich erschreckte. Von einer Sekunde zur anderen änderte sich nicht nur ihr Blick, sondern es war, als säße ich plötzlich einer ganz anderen Frau gegenüber. Nicht mehr ruhig und sanftmütig, sondern kalt, brutal, getrieben und rational.«

Der Doktor schüttelte ernst den Kopf. »Wissen Sie, ich beschäftige mich ständig mit psychisch kranken oder traumatisierten Menschen. Da erlebt man so einiges, doch diese Frau machte mir Angst. Ich gab ihr nach unserem Gespräch als Soforthilfe ein Beruhigungsmittel, um ihr wenigstens nachts Ruhe zu verschaffen. Dann vereinbarten wir mehrere Termine, um die Ursache der Schlafstörungen zu erforschen.«

»War die von Ihnen durchgeführte Psychotherapie, so nennt man das ja wohl, erfolgreich?«

Doktor Grosske wurde unsicher, das spürte Sänger sofort. Irgendetwas versuchte der Arzt vor ihm zu verbergen. Er räusperte sich, erst dann sprach er mit belegter Stimme weiter. »Ich würde es eher als Psychoanalyse bezeichnen. Dabei kam Folgendes heraus: Frau Redenius wird jede Nacht von demselben Alptraum heimgesucht. Deshalb hat sie große Angst, sich schlafen zu legen. Den Traum schilderte sie mir in einer der Sitzungen einmal sinngemäß so:

Sie ist ein kleines Kind. Sie ist glücklich. Um sie herum sind bunte Lichter. Dann gibt es einen Knall, und sie befindet sich in völliger Dunkelheit. Sie versucht zu schreien, doch ihre Mutter liegt auf ihr und drückt ihr den Brustkorb so stark ein, dass sie kaum mehr atmen kann. Die Mutter flüstert ihr etwas zu, was sie aber nicht verstehen kann. Sie versucht, sich von der Last des Körpers ihrer Mutter zu befreien, und schafft es, zumindest den Kopf zu heben. Dann sieht sie eine spitze Glasscheibe, die direkt über ihnen hängt. Die Scheibe beginnt sich wie im Zeitlupentempo zu lösen, fällt herunter und durchbohrt den Unterleib ihrer Mutter.«

Paul Sänger war zwar über den Fall Redenius weitestgehend informiert, diese Details allerdings ließen ihn betroffen schweigen. Dann kam Skepsis bei ihm auf: »Ich will nicht bezweifeln, was Sie sagen, Herr Doktor, doch ich habe selbst eine Tochter. Sie ist jetzt sechzehn Jahre alt, und ich kann mir beim besten Willen nicht vorstellen, dass sie noch so präzise Erinnerungen an ihre Kindheit hat. Insbesondere die Situation mit der herabstürzenden Glasscheibe, die Ihre Patientin zuvor über sich gesehen haben will. Da sind so viele Details in ihrer Darstellung, tut mir leid, aber das kann ich nicht glauben.«

Dr. Grosske nickte verständnisvoll. »Sie haben ja recht mit dem, was Sie sagen. Nicht alles, woran Frau Redenius sich meint zu erinnern, ist tatsächlich Erinnerung. Stellen Sie sich das so vor: Es gibt bei ihr einen Kern von echten Erinnerungen, aber später hat sie, von wem auch immer, weitere Einzelheiten zu dem Unfall gehört, vielleicht sogar von ihren Pflegeeltern. Nun beginnt sich in ihrem Kopf eine Gemengelage aus Erinnerung, Wissen und Fantasie zu installieren. Das ist ein bekanntes Phänomen. Irgendwann ist ein Mensch nicht mehr in der Lage, das eine vom anderen zu unterscheiden. Wichtig in diesem Fall ist allein der Umstand, dass sie diese Bilder in sich trägt und daran glaubt. Nur das zählt, und das macht sie krank!«

Der Doktor stand auf und holte eine Flasche Mineralwasser aus dem Schrank. »Sie auch?«

Er schenkte beiden ein und fuhr dann fort: »Mein alter Professor in Tübingen hat einmal gesagt: Eine Psychoanalyse wirft Wunden auf. Diese Wunden können Narben hinterlassen, und diese Narben können Probleme noch verstärken.

Diese Sorge ließ mich anfangs zögern, bei Frau Redenius überhaupt eine Analyse durchzuführen, doch sie bestand darauf, weil sie so wie bisher nicht weiterleben wollte. Das Trauma des Unglücks in Riefsum umklammerte sie von Tag zu Tag stärker und schürte unkontrollierbare Rachegedanken in ihr, die sie mir gegenüber immer konkreter und ganz offen äußerte. Der zwanzigste Jahrestag schien alles noch schlimmer zu machen. Sie sagte mir einmal, diese zwanzig stehe vor ihr wie eine Mauer, an der sie zerbrechen würde. Ihre einzige Chance bestehe darin, die Mauer zu durchstoßen. Dafür sei sie bereit, jeden erdenklichen Preis zu bezahlen.

Da begriff ich endgültig, dass meine Psychoanalyse ihre Rachepläne mehr befeuerte als dämpfte. Das war der Grund, weshalb ich ihr die aggressionshemmenden Tabletten verschrieb, deren Rezept Sie fanden. Diese Tabletten waren gewissermaßen eine Notbremse, die ich ziehen musste. Das Präparat löst allerdings Nebenwirkungen aus, die sehr eingreifend sind. Darauf musste ich Frau Redenius natürlich hinweisen.«

»Haben diese Tabletten denn bei ihr nicht gewirkt?«

Doktor Grosske senkte den Blick.

»Wie ich jetzt weiß, hat sie diese Tabletten wohl niemals genommen. Sie ist auch seit Wochen nicht mehr bei mir erschienen und hat alle Termine verfallen lassen. Telefonisch war sie nicht zu erreichen. Ich hatte schon länger den Verdacht, dass sie sich auf einen Kreuzzug gegen die ›Mörder‹ ihrer Familie aufgemacht hat. ›Mörder‹, so nannte sie die Verantwortlichen für das Riefsumer Unglück.«

Der Doktor griff zur Seite und schob einen Anrufbeantworter in die Mitte seines Schreibtisches. »Heute Morgen stieß ich auf meinem AB auf diesen Anruf von Frau Redenius. Hören Sie selbst, dann verstehen Sie, warum ich nicht überrascht war, als Sie vorhin bei mir in der Praxis erschienen.«

Bevor der Doktor die Nachricht abspielte, hielt Sänger sein Handy an das Gerät, um Natalies Worte aufzunehmen. Der AB sprang an: »Eine gespeicherte Nachricht, gestern, 19.20 Uhr.«

Zuerst war nur lautes Windrauschen zu vernehmen, dann erklang die fast mädchenhafte Stimme einer jungen Frau. Sie meldete sich nicht mit Namen, sondern begann gleich in ruhigem Ton zu sprechen: »Ich hatte gehofft, Sie noch zu erreichen!«

Es folgte eine längere Pause, die nur vom Heulen des Windes gefüllt wurde. Danach war die Stimme wieder da: »Vielleicht habe ich zu lange gezögert, Sie anzurufen, denn ich fand nicht die richtigen Worte, wie ich es Ihnen sagen sollte. Wir haben so viel miteinander gesprochen, und ich weiß, dass ich Ihnen hätte vertrauen können. Glauben Sie mir bitte: Ich habe wirklich versucht, das zu tun. Doch irgendwas in mir lässt es nicht zu. Sie haben es gut mit mir gemeint, obwohl ich Ihnen viel zugemutet habe. Ich möchte nur, dass Sie wissen, dass ich kein schlechter Mensch bin.

Doch Ihre Therapie hat mich darin bestärkt, dass ein Weiterleben für mich nur mit einem Neuanfang möglich ist. Jeder Neuanfang ist aber auch immer mit einem Ende verbunden. Darum musste ich dieses Ende herbeiführen, um frei zu werden. Ich möchte meine Zukunft nicht in die Hände von Tabletten legen, die mich am Ende in meiner Persönlichkeit verändern. Seien Sie mir deshalb nicht böse, dass ich mich gegen Ihren Rat entschied. Nun habe ich einen anderen Weg beschritten. Jetzt bin ich endlich frei, das spüre ich. Leben Sie wohl!«

Für einige Sekunden war wieder das Heulen des Windes zu hören, dann brach das Gespräch endgültig ab.

Der Anrufbeantworter klackte noch einmal vernehmlich, dann unterbrach seine Ansage »Keine weiteren Nachrichten« die Stille des Raumes.

Kriminaloberkommissar Paul Sänger wusste, dass er soeben das Geständnis einer Mörderin gehört hatte. Auch der Doktor wusste es, seit er die Nachricht am Morgen abgehört hatte.

Als Sänger sich von Dr. Grosske verabschiedete, blickte er in die Augen eines Mannes, der versucht hatte zu helfen, dabei aber tragisch gescheitert war.

Sänger verließ schweigend die Praxis, es gab nichts mehr zu sagen.

*

Stine Lessing kämpfte sich weiter durch den Sturm, der manchmal Anstalten machte, das Auto von der Fahrbahn zu schieben. Erst am frühen Nachmittag erreichten Grote und sie endlich Norden und fanden den Parkplatz am Friedhof Barenbuscher Weg.

Sie hatten Glück, denn der Regen machte gerade eine seiner wenigen Pausen. Als sie den Friedhof betraten, erlebten sie eine Enttäuschung. Eigentlich hatten sie gehofft, auf einen überschaubaren Friedhof zu kommen, aber der hier war groß. Zumindest war er zu groß, um alle Gräber abzulaufen und nach dem Grab der Wehrmanns zu suchen.

Stine Lessing blickte sich hilfesuchend um, doch weit und breit war niemand zu erblicken. Gegenüber der Einfahrt zum Parkplatz entdeckte sie ein heimeliges Café. Es diente dazu, den Trauergästen nach ihrem schmerzlichen Gang eine heiße Suppe und den hier üblichen Butterkuchen zu reichen, bevor zügig zu Bier und Korn gewechselt wurde.

Sie zog sich die Kapuze tief in das Gesicht, um sich vor dem Sturm zu schützen, und lief hinüber. Das Café war menschenleer, und die Bedienung hatte Muße, sich auf einem kleinen Fernseher eine der unzähligen Nachmittagssoaps anzuschauen. Trotzdem schien die Kellnerin über die Unterbrechung erfreut zu sein.

Bei ihrer Frage nach der Friedhofsverwaltung erhielt Stine allerdings gleich einen Dämpfer. Die Bedienung erklärte ihr, dass sich das Büro zwar ganz in der Nähe befände, die Dienststelle von November bis Februar jedoch nur am Vormittag besetzt sei. Dort würde sie jetzt niemanden mehr erreichen. Dann konnte sie aber doch noch helfen. »Wenn Sie ein Grab suchen, das vor zwanzig Jahren angelegt wurde, dann müssen Sie gleich vorne links neben dem Eingang suchen. Das ist der alte Friedhof. Später wurde das Gelände erweitert. Darum sind alle Gräber, die weiter hinten oder rechts liegen, jüngeren Datums.«

Stine Lessing bedankte sich für diesen wertvollen Tipp und wollte schon das Café verlassen, als ihr Blick auf den Tresen fiel. Dort stand ein kleines Tablett mit einer benutzten Kaffeetasse, daneben ein halb geleertes Wasserglas. Beides hätte schon längst in die Spülmaschine geräumt sein sollen, wenn nicht das Fernsehprogramm dies verhindert hätte. »Sagen Sie bitte, Sie hatten nicht zufällig in den letzten Stunden eine junge Frau als Gast?« Wie zur Bekräftigung ihrer Frage zeigte sie auf das Tablett.

»Eine?« Die Kellnerin guckte sie amüsiert an. »Ich hatte mehr als eine junge Frau hier. Am Vormittag war eine Trauergesellschaft bei uns, zu der gehörten einige junge Frauen.«

Stine Lessing schüttelte den Kopf. »Die Frau, die ich meine, ist vermutlich allein gekommen.«

Die Bedienung musste nicht lange nachdenken. »Ach so! Ja, Sie haben recht. Eine junge Frau war später tatsächlich noch hier. Sie kam vor ungefähr einer Stunde herein, war klatschnass und wollte sich aufwärmen. Ich habe mich gewundert, warum sie bei diesem Wetter freiwillig auf den Friedhof geht. Zu dieser Zeit herrschte draußen gerade mal wieder Weltuntergang. Die Frau hat sich eine halbe Stunde hier aufgehalten.«

»Dann ist sie erst seit einer halben Stunde wieder weg?«

Die Bedienung nickte. »Wenn überhaupt, die ist noch gar nicht lange raus.«

Obwohl Stine Lessing genau wusste, dass es Natalie Redenius gewesen sein musste, fragte sie nach, um ganz sicher zu sein: »Blonde Haare, dunkle Hose, dunkle Jacke, schlank, sportlich, kleines grünes Auto?«

»Ja, stimmt, so sah sie aus. Ob sie ein Auto dabeihatte, kann ich nicht sagen. Hat mich auch nicht interessiert. Gesprächig war sie leider nicht, darum hab ich lieber wieder Fernsehen geschaut.«

Stine Lessing rief ihr im Hinauslaufen noch schnell ein »Danke« zu, dann sprintete sie quer über den Parkplatz zu Stefan Grote.

Mit den Worten »Sie war hier, erst vor wenigen Minuten!« rannte sie einfach an ihm vorbei, bog links auf das erste Gräberfeld ein und hastete von Grabstein zu Grabstein. Grote konnte ihr kaum folgen, und erst als Stine Lessing ihm vor Anstrengung keuchend zurief, was sie im Café ermittelt hatte, begann auch er zu suchen.

Der Sturm der vergangenen Stunden hatte die Gräber arg zerzaust. Trauergestecke, die noch vom Totensonntag auf den Gräbern lagen, hatte der Wind verweht und einige sogar hoch in die Bäume getragen.

Es war gar nicht so einfach, auf den Grabsteinen die teilweise verblichenen Schriften zu entziffern. Deshalb kamen sie nur langsam voran, bis Grote sich daran erinnerte, dass Natalie Redenius erst vor einigen Jahren den Grabstein auf das Grab hatte setzen lassen. Der Stein musste deshalb im Vergleich zu den meisten noch in einem guten Zustand sein.

Er betrachtete das Gräberfeld nun mit anderen Augen und entdeckte schnell einen schlichten hellgrauen Grabstein, der am Ende eines Seitenweges unter einem Baum stand. Er fiel auf, weil er im Gegensatz zu den anderen Steinen keine Spuren von Verwitterung zeigte. Noch bevor Grote die Schrift darauf erkennen konnte, erblickte er das frische Trauergesteck aus drei Rosen. Es war halb in die Erde gesteckt, damit es wenigstens eine kurze Zeit lang dem Wind trotzen konnte. Grote steckte zwei Finger in den Mund, stieß einen Pfiff aus und gab Stine Lessing ein Handzeichen.

Der Grabstein trug nur die Aufschrift »In Liebe«, was Grote ungewöhnlich fand. »Weder Name noch irgendein Datum.«

»Warum auch?«, meinte Stine. »Niemand kennt diese Familie, von der es außer Natalie keine Angehörigen mehr gibt. Den Stein hat sie nicht für andere Menschen, sondern nur für sich selbst gesetzt.«

Sie liefen, so schnell sie konnten, durch den wieder einsetzenden Regen zum Auto und waren doch durchnässt, als sie die Wagentüren schlossen. Stine nahm zwei Papiertaschentücher aus ihrer Handtasche und begann, sich die platt herunterhängenden roten Haare, so gut es ging, trocken zu rubbeln. Nachdem sie damit fertig war, saß Grote wieder mit einer Punkerin im Auto. Während Stine mit ihrer provisorischen Haarpflege beschäftigt gewesen war, hatte Grote auf seinem Handy ein Tondokument entdeckt, das Maik Köster ihm zugesandt hatte. Zur Erläuterung stand lediglich ein Satz dazugeschrieben: »Erst anhören, dann unbedingt anrufen!«

Grote drückte eine Taste, und dann erklangen die Worte, die Natalie Redenius auf den Anrufbeantworter ihres Psychiaters gesprochen hatte.

Stine Lessing zuckte zusammen, als sie die Stimme der Frau hörte. Beide lauschten gebannt den Worten, die aus dem scheppernden Lautsprecher des Handys kamen, und wussten sofort, wessen Stimme sie hörten.

Als die Aufnahme verklungen war, schwiegen beide. Nur das Prasseln des Regens war noch zu hören. Es hatte sich etwas verändert, Natalie Redenius war kein Phantom mehr, sie hatte zumindest ein Stück weit in ihren Köpfen Gestalt angenommen.

Es dauerte eine ganze Weile, bis Grote sich entschloss, bei seinem Stellvertreter anzurufen. Natalie Redenius hatte mit ihrem Geständnis widersprüchliche Gefühle in ihm ausgelöst. Es gelang ihm nicht, die Mischung aus Mitleid und Abscheu in Einklang zu bringen. Stine Lessing saß derweil still und starrte betroffen aus dem Fenster.

Während Maik Köster seinem Chef erläuterte, was der Kollege von der Kripo Oldenburg erfahren hatte, war das Handy immer noch auf laut geschaltet, sodass Stine Lessing mithören konnte. Nachdem das Gespräch beendet war, schien sie total verwirrt. »Ich bin nicht mehr in der Lage, die Persönlichkeit dieser Frau auch nur im Ansatz zu erfassen. Frau Dr. Seibert vom Jugendamt schildert sie als im Kern gewaltlos, warnt uns dann im selben Moment vor ihr, weil sie eiskalt handelt und gefährlich ist. Ihren Psychiater ruft sie nach vier begangenen Morden an und bittet um Verzeihung und Verständnis.«

Sie schüttelte den Kopf. »Tut mir leid, ich kapier das nicht.«

Grote schwieg. Er wollte nicht zugeben, dass es ihm ähnlich erging. Es war ihm jedoch klar, dass sie einen Auftrag hatten, nämlich eine Mörderin unschädlich zu machen. Er ließ seiner jungen Kollegen noch kurz Zeit, um ihre Gedanken zu sortieren. Dann rief er sie wieder in die Realität zurück: »Was glaubst du, Stine, wohin sie jetzt geht? Wollen wir wie geplant zu ihren Adoptiveltern fahren? Hältst du es überhaupt für denkbar, dass sie dort hinfährt? Mir fällt es schwer, mich nach allem, was wir von ihr gehört haben, in ihre Gedanken hineinzuversetzen.«

Grote fragte seine Kollegin ganz bewusst, denn ihm war aufgefallen, dass sie trotz aller Widersprüchlichkeiten emotional immer näher an Natalie Redenius herangerückt war. Sie billigte deren Verhalten gewiss nicht, schien aber einiges davon, was diese Frau tat, auf eine ganz besondere Weise zu verstehen.

Stine blickte immer noch nachdenklich auf die Bäume, die sich im Sturm hin und her bogen, während der Regen unablässig gegen die Scheiben trommelte. »Ich versuche mir gerade vorzustellen, wie die vergangenen Tage für Natalie gewesen sein müssen. Sie stand gewiss permanent unter hoher mentaler Anspannung, immer davon getrieben, ihr Ziel zu erreichen. Irgendwann muss sie doch auch mal erschöpft sein, oder nicht? Jetzt, hier an diesem Grab, hat sie ihr Ziel erreicht und ihren Plan abgeschlossen. Und jetzt? Vieles wird von ihr abfallen, und ich könnte mir vorstellen, dass sie sich nach Ruhe sehnt. Dazu braucht sie einen Schutzraum, in dem sie sich sicher fühlt. Wenn ihr Verhältnis zu den Adoptiveltern wirklich so gut war, wie es die Psychologin beschrieb, könnte ich mir gut vorstellen, dass sie genau dorthin fahren wird.«

Grote schien das schlüssig. »Also los, dann fahren wir hin! Wie hieß der Ort noch?«

»Hilgenriedersiel, ist schon im Navi eingespeichert.« Sie lächelte ihren Chef kess an.

Das Navi zeigte eine Entfernung von vierzehn Kilometern und eine Fahrtzeit von fünfzehn Minuten bis nach Hilgenriedersiel an, gerade mal ein Katzensprung. Stine Lessing drückte einen Knopf und folgte der Stimme, die sie zum Ziel führen würde.

In diesem Moment fiel Grote etwas ein. Erschrocken fragte er: »Wie spät ist es jetzt?«

Er hätte auf seine Armbanduhr schauen können, deshalb kam es Stine Lessing wie eine rhetorische Frage vor. Trotzdem antwortete sie nach einem kurzen Blick auf die Fahrzeuguhr: »13.55 Uhr.«

Grote zuckte zusammen, er hatte etwas Wichtiges außer Acht gelassen. Hektisch griff er nach seinem Handy und wählte die Nummer von Maik Köster.

Der Rufton erklang immer wieder, und Grote wurde von Mal zu Mal nervöser. Endlich meldete sich der Kollege und wurde von Grote sofort bedrängt: »Maik, ich bin es nochmal. Ich habe etwas Wichtiges vergessen! Ihr müsst unbedingt die Pressemeldungen und die Fahndung nach Natalie Redenius zurückhalten! Wir sind ihr dicht auf den Fersen und können sie vielleicht heute noch packen, denn wir meinen zu wissen, wo sie sich …«

Maik Köster unterbrach ihn: »Stefan, es tut mir leid, doch es ist zu spät. Die Pressekonferenz mit Dr. Richter war um dreizehn Uhr. Du hattest gesagt, wir sollen bis zum Mittag warten. Das haben wir getan. Ich glaube auch nicht, dass der Chef die Angelegenheit noch bis zum nächsten Tag hätte hinauszögern können, denn Kleinhagen, dieser selbsternannte Skandalreporter, hat uns hier keine Ruhe gelassen. Er hat ständig Anfragen an die Presseabteilung gestellt. Der Chef hat die Pressekonferenz extra auf dreizehn Uhr terminiert, damit Kleinhagen die Sache noch nicht im Mittagsmagazin bringen kann. Aber jetzt geht alles seinen Gang und ist nicht mehr aufzuhalten.«

»Mist!« Grote beendete das Gespräch ohne weitere Erklärungen, schaltete das Radio ein und sagte verärgert: »Wenn wir Glück haben, ist es noch nicht in den Nachrichten, oder sie hört es vielleicht gar nicht. Wenn aber doch, dann ist sie gewarnt. Dann geht sie uns durch die Lappen.«

Es kam genau so, wie Grote es befürchtete. Sie hatten bereits Norden verlassen und waren in Norddeich am Fährhafen von der Bundesstraße nach rechts abgebogen. Die direkt hinter dem mächtigen Seedeich liegende Straße hieß unpassenderweise »Tunnelstraße« und würde sie auf direktem Wege nach Hilgenriedersiel führen.

Als das letzte Musikstück im Radio verklungen war und die Vierzehn-Uhr-Nachrichten begannen, bog Stine Lessing von der Straße auf eine

Weidezufahrt ab, stoppte und schaltete den Motor aus, um besser hören zu können.

Die Meldungen waren meist politischer Natur, und sie hofften schon, dass nun der Wetterbericht verlesen würde und damit die Nachrichten beendet wären, doch dann kam die Meldung. Sie war zwar recht kurz, und Grote merkte, dass Dr. Richter sich bemüht hatte, so wenig wie möglich preiszugeben, aber am Schluss des nachfolgenden Fahndungsaufrufs fiel doch noch der Name von Natalie Redenius.

»Mist!« Grote ärgerte sich erneut.

»Sagtest du bereits!«, konnte Stine Lessing sich nicht verkneifen. Dann startete sie den Motor wieder, setzte vorsichtig zurück und fuhr weiter in Richtung Hilgenriedersiel.

Schon nach wenigen Minuten stoppte sie wieder. Der kleine Ort lag rechts von ihnen. Sie stellte das Auto dicht neben einem verfallenen Holzschuppen ab, sodass es vom Ort aus kaum gesehen werden konnte, sie selbst aber alle Häuser im Blick hatten. Stine Lessing nahm das Navi zur Hand und vergrößerte die Kartenansicht so lange, bis die Hausnummern angezeigt wurden. Dann wies sie auf die Nummer 44, das Haus der Eheleute Redenius. Grote schaute vom Navi auf und verglich das Kartenbild mit der Realität.

Das Haus war leicht zu entdecken, denn es befand sich etwas außerhalb des Ortes, der aus ungefähr dreißig Gebäuden bestand. Einige davon waren Bauernhöfe, bei der Nummer 44 handelte es sich allerdings um eines der geklinkerten Siedlungshäuser, wie sie in den dreißiger Jahren des vorigen Jahrhunderts gebaut worden waren.

Grote betrachtete das Haus aufmerksam. Es lag am Rande einer Wiese, direkt neben dem Weidezaun. Von der Straße aus führte ein weißer Kiesweg zur Haustür und der seitlichen Garage, deren Tor geschlossen war. Hinter dem Haus erstreckte sich ein großer Garten, der von kahlen Obstbäumen gesäumt wurde. Ein grünes Auto war nicht zu sehen, konnte allerdings in der Garage stehen.

Stine wunderte sich, dass Grote so unschlüssig wirkte, so hatte sie ihn noch nie erlebt. Sie wartete geduldig einige Zeit, dann fragte sie ihn: »Worauf wartest du? Wollen wir nicht rüber? Es sind doch nur wenige Schritte!«

Wenn sie die Gedanken ihres Chefs hätte lesen können, wäre sie vielleicht empört gewesen, denn er rang gerade mit sich, ob er es wagen sollte, gemeinsam mit ihr in das Haus dort drüben zu gehen.

Grote hatte seine junge Kollegin erst in den letzten Tagen richtig kennen und in der Folge schätzen gelernt. Er bewunderte ihre Beharrlichkeit, Intelligenz und Auffassungsgabe. Menschlich war er ihr sehr nahegekommen, näher als allen anderen Kollegen und Kolleginnen seiner Dienststelle. Ihm war allerdings nicht verborgen geblieben, dass sie unter hohem Stress ins Wanken geriet und sich von Emotionen stark beeinflussen ließ.

Vielleicht war es doch sicherer, den großen Bahnhof zu machen, wie er es zu nennen pflegte? Darunter verstand er üblicherweise die Anforderung von Unterstützung, wenn nicht sogar die von Spezialkräften.

Mit einem erfahrenen Kollegen an seiner Seite wäre ihm die Entscheidung leichtgefallen, aber konnte er sich auf Stine bedingungslos verlassen, wenn es kritisch wurde? Sie hatte noch wenig Erfahrung, und er erinnerte sich daran, wie sie am Abend vorher beim Anblick der Leiche Holtkamps panisch von der Leiter des Hochsitzes gefallen war. Danach hatte sie einige Zeit völlig neben sich gestanden.

Andererseits war überhaupt nicht sicher, ob sich Natalie Redenius tatsächlich bei ihren Adoptiveltern aufhielt. Man konnte sich schnell blamieren, wenn man eine Lage überschätzte und unnötig Verstärkung anforderte. Und dann waren da noch die anderen Dienststellenleiter, die sein Handeln besonders kritisch verfolgten und geradezu auf solche Fehleinschätzungen warteten, um sich das Maul darüber zu zerreißen.

Sein letzter Gedanke gab den Ausschlag. »Wir gehen rein! Das Auto lassen wir hier stehen. Wenn wir damit auf dem Kiesweg bis an das Haus heranfahren, machen wir so viel Krach, dass man uns mit Sicherheit schon früh hört. Zu Fuß kommen wir vielleicht unbemerkt bis an die Haustür.«

Sie verließen das Auto und folgten der Straße ein Stück, dann bogen sie auf den Kiesweg ein. Grote behielt die Fenster des Hauses immer im Auge. Nirgendwo bewegte sich eine Gardine oder war ein Gesicht zu sehen. Bevor sie klingelten, ging er einige Schritte zur Seite und versuchte, einen Blick in die Garage zu werfen. Das Tor war allerdings verschlossen, und Fenster gab es nicht.

Sie gingen zur Haustür und stellten sich jeweils links und rechts vom Eingang auf. Grote zog seine Pistole und gab Stine ein Zeichen, es ebenso zu tun. Er hielt die Waffe mit der Hand unter die Jacke, sodass sie von seinem Gegenüber nicht sofort bemerkt würde, er sie aber im Fall der Fälle blitzschnell hervorholen konnte. Stine beobachtete ihn genau und tat es ihm gleich, dann läutete sie.

Es verging gefühlt eine unendlich lange Zeit, bis hinter der Tür Schritte zu hören waren. Ein auf einen Stock gestützter Mann öffnete. Er war um einiges älter, als sie es erwartet hatten. Der Mann strahlte Wärme und Verlässlichkeit aus, er war schlicht gekleidet und blickte sie mit freundlichen Augen an. Grote stellte seine Kollegin und sich nur mit den Namen vor. Ihren Beruf verschwieg er wohlweislich. »Herr Redenius, wir würden gern kurz mit Natalie sprechen. Ist sie zu Hause?«

Grote spürte die Ahnungslosigkeit, die von dem Mann ausging. Er hatte ganz offensichtlich die Nachrichten nicht gehört und war entsprechend unbefangen. »Oh, da haben Sie großes Glück, denn unsere Tochter kommt eigentlich nur noch sehr selten zu uns. Gerade heute hat sie allerdings angerufen und sich angekündigt. Wir erwarten sie zum Tee. Bestimmt wird sie bald hier sein. Kommen Sie doch gern herein!«

Grote zögerte. Er überlegte, ob es nicht schlauer wäre, Natalie vor der Tür abzufangen. Doch er verwarf den Gedanken schnell wieder, denn er ging davon aus, dass sie in dem Haus ihrer Adoptiveltern am allerwenigsten mit einer Überraschung rechnen würde. Also bedankte er sich, und sie folgten dem Mann, der sein linkes Bein nachzog und mit mühsamen Schritten vorausging.

Die beiden Polizisten nutzten die kurze Zeit des Unbeobachtetseins und steckten ihre Waffen wieder unauffällig zurück in das Holster.

Das Wohnzimmer war nicht groß und schlicht, strahlte aber gerade deshalb eine wohlige Behaglichkeit aus. Auf dem Sofa saß eine Frau, die um einiges jünger war als ihr Mann, den Grote auf fast siebzig Jahre schätzte.

Die Frau stand auf und kam ihnen entgegen. Sie begrüßte die beiden mit einem herzlichen Händedruck und fragte gleich: »Sie wollen zu Natalie? Dann sind Sie bestimmt Kollegen von ihr, oder?«

Grote war auf diese Frage nicht vorbereitet und zögerte mit der Antwort, doch Stine Lessing reagierte schnell und nickte der Frau freundlich zu: »Oh ja, wir arbeiten beide eng mit Ihrer Tochter zusammen und würden gerne ein neues Studienprojekt mit ihr besprechen, an dem sie teilnehmen soll.«

Stine fand diese Geschichte selbst wenig überzeugend, doch weder die Frau noch der Mann hatten Zweifel an dem, was sie sich aus den Fingern sog. Die beiden taten ihr fast ein wenig leid in ihrer naiven Gutgläubigkeit, doch es gab keine andere Wahl. »Dann machen Sie uns doch die Freude und trinken Sie gemeinsam mit uns eine Tasse Tee, bis unsere Tochter kommt. Mein Mann hat Ihnen sicher schon gesagt, dass sie auf dem Weg zu uns ist.«

Stefan Grote und Stine Lessing bemerkten sehr wohl, dass die beiden stets von »ihrer Tochter« sprachen.

Frau Redenius begann ihren Besuchern den Tee auf die gleiche Weise einzuschenken, wie sie es schon bei Pannebacker am Revier in Esens erlebt hatten. Wieder stiegen Sahnewölkchen auf, während Frau Redenius munter drauflosplauderte: »Wir haben unsere Natalie in den letzten Jahren leider nicht mehr so oft gesehen. Seit sie in Oldenburg studiert, kommt sie kaum noch zu uns an die See, eigentlich nur zu Geburtstagen oder an den Festtagen.«

Obwohl ihr unterschwellig die Enttäuschung darüber anzumerken war, nahm sie ihre Tochter sogleich wieder in Schutz. »Es ist ja sehr mühsam für sie, hierherzukommen. Mein Mann hat zwar darauf bestanden, dass sie den Führerschein macht, doch ein eigenes Auto kann sie sich nicht leisten, und wir haben leider kein Auto mehr, das wir ihr geben könnten. Seit seinem Unfall fährt mein Mann gar nicht mehr, und ich habe nicht einmal einen Führerschein.«

Die beiden Polizisten hörten zu und verschwiegen, dass Natalie im Moment sehr wohl über ein Auto verfügte.

Während die Frau weiterredete, hörten sie von draußen das Geräusch eines Autos, das dem Haus näher kam. Grote nickte Stine Lessing zu und griff unauffällig unter seine Jacke, um Zugriff auf die Waffe zu erlangen, doch das Motorengeräusch wurde wieder leiser. Seine Anspannung legte sich wieder, und er hörte der Frau weiter zu. »Unsere Natalie ist ein liebes Mädchen. In der Schule hat sie nie Probleme gehabt, das Lernen fiel ihr immer leicht.«

»Das kann man wohl sagen«, mischte sich der Mann in das Gespräch ein. »Wenn sie nichts für die Schule tun musste, trieb sie Sport oder tollte in der Natur herum. Sie war übrigens eine talentierte Judokämpferin, wussten Sie das? Mit siebzehn Jahren trug sie schon den Schwarzgurt.«

In seinen Worten schwang viel Stolz mit.

Natalies Adoptiveltern waren im Alter offensichtlich einsame Menschen geworden und deshalb froh, endlich wieder einmal Besuch zu bekommen. So breiteten sie ungefragt Natalies Leben vor den Besuchern aus.

»Und dann war da noch das Angeln, ihre ganz große Leidenschaft. Sie hat jede Gelegenheit genutzt, mit ihrem Vater auf das Meer zu fahren, um zu fischen. Wir hatten selbst viele Jahre ein Boot in Norddeich liegen. Damit konnten wir zum Angeln oder zum Baden nach Juist rüberfahren. Das war eine schöne Zeit! Bis vor Kurzem hatten wir sogar noch ein kleines Wochenendhaus auf Juist. Nichts Großes, eigentlich mehr eine Hütte im Westen der Insel. Es war wunderschön dort. Natalie hat es geliebt, aber das Häuschen mussten wir jetzt verkaufen. Seit dem Unfall meines Mannes reicht das Geld einfach nicht mehr. «

Die Frau seufzte, stand auf und nahm ein Bild von der Wand. »Schauen Sie, hier! Natalie war mit meinem Mann sogar einmal in Norwegen zum Hochseeangeln. Da war sie sechzehn Jahre alt.«

Das Foto zeigte einen hübschen Teenager mit schwarzen Haaren auf einem Kutter, weit draußen auf dem Meer. Am Horizont waren die schneebedeckten Gipfel Norwegens zu erkennen. Natalie hielt einen mächtigen Dorsch in den Armen, den sie wohl zuvor gefangen hatte. Ihr Adoptivvater stand lächelnd neben ihr und half dabei, den Riesenfisch zu halten.

Grote betrachtete das Foto eingehend, wobei ihm das Messer auffiel, welches das Mädchen in der rechten Hand hielt, und so tat er interessiert: »Was für ein wunderschönes Messer! Sicher etwas ganz Besonderes, oder?«

»Das will ich meinen! Ein finnisches Filetiermesser. Sie hat es von mir zu ihrem sechzehnten Geburtstag bekommen. Scharf wie eine Rasierklinge ist es und sündhaft teuer. Natalie war sehr stolz darauf und hat es in ihrer Freizeit ständig am Gürtel getragen, wenn sie sich in der Natur herumtrieb. In solchen Dingen war sie so gar nicht mädchenhaft. Schminken, Mode, Musik, all das, was ihre Mitschülerinnen interessiert hat, war ihr gleichgültig. Deshalb hat sie auch keine Freundinnen. Natalie war immer eine Einzelgängerin.«

Während Frau Redenius weiter von ihrer Tochter erzählte, waren ein ums andere Mal auf der Straße Autogeräusche zu hören, die beide Polizisten jedes Mal unauffällig zur Waffe greifen ließen. Draußen wehte der Sturm um das Haus, und die Dunkelheit sank über das flache Land hinter dem Deich, doch das Ehepaar Redenius und seine beiden Gäste warteten vergebens.

*

Als suche sie nach einem Anknüpfungspunkt für ihre Erinnerungen, lenkte Natalie Redenius das von ihrem Oldenburger Kommilitonen geliehene Auto fast unbewusst in Richtung Norddeich-Mole und stellte den kleinen grünen Renault oberhalb des Norddeicher Yachthafens ab.

Der neben ihr wohnende Student war schon länger um sie bemüht, was sie zwar bemerkte, aber nicht im geringsten interessierte. Deshalb hielt sie ihn stets auf Distanz. Um gelegentlich an sein Auto heranzukommen, spielte sie ihm dann aber doch einen Hauch von Zuneigung vor, denn ohne ein Kraftfahrzeug war ihr Plan nicht durchführbar. Der Plan, dem sie schon seit ihrer Jugend verfallen war und der von Jahr zu Jahr immer mehr Gestalt annahm. So war sie am Ende von einer Besessenheit ergriffen, die sie komplett gefangen nahm und ihr gesamtes Denken und Handeln steuerte.

Doch all das war in der letzten Stunde von ihr abgefallen. Nach dem Besuch am Grab ihrer Familie begann sich eine tiefe Zufriedenheit in ihr auszubreiten. Nun wollte sie endgültig Ruhe bei ihren Adoptiveltern in Hilgenriedersiel finden. Sie hatte bereits dort angerufen, um ihr Erscheinen anzukündigen. Schon am Telefon konnte sie spüren, welche Freude dieser Anruf auslöste.

Zum ersten Mal in ihrem Leben hatte sie das Gefühl, nicht zu ihren Adoptiveltern, sondern zu Vater und Mutter zu fahren. Das, was diesem Gefühl bisher im Wege stand, war endlich Vergangenheit. Nur ein letzter Schritt stand noch aus.

Sie griff in das Handschuhfach und holte eine Kamera sowie einen Laptop heraus. Zuerst nahm sie die Speicherkarte aus der Kamera, dann ergriff sie den Laptop und stieg aus. Es waren nur wenige Schritte bis zum Kai. Sie blickte sich um, niemand war weit und breit zu sehen. Dann holte sie aus und warf den Laptop mit einem kräftigen Schwung in das aufgewühlte Wasser des Fährhafens. Der Computer schlug mit einem lauten Klatsch auf und versank im selben Augenblick. Danach warf sie die Speicherkarte der Kamera hinterher.

Sie wusste, das aggressive Meerwasser würde gute Arbeit leisten, gründlicher als jedes Computer-Löschprogramm. Alles das, was sie in den letzten Monaten zusammengetragen hatte und ihr nun zum Verhängnis hätte werden können, war in diesem Moment vernichtet.

All die Fotos, die sie heimlich geschossen hatte, um ihre Opfer auszuspionieren. Dann noch die Meldungen, die sie im Internet aufgestöbert hatte, und die Kopien von Zeitungsberichten, die sie in einem alten, verschnürten Pappkarton auf dem Dachboden ihrer Pflegeeltern gefunden hatte. Sogar Zeitlisten und Bewegungsbilder hatte sie mit geradezu wissenschaftlicher Gründlichkeit über jeden der drei Männer angelegt.

Ihre Opfer hatten es ihr leicht gemacht, denn deren Leben war so berechenbar gewesen. Oltmanns, der sein Haus kaum verließ und mühelos zu überrumpeln war. Wollens, der sich in der Öffentlichkeit wie ein eitler Pfau darstellte und dessen ungezügelte Gier nach jungen Frauen ihn in sein Verderben trieb.

Selbst Holtkamp, den sie für den Hauptschuldigen hielt, entpuppte sich als leichtes Opfer, denn er hatte seine festen Jagdtage, die er strikt einhielt. Natalie erinnerte sich daran, wie sie ihm einmal bis zu seinem Hochsitz gefolgt war und ihr Messer bereits in der Hand hielt, als plötzlich ein anderer Jäger in der Dunkelheit erschien und zu seinem

Jagdfreund auf den Hochsitz kletterte. Sie hatte sich gerade noch rechtzeitig verstecken können.

Natalie Redenius lächelte grimmig. Dieser Zufall hatte Holtkamps Leben nur um wenige Tage verlängert, gerettet hatte er ihn nicht. Von nun an wusste sie, wann und wo sie ihn jederzeit wieder antreffen konnte.

Sie ging zurück und setzte sich wieder in das Auto. Endlich war sie bereit, ein neues Kapitel in ihrem Leben zu öffnen.

Ihr Blick schweifte über den neben ihr liegenden Yachthafen, der jetzt verwaist war. Nur wenige, größere Boote lagen über Winter dort und zerrten an den Leinen, während der Sturm sie hin und her riss. Sie dachte zurück an ihre Kindheit hinter dem Deich am Meer.

Gar nicht weit weg, am Ende des obersten Steges, hatte der kleine Angelkutter gelegen, mit dem sie so oft gemeinsam auf das Meer gefahren waren. Bei schönem Wetter meist rüber nach Juist, um zu baden. So war Juist zur Insel ihrer Kindheit geworden.

Sie lehnte sich lächelnd zurück, schaltete das Radio ein, schloss die Augen und lauschte der Musik. Es war ihr so, als hätte es die letzten Tage in ihrem Leben gar nicht gegeben. Keine Rache, keine Wut, keine Ängste, kein Blut. Alles weg und wie ausgelöscht. Jetzt war da nur noch Frieden. Dann schlief sie ein.

Sie wusste nicht, wie lange sie geschlafen hatte. Vermutlich hatten das Ausklingen der Musik und der nun einsetzende Signalton der Fünfzehn-Uhr-Nachrichten sie geweckt. Sie reckte sich, suchte im Handschuhfach nach einem Schokoriegel und fand ihn unter der blonden Perücke, die sie achtlos dort hineingestopft hatte. Auch das war Teil des Vergessens der letzten Tage gewesen. Sie benötigte diese Perücke nicht mehr. Nun war sie wieder die schwarzhaarige Natalie Redenius, die auf dem Weg zu ihren Eltern war. Sie befreite den Riegel aus seiner Verpackung, biss hinein, kaute mit Appetit und genoss es, wie der Sturm ihr Auto hin und her schaukelte.

Plötzlich zuckte sie zusammen. Das konnte nicht sein! Sie hatte sich so sicher gefühlt, doch nun hörte sie starr vor Schreck ihren Namen im Radio. Ihr Körper begann zu beben, und ihre Gedanken überschlugen sich.

Niemals wäre sie auf die Idee gekommen, dass die Polizei ihr auf der Spur sein könnte. Selbst nicht in der Nacht, als sie nach ihrer Rückkehr von Juist vergeblich in dem Aktenkoffer des Polizisten nach dem schwarzen Haar gesucht hatte, welches ihre DNA verraten würde. Damals war sie für kurze Zeit in Panik geraten. Erst nachdem sie sich zur Ruhe gezwungen hatte, um nachdenken zu können, war die Angst gewichen. Ihr Verstand hatte ihr gesagt, dass dieses Haar für die Polizei so lange wertlos war, wie es keine Abgleichsmöglichkeit mit ihr gab. Sie war damals wild entschlossen gewesen, eine solche Möglichkeit auszuschließen, und hatte gehandelt, doch nun war alles anders. Sie war von einer Sekunde auf die andere von einer Jägerin zur Gejagten geworden.

Sie schaltete das Radio mit zitternden Händen aus und starrte verzweifelt in die Ferne. Sie fühlte sich umso hilfloser, je mehr ihr klar wurde, dass sie auf diese Situation nicht vorbereitet war. Ihr Handeln der letzten Woche war immer nach einem festen Plan verlaufen. Nur einmal, im Zug nach Oldenburg, hatte sie improvisieren müssen. Doch selbst in der Situation war es ihr gelungen, kühl und überlegt zu reagieren. Nun jedoch kam es ihr so vor, als würde sie jegliche Kontrolle über ihr Tun verlieren.

Sie spürte geradezu körperlich, wie die innere Ruhe, die sie noch eben gespürt hatte, verloren ging. Sie riss die Autotür auf, lief einige Schritte gegen den Sturm an und begann zu schreien, so lange, bis ihr die Stimme versagte. Erst als sie merkte, dass der Regen sie völlig durchnässte, ging sie mit taumelnden Schritten zum Auto zurück. Sie schloss die Autotür und fand sich übergangslos in einer Stille wieder, die ihr nach und nach half, ihre Gedanken wieder zu ordnen. Irgendwann überwand sie ihre Panik und prüfte mit kühlem Verstand die Optionen, die sie hatte.

Zu ihren Adoptiveltern konnte sie keinesfalls fahren. Vielleicht hatten sie schon die Meldung im Radio gehört. Sie würden sie niemals im Leben verraten, ganz egal, was sie getan hatte, das wusste sie genau. Andererseits ließ sich an fünf Fingern abzählen, dass die Polizei dort schon auf der Lauer lag, um sie festzunehmen. Zurück in ihre Oldenburger Wohnung? Unmöglich! Dort würde man sie erst recht erwarten. Sich in irgendeinem Hotel verstecken? Sie dachte an ihre geringen Barmittel. Ihr Geld würde höchstens noch für ein oder zwei Übernachtungen reichen. Und dann? Auch im Hotel würden die Menschen die Nachrichten hören.

Ihr Blick fiel auf die Juistfähre, die gegenüber im Fährhafen lag. Die Flut lief heute besonders hoch auf, der Sturm trieb die ersten Wellen schon über die Mole. Die Fähre würde alsbald ablegen müssen, um auf die Insel fahren. Das wusste sie, schließlich war sie am Meer aufgewachsen. Auf Juist kannte sie sich gut aus. Vielleicht gab es dort die Möglichkeit, sich für einige Zeit zu verstecken? Die Idee, in das Ferienhäuschen ihrer Eltern zu gehen, verwarf sie sofort wieder. Sie wusste, dass es mittlerweile verkauft worden war. Selbst wenn es noch nicht abgerissen wurde, sie machte sich keine Illusionen: Auch dort würde die Polizei über kurz oder lang auftauchen. Ihr kam ein anderer Gedanke.

Sie fuhr ein Stück zurück und parkte das Auto neben einer Gaststätte. Auf den Fährparkplatz traute sie sich nicht mehr. Vielleicht kannte die Polizei inzwischen sogar das Kennzeichen ihres Autos und überwachte die Großparkplätze. Sie nahm ihre kleine Reisetasche, aus der sie schon seit Tagen lebte, und lief zum Fähranleger hinüber. Bevor sie den Fährbahnhof betrat, um ihre Fahrkarte zu lösen, zog sie ihre Kapuze tiefer ins Gesicht, als es der Regen erforderte. Außerdem vermied sie es, dem Mann am Schalter ins Gesicht zu schauen. Dann hastete sie zum Schiff hinüber. Als sie an Bord ging, grinste der Matrose an der Gangway sie breit an: »Da haben Sie aber Glück, mein Fräulein, das ist die letzte Fähre! Morgen läuft hier nichts mehr, denn der Sturm soll noch zulegen.«

Natalie Redenius nickte zufrieden. Das war eine gute Nachricht!
Um 15.25 Uhr legte die Fähre ab, verließ den Hafen von Norddeich und boxte sich gegen die vom Sturm aufgetürmten, grauweiß schäumenden Wellen nach Juist hinüber.

*

Stefan Grote und Stine Lessing waren mittlerweile sicher, dass sie vergeblich auf Natalie Redenius warteten. Sie würde nicht mehr kommen. Obwohl ihre Gastgeber noch fest vom Erscheinen ihrer Tochter überzeugt waren und die beiden sogar zum Abendbrot eingeladen hatten, lehnten sie ab und fuhren gegen siebzehn Uhr nach Norddeich zurück. Vor einem Lokal am Stadtrand hielten sie an, um eine Kleinigkeit zu essen und die weiteren Schritte zu besprechen. Sie hätten sich noch einmal die krossen Bratkartoffeln gewünscht, die sie am Vorabend im Hotel in Esens bekommen hatten. Aber die Speisekarte, die sie nun in den Händen hielten, verdiente diesen Namen nicht.

Im Wesentlichen beschränkte sich die Auswahl auf Kartoffelsalat, Pommes Frites und Brat- oder Bockwurst. Wer es ganz exklusiv wollte, konnte noch eine Frikadelle bestellen, das war es aber auch schon. Weitere Alternativen wurden nicht angeboten.

Während sie auf ihr Essen warteten, erfuhr Grote von Maik Köster, dass der Fahndungsaufruf nach Natalie Redenius zu einem Desaster geworden war.

»Warum? Sind denn gar keine Hinweise eingegangen?«

Köster lachte laut auf. »Keine Hinweise? Du machst mir Spaß! Wir haben über hundert Anrufe bekommen. Die Frau wurde überall gleichzeitig gesehen. In Emden, Aurich, Leer, Wittmund, Wilhelmshaven, zur gleichen Zeit aber auch in Hannover und Bremen. Sogar in Bayern und angeblich in der letzten Woche auf Ibiza. Wir werden hier kirre, das kannst du mir glauben! Ich habe es fast befürchtet.«

Grote konnte sich ausmalen, was nun auf der Dienststelle in Hannover los war, denn vielen dieser Hinweise musste nachgegangen werden. »Unser Mitgefühl ist bei euch! Seid fleißig! Ich melde mich nachher noch einmal bei dir. Wir wollen kurz etwas essen und halten danach Kriegsrat. So wie es im Moment aussieht, fahren wir noch heute Nacht zurück nach Hannover.«

Die Bedienung kam zu ihnen an den Tisch und stellte zwei Teller vor ihnen ab. Grote steckte das Handy wieder ein und blickte erschrocken auf die Bratwurst, die von einer schwarzen Kruste bedeckt war. Sie lag neben einem lieblos auf den Teller geklatschten Berg Kartoffelsalat, der wie zum Hohn von einem fast verwelkten Blatt Petersilie gekrönt war.

»Na, dann mal guten Appetit«, murmelte Stine Lessing süffisant. »Der Hunger treibt's rein«, antwortete Grote schicksalsergeben.

Es war kaum zu glauben, doch der erschreckende äußere Anblick der Mahlzeit wurde von dem faden Geschmack noch übertroffen. Trotzdem leerte Grote seinen Teller. Als er feststellte, dass seine Kollegin nur wenige Bissen herunterbekam und mit Appetitlosigkeit kämpfte, bestellte er, ohne zu fragen, zwei Korn.

Stine Lessing protestierte: »Ich muss noch fahren!«

Grote winkte ab. »Schon klar, ich muss ja auch noch beifahren. Aber nur Alkohol kann die Rußschicht in meinem Magen abbauen. Wenn ich den nicht kriege, wird mir schlecht! Außerdem habe ich als Chef dir gegenüber eine Fürsorgepflicht und muss deine Gesundheit schützen. Diese Pflicht nehme ich mit einem Glas Korn wahr.«

Stine lachte amüsiert. In den letzten Tagen hatte sich Stefan Grote Schritt für Schritt von einem respektierten zu einem angenehmen Chef entwickelt. Inzwischen empfand sie ihr Verhältnis als beinahe freundschaftlich.

Nachdem beide ihren Korn hinuntergespült hatten, besprachen sie ihr weiteres Vorgehen. Der Entschluss, wie angekündigt nach Hannover zurückzufahren, drängte sich auf. Einen Ansatz, wo sie Natalie Redenius nun noch suchen konnten, sahen sie zurzeit nicht. Stine Lessing rief noch einmal bei den Adoptiveltern an und erkundigte sich, ob der erwartete Besuch doch noch eingetroffen sei, doch das war nicht der Fall.

Grote ärgerte sich: »Ich gehe fest davon aus, dass sie gewarnt worden ist. Dieser unsägliche Fahndungsaufruf über die Medien hat uns alles vermasselt. Jetzt müssen wir warten, ob und wo sie wieder auftaucht.«

Es war fast so, als hätten die letzten Worte sein Handy zum Leben erweckt, denn in diesem Moment meldete es sich. Grote ging davon aus, dass es sich um aktuelle Informationen von Maik Köster handelte, doch dann erlebte er eine Überraschung.

»Hallo, Kommissario! Treiben Sie sich noch an Ostfrieslands Gestaden herum?« Mit einem aufreizend spöttischen Unterton erklang die Stimme von Lisa Leitner.

Grote war von diesem Anruf ziemlich überrumpelt und brachte nicht mehr als ein unsicheres »Hallo« heraus.

Gleichzeitig stand er auf, sagte kurz zu Stine Lessing: »Privat!« und ging vor die Tür.

Der Anruf war ihm gegenüber seiner Kollegin peinlich, denn er vermutete, dass Lisa gerade einen neuen Kontaktversuch startete. So hatte sie es bei ihrem letzten Zusammentreffen auf Juist schließlich angekündigt. Doch nun wurde Lisa ernst: »Ich dachte, es ist am besten, wenn ich direkt bei Ihnen anrufe, um zu sagen, dass ich *›sie‹* gesehen habe!«

Grote wusste im ersten Moment nicht, wovon sie sprach. »Ich verstehe nicht. Wer ist *›sie‹*?«

»Na, die Frau, die bei uns im Hotel gewohnt hat. Ich habe sie eben auf der Straße gesehen.«

Grote war sprachlos, und Lisa Leitner redete weiter. »Steht bei Ihnen jemand auf der Leitung? Ich spreche von der angeblichen Ella Gröning, die aber wohl gar nicht so heißt.«

Es dauerte eine Weile, bis er die Tragweite des Anrufes der Inselschönheit erfasste. Dann schoss es ihm durch den Kopf: War es nicht naheliegend, dass sich Natalie Redenius gerade jetzt, wo sie wusste, dass nach ihr gesucht wurde, auf die Insel zurückzog, die sie aus Kinderzeiten gut kannte? Warum war er nicht selbst auf diese Idee gekommen? »Ist sie etwa wieder bei Ihnen im Hotel abgestiegen?«

»Nein, bisher nicht. Ich glaube auch nicht, dass sie es beabsichtigt. Sie kam mir eben vor dem Supermarkt entgegen und hatte neben leichtem Gepäck eine pralle Einkaufstüte dabei. Ich bin ihr ein Stück gefolgt. Erst als sie sich nach mir umdrehte, bin ich vorsichtshalber abgebogen. Schließlich wollte ich mich nicht verraten. Dann bin ich schnell zurück ins Hotel, um Ihre Visitenkarte zu suchen.«

Sie konnte es sich nicht verkneifen, ihn wieder zu necken: »Eigentlich habe ich die Karte immer unter meinem Kleid auf der Brust getragen, nur heute nicht.«

Grote war viel zu aufgeregt, um auf diese Neckerei einzugehen. »Lisa, sind Sie sich wirklich ganz sicher? Konnten Sie ihr Gesicht in der Dunkelheit eindeutig erkennen?«

»Nur ganz kurz, vor dem Geschäft, im Licht der Schaufensterbeleuchtung, doch das hat mir gereicht. Sie hatte ihre Kapuze weit in das Gesicht gezogen, trotzdem konnte ich erkennen, dass sie jetzt schwarze Haare trägt. Das Gesicht ist aber nicht so wichtig, ich hätte sie unter Tausenden allein an ihrem Gang und der Art, wie sie sich bewegt, erkannt. Verlassen Sie sich darauf, sie war es. Kein Zweifel!«

In Grote überschlugen sich die Gedanken. Er brauchte Zeit, um Ordnung in seinem Kopf zu schaffen. »Lisa, bleiben Sie bitte im Hotel und sprechen Sie mit niemandem darüber! Kann ich mich darauf verlassen? Ich melde mich später bei Ihnen. Und noch etwas, bitte keine Alleingänge! Es war sehr schlau, der Frau nicht zu folgen. Sie ist gefährlich, glauben Sie mir!«

Lisa Leitner hatte bemerkt, dass Grote sie mit ihrem Vornamen angesprochen hatte, und war frech genug, gleich darauf einzugehen: »Aber, Stefan, Sie wissen doch: Ich tue alles, was Sie wollen!«

Grote ging aufgekratzt in das Lokal zurück, setzte sich Stine Lessing gegenüber und betrachtete ihr Schnapsglas, das sie nur halb geleert hatte. »Du kannst ruhig den Rest austrinken. Sehr weit musst du heute nicht mehr fahren. Bis zum Hafen wirst du es ja wohl noch schaffen. Wir müssen rüber nach Juist, und zwar heute noch.«

Sie schaute ihn verblüfft an. »Ich denke, wir fahren nach Hannover? Was bitte sollen wir auf der Insel?«

»Der Anruf eben war doch nicht privat. Natalie Redenius ist soeben auf Juist gesehen worden, und ich zweifle nicht an der Richtigkeit des Hinweises.«

Lisa Leitners Anruf warf Grote unvermittelt in die Situation zurück, in der er sich vor wenigen Stunden schon einmal befunden hatte. Erneut musste er eine Entscheidung treffen, genau wie am Nachmittag, als sie vor dem Haus in Hilgenriedersiel gestanden hatten. Allerdings war diesmal die Lage anders, gefährlicher, denn die Wahrscheinlichkeit, auf Natalie Redenius zu treffen, war ungleich größer. Schließlich war sie gesehen worden.

Wie sollte er die Sache diesmal angehen? Nun doch Verstärkung anfordern? Wie lange würde das dauern? War es überhaupt möglich, angesichts des sich ständig steigernden Sturmes auf die Insel zu gelangen? Konnten Hubschrauber eigentlich noch fliegen?

Er gestand sich ein, dass die Lage brisant war. Doch hatten sich, nüchtern betrachtet, einige Faktoren für ihn durchaus positiv verändert. Auf Juist gab es schließlich zwei Polizisten, die ihnen helfen würden. Er erinnerte sich, dass Natalie Redenius die Schusswaffen von Martin Holtkamp nicht an sich genommen hatte. Hätte sie das getan, wäre die Situation eine völlig andere. Aber so wie es sich jetzt darstellte, standen vier bewaffnete Polizisten einer Frau gegenüber, die gerade mal ein Messer bei sich trug.

Ihm war durchaus bewusst, dass er für die Entscheidung, die er jetzt traf, unter Umständen einstehen musste. Niemand würde ihn von diesem Moment an aus der Verantwortung entlassen, egal was passierte. Trotzdem beschloss er, auf Unterstützung vom Festland zu verzichten und die Sache möglichst schnell und ohne großen Aufwand zu Ende zu bringen.

All das waren sachliche Entscheidungsgründe. Ganz tief in ihm drin lief allerdings eine weitere, emotionale Bewertung der Lage ab. Er versuchte, sich dem zu verweigern, doch das Gefühl war stärker und beeinflusste seinen Entschluss, ohne dass er sich dessen bewusst war.

Wenn er jetzt Unterstützung aus Hannover anforderte, würde ihm die Festnahme von Natalie Redenius durch Spezialkräfte abgenommen. Sie würden es am Ende sein, die der Mörderin Jan Webers die Handfesseln anlegten.

Dagegen jedoch lehnte sich etwas in ihm auf.

In der nächsten Woche war die Trauerfeier angesetzt. Er würde dann den Eltern seines ermordeten Kollegen gegenüberstehen. Vor diesem Augenblick hatte er Angst, und er bildete sich ein, dass er den Eltern nur dann offen in die Augen blicken konnte, wenn er ihnen sagen konnte, die Mörderin ihres Sohnes selbst gestellt zu haben.

Nachdem er seine Entscheidung getroffen hatte, rief er in Hannover an und informierte seine Kollegen über die Ereignisse, die sich in den letzten Minuten geradezu überschlagen hatten. Maik Köster bot sofort Unterstützung an und wollte sich mit der Hubschrauberstaffel in Verbindung setzen, doch Grote lehnte ab und spielte die Situation bewusst herunter. »Wir wissen ja noch gar nicht, wo genau sich Natalie Redenius auf der Insel aufhält. Außerdem haben wir im Fall der Fälle Unterstützung durch die Inselpolizei. Wäre doch gelacht, wenn wir nicht mit ihr fertigwerden, falls wir sie überhaupt finden.«

Maik Köster fand die Entscheidung nicht klug und protestierte zaghaft, merkte allerdings schnell, dass sein Chef sich nicht umstimmen lassen wollte. »Dann bleibt mir nur, euch viel Glück zu wünschen!« Besorgt legte er auf. Er spielte sogar noch mit dem Gedanken, Dr. Richter anzurufen. Der würde, dessen war Köster gewiss, auf Grotes Entscheidung pfeifen und unverzüglich Spezialkräfte auf den Weg schicken. Letztlich entschied er sich gegen diesen Anruf, um Grote nicht in den Rücken zu fallen.

Stine Lessing war inzwischen nicht untätig geblieben. »Wir werden heute wohl nicht mehr auf die Insel kommen«, sagte sie nach einem Telefonat. »Die letzte Fähre ist weg, und für morgen sind alle Verbindungen wegen des Sturmes gestrichen. Auch die Flüge fallen wegen des Wetters aus. Der einzige Vorteil an der ganzen Sache ist, dass Natalie, selbst wenn sie wollte, nicht wieder von der Insel herunterkommt.«

Grote nickte. »Das bedeutet für uns außerdem, dass wir morgen einen ganzen Tag lang Zeit haben, sie aufzustöbern. Wir müssen nur sehen, wie wir hinüberkommen.«

Er wollte sich nicht mit der Situation abfinden, in Sichtweite der Insel zur Untätigkeit verdammt zu sein. Darum rief er selbst noch einmal den Leiter des Fährbahnhofs an. Nachdem er ihm ein Schweigegelöbnis abgenommen hatte, schilderte er eindringlich seine Situation und hatte damit prompt Erfolg, denn der Mann konnte helfen.

»Ich habe eben erfahren, dass gleich ein Boot der Seenotrettung nach Juist fährt und dort während des Sturms in Bereitschaft bleibt. Die Männer würden Sie bestimmt mitnehmen, vorausgesetzt, Sie und Ihre Kollegin trauen sich die Überfahrt bei diesem Wetter zu. Ich kläre das für Sie ab und melde mich wieder.«

Grote nahm das Angebot, ohne weiter nachzudenken, an. Stine Lessing hatte Teile des Gesprächs verfolgen können und wollte wissen: »Haben wir jetzt etwa doch ein Schiff?«

»Ja, ein Rettungskreuzer nimmt uns mit.«

Dass die Rede weder von einem Schiff, ja, nicht einmal von einem Rettungskreuzer, sondern lediglich von einem Rettungsboot gewesen war, sagte er ihr lieber nicht. Auch den letzten Halbsatz seines Gesprächspartners, »wenn Sie sich das zutrauen«, ließ er lieber unerwähnt.

Die Seenotretter erklärten sich sofort bereit, die beiden Polizisten mitzunehmen. In einer Dreiviertelstunde sollten sie sich am Ende des Südhafens einfinden. So blieb noch Zeit, um im Ort auf die Schnelle einige Dinge zu kaufen, die sie für eine weitere Übernachtung benötigten. Seit achtundvierzig Stunden waren sie nicht mehr aus ihren Klamotten gekommen, entsprechend fühlten sie sich.

Auf der Rückfahrt zum Hafen bestellte Grote bei Lisa Leitner zwei Zimmer, und dann standen sie den beiden Rettungsmännern gegenüber. Die stellten keine Fragen und hielten auch keine langen Reden. Sie zeigten nur auf ihr Boot und sagten: »Da geht's hin!«

Stine erschrak heftig, während Grote sich bemühte, so lässig zu tun, als sei die kommende Seefahrt ein großes Vergnügen. Er hatte ja verstanden, dass lediglich von einem Boot die Rede war, und entsprechende Vorstellungen gehegt. Dieses Boot allerdings wies eine Länge von gerade einmal zehn Metern auf; das war in Betracht der draußen tobenden Wellen eine furchteinflößende Winzigkeit.

Nur die Ruhe und Souveränität der beiden Rettungsmänner nahm ihnen ein Stück weit die Angst vor der Überfahrt. Die schienen genau zu wissen, was sie taten.

Der Vormann des Bootes wies den beiden Sitzplätze auf einer Bank im Innenraum zu und zeigte ihnen vorsorglich, wo sie sich festhalten konnten. »Hoffentlich habt ihr genug Kraft. Die werdet ihr brauchen«, sagte er ruhig. Dann startete er den Schiffsdiesel.

Als das Boot aus dem Hafen lief und am Ende der Mole von den ersten Sturmböen aus Nordwest gepackt wurde, hielten Stefan Grote und Stine Lessing sich krampfhaft fest. Es dauerte nur Sekunden, und die erste hohe Welle legte das Boot weit auf die Seite. Stine Lessing fuhr der Schreck in die Knochen, und mit weit aufgerissenen Augen starrte sie die Rettungsmänner an. Erst als sie merkte, dass die beiden völlig unbeeindruckt blieben, legte sich ihre Angst ein wenig. Die Überfahrt dauerte eine gute halbe Stunde, in der das Boot wie ein Korken hin und her geschleudert wurde.

Als wäre all das nicht schon genug, sackte es von Zeit zu Zeit in tiefe Wellentäler hinein und löste dabei das Gefühl wie in einer Achterbahn aus. Stine versuchte sich abzulenken und nach draußen zu gucken, sah aber nur prasselnden Regen und weißen Schaum, der im Licht des Bootsscheinwerfers aus der Dunkelheit heraus auf sie zuraste.

Wieder schoss ihr ein Zitat in den Kopf, sie wusste nur nicht mehr, wo sie es einmal gehört oder gelesen hatte: »Im Sturm ist jeder Hafen gut!« Sie schloss vor Angst die Augen. »Wie wahr, wie wahr«, flüsterte sie.

Einer der Rettungsmänner beobachtete, wie sich ihre Hautfarbe immer mehr veränderte und von Kalkweiß in Richtung Grün wechselte. »Ist wohl besser, du nimmst mal diese Kotztüte, Mädchen. Es dauert nicht mehr lange, bis du sie brauchst.«

Stine Lessing nahm die Tüte dankbar an. Sie wusste um ihren empfindlichen Magen und nutzte sie wenige Minuten später reichlich. Auch Grote ließ sich eine Tüte geben. Obwohl er sich bisher für seefest gehalten hatte, erwischte es ihn kurz vor dem Einlaufen in den Juister Hafen ebenfalls. Beide waren heilfroh, als sie endlich das Boot verlassen konnten.

Die Seenotretter machten zum Abschied nicht viele Worte: »Habt euch wacker gehalten! Wenn ihr festen Boden unter den Füßen habt, geht es euch schnell besser.«

Das stimmte tatsächlich, denn bald beruhigten sich die rebellischen Mägen, und so hatten sie sich von der Überfahrt schon einigermaßen erholt, als sie das Hotel betraten.

Lisa Leitner stand bereits an der Rezeption und erwartete die beiden Gäste. »Oh, ich vermute, dass die Überfahrt recht unterhaltsam war. Ihr seht beide, wie soll ich sagen, etwas ramponiert aus.«

Stine Lessing wunderte sich über den vertraulichen Ton und beobachtete Lisa Leitner und ihren Chef genau. Amüsiert machte sie sich so ihre Gedanken.

Lisa griff zu einem auf dem Tresen stehenden Karton mit Papiertüchern, nahm eines davon und wischte Stine Lessing mit den Worten »Darf ich mal?« ein Stück der Bratwurst von der Jacke, die auf der Überfahrt den Weg in die Kotztüte gesucht, aber nicht gefunden hatte.

Dann übergab sie den beiden Polizisten ihre Zimmerschlüssel. »Bestimmt wollt ihr euch erst einmal frisch machen, oder?«

Grote nahm dankbar zur Kenntnis, dass Lisa Leitner sich in Stine Lessings Gegenwart keine allzu offensichtlichen Anzüglichkeiten erlaubte. »Lisa, Sie haben doch sicher die Privatnummern von Gero Bakker und Jürgen Eggers? Bitte rufen Sie beide an! Ich möchte in einer Stunde auf dem Revier eine Besprechung durchführen. Auch Sie, Lisa, hätte ich gerne dabei, falls Sie hier weg können.«

Wenig später war Grote zusammen mit den beiden Frauen auf dem Weg zum Polizeirevier. Lisa Leitner hatte sich wie selbstverständlich bei ihm eingehakt und plauderte munter drauflos. Stine Lessing beobachtete belustigt, wie leicht sich ihr Chef von dieser Frau einwickeln ließ.

Als sie gemeinsam mit den beiden Inselpolizisten an einem Tisch saßen, ließ Grote sich viel Zeit, um zu berichten. Er erklärte detailliert, was sich in den letzten beiden Tagen ereignet hatte. Bakker und Eggers hatten die Fahndungsmeldung des LKA Hannover vom Mittag gelesen.

Sie enthielt zwar wesentlich mehr Informationen als die veröffentlichte Meldung, einen Reim hatten sie sich darauf jedoch nicht machen können. Vieles von dem, was Grote nun erzählte, war für sie neu.

Dann musste Lisa noch einmal genau berichten, wie ihr Zusammentreffen mit Natalie Redenius verlaufen war. Am Ende bekräftigte sie energisch: »Ihr könnt euch darauf verlassen, sie war es! Dafür lege ich meine Hand ins Feuer!«

Grote erinnerte sich noch gut an das Gespräch mit dem Ehepaar Redenius: »Natalies Pflegeeltern hatten ein kleines Ferienhaus im Western der Insel, das kürzlich verkauft wurde. Ich könnte mir vorstellen, dass sie sich dort verstecken will. Der Weg, den sie ging, würde sie doch dort hinführen, oder nicht?«

Gero Bakker schüttelte den Kopf und machte Grotes Überlegungen sofort wieder zunichte. »Die Richtung passt, aber in dem Haus kann sie sich nicht mehr verstecken. Es war ein einfaches Holzhaus und ist schon im Spätsommer abgerissen worden. Der Käufer war nur an dem Grundstück interessiert und will im nächsten Frühling dort neu bauen.«

Stine Lessing hatte eine andere Idee und kam Grote zuvor, der selbst gerade genau diese Frage stellen wollte: »Wäre es nicht denkbar, dass Natalie Redenius sich in Oltmanns' Haus versteckt hält? Eigentlich sagt man ja, dass ein Täter nicht an den Tatort zurückkehrt, andererseits – wer würde sie schon gerade dort suchen? Vielleicht denkt sie genauso und fühlt sich deshalb dort sicher!«

Gero Bakker war stolz, selbst ebenfalls schon auf diese Idee gekommen zu sein. »Als Lisa vorhin anrief und dieses Treffen verabredete, kam mir derselbe Gedanke.«

Um nicht überheblich zu wirken, fügte er schnell hinzu: »Ist ja auch ziemlich naheliegend. Ich bin deshalb sofort rüber zu Oltmanns' Haus und hab mich vorsichtig umgesehen. Das Siegel ist unversehrt, es sind auch keine Einbruchspuren zu finden. Alle Rollläden sind geschlossen. Mit einem Wort, alles in Ordnung. Sie muss wohl woanders Unterschlupf gefunden haben.«

Grote verkniff sich eine Bemerkung, die ihm auf der Zunge lag. Die Eigenmächtigkeit Gero Bakkers gefiel ihm nicht. Nicht auszudenken, wenn er auf Natalie Redenius getroffen wäre. Nun denn, es war ja nichts passiert.

Jürgen Eggers hatte inzwischen einen Ortsplan auf dem Tisch ausgebreitet, und Lisa zeigte auf die Stelle, an der sie mit der Gesuchten zusammengetroffen war. Dann folgte ihr Finger ein Stück der Straße. »Hier, an dieser Stelle musste ich abbiegen, um nicht aufzufallen.«

Die Inselpolizisten betrachteten die Karte, dann schüttelte Gero Bakker den Kopf. »Das hilft uns nur bedingt. Von der Stelle aus gibt es einige Richtungen, die sie eingeschlagen haben könnte. Sicherlich ist sie nicht in die Ortsmitte gegangen, das würde keinen Sinn machen. Wir können also davon ausgehen, dass sie sich entweder am Westrand des Ortes oder irgendwo im Ortsteil Loog, also weiter westlich, aufhält. Wo genau kann man nicht sagen, das wäre reine Spekulation.«

Jürgen Eggers stimmte seinem jungen Kollegen zu: »Gero hat recht. Wenn wir uns bei der Suche auf den westlichen Bereich konzentrieren, können wir wenigstens die großen Hotels ausschließen. Die befinden sich mehr in Richtung Ortsmitte. Allerdings gibt es im Westen eine ziemlich große Zahl kleiner Pensionen, Privatvermieter und Ferienwohnungen.«

Grote fasste schnell einen Entschluss: »Wir müssen uns morgen auf die Suche begeben, von Haus zu Haus gehen und Klinken putzen. Irgendwo muss sie schließlich untergekommen sein. Natürlich könnten wir die Überprüfungen auch telefonisch machen, aber das ist mir zu gefährlich. Niemand kann uns garantierten, dass ein solches Gespräch nicht mitgehört wird. Das hat schon meinem Kollegen das Leben gekostet. Ich möchte nicht das Risiko eingehen, später einen Vermieter mit durchgeschnittenem Hals aufzufinden. Also machen wir uns lieber an die Arbeit.«

Er nahm einen Bleistift, zog eine Linie und teilte damit den Bereich, in dem sie Natalie Redenius vermuteten, in zwei annähernd gleiche Hälften: eine nördliche und eine südliche. »Wir müssen uns aufteilen. Zwei von uns nehmen den nördlichen Bereich, zwei den südlichen. Mir ist es wichtig, dass niemand alleine arbeitet – und noch etwas«, er schaute die beiden Inselpolizisten an: »Sie beide müssen wie wir in Zivilkleidung arbeiten. Alles muss unauffällig abgehen.«

Gero Bakker hatte die ganze Zeit lang verstohlen Stine Lessing betrachtet. Sie gefiel ihm, deshalb preschte er vor und machte einen nicht ganz uneigennützigen Vorschlag: »Dann gehe ich mit Frau Lessing in den nördlichen Teil, und Jürgen Eggers mit Ihnen, Herr Grote, in den südlichen.«

Grote stimmte schmunzelnd zu. Ihm war Bakkers Interesse an seiner Kollegin nicht entgangen, und er gönnte ihm das Vergnügen. Zudem hatte der Inselpolizist recht, denn Stine und er brauchten jeweils einen ortskundigen Führer an ihrer Seite. Allein hätten sie nicht gut arbeiten können. »Okay, dann machen wir es so. Wir treffen uns morgen früh um neun Uhr hier am Revier. Natürlich nur wir vier.«

Er lächelte Lisa Leitner an, die es nicht lassen konnte und die ungewollte Vorlage Grotes aufnahm: »Schade, ich wäre zu jeder Schandtat bereit, aber wenn niemand mich will …«

Gekonnt zog sie einen Schmollmund und tat so, als wäre sie zutiefst enttäuscht.

Zurück im Hotel ließ Grote sich, so wie er war, erschöpft auf das Bett fallen. Am liebsten wäre er einfach liegen geblieben und eingeschlafen, doch er rief erst noch bei seiner Frau an. Er musste sehr aufpassen, um sich nicht zu verplappern. Natürlich durfte seine Frau nicht wissen, dass er immer noch alleine mit Stine unterwegs war. Schon gar nicht traute er sich, ihr mitzuteilen, dass er sich wieder auf Juist befand. Er sagte lediglich, dass sie »alle« noch in Ostfriesland bleiben müssten. So vermied er den Eindruck, sich schon wieder selbst in die Ermittlungen eingeschaltet zu haben. Seine Frau schöpfte keinen Verdacht, zumal sie die Radiomeldungen über Natalie Redenius in den Nachrichten gehört hatte. Grote stellte zufrieden fest, dass sie nicht misstrauisch war und sich keine Sorgen um ihn machte.

Über den weiteren Ablauf des Abends verschwendete er keine Gedanken, denn er war restlos fertig. Deshalb widerstand er der Versuchung, im »Roten Korsar« noch einen Absacker zu nehmen, obwohl er ganz sicher war, dass Lisa dort auf ihn warten würde.

Stattdessen nahm er sich aus der Minibar eine überteuerte Flasche Bier, blätterte flüchtig in einem der ausliegenden Inselprospekte herum und löschte nach kurzer Zeit gähnend das Licht.

*

Natalie Redenius war total durchnässt. Sie zitterte am ganzen Körper, und ihre Zähne schlugen aufeinander. Sie hatte sich während der Überfahrt nach Juist nicht getraut, den Salon der Fähre zu betreten, und die ganze Zeit am Oberdeck in einer windgeschützten Ecke hinter einem Rettungsfloß gehockt. Zu groß war ihre Angst, dass einer der Fahrgäste oder das Schiffspersonal sie erkennen könnte.

Als die Fähre endlich Juist erreichte, blieb sie so lange in ihrem Versteck, bis der letzte Passagier von Bord war. Erst als ein Matrose bereits Anstalten machte, die Gangway einzuholen, verließ sie ihren Unterschlupf und ging mit schnellen Schritten von Bord.

Über Nebenstraßen gelangte sie zum Supermarkt und kaufte Lebensmittel sowie Getränke ein. Dann machte sie sich wieder auf den Weg, verließ den Ort und wandte sich gen Westen.

Nach einem strapaziösen Fußmarsch bog sie von der Straße ab und folgte einem Weg in die Dünen. Am Anfang des Weges standen seitlich rechts zwei Häuser, an denen sie möglichst schnell vorbeiging. Dann, weiter hinten in der Dunkelheit, erreichte sie ein reetgedecktes Haus, das Ziel ihrer Flucht. Kein Lichtschein drang heraus und die Rollläden waren heruntergelassen.

Sie ging an die Haustür und bemerkte das Polizeisiegel, das zwischen Tür und Zarge aufgeklebt war. Damit hatte sie gerechnet. Sie hütete sich, das Siegel zu zerstören und dadurch die Aufmerksamkeit neugieriger Besucher zu erregen.

Stattdessen ging sie an die Rückfront des Gebäudes und verharrte eine Zeit lang, bis ihre Augen sich restlos an die Dunkelheit gewöhnt hatten. Sie schaute sich um und suchte nach einer Schwachstelle, die ihr den Zugang zum Haus ermöglichte.

Das Aufhebeln der Rollläden verbot sich von selbst, denn von außen auffallende Einbruchsspuren musste sie unbedingt vermeiden. Ihr Blick fiel auf das kleine Fenster eines Vorratsraumes, dessen Rollladen nicht komplett geschlossen war. Sie stellte einen an der Hauswand lehnenden Handwagen auf den Kopf, um ihn als Leiterersatz zu nutzen, kletterte hinauf, drückte den Rollladen hoch und schlug mit dem Ellenbogen die Scheibe ein. Danach schob sie ihre Reisetasche und die Tüte mit den Lebensmitteln hindurch. Zuletzt quetschte sie sich vorsichtig selbst durch das schmale Fenster, sorgsam darauf bedacht, sich nicht an den Scherben zu verletzen, und ließ den Rollladen herab.

Zögernd betrat sie das Wohnzimmer und tastete im Dunklen mit den Händen die Wand ab, bis sie endlich einen Lichtschalter fühlte. Es widerstrebte ihr trotz der heruntergelassenen Rollläden, das Licht einzuschalten, doch musste sie dies für kurze Zeit tun, bis sie in ihrer Einkaufstüte die dicke Kerze und Streichhölzer fand.

Sie entzündete sie und schaltete das Licht wieder aus. Niemand würde nun von draußen durch die Rollläden diesen schwachen Lichtschein erkennen.

Sie schaute sich um. Sogar im Kerzenschein konnte sie den großen Blutfleck erkennen, der sich auf dem Teppich vor dem Sessel befand. Natalie Redenius betrachtete das Blut völlig emotionslos, denn sie fühlte sich im Recht. Enno Oltmanns hatte ihr die Eltern und die Schwester genommen, dafür war er bestraft worden. Nun nahm sie völlig legitim sein Eigentum in Besitz.

Sie ging ins Bad, trocknete sich gründlich ab und hatte keine Skrupel, Oltmanns' Bademantel, der dort an einem Haken hing, anzuziehen.

Dann schaltete sie die Heizung ein gutes Stück höher, denn von Zeit zu Zeit wurde ihr Körper immer noch von einem Schaudern erfasst. Zuletzt schmierte sie sich zwei Scheiben Toast, belegte sie üppig mit Käse und schraubte eine billige Flasche Rotwein auf. Sie legte sich auf die Couch, griff sich eine Decke, die dort herumlag, und kuschelte sich darin ein. Nachdem sie ihr Brot gegessen und hastig zwei Gläser Wein hinuntergestürzt hatte, schlief sie völlig entkräftet mit dem Gefühl ein, in Sicherheit zu sein. Niemand würde sie ausgerechnet an diesem Ort vermuten, dessen war sie sich gewiss.

Dass nur kurze Zeit später Gero Bakker kam und das Haus umrundete, um nach eventuellen Einbruchspuren zu suchen, bemerkte sie nicht. Es blieb für sie folgenlos, denn der Polizist war mit dem Ergebnis seiner Überprüfung zufrieden und hatte keinen Verdacht geschöpft.

Donnerstag
Tödliche Sturmbö

Über Nacht hatte der Sturm weiter zugelegt und schob am Morgen Stefan Grote und Stine Lessing auf dem Weg zum Polizeirevier mit so unbändiger Kraft vor sich her, dass sie ungewollt in einen leichten Trab verfielen. Als sie eintrafen, erfuhren sie, dass die beiden Inselpolizisten schon fleißig gewesen waren: Sie hatten bereits den Supermarkt aufgesucht und mit den Verkäuferinnen gesprochen. Sie konnten sich nicht daran erinnern, Natalie Redenius am gestrigen Abend gesehen zu haben. Der Kassiererin allerdings war sie aufgefallen, und sie bestätigte Lisa Leitners Angaben. Es hatte sie gewundert, dass die Frau ihre Kapuze ungewöhnlich weit in das Gesicht gezogen und jeden Blickkontakt vermieden hatte.

Die schwarzen, halblangen Haare waren ihr ebenfalls aufgefallen. Natalie Redenius war also ohne ihre blonde Perücke unterwegs. Das war ein weiterer Hinweis darauf, dass sie wusste, dass nach ihr gefahndet wurde.

Gero Bakker und Jürgen Eggers hatten noch in anderer Hinsicht gute Vorarbeit geleistet und zwei Listen aller Vermieter und Ferienwohnungen für das zu überprüfende Gebiet erstellt. Eine für den nördlichen und eine für den südlichen Bereich. Bereits auf den ersten Blick war zu erkennen, dass eine ganze Menge Arbeit auf sie zukam. Die beiden Inselpolizisten hatten, wie von Grote gewünscht, auf ihre Uniform verzichtet und trugen schwere Seeparka. Stine Lessing betrachtete die rustikalen Jacken mit Neid. Etwas Ähnliches konnte sie nicht vorweisen. Zwar war es im Moment draußen noch trocken, allerdings würde das nicht lange so bleiben.

Die vier machten sich gemeinsam auf den Weg und durchquerten den Hauptort. Am Supermarkt blieb Eggers stehen. »Hier hat Lisa Natalie Redenius gesehen. Wir gehen jetzt den Weg bis zu der Stelle, an der Lisa umgekehrt ist.«

Nach wenigen hundert Metern verharrte er erneut. »So, und hier hat Lisa ihre Verfolgung abgebrochen. Sie hat noch gesehen, dass Natalie Redenius auf die Billstraße in Richtung Westen abgebogen ist. Die Straße führt zum Ortsteil Loog. Von dieser Stelle an sollten wir mit der Suche beginnen.«

Das erste Stück gingen sie noch gemeinsam, denn außer einigen wenigen Häusern, die sich rechtsseitig der Straße befanden, gab es nichts zu überprüfen. Erst als die Bebauung sich weitete, teilten sie sich wie abgesprochen auf. Zuvor mahnte Grote noch einmal eindringlich, keine Alleingänge zu wagen. »Wer zuerst ihren Unterschlupf findet, meldet das sofort! Niemand handelt, bevor wir nicht alle vier zusammen sind. Wir wollen im Moment nur wissen, wo sie sich aufhält. Den Zugriff machen wir nur gemeinsam. Also kein Risiko eingehen, ist das klar?« Alle nickten. »Und nun viel Glück!«

Gero Bakker war froh, endlich mit Stine Lessing allein zu sein. Sie gingen von Haus zu Haus, fragten bei Vermietern nach Gästen oder auffälligen Beobachtungen und zeigten das Fahndungsfoto. Dazwischen nutzten sie jede Gelegenheit, um sich kennenzulernen, und waren schnell beim Du. Bakkers Sympathie wurde von Stine Lessing erwidert, und die beiden kamen sich allmählich näher. Sie stellten fest, dass sie viele Gemeinsamkeiten hatten, und Stine Lessing fasste im Stillen den Entschluss, schon bald wieder auf die Insel zu kommen, um Gero Bakker unter ruhigeren Umständen zu treffen.

Obwohl sie eine große Anzahl von Objekten zu überprüfen hatten, kamen sie gut voran. Es gab nicht allzu viele Häuser, die zu dieser Zeit überhaupt Gäste aufnahmen. Deshalb wurde häufig auf ihr Läuten gar nicht geöffnet. Auch die Ferienwohnungen waren nur schwach belegt. Ganze Wohnanlagen waren komplett geschlossen und wiesen durch Plakate darauf hin, dass sie erst zu Weihnachten und Silvester wieder Gäste aufnehmen würden.

Am Nachmittag setzte wie befürchtet Regen ein, und Stine Lessing wünschte sich allmählich das Ende der mühsamen Ermittlungsarbeit herbei. Der Sturm zerrte an ihrer nur bedingt regenfesten Jacke und presste ihr die Kälte in den Körper. Endlich bogen sie in einen sandigen Dünenweg ein, an dessen rechter Seite lediglich zwei Häuser standen, während sich ein drittes in einiger Entfernung am Ende des Weges befand.

»Das ist der Rest vom Schützenfest«, sagte Bakker gut gelaunt. »Nur dieses eine Haus hier vorne, dann haben wir unsere Liste abgearbeitet.«

Bakker läutete, und Stine Lessing huschte unter das Vordach, um sich vor dem Regen zu schützen. Eine Frau öffnete, die Bakker gut zu kennen schien. »Gero, was treibt dich in diese Einsamkeit? Und dann bei dem Kuhsturm.«

»Moin, Grete, da sagst du was! Man fliegt ja beinahe von der Straße. Ich müsste nur wissen, ob du derzeit vermietet hast.«

»Nee, Gero, das weißt du doch. Zu dieser Zeit brauchen wir unsere Ruhe. Die Saison war lang genug. Da muss man auch mal Luft holen. Eine Woche vor Weihnachten haben wir wieder Gäste, dann ist die Bude allerdings rappelvoll.«

»Ja, ist klar. Und irgendwas Besonderes gesehen hast du auch nicht, oder?«

Grete verneinte genauso wie die vielen anderen Vermieter, die sie in den Stunden zuvor befragt hatten. Niemand sah scheinbar irgendetwas, denn die Menschen verkrochen sich bei dem Sturm lieber zu Hause hinter dem gemütlichen Ofen.

Sie verabschiedeten sich, und Stine Lessing bog bereits in Richtung Straße ein, als Gero Bakker sie zurückrief: »Warte mal, Stine, ich muss noch eine Kleinigkeit erledigen. Dort hinten am Ende des Weges steht das Haus von Enno Oltmanns.«

Er kramte ein Schlüsselbund aus der Jackentasche und hielt es hoch. »Ich muss da kurz rein und einen Briefumschlag rausholen. Das habe ich der Putzfrau versprochen. Sie hat heute Morgen angerufen und mich um Hilfe gebeten. Oltmanns legte immer eine Woche vor Monatsende ihren Lohn in einem Briefumschlag auf den Putzmittelschrank. Ich habe mit den Kollegen der Spurensicherung aus Aurich gesprochen. Den Umschlag haben sie gesehen und liegen lassen, weil er für den Fall nicht relevant ist. Für die Putzfrau ist er allerdings sehr relevant, sie lebt von diesem Geld. Also tu ich ihr den kleinen Gefallen und hol ihr das Geld.«

»Das Haus ist aber noch versiegelt, da kannst du nicht einfach so reingehen«, äußerte Stine Lessing ihre Bedenken.

Gero Bakker beruhigte sie: »Kein Problem, ich habe natürlich mit der Staatsanwaltschaft gesprochen. Die haben keine Einwände, wenn die Tür hinterher wieder versiegelt wird. Und genau das mache ich.«

Er griff noch einmal in die Tasche und holte ein neues Polizeisiegel hervor. »Hab an alles gedacht. Lass mich das schnell erledigen, sonst muss ich morgen extra wieder herkommen.«

Stine war zufrieden. Alles hatte seine Richtigkeit. Zudem machte Geros Hilfsbereitschaft ihn noch sympathischer, als er ohnehin schon war.

Sie gingen gemeinsam auf das Haus zu. Erst jetzt erkannte sie es wieder, denn in der Dunkelheit sah es längst nicht so groß aus wie auf den Tatortfotos. Als sie an dem zweiten Haus auf der rechten Seite des Dünenweges vorbeikamen, öffnete sich die Tür. Ein älterer Mann trat heraus und rief zu ihnen herüber: »Gero, hast du mal einen Moment Zeit für mich? Ist nichts Wichtiges, aber wenn du schon mal hier bist …«

Stine Lessing lächelte, sie war nicht im Mindesten überrascht, dass auch dieser Mann Gero Bakker kannte. Auf der Insel schien ohnehin jeder jeden zu kennen. Das gefiel ihr und bestärkte ihren Entschluss, bei nächster Gelegenheit zurückzukehren.

Gero wollte zu dem Mann hinübergehen, doch Stine Lessing hielt ihn auf. »Dann gib mir eben den Schlüssel und das Siegel. Ich hole den Umschlag mit dem Geld raus. Umso eher sind wir wieder im Warmen.«

Stine hatte sich für den Abend mit ihrem Kollegen auf ein Bier im »Roten Korsar« verabredet, darauf freute sie sich schon. Deshalb war ihr daran gelegen, die Sache schnell zu erledigen.

Gero war einverstanden. Er gab ihr Schlüssel und Siegel, danach ging er zu dem Mann hinüber. »Moin, Mattes, was hast du für Sorgen?«

»Sorgen sind das nicht. Ich wollte euch nur sagen, dass in dem Haus von Oltmanns von Zeit zu Zeit der Schornstein raucht. Anscheinend läuft seit einer Woche die Heizung. Das muss doch nicht sein, oder? Kostet nur unnötig Geld und verpestet die Luft.«

»Nee, hast recht, das muss nicht sein. Wir wollen sowieso kurz in das Haus, dann schalte ich die Heizung ein Stück runter.«

Bakker nahm sich noch die Zeit zu einem kurzen Klönschnack, erst dann verabschiedete er sich und ging weiter zu Oltmanns' Haus. Stine Lessing konnte er nicht mehr sehen, sie war schon hineingegangen.

*

Natalie Redenius hatte die ganze Nacht bis zum folgenden Mittag tief geschlafen. Nicht einmal das laute Klappern der Rollläden, auf die der Sturm drückte, hatte sie aufwecken können. Das Auf und Ab der Gefühle des Vortages hatte seinen Preis gefordert. Ganz besonders die Erkenntnis, dass die Polizei ihr auf den Fersen war, hatte an den Nerven gezerrt. Die dicke Stumpenkerze, die sie am Abend angesteckt hatte, war schon ein ganzes Stück weit heruntergebrannt. Sie pustete sie aus und ging zu den Fenstern, um die Rollläden ein Stück weit anzuheben. Die Lamellen zogen sich nur wenige Millimeter auseinander, doch das genügte schon, um Licht in den Raum fallen zu lassen und durch die schmalen Schlitze nach draußen schauen zu können.

Was sie dort sah, beruhigte sie. Die beiden Häuser am Anfang des Dünenweges waren so weit entfernt, dass niemand der Bewohner erkennen würde, dass die Rollläden minimal hochgezogen waren. Menschen zeigten sich dort draußen ohnehin nicht, sie sah nur schwarze Wolken, die niedrig über das Meer jagten.

Sie begann nun vollends, von dem Haus Besitz zu ergreifen. Zuerst duschte sie intensiv, danach trocknete sie sich in Ruhe ihre Haare und frühstückte ausgiebig, obwohl es schon allmählich auf Nachmittag zuging. Sie traute sich sogar, das Radio einzuschalten und die Nachrichten zu hören. Das trug zu ihrer Beruhigung bei, denn es gab inzwischen aktuellere Meldungen als die Fahndung nach ihr. Sie brauchte nur einige Tage in diesem Versteck zu bleiben, dann würde die Aufmerksamkeit der Menschen auf andere Dinge gelenkt sein und sie könnte auf das Festland zurück. Weiter konnte und wollte sie im Moment noch nicht planen. Das würde sich irgendwann ergeben.

Sie schaltete das Radio wieder aus und begann, das Haus zu durchsuchen. Dinge, die sie für sich als brauchbar erachtete, legte sie auf einen Tisch, alles andere warf sie achtlos zu Boden. Danach suchte sie nach irgendwelchen Zeitschriften, fand aber nur einige Ausgaben der Inselzeitung vom vergangenen Sommer. Kaum hatte sie sich wieder hingesetzt, da döste sie erneut ein.

Warum sie irgendwann erwachte, vermochte sie selbst nicht zu sagen. War da von draußen eine verwehte Stimme zu hören, oder spielte ihr der heulende Sturm einen Streich? Vermutlich hatte sie nur geträumt. Sie stand auf, reckte sich und schlüpfte aus Oltmanns' Bademantel, um sich anzuziehen.

Es war inzwischen draußen schon wieder so dunkel, dass kein Licht mehr in den Raum fiel. Sie steckte die Kerze wieder an, um sich orientieren zu können. Plötzlich war da wieder dieses Geräusch.

Sie lief zum Fenster und schaute nach draußen zu den beiden Häusern am Beginn des Dünenweges. Vor dem Eingang des einen Hauses sah sie im Laternenlicht einen alten Mann, ein Stück entfernt ein jüngeres Pärchen, das miteinander sprach. Die beiden trennten sich. Der junge Mann ging zu dem älteren hinüber, die junge Frau folgte dem Sandweg und kam auf Oltmanns' Haus zu.

Natalie Redenius fuhr herum, hetzte zum Tisch und blies die Kerze aus. Dann schaute sie wieder zum Fenster hinaus, um die Frau zu beobachten. Die hatte mittlerweile die Haustür erreicht. Natalie Redenius hoffte, dass sie nur neugierig war und das Haus nicht betreten würde. Schließlich befand sich an der Tür ein Polizeisiegel. Obwohl das nur ein dünnes Stück Papier war, fühlte sie sich dadurch geschützt.

Sie tastete sich durch die Dunkelheit auf den Flur und versteckte sich hinter einem Garderobenschrank, der in einer Nische stand. Dort presste sie sich an die Wand, horchte und wagte kaum zu atmen.

Das Erste, was sie von der Haustür her hörte, war das Geräusch des zerreißenden Siegels, dann folgte das metallische Klappern eines Schlüssels.

Die Tür wurde geöffnet und die Beleuchtung eingeschaltet. Natalie Redenius stach das Licht wie ein Messer schmerzhaft in die Augen. Sie war an Kerzenlicht gewöhnt und kniff die Augen reflexartig zusammen, ohne dem widerstehen zu können. Im Moment fühlte sie sich doppelt wehrlos, denn ihr Messer, das sie in den letzten Tagen stets bei sich getragen hatte, lag irgendwo im Wohnzimmer. Sie hatte nicht erwartet, es hier und jetzt zu benötigen. Und nun noch das helle Licht, das sie blendete. Sie beschloss abzuwarten, obwohl sie von dem Moment an, in dem sie das Geräusch des zerreißenden Siegels gehört hatte, nicht eine Sekunde daran gezweifelt hatte, dass es sich bei der jungen Frau um eine Polizistin handelte. Niemand sonst hätte sich getraut, das Siegel von der Tür zu entfernen.

*

Stine Lessing war nicht wohl, als sie das Haus von Enno Oltmanns betrat. Menschenleere Häuser hatte sie noch nie gemocht, denn sie wirkten stets traurig, als vermissten sie ihre Bewohner. Dazu kam, dass in diesem Hause ein Mensch bestialisch ermordet worden war, das machte die Sache noch unheimlicher. Trotzdem traute sie sich hinein, denn sie wusste, Gero würde gleich bei ihr sein. Zwar wollte sie die Haustür offen stehen lassen, doch der Wind ließ das nicht zu und schloss sie mit einem kurzen Stoß.

Sie durchschritt mutig den Flur, schaltete das Licht im Wohnraum an und blickte sich um. Da war zwar der riesige Blutfleck um den Sessel herum, der nicht zu übersehen war, doch das war es nicht, was sie irritierte. Auf den Tatortfotos hatte sie ihn schon mehrfach betrachtet. Da war etwas anderes, das sie zögern ließ. Sie blieb regungslos stehen und zog lautlos ihre Pistole aus dem Holster. Es lag ein auffälliger Geruch in der Luft, als habe soeben noch eine Kerze in dem Raum gebrannt. Sie sah die Kerze auf dem Tisch vor sich und befühlte sie. Das Wachs war noch warm. Dann fielen ihr die durchwühlten Schränke auf, und erst jetzt bemerkte sie die aufgeschlagene Decke auf der Couch sowie die Reste eines Frühstücks.

Ihr Körper wurde wie von einem heißen Strahl durchzogen. Mit einem hörbaren Klick entsicherte sie die Pistole und streckte sie mit beiden Armen nach vorne, so wie sie es auf der Polizeischule gelernt hatte. Dort war alles so einfach gewesen, denn man wusste, dass es nur eine Übung war. Hier und jetzt fühlte sich das ganz anders, so furchteinflößend an. Sie wusste, sie war nicht allein in diesem Haus.

Ohne sich dagegen wehren zu können, stieg wieder dieses erdrückende Gefühl von Panik und Verkrampfung in ihr auf, so wie damals bei der Schlägerei vor der Disco in Hannover oder in der Dunkelheit vor

Holtkamps Hochsitz. Doch nun war sie ganz allein. Es gab niemanden, der ihr Halt gab, an den sie sich anlehnen konnte.

Stine hielt ihre Pistole immer nach vorne in Blickrichtung. Nur so konnte sie schnell genug auf das reagieren, was auf sie zukam. Sie bemühte sich, ruhiger zu atmen, doch die Lungen rasselten, und ihre Hände vibrierten unkontrolliert vor Anspannung. Mit jeder Faser ihres Körpers spürte sie, dass sie in Lebensgefahr war.

Langsam ging sie Schritt für Schritt rückwärts auf dem gleichen Weg, den sie gekommen war. Sie erinnerte sich an Grotes Worte, niemals alleine zu agieren, und hatte sich geschworen, seinen Rat zu befolgen. Deshalb wollte sie zur Haustür zurück, um das Haus zu verlassen. Draußen wäre sie wieder in Sicherheit, könnte Gero zu Hilfe rufen und danach Grote benachrichtigen. Der hatte genug Erfahrung, um zu wissen, was als Nächstes zu tun wäre.

*

Natalie Redenius hatte das Klicken der Pistolensicherung gehört und richtig gedeutet. Sie gab sich keinerlei Hoffnung mehr hin, dass die Polizistin ihre Anwesenheit vielleicht nicht bemerkt haben könnte. Der auffällige Geruch der gelöschten Kerze war inzwischen bis zu ihr in den Flur vorgedrungen. Dann noch all die verräterischen Dinge, die sie im Haus hatte herumliegen lassen – die Polizistin war nicht dumm, sie würde sich ganz schnell einen Reim darauf machen.

Einen Plan, was sie tun wollte, hatte sie immer noch nicht. Nur die Gewissheit, dass sie sich um keinen Preis der Welt einfach festnehmen lassen würde. Sie löste sich lautlos aus ihrem Versteck und ging einen Schritt in Richtung Flur. Von dort aus konnte sie im gegenüber hängenden Spiegel Stine Lessing sehen, die sich rückwärts auf sie zubewegte. Der Rücken der Polizistin wurde im Spiegel mit jedem ihrer Schritte ein Stück größer, bis er ihn komplett ausfüllte. Natalie Redenius wusste, dass sie jetzt nur noch wenige Zentimeter voneinander trennten.

Sie sprang mit einem Satz um die Ecke, packte Stine Lessings Arm und hebelte ihren Körper mit einem Schwung aus. Die Polizistin hatte einen Angriff von hinten überhaupt nicht erwartet. Sie krachte stöhnend auf den Boden und schlug mit dem Kopf gegen die Wand. Noch benommen versuchte sie, sich wieder aufzurappeln, um nach ihrer Waffe zu greifen, die ihr bei dem Angriff aus der Hand gefallen war, doch Natalie Redenius hielt ihren Oberkörper bereits fest umklammert und schleifte sie in das Wohnzimmer.

Stine Lessing hatte das Gesicht ihrer Gegnerin zwar noch nicht gesehen, wusste aber schon in dem Moment, als der Schatten von der Seite auf sie zukam, dass sie auf Natalie Redenius getroffen war.

Die Polizistin hatte ihrer trainierten Gegnerin nichts entgegenzusetzen. Ehe sie auch nur an Gegenwehr denken konnte, riss ihr Natalie Redenius die Handschellen vom Gürtel und fesselte sie an die Holzlehne der schweren Ledercouch. Dann warf sie ihr eine Wolldecke über den Kopf, sodass Stines Warnungen oder Hilferufe an Gero Bakker verklungen wären.

Stine Lessing war im Moment zu keiner Handlung mehr fähig und versuchte erst gar nicht, sich die Wolldecke vom Kopf zu schütteln. Ohnehin rechnete sie in jedem Augenblick damit, dass sich ihr die Klinge eines Messers in den Hals bohren würde. Trotz der lähmenden Angst, die dieses Gefühl auslöste, spürte sie die stechenden Schmerzen, die ihr durch den Kopf rasten. Warmes Blut aus einer Platzwunde an der Stirn rann ihr über das Gesicht und lief in ihren Mund. Vor ihren Augen erschienen die Fotos von Jan Weber, die seinen durchschnittenen Hals zeigten. Genau so würde ihr Leben enden. Warum sollte sie ein anderes Schicksal ereilen?

Natalie Redenius nahm die Waffe der Polizistin vom Boden auf, ging wieder zum Rollladen und blickte angespannt nach draußen. Der junge Mann, den sie nach Lage der Dinge ebenfalls für einen Polizisten hielt, hatte sein Gespräch beendet und war nun auf dem Weg zu ihr. Einige Minuten später klopfte er an die Haustür und rief nach seiner Kollegin. Es machte für Natalie Redenius keinen Sinn, weiter darauf zu hoffen, dass sich die Situation von selbst auflösen würde. Der Polizist wusste, dass seine Kollegin im Haus war, und würde nicht ohne sie wieder gehen. Sie sah auch keine Chance, ihn auf irgendeine Art zu täuschen, um ihn loszuwerden.
Darum hob sie die Pistole und schoss durch die Haustür.

*

Gero Bakker hörte einen krachenden Schuss, und im selben Augenblick flogen ihm Holzsplitter um die Ohren, die das Projektil aus der schweren Haustür gestanzt hatte.

Er sprang erschrocken zur Seite, drückte sich an die Hauswand und versuchte zu kapieren, was gerade passiert war. Es gelang ihm nicht, deshalb zog er sich einige Meter zurück und versteckte sich hinter einer verkrüppelten Kiefer, die in einem verwehten Dünental um ihr

Überleben kämpfte. Mit sich überschlagender Stimme rief er Grote an. Der verstand zuerst gar nichts und musste den völlig verstörten Gero Bakker immer wieder zur Ruhe mahnen. Trotzdem dauerte es lange, bis er ihn endlich verstehen konnte und begriff, was vor Oltmanns' Haus geschehen war. »Herr Bakker, hören Sie mir bitte zu, und bleiben Sie ruhig!«

Es erfolgte keine Reaktion, und so versuchte er es erneut: »Herr Bakker, können Sie mich hören? Sagen Sie etwas!«

Bakker stammelte erneut unverständliche Worte.

Grote redete weiter auf ihn ein: »Sie müssen jetzt einen kühlen Kopf bewahren. Ich vermute, dass Natalie Redenius sich in dem Haus befindet und Stine Lessing als Geisel genommen hat. Eine andere Erklärung gibt es nicht.«

Gero Bakker hatte so weit noch gar nicht gedacht. Grotes Worte lösten in ihm erneut Panik aus, und er schrie mit schriller Stimme: »Sie reden und reden! Wenn es stimmt, was Sie sagen, müssen wir sofort etwas tun und sie da rausholen. Was ist, wenn sie tot ist? Dieses Ungeheuer hat damals nicht gezögert, Jan Weber zu töten. Warum zum Teufel glauben Sie, dass sie Stine am Leben gelassen hat? Ich werde jedenfalls nicht warten, bis Sie hier sind. Dann ist es vielleicht zu spät. Ich gehe da jetzt rein!«

Grote merkte, dass der Polizist drauf und dran war, erneut die Nerven zu verlieren. Er zwang sich, möglichst ruhig zu sprechen und überzeugend zu wirken. »Nein, nicht reingehen, Herr Bakker. Natalie Redenius wird Stine nicht getötet haben. Sie braucht sie als Druckmittel, um von der Insel wegzukommen. Wenn sie keine Geisel hat, hat sie auch nichts, womit sie sich den Weg freipressen kann. Verstehen Sie das?«

Grote übergab das Handy an Jürgen Eggers, der seinen jungen Kollegen schon seit Jahren kannte. Vielleicht konnte der auf ihn einwirken und ihn davon abhalten, in einem Anfall von Wut oder Verzweiflung in das Haus einzudringen und alles noch schlimmer zu machen, als es ohnehin schon war.

Tatsächlich gelang es Eggers, ihn zu beruhigen und ihm das Versprechen abzunehmen, auf ihr Eintreffen zu warten und bis dahin lediglich das Haus zu beobachten. Es würde bis zu ihrem Eintreffen dort allerdings einige Zeit dauern, denn sie befanden sich bereits auf dem Rückweg zur Polizeiwache. Sie kehrten auf der Stelle um und hetzten durch die dunklen Straßen.

Grote spürte, wie Angst in ihm aufstieg. Er war keinesfalls davon überzeugt, dass Stine Lessing noch lebte, auch wenn er das Bakker gegenüber gesagt hatte. Kurz überschlug er die Entfernung zu

Oltmanns' Haus und kam zu dem Ergebnis, dass sie wohl zwanzig Minuten benötigen würden, um dort anzukommen. Diese Zeitspanne würde für Gero Bakker zu einer harten Belastungsprobe werden, von der er befürchtete, dass der junge Polizist dem nicht gewachsen war.

*

Natalie Redenius erkannte, dass der Polizist sich zurückgezogen und in der Nähe des Hauses versteckt hatte. Zwar war er nun aus ihrem Sichtfeld verschwunden, doch seine schrille Stimme konnte sie hören. Es bestand für sie kein Zweifel daran, dass er gerade seine Kollegen alarmierte. Von nun an spielte die Zeit gegen sie. Wenn erst Verstärkung eintraf, würde es ihr nicht mehr gelingen zu fliehen, wohin auch immer.

Sie ging zurück in den Wohnraum und hörte Stine Lessing schluchzen. Deren Körper zuckte unter der Decke hin und her, weil sie nach Sauerstoff rang. Wortlos riss Natalie Redenius der Polizistin die Wolldecke vom Kopf. Dann setzte sie sich in den Sessel, legte Stines Pistole auf den Tisch und steckte die Kerze an. Erst jetzt betrachtete sie schweigend ihre Geisel.

Stine Lessing sog mit kurzen, so heftigen Atemzügen die Luft ein, dass ihre Lungen schmerzten. Dann starrte sie Natalie Redenius an. Seit zwei Tagen war sie gemeinsam mit Grote einem Phantom auf der Spur, nun saß sie dieser Frau gegenüber. Sie entsprach gar nicht dem Bild, welches sie sich gemacht hatte. Obwohl sie inzwischen wusste, dass Natalie Redenius schwarzes Haar hatte, war in ihrem Kopf immer noch eine Frau mit langen blonden Haaren verankert. Das verwirrte sie.

Stine hatte vor einigen Jahren einmal auf einem Psychologie-Seminar gelernt, wie man sich als Geisel verhalten sollte. Man hatte ihr gesagt, es sei wichtig, zu schweigen und den Täter nicht zu provozieren, doch all das Erlernte war aus ihrem Kopf verschwunden. Stattdessen schrie sie Natalie Redenius unvermittelt an, ohne darüber nachzudenken, was sie damit auslösen konnte: »Was bist du nur für ein Ungeheuer! Du tötest Menschen, wie es dir in den Kopf kommt, einen nach dem anderen. Du spielst Gott und richtest andere. Macht es dir Spaß, was du da tust?«

Dann wurde sie wieder von einem Weinkrampf geschüttelt und sagte leise, mit tränenerstickter Stimme: »Der Polizist, den du gerade vor der Tür erschossen hast, ist genauso alt wie du und ich. Ich habe ihn sehr gemocht, vielleicht hätte ich mich sogar in ihn verliebt. Doch du tötest ihn, ohne zu zögern. Nur weil er dir im Weg steht. Einfach nur so!«

Ihr war inzwischen völlig egal, was sie mit ihren Worten anrichtete. Die Frau, die ihr schweigend gegenübersaß, würde sie ohnehin gleich töten, so oder so. Deshalb rechnete sie damit, dass Natalie Redenius sich jetzt auf sie stürzen oder einfach die Waffe in die Hand nehmen und abdrücken würde, doch nichts dergleichen geschah. Natalie blieb regungslos sitzen und schaute sie mit traurigen Augen an. Sie wirkte erschöpft und ohne Hoffnung. Dann sagte sie tonlos: »Er ist nicht tot. Ich habe nicht einmal auf ihn gezielt. Er sollte einfach nur weggehen. Ich wollte ihn nicht töten. Auch dich hätte ich töten können, du hättest es nicht einmal gemerkt, aber …«

Sie sprach nicht weiter, sondern schwieg wieder. Stine Lessings Worte hatten etwas in ihr aufgewühlt, dessen sie nicht mehr Herr werden konnte. Es waren nicht die Vorwürfe, nicht die Beleidigungen. Es war der Moment gewesen, als die Polizistin davon sprach, dass sie drei alle im selben Alter seien. Es war vor allem der Augenblick, als ihre Geisel trotz ihrer Todesangst die aufkeimende Liebe zu ihrem Kollegen erwähnte.

Solche Gedanken waren Natalie Redenius völlig fremd. Noch niemals in ihrem Leben hatte sie selbst solche Empfindungen spüren können. Stine Lessing führte ihr mit einem Mal vor Augen, dass sie die schönsten Jahre ihres Lebens verschenkt hatte, um sich bedingungslos in den Dienst der Rache zu stellen. Plötzlich wurde ihr bewusst, dass sie das wahre Leben noch gar nicht kennengelernt hatte. Niemals hatte sie geliebt, gefeiert, getrunken, getanzt. Doch nun war es zu spät, das wusste sie. Nichts davon war nachzuholen.

»Dein Kollege hat schon nach Verstärkung telefoniert, ich habe es gehört. Wenn die eintrifft, komme ich hier nicht mehr raus, dann war es das für mich.«

Natalie Redenius schaute der Polizistin schwermütig in die Augen, als suche sie Hilfe oder erwarte sogar Zuspruch.

Stine Lessing hatte sich inzwischen etwas beruhigt und realisiert, in welch irrealer Situation sie sich befand. Sie saß der Frau gegenüber, die sie noch vor Kurzem als Monster bezeichnet hätte. Der Frau, die einen ihrer Kollegen kaltblütig ermordet hatte. Doch nach und nach hatte Stine Lessing immer mehr über deren Leben erfahren und sie irgendwann mit anderen Augen gesehen. Von da an kam sogar Mitleid in ihr auf. Jetzt redete diese Frau mit ihr und hatte eine Stimme, die viel sanfter klang, als sie es jemals erwartet hätte.

Stine wunderte sich über sich selbst. Sie hatte von einem Moment zum anderen plötzlich keine Angst mehr vor Natalie Redenius. Sie überlegte auch nicht mehr, ob es richtig oder falsch war, was sie sagte, ob es ihrer

Situation dienlich war oder nicht. Sie sprach so, wie sie fühlte: »Ich werde nie verstehen können, was du getan hast. Du hast vier Menschen getötet, von denen du meintest, sie richten zu müssen. Wer gab dir das Recht dazu?«

Natalie Redenius antwortete mit leiser Stimme, als würde sie um Absolution bitten: »Ich habe drei Menschen gerichtet, nicht vier. Drei Männer haben mein Leben zerstört, dafür habe ich sie zur Verantwortung gezogen. Wären sie von einem Gericht für ihre Taten bestraft worden, hätte ich das nicht selbst tun müssen.«

Ihre Stimme wurde noch um eine Nuance leiser: »Ich sage tun *müssen*, nicht wollen. Wenn ich mich gegen meine Rachegefühle hätte wehren können, glaub mir, ich hätte es getan.«

»Aber warum musste auch noch mein Kollege sterben?«

Natalie sprach wieder lauter und entschlossener: »Ich hatte im Hotel zufällig mitbekommen, dass ich hier in diesem Haus eine Spur hinterlassen habe, die zu mir führen konnte. Es war reiner Zufall, vielleicht auch Schicksal, dass ich deinem Kollegen plötzlich im Zug gegenübersaß. Ich wusste vorher doch überhaupt nicht, wie er aussah.

Als ich merkte, wer er ist, musste ich handeln, verstehst du das? Oltmanns war nur mein erster Schritt, zwei weitere hatte ich noch zu gehen. Darum packte mich die Angst, dass man mir vorher auf die Spur kommen würde. Ich habe lange gezögert und gehofft, dass sich die Gelegenheit bieten könnte, ihm den Koffer zu stehlen. Aber es klappte einfach nicht.«

Dann sagte sie eiskalt, fast trotzig: »Deshalb musste ich ihn töten. Ich hatte keine Wahl.«

Als Stine Lessing ihre letzten Worte hörte, wusste sie, dass sie auf keinen Fall den Fehler machen durfte, Natalie Redenius emotional zu nahe zu kommen. Es war verstörend, ihren Gedanken zu folgen, die von einem Augenblick zum anderen so leidenschaftslos und ohne eine Spur von Unrechtsbewusstsein oder gar Reue von der Tötung eines Menschen sprachen. Jan Weber war Natalie im Grunde genommen völlig gleichgültig gewesen, doch er hatte ihren Plänen entgegengestanden. Das kostete ihn sein Leben.

Die Polizistin begriff, dass es ihr niemals gelingen würde, diese Frau in all ihren Facetten zu ergründen. Sie war sanft und zugleich kalt, gebildet und doch in ihrem Denken archaisch. Sie musste an die Psychologin des Jugendamtes denken, die unumwunden zugegeben hatte, dass Natalie für sie ein Rätsel geblieben war.

Völlig unvermittelt stand Natalie Redenius auf, ging zur Küche hinüber, griff zu ihrem Messer, das in einer Scheide auf dem

Küchentisch lag, und befestigte es an ihrem Gürtel. Dann packte sie einige Sachen in ihre Reisetasche und schloss sie. In die beiden Griffe schlüpfte sie mit jeweils einem Arm hinein und schob die Tasche auf den Rücken, sodass sie sie tragen konnte wie einen Rucksack. So hatte sie beide Hände frei. »Ich muss jetzt gehen. Meine Chancen, überhaupt wieder von der Insel herunterzukommen, stehen schlecht, das weiß ich selbst. Aber ich werde es versuchen. Mit jeder Minute, die ich länger warte, verändern sich die Konstellationen zu meinen Ungunsten. Ich werde dich mitnehmen, um hier herauszukommen. Ich brauche dich nur für die ersten hundert Meter, dann lasse ich dich laufen. Folgen solltest du mir allerdings nicht. Wenn du mir keine Probleme bereitest, brauchst du keine Angst zu haben. Es wird dir nichts passieren.«

Sie steckte sich Stines Pistole in den Gürtel und ließ sich zeigen, wo sich die Schlüssel für die Handschellen befanden. Dann löste sie die Fessel von der Holzlehne des Sofas, drehte der Polizistin beide Arme auf den Rücken und schloss sie wieder. Stine Lessing stand auf, und für einen Augenblick waren die Gesichter der beiden Frauen nur wenige Zentimeter voneinander entfernt. Natalie Redenius zögerte, blickte sie an und sagte: »Ich habe in meinem ganzen Leben niemals eine Freundin gehabt. Wenn alles anders gekommen wäre, vielleicht hättest du …«

Sie brach den Satz ab und drehte sich schroff um. Dann stellte sie sich hinter ihre Geisel und schob sie vor sich her, dem Ausgang entgegen. Bevor sie nach draußen gingen, schaltete Natalie Redenius noch die Außenbeleuchtung ein, damit die Polizisten dort draußen sehen konnten, dass sie eine Waffe in der Hand hielt.

Gerade als sie die Haustür öffnete, raste eine Sturmböe gegen das Haus und riss ihr die Tür aus der Hand. Die beiden Frauen kamen fast zu Fall, doch dann fingen sie sich wieder und standen im Freien vor dem Haus. Natalie Redenius blickte sich um. Sie hatte keine Ahnung, von wie vielen Polizisten sie draußen erwartet wurde, und war sehr überrascht, dass dort lediglich der junge Polizist stand, den sie vor Kurzem von der Tür vertrieben hatte.

*

Gero Bakker hatte nach dem Gespräch mit Grote und Eggers immer wieder nervös auf die Uhr geschaut. Der Situation, in die das Schicksal ihn geworfen hatte, war er hilflos ausgeliefert. Er glaubte Grote und hoffte inständig, dass Stine noch lebte. Doch Selbstvorwürfe quälten ihn. Warum nur hatte er sie allein in das Haus gehen lassen? Warum hatte er sich bei seinem belanglosen Gespräch mit Mattes Hansen so viel

Zeit gelassen? Warum hatte er nicht versucht, in das Haus einzudringen, um Stine zu befreien?

Seine Erregung, die sich nach dem Telefonat mit Grote und Eggers ein wenig gelegt hatte, nahm mit jedem Blick auf die Uhr wieder zu. Zwanzig Minuten waren fast um. Grote und Eggers mussten jeden Augenblick eintreffen, deshalb trat er aus seiner Deckung hervor und stellte sich auf den Dünenweg, um nach ihnen Ausschau zu halten. Plötzlich flammte die Außenbeleuchtung des Hauses auf und tauchte den Eingangsbereich in helles Licht. Gero Bakker wusste nicht, wie er sich verhalten sollte, und blieb unschlüssig stehen. Seine Pistole nahm er in die Hand, obwohl sich sein Körper vor Anspannung verkrampfte.

Die Haustür wurde zuerst nur einen Spalt geöffnet, doch dann flog sie krachend zur Seite, und Stine Lessing stolperte heraus. Er senkte seine Pistole, weil er im ersten Augenblick dachte, sie sei allein. Dann aber sah er die Frau mit den schwarzen Haaren, die direkt hinter ihr stand und eine Pistole in der Hand hielt. Allerdings hielt sie die Pistole zur Seite gerichtet, sodass weder er noch Stine Lessing damit bedroht wurden. Das allerdings nahm er gar nicht wahr, denn sein Blick fiel nun wieder auf Stine. Ihr Gesicht war kreideweiß und von einem breiten Blutband gezeichnet, das ihr über die Stirn floss.

Gero Bakker hob wütend seine Pistole, zielte auf Natalie Redenius und forderte sie mit schriller Stimme auf, Stine freizulassen.

Natalie blieb stehen und antwortete ganz ruhig: »Geh weg, geh einfach nur weg! Es wird uns allen nichts passieren, wenn du den Weg freigibst.«

Bakker begriff nicht die Chance, die Natalie ihm gab. Stattdessen verlor er nun vollends die Selbstkontrolle. Er hörte zwar den Ruf Stines, er solle zur Seite gehen und den Weg freigeben, doch die Worte erreichten seinen Kopf nicht.

Stine rief erneut mit flehender Stimme: »Geh zur Seite, Gero, lass uns gehen, dann wird mir nichts geschehen, ich verspreche es dir!« Doch Stine sah in Geros verzerrtem Gesicht, dass ihre Worte nicht zu ihm durchdrangen.

Natalie Redenius wollte nicht länger warten und gab Stine Lessing einen sanften Stoß in die Rippen. Die beiden setzten sich langsam wieder in Bewegung. Dabei fiel es Stine nicht leicht, mit auf dem Rücken zusammengebundenen Händen im tiefen Sand des Dünenweges die Balance zu halten. Unsicher taumelte sie voran. In diesem Moment raste wieder eine Sturmböe auf sie zu. Sie wurde ruckartig zur Seite gedrückt und konnte das Gleichgewicht nicht mehr halten. Natalie

Redenius versuchte, sie zu stützen, und hob ungewollt die Hand, in der sie die Pistole hielt.

Gero Bakker war nicht mehr in der Lage, die Situation, die sich nur wenige Meter entfernt vor seinen Augen abspielte, richtig einzuschätzen. Er sah nur den Arm von Natalie Redenius, der sich hob und dadurch ungewollt die Pistole in die Nähe von Stines Kopf gelangen ließ. Gero Bakker sah das – und schoss!

Grotes Schrei aus der Entfernung, sein lautes »Nein!« ging im Krachen des Schusses unter. Gero Bakker hörte nichts mehr.

Er hatte auf Natalie Redenius gezielt und sah, dass beide Frauen gleichzeitig zu Boden fielen. Die beiden Körper blieben für einen Augenblick regungslos im Sand liegen, doch dann erhob sich Natalie Redenius wieder. Die Pistole hielt sie immer noch in der Hand.

Gero Bakker war fest davon überzeugt, sie mit seinem ersten Schuss verfehlt zu haben, also zögerte er keinen Augenblick und drückte überhastet ein zweites Mal ab. Natalie Redenius blieb regungslos stehen und ließ die Pistole aus der Hand gleiten. Dann knickten ihre Knie ein, und sie sank zu Boden.

*

Stefan Grote hetzte durch den menschenleeren Ort. Eggers konnte sein Tempo nicht lange halten und war inzwischen weit zurückgefallen. Obwohl seine Beinmuskeln wie Feuer zu brennen begannen, biss Grote die Zähne zusammen und legte mit stechenden Lungen noch zu. Endlich bog er in den Dünenweg ein und sah schon Oltmanns' Haus am Ende des Weges in der Dunkelheit vor sich. Schon wollte sich in ihm die Erleichterung einstellen, doch noch rechtzeitig angekommen zu sein, als die Außenbeleuchtung des Hauses eingeschaltet wurde.

Er kämpfte sich, so schnell es ging, durch den tiefen Sand weiter, doch die Ereignisse dort vor ihm, die wie in einem Kinofilm abliefen, konnte er nicht mehr beeinflussen. Sein »Nein« kam zu spät. Wenige Augenblicke früher, und all das wäre vielleicht nicht passiert.

Im Gegensatz zu Gero Bakker hatte er sofort erkannt, dass Natalie Redenius und Stine nur ins Straucheln geraten waren. Er hatte auch gesehen, dass Stine durch Natalie Redenius gar nicht ernsthaft bedroht wurde, doch dann fielen kurz hintereinander die zwei Schüsse.

Stefan Grote war um eine Minute zu spät gekommen.

Er hetzte an Gero Bakker vorbei, der inzwischen auf die Knie gesunken war. Der hielt seine Waffe immer noch in der Hand und starrte wie paralysiert auf die beiden im Sand liegenden Frauen.

Grote warf einen kurzen Blick zu Natalie Redenius hinüber. Sie lag mit flackernden Augen röchelnd im Sand, der sich um ihren Kopf herum rot färbte. Bakkers Geschoss hatte ihr den Hals zerfetzt.

Dann beugte er sich zu Stine hinunter. Sie lag auf der Seite, die Augen waren geschlossen. Ihre Hand hatte sich in den nassen Sand gebohrt und zusammengekrampft. Erst jetzt fiel ihm auf, wie klein diese Hände waren.

Grote drehte sie behutsam auf den Rücken, um ihr nicht wehzutun. Erst als er ihren Körper vorsichtig anheben wollte, bemerkte er die Blutlache, in der sie lag. Er tastete ihre Halsschlagader ab, doch sosehr er sich auch bemühte, er konnte nichts fühlen. Dann erblickte er die kleine Eintrittswunde, die Gero Bakkers erster Schuss in Höhe des Herzens hinterlassen hatte. Die große Austrittswunde des Geschosses am Rücken konnte er nur erahnen. Bakkers Projektil hatte Stine im Fallen getroffen und wohl ihr Herz durchschlagen. Ganz langsam, fast zärtlich, legte er sie wieder in den Sand zurück. Wie zum Abschied strich er ihr die nassen roten Haare aus der Stirn. Dann wurde ihm schwarz vor Augen und er fühlte ein tiefes Brennen im Magen. Mühsam richtete er sich auf und schleppte sich schweren Schrittes seitlich in die Dünen. Weil ihm die Beine zu versagen drohten, klammerte er sich an einen Baum, schloss die Augen und rang nach Luft. Als er allmählich wieder zu Kräften kam und sich umdrehte, sah er Jürgen Eggers. Der war inzwischen eingetroffen und kniete neben Natalie Redenius. Der Polizist schaute zu ihm herüber, schüttelte den Kopf und gab ein unmissverständliches Zeichen. Natalie Redenius hatte ausgelitten.

Es dauerte lange, bis Stefan Grote den ersten Schock überwunden hatte und sich aufraffte. Während er dem immer noch zitternden Gero Bakker wortlos die Waffe aus der Hand nahm, ging Jürgen Eggers zu Stine Lessing hinüber, um noch einen letzten Blick auf sie zu werfen. Dann zog der Inselpolizist erschüttert seine Jacke aus, um ihren Körper zu bedecken. Er hatte das Bedürfnis, Stine vor neugierigen Blicken und der Kälte der Nacht schützen zu müssen.

Eggers beugte sich herunter und wollte gerade die Jacke über ihren Kopf ziehen, als er ein kaum hörbares, gurgelndes Geräusch vernahm. Zuerst meinte er, der Wind habe diesen Ton verursacht, doch dann sah er den blutigen Schaum, der aus Stines Mund drängte und sich in langen Intervallen aufblähte, um danach wieder zusammenzusacken. »Grote, sie lebt!« Er fasste ihren Puls und konnte in langen Abständen ein flaches Pochen ertasten. »Bleiben Sie hier, ich hole einen Arzt!« Im selben Moment war er in der Dunkelheit verschwunden und ließ Grote allein.

Es kam Grote wie Stunden vor, in denen er Stine im Arm hielt, sie zu wärmen versuchte und nach jedem der seltenen Pulsschläge hoffte, es möge nicht der letzte sein. Dann endlich kam Eggers mit dem Inselarzt zurück.

Der Doktor schob Grote sanft zur Seite. »Sie können im Moment nicht mehr für sie tun. Lassen Sie mich machen. Ich werde alles Mögliche versuchen, das verspreche ich Ihnen.«

Wie durch einen Nebel sah er den Doktor hektisch arbeiten. Eggers stand als lebender Infusionsständer wortlos neben ihm und hielt die Flasche mit der Kochsalzlösung hoch, die über einen Zugang langsam in Stines Körper floss, um ihren Kreislauf zu stabilisieren.

Dann tauchten Lichter am schwarzen Himmel auf und der Rettungshubschrauber aus dem Nordwestkrankenhaus in Sanderbusch mit dem Notarzt an Bord landete. Eine halbe Stunde später hob der Hubschrauber wieder ab. Grote schaute all das teilnahmslos an, sein Kopf war leer, er fühlte sich ausgebrannt.

Der Inselarzt kam zu ihm herüber. »Wir können jetzt nur noch hoffen. Mein Kollege vom Rettungshubschrauber meint, die Chancen stehen zehn zu eins gegen Ihre junge Kollegin. Die Lunge ist getroffen worden. Inwieweit das Herz Schaden genommen hat und ob es noch zu weiteren inneren Blutungen gekommen ist, weiß derzeit niemand. Am besten, Sie gehen zurück in Ihr Hotel!«

Dann fügte er noch leise hinzu: »Und beten!«

Freitag
Windstille

Am nächsten Morgen hatte sich das Wetter beruhigt. Der Sturm war abgezogen, und blauer Himmel überspannte die Insel. Man konnte glauben, es habe den Sturm der vergangenen Tage nie gegeben. Gestern Abend war es sein letztes Aufbäumen, fast seine letzte Sturmböe gewesen, die Natalie Redenius und womöglich auch Stine Lessing in den Tod straucheln ließ.

Die Meldung Grotes an das LKA Hannover löste dort hektische Aktivitäten aus. Schon am frühen Morgen landete ein Polizeihubschrauber mit einem Ermittlungsteam auf Juist.

Grote hatte sich in der Nacht schweißnass im Bett hin und her gewälzt und kein Auge zubekommen. Immer wieder hörte er seinen eigenen Schrei und die beiden Schüsse des jungen Gero Bakker.

Um halb neun klopfte es an seiner Zimmertür. Er öffnete und stand seinem alten Freund Hennes Brinkhoff gegenüber. »Stefan, es tut mir unendlich leid, doch ich bin hier, um dich abzulösen und die weiteren Untersuchungen zu leiten. Die Weisung kommt von ganz oben. Der Kriminaldauerdienst muss diesen Fall übernehmen. Der Hubschrauber, mit dem wir gekommen sind, wartet auf der Wiese am Fähranleger und soll dich jetzt gleich nach Hannover bringen.«

Grote sah ihn fragend an: »Was ist mit Stine?«

Brinkhoff wich seinem Blick aus. »Im Krankenhaus gibt es nichts Neues. Sie ist stundenlang operiert worden. Der Arzt sagte, ihr Leben hängt am seidenen Faden.«

Er legte Grote den Arm um die Schultern und wollte wissen: »Wie konnte das passieren, Stefan? Was ist bloß schiefgelaufen?«

Grote schwieg und zuckte mit den Schultern. Er konnte diese Fragen nicht beantworten, Fragen, die er sich in der Nacht selbst hundertfach gestellt hatte. War es tatsächlich nur diese eine Minute, die am Ende fehlte? Würde eine einzige Minute sein ganzes Leben ändern?

Er ließ Brinkhoff wortlos stehen und stopfte die wenigen Dinge, die er bei sich hatte, in seine Tasche. Als er die Zimmertür wieder öffnete und auf den Flur trat, konnte er in Stines Zimmer blicken. Eine Kollegin aus Hannover war gerade dabei, deren Sachen zu packen.

Müde und ausgebrannt stieg er die Treppe hinab und ging durch die Hotelhalle. Lisa Leitner stand an der Rezeption. Sie sprach gerade mit einem Gast, und er hoffte, ungesehen aus dem Haus zu kommen, doch das gelang ihm nicht. Bevor er die Tür erreichte, holte sie ihn ein und fasste ihn am Arm. Er drehte sich um, vermochte aber nicht, ihr in die Augen zu schauen. Lisa sagte kein Wort, umarmte ihn nur fest und ging zurück in die Hotelhalle. Grote fühlte, dass dies keine Umarmung der Zuneigung, sondern eine des Mitleids gewesen war. Das machte ihn noch trauriger, als er ohnehin schon war.

Er schlich wie ein geprügelter Hund durch den Ort und vermied es, am Polizeirevier vorbeizugehen. Über einen Umweg gelangte er zur Wiese vor dem Fähranleger und stieg in den Hubschrauber, dessen Rotorblätter sich schon drehten. Auf einem der hinteren Sitze nahm er Platz und stülpte sich den dort liegenden Kopfhörer mit Mikrofon über. Das Heulen der Rotorblätter nahm zu, und dann stieg der Heli in die Luft. Der Pilot flog in einem großen Bogen über den Ort und drehte auf das Festland zu. Grote schaute gleichgültig aus dem Fenster. Die Schönheit der Natur, die leuchtenden Sandbänke weit draußen im Meer, all das interessierte ihn nicht. Nur einmal zuckte er zusammen. Unter sich sah er ein Reetdachhaus, das sich am Ende eines Sandweges in die Dünen schmiegte. Vor dem Haus liefen einige Menschen in weißen Overalls herum.

*

Der Hubschrauber landete nach einer Stunde direkt auf dem Parkplatz vor dem Landeskriminalamt. Grote hätte sich gewünscht, dass dieser Flug länger gedauert hätte, um seine Gedanken zu ordnen, doch diese Zeit war ihm nicht vergönnt. Er stieg aus, ohne dass er Ruhe gefunden hätte.

Sicherlich war es Einbildung, doch als er über die Flure des sonst so geschäftigen Gebäudes ging, war es ihm, als würden sich die Türen der Büros schließen, sobald er näher kam. Nur wenige Menschen begegneten ihm, doch keinen davon kannte er, worüber er froh war.

Als er die Räume der MK-L betrat, wunderte er sich, dass außer seiner Sekretärin niemand anwesend war. Sie hatte schon seine Landung mit dem Hubschrauber verfolgt und stand bereits an der Tür, als er eintrat. »Guten Morgen, Herr Grote!«

Die Begrüßung war geschäftsmäßig, so wie er es von ihr gewohnt war. Keinerlei Nachfragen, keine Bemerkung zu dem, was passiert war. Er sah auf ihrem Schreibtisch einen ganzen Berg von Gesprächsnotizen und Telefonvermerken herumliegen. Er konnte sich vorstellen, was in den letzten Stunden über sie hereingebrochen war. »Guten Morgen, wo sind die anderen? Sind alle unterwegs?«

Die Sekretärin druckste herum. Es war ihr anzumerken, dass sie ihm etwas verheimlichte. »Sie sind im Moment alle bei einer Besprechung.«

»Okay, dann geh ich rüber in den Besprechungsraum.«

Die Sekretärin kam hinter ihm her. »Herr Grote, das wird nicht gehen. Die Besprechung findet nicht hier, sondern drüben beim Abteilungsleiter statt.«

Grote verstand immer noch nicht, was sie ihm eigentlich sagen wollte. »Und wo ist Maik Köster? Wenigstens der müsste doch hier sein. Es können doch nicht alle ausfliegen, und kein Telefon ist besetzt.«

»Ihr Vertreter nimmt auch an der Besprechung teil. Das ist alles so von oben angeordnet worden. Er ist heute früh zu Dr. Richter zitiert worden. Der hat alles verfügt. Wenn Sie wieder im Hause sind, soll ich Sie zu ihm hinaufschicken.«

Grote erkannte, dass in den letzten Stunden an seiner Dienststelle Entscheidungen gefallen waren, an denen er bereits nicht mehr beteiligt war. »Gut, dann gehe ich zum Chef rauf. Wenn ich wiederkomme, möchte ich mit Maik Köster sprechen. Seine Besprechung kann schließlich nicht ewig dauern.«

Er machte sich auf den Weg zum Amtsleiter. Als er das Vorzimmer betrat, wollte er direkt zum Chef durchgehen, aber die Sekretärin stoppte ihn und bat, einen Augenblick zu warten. »Der Chef hat gerade einen Medientermin, das wird noch einen Moment dauern.«

Grote setzte sich, und die Sekretärin brachte ihm, entgegen ihren sonstigen Gepflogenheiten, einen Kaffee. Das tat sie sonst nie. Er rührte im Kaffee herum und versuchte, dem Gespräch zu lauschen, das im Zimmer Dr. Richters geführt wurde, doch außer einem durch die Tür gedämpften Murmeln war nichts zu hören.

Es dauerte eine Viertelstunde, dann ging die Tür auf, und eine Schar von Journalisten trat heraus. Sie eilten durch das Vorzimmer des LKA-Chefs und strebten dem Ausgang zu, ohne von Grote Notiz zu nehmen.

Als Letzter erschien Sascha Kleinhagen vom Mittagsmagazin. Hinter ihm gingen sein Kameramann und ein Toningenieur. Im Gegensatz zu seinen Kollegen von der schreibenden Presse erkannte er Grote sofort. Er stieß seinen Kameramann an. Der reagierte sofort, nahm die Kamera auf die Schulter und ging einen Schritt zurück, um den richtigen Bildausschnitt einzufangen. Sascha Kleinhagen ergriff sein Mikrofon, kam zu Grote herüber und stellte sich so auf, dass Grote und er gemeinsam im Bild zu sehen waren. Dann begann er zu sprechen: »Herr Grote, Sie haben gestern Abend im Rahmen einer Fahndung nach der gesuchten Natalie Redenius eine Festnahmeaktion auf Juist geleitet. Wie wir erfahren haben, hat es dabei …«

In diesem Moment kam von hinten Dr. Richter heran und stellte sich so vor die Kamera, dass Sascha Kleinhagen und Grote verdeckt waren. »Herr Kleinhagen, Sie wissen ganz genau, dass Interviews mit Angehörigen des LKA meiner vorherigen Zustimmung bedürfen. Diese Zustimmung habe ich Ihnen nicht erteilt, ich darf Sie also bitten, das Gebäude zu verlassen.«

Sascha Kleinhagen versuchte noch, mit Dr. Richter zu diskutieren. Er sprach von Pressefreiheit und empörte sich über die Behinderung der Medien, aber der ließ sich darauf nicht ein. So zog der Reporter erbost mit seinem Team ab.

Dr. Richter kehrte in sein Zimmer zurück und forderte Grote auf: »Komm rein!«

Während Grote Platz nahm, drehte sich Dr. Richter noch einmal um, öffnete die Tür erneut und sagte zu seiner Sekretärin: »Frau Brand, die nächste halbe Stunde keine Anrufer, keine Besucher!«

Dann kam er zurück, setzte sich auf seinen abgeschabten Ledersessel und ließ sich von Grote den Ablauf des letzten Tages berichten.

Grote bemühte sich, alles wahrheitsgemäß darzustellen und nichts zu seinen Gunsten zu verzerren. Insbesondere versuchte er zu erklären, warum er seine Entscheidungen so und nicht anders getroffen hatte. Für das, was am Abend vor Oltmanns' Haus in den Dünen geschehen war, übernahm er ohne Einschränkung die volle Verantwortung. Er versuchte auch nicht, Gero Bakker den Schwarzen Peter zuzuschieben. Nachdem er fertig war, schwieg er und senkte den Kopf, als erwarte er Dr. Richters Urteil.

Der LKA-Chef hatte Grotes Worten aufmerksam gelauscht und keine Zwischenfragen gestellt. Als Grote geendet hatte, stand Dr. Richter auf und schaute schweigend aus dem Fenster in den blauen Himmel, der so gar nichts Vorweihnachtliches ausstrahlte. Unvermittelt drehte er sich um und sprach mit harter Stimme: »Du bist selbst schon seit vielen Jahren in der ›Firma‹ und kennst die Spielregeln. Wenn Fehler gemacht werden, muss jemand den Kopf dafür hinhalten. Die Öffentlichkeit fordert Schuldige. Ich habe meist nur zwei Möglichkeiten, mich zu entscheiden.

Die erste ist, mich selbst vor die Kollegen zu stellen. Das beinhaltet für mich das Risiko, am Ende selbst als Schuldiger dazustehen, mich quasi als Opfer anzubieten, wenn es schlecht läuft. Falls du dich erinnerst, habe ich das nach dem Mord an Jan Weber getan und dir damit den Arsch gerettet.«

Grote nickte und wusste genau, welches die zweite Möglichkeit war, die Dr. Richter hatte.

Sein Chef fuhr fort: »Ich habe dir die Sache mit Jan Weber nie vorgeworfen. Das tue ich auch heute nicht. Es war Pech oder Schicksal, ganz egal, wie wir es nennen wollen.

Der Fall Stine Lessing liegt anders. Du hättest niemals, ich betone *niemals*, zwei so unerfahrene und junge Kollegen wie Stine Lessing und den Kollegen …«, er überlegte kurz, »Bakker, oder wie er heißt, allein losschicken dürfen! Es bestand zu jedem Zeitpunkt die Gefahr, dass die beiden unvorbereitet auf Natalie Redenius treffen. Genau das ist dann ja leider auch passiert.

Dass Bakker die Nerven verlieren würde, konntest du vorher nicht wissen, hättest es aber ins Kalkül ziehen müssen. Diese Schuld kann und will ich dir nicht abnehmen. Darum werde ich mich in diesem Fall nicht mehr vor dich stellen. Es tut mir leid, das kannst du mir glauben!«

Nach einer weiteren Pause wurde er sehr förmlich: »Ich habe heute Morgen entschieden, dich mit sofortiger Wirkung zu beurlauben und ein Disziplinarverfahren einzuleiten. Das Innenministerium hat zugestimmt.

Auch gegen Gero Bakker hat die Staatsanwaltschaft bereits ein Verfahren in Gang gesetzt. Er wurde beurlaubt.«

Stefan Grote traf jeder Satz wie ein Schlag ins Gesicht. Er hatte damit gerechnet, dass ein Disziplinarverfahren gegen ihn eingeleitet würde. Dass man ihn nun aber gleich beurlaubte, das zog ihm fast den Boden unter den Füßen weg. Benommen stammelte er: »Und was wird aus der MK-L?«

»Die Leitung übernimmt bis auf Weiteres dein Vertreter. Den Kollegen wird das gerade offiziell bekanntgegeben.«

Dr. Richter stand auf und reichte Stefan Grote die Hand. Seine Stimme wurde versöhnlicher: »Nimm dir das nicht allzu sehr zu Herzen, Grote! Ich hatte keine Wahl. Du wirst es schon irgendwie überstehen. Sobald sich die Wellen wieder gelegt haben, werden wir eine neue Aufgabe für dich finden. Das wird sicherlich nicht hier in Hannover sein, aber Niedersachsen ist groß. Gute Leute werden überall gebraucht.«

Er drückte Grote die Hand, als sein Telefon läutete. Unwillig ging er zum Schreibtisch und nahm ab. »Ich hatte Ihnen doch gesagt, dass …« Dann schwieg er plötzlich und hörte aufmerksam zu. »Gut, danke für die Information!«

Dr. Richter drehte sich zu Grote und lächelte ihn aufmunternd an. »Das wird dir die ganze Sache vielleicht etwas leichter machen. Ich habe gerade erfahren, dass sich der Zustand von Frau Lessing stabilisiert hat. Die inneren Blutungen konnten gestoppt werden. Ihre Chancen zu überleben sind erheblich gestiegen. Sie wird es schaffen!«

Grote nickte. Als er wieder in das Vorzimmer trat, erwartete ihn dort bereits eine Mitarbeiterin der Personalstelle. »Bevor Sie gehen, Herr Grote, hätte ich gern noch Ihren Dienstausweis, den Hausausweis und Ihre Dienstwaffe.«

Grote legte die geforderten Sachen wortlos auf den Tisch. Alles hatten sie vorbereitet. Auch die schriftliche Anordnung seiner Zwangsbeurlaubung lag bereits unterschrieben auf dem Tisch.

Wenige Minuten später stieg er in sein Auto und machte sich auf den Weg nach Hause. Als er den Parkplatz verließ, sah er Sascha Kleinhagen auf den Stufen des Landeskriminalamtes in ein Mikrofon sprechen. Der Kameramann stand vor ihm, und das rote Aufnahmelicht der Kamera leuchtete. Nun würde man über ihn herfallen.

In diesem Moment wusste Stefan Grote, dass die Entscheidung seines Chefs, ihn künftig nicht mehr in Hannover einzusetzen, richtig war.

Klarant Verlag

Lernen Sie die Ostfrieslandkrimi-Titel des Klarant Verlages kennen und besuchen Sie uns im Internet unter:

www.ostfrieslandkrimi.de

und

www.klarant.de

Sie können dort Näheres über unsere Autoren erfahren, viele weitere interessante Bücher und eBooks finden und Leseproben herunterladen. Mit dem kostenlosen Newsletter auf

www.ostfrieslandkrimi-lesen.de

erhalten Sie aktuelle Informationen rund um das Verlagsprogramm wie beispielsweise spannende Neuerscheinungen und Gewinnspiele.